PS Ik hou van je hond

Lizzie Shane bij Boekerij:

Kerstmis met een staartje
Er was eens een puppy
PS Ik hou van je hond

boekerij.nl

Lizzie Shane

PS Ik hou van je hond

Elinors ondeugende hond Dory doet alles om haar baasje te koppelen aan haar jeugdliefde

Vertaald door Valérie Janssen

BOEKERIJ

ISBN 978-90-225-9470-4
ISBN 978-94-023-1803-6 (e-book)
NUR 302

Oorspronkelijke titel: *To All The Dogs I've Loved Before*
Omslagontwerp: DPS Design & Prepress Studio, Amsterdam
Omslagbeeld: © Shutterstock
Zetwerk: Mat-Zet bv, Huizen

Voor iedereen die gelooft dat de liefde
soms een tweede kans nodig heeft.

1

De knipperlichtrelatie van onze politiechef en een bepaalde bibliothecaresse staat nu al jarenlang in de 'uit'-stand. Verschillende ooggetuigen hebben echter gemeld dat ze hem afgelopen vrijdag op het plein met haar hond hebben zien spelen. Zouden de twee tortelduifjes het eindelijk hebben goedgemaakt?

Stadsnieuwsbrief Pine Hollow
Maandag 27 september

De hond was een verschrikkelijke lastpak.

Op sommige dagen was Levi ervan overtuigd dat het dier speciaal op de wereld was gezet om zijn geestelijke rust te verstoren. En haar baasje was al geen haar beter.

Levi vervloekte het tweetal in gedachten, terwijl hij op een zonnige vrijdagmiddag over het plein van Pine Hollow achter de onruststoker aan rende. Het was de zoveelste keer. In de afgelopen negen maanden was hij veel te veel tijd kwijt geweest aan het najagen van de witte pluimstaart.

De bruin-wit gevlekte Australische herder racete zigzaggend tussen de hooibalen door, die daar waren neergezet voor het herfstfestival. Toen sprong het dier in het prieel en keek het met gretige ogen naar hem om.

Inschattingsfoutje, dacht Levi, maar hij hield zijn opmerking voor zichzelf. Hij weigerde zo iemand te worden die tegen een hond praatte alsof het dier hem begreep.

Hij liep haastig naar het trapje van het prieel om haar de weg te versperren. Sinds het eerste telefoontje over een uitgebroken hond afgelopen januari had hij zijn lesje wel geleerd. Het verduivelde beest was razendsnel, en als hij gewoon achter haar aan bleef lopen, zou hij haar nooit te pakken krijgen.

Alles draaide om de manier waarop hij haar benaderde. En vaak ook om de hondensnacks die hij in zijn Explorer had liggen, maar die waren al twee weken op, en hij was vergeten een nieuwe voorraad in te slaan van de snoepjes met leversmaak die ze het lekkerst vond.

'Kom dan,' zei Levi vleiend. Hij sloop langzaam dichterbij, met de riem – nóg iets wat hij tegenwoordig altijd in het dashboardkastje had liggen – achter zijn rug verstopt, zodat ze het ding niet zag.

De kleine Australische herder dook in elkaar en sloeg hem uitnodigend gade met haar verschillend gekleurde ogen. Haar staart zwiepte enthousiast heen en weer.

'Brave meid,' prevelde hij, met één hand zijwaarts uitgestoken om haar laatste ontsnappingsroute te blokkeren. Nog een paar centimeter.

'Hoi, Levi!' riep een opgewekte stem vanaf de overkant van het plein.

Levi reageerde niet. Hij wendde zijn blik zelfs geen seconde van de lastige hond af.

Daarom kon hij ook uitstekend zien dat ze zich opeens omdraaide en op de reling sprong. De reling waarvan hij had gedacht dat hij zo hoog was dat ze daar zonder aanloop nooit op zou kunnen komen. Hij dook op haar af, maar ze trippelde als een koorddanser over de reling tot ze buiten zijn bereik was. Toen een paal haar de weg versperde, lanceerde ze zichzelf over de struiken heen en ging ze er in sneltreinvaart vandoor over het grasveldje midden op het plein.

Levi vloekte binnensmonds en holde het trapje van het prieel af om achter haar aan te gaan, maar de opgewekte stem hield hem tegen.

'Ben je met Elinors hond aan het spelen?' riep Linda Hilson, de grootste roddeltante van Pine Hollow, nieuwsgierig. 'Zijn jullie weer bij elkaar?'

Het getoeter van een claxon trok zijn aandacht naar de straat, waar Elinors lastige viervoeter de auto's bij elkaar probeerde te drijven. Tja, dat was ook wel te verwachten.

'Nee,' antwoordde Levi nijdig op beide vragen, terwijl hij naar de straat sprintte voordat de hond om het leven kon komen. Elinor en hij waren níét weer bij elkaar, en hij speelde óók niet met die vervelende hond van haar.

Aangezien Pine Hollow te klein was voor een eigen afdeling van de dierenpolitie kwamen alle meldingen over dieren, van beren die afvalcontainers omvergooiden tot ontsnapte honden, binnen bij het reguliere politiebureau. En hoewel Levi twee parttimeagenten in dienst had, leek híj altijd degene te zijn die werd opgeroepen als de irritante herder van Elinor weer eens ergens rondzwierf.

Het zou al erg genoeg zijn geweest als het de eerste keer was. Of de tweede. Of zelfs de tiende. Maar de klachten over de hond die als een wilde door het stadje raasde, waren een bijna wekelijks terugkerend verschijnsel geworden nadat Elinor haar afgelopen Kerstmis had geadopteerd. In de zomer waren de meldingen opgehouden, omdat Elinor vrij had van haar werk als schoolbibliothecaresse en die verdraaide hond van haar zelf in de gaten kon houden, maar sinds het begin van het nieuwe schooljaar vorige maand kwamen ze weer met de regelmaat van de klok binnen.

Het was nog niet eens oktober en het stadje begon zich net op te maken voor het jaarlijkse herfstfestival. Nóg zo'n maand als deze kon Levi er echt niet bij hebben. Elinor moest een manier zien te vinden om de vijfendertig kilo wegende haarbal binnen te houden.

Hij kwam net op tijd aan bij de straat die om het plein heen liep om te zien dat de lastpak in kwestie het steegje naast Magda's Bakery in rende.

'Mooi zo,' gromde Levi, die op een holletje de straat overstak om de hond in te sluiten. Het doodlopende steegje eindigde bij de achtergevel van de bakkerij, die grensde aan de achterkant van de historische Pine Hollow Inn, niet te verwarren met de Inn in Pine Hollow of de Inn of Pine Hollow.

Levi sloop het steegje in en liet zijn blik door de schaduw glijden om haar te zoeken. Hij had die staart toch écht om de hoek zien verdwijnen. Ze moest hier ergens zijn. Zelfs Dory de lastpak kon niet met één sprong over gebouwen van drie verdiepingen huppen. Maar het enige wat hij zag, waren de afvalcontainers die tegen de zijkant van het gebouw stonden... en een strook graffiti op de muur van het hotel die daar de vorige dag niet had gezeten.

Levi vloekte zacht, heel even afgeleid door deze nieuwe ontwikkeling in zijn andere hoofdpijndossier. Tijdens de zomermaanden had er een reeks diefstallen en licht vandalisme plaatsgevonden. Hij had gehoopt dat de hoogstwaarschijnlijk minderjarige daders het in het nieuwe schooljaar te druk zouden hebben met andere dingen, maar de verf die over de bakstenen muur van het historische pand was gespoten, bewees het tegendeel.

Pine Hollow was een rustig plaatsje. Hij had het afgelopen jaar slechts drie arrestaties hoeven uitvoeren, waaronder twee personen die dronken achter het stuur waren gekropen. Zijn werk bestond voornamelijk uit het aanhoren wat het stadje nodig had en oplossingen bedenken voordat de situatie kon verergeren. Dat was wat Elton, de vorige politiechef, hem altijd had voorgehouden en wat Levi probeerde na te streven. Het voordeel, en tegelijkertijd ook het nadeel, van een klein stadje was dat iedereen zich altijd met iedereen bemoeide. Als hij zijn oren openhield, kwam hij zaken dus meestal te weten voordat ze echt uit de hand konden lopen. Meestal.

Dat maakte de keren dat hem het níét lukte extra frustrerend. En dus ook dingen zoals dit vandalisme, waarvan niemand enig idee leek te hebben wie erachter zat. Dit stadje was zíjn verantwoordelijkheid en dat leverde hem regelmatig slapeloze nachten op.

Een van de afvalcontainers rammelde. Levi's blik verplaatste zich van de verf terug naar de huidige situatie. Hij liep om de container heen en stond opeens recht tegenover Elinors hond. Het dier keek vrolijk hijgend naar hem op, met haar oren recht naar voren en haar tong wapperend uit de zijkant van haar bek.

'Heb je nou je zin?' vroeg hij mopperend.

Ze kroop in elkaar, schoot in zithouding overeind en liet zich weer op haar buik zakken, met haar blik op zijn naderende gedaante gericht. Hij liet zijn handen losjes langs zijn lichaam bungelen, als een voetbalkeeper, klaar om op haar af te duiken als ze probeerde langs hem te schieten. Er was geen andere uitweg uit het steegje. Hier waren alleen de containers, de bakstenen muur en de achterdeur van Magda's bedrijf. Zolang Magda de deur niet opendeed om te zien wat de herrie veroorzaakte, was er niets aan de hand.

'Rustig maar... kom maar...' Hij stak een hand uit, en de hond huppelde blaffend opzij.

Dieper het steegje in.

'Als jij die kant op wilt, dan gaan we die kant op. Het loopt daar dood,' zei hij. Toen herinnerde hij zichzelf eraan dat hij niet met Elinors gestoorde hond wilde praten.

Ze tolde driemaal razendsnel in het rond, steeds verder bij hem vandaan.

'Ga nou maar gewoon mee. Je komt hier toch niet weg...'

Ze keek hem met een schuine kop aan en schonk hem zo'n blik dat hij bijna durfde te zweren dat ze zijn opmerking als een uitdaging opvatte. Toen racete ze op de dichte deur af. Levi ging rechtop staan en vond het niet nodig om meteen achter haar aan te rennen. Ze kon nergens naartoe. Honden konden immers geen deuren openmaken.

Ze ging op haar achterpoten staan en duwde met haar voorpoten het handvat naar beneden.

Serieus?

De dagschoot trok zich terug uit de opening en de deur zwaaide een stukje open.

'Nee, nee, nee!' Levi sprong op haar af, maar Elinors duivelse huisdier had haar snoet al in de kier gewurmd en duwde de deur ver genoeg open om erdoorheen te kunnen hollen.

Levi weerstond de verleiding om luidkeels te brullen van frustratie, smeet de deur wijder open en stormde het gedeelte van Magda's bakkerij in waar alleen het personeel mocht komen: dwars door de droge opslagruimte achter de witte pluimstaart aan de keuken in en naar het winkelgedeelte aan de voorkant.

'Levi, wat doe je nou, verdorie?' gilde Magda toen hij de zaak instormde, in achtervolging van de ongehoorzame Australische herder.

'Sorry.' Hij slalomde om de toonbank heen.

'Waarom laat je een hond los in mijn bakkerij?' Magda versperde hem met vlammende ogen de weg. 'Heeft Mac je soms opgehitst? Als hij het maar niet waagt om de voedsel- en warenautoriteit op me af te sturen.'

'Is dat de hond van Elinor Rodriguez?' vroeg Gayle Danvers, die met één hand de winkeldeur openhield.

'Niet naar buiten laten!' schreeuwde Levi, maar het was al te laat. De lastpak was al langs mevrouw Danvers het plein weer op gedenderd.

Levi riep een verontschuldiging naar alle aanwezigen in de

winkel, minderde respectvol vaart toen hij langs mevrouw Danvers kwam en zette het vervolgens weer op een lopen, want hij zag een pluk bruin-witte vacht verdwijnen tussen de rekwisieten voor het oogstfeest, die over het plein verspreid lagen.

Bewoners sloegen hem met een geamuseerd gezicht gade. Hij had Elinors hond inmiddels al tientallen keren achternagezeten, maar tot voor kort had ze meestal minder drukke wijken uitgezocht. Hij had haar vaker in Elinors eigen woonwijk of in de buurt van de school aangetroffen dan hij kon tellen, vermoedelijk op zoek naar haar baasje. Ze had tweemaal rondgehangen bij hondenopvang Furry Friends, waar ze een paar weken had gewoond totdat Elinor haar adopteerde. En eenmaal had hij haar zelfs zien ronddartelen bij de oude molen, een halve ruïne net buiten de stad die onveilig was voor iedereen, mens én hond, ook al vonden toeristen het geweldig om foto's te maken bij de afbrokkelende stenen. Dit was pas haar tweede bezoekje aan het plein.

En hopelijk ook haar laatste.

Als Elinor geen manier kon bedenken om haar op te sluiten, zou hij het zelf moeten doen. Hij had een lege gevangeniscel. Eens kijken of ze die deur ook open zou krijgen.

Levi zag op slechts een paar meter bij hem vandaan een witte schicht tussen de hooibalen door vliegen en maakte een wilde, wanhopige duik. Hij kwam op zijn buik op een baal hooi terecht, met zijn armen voor zich uitgestrekt. Het leverde hem echter geen hond op, alleen wat vacht die langs zijn vingertoppen streek.

'Wat doe jij daar?'

Levi nam in stilte afscheid van de laatste flarden van zijn waardigheid en keek op, recht in twee paar nieuwsgierige elfjarige ogen. Astrid Williams en Kimber Kwan. Dan was de school dus uit. Dat hield in dat hij al minstens een half uur op jacht was naar Elinors verschrikkelijke hond. Toen de eerste melding over een loslopende hond binnenkwam was het nog te vroeg geweest om Elinor te bellen en haar op te dragen die akelige druktemaker van haar zelf te pakken te krijgen.

'Astrid, Kimber.' Levi stond op en klopte wat losse strootjes van zijn uniform. 'Ik probeer een loslopende hond te vangen,' zei hij. In gedachten probeerde hij uit te rekenen hoe groot de kans was dat zijn vrienden dit níét te horen zouden krijgen en hem er de komende maand níét mee zouden pesten tijdens hun pokeravondjes.

Aangezien Ben Astrids oom en voogd was, schatte hij die kans niet erg groot in.

Astrid nam hem met een schuin hoofd op en fronste haar wenkbrauwen, alsof hij iets onbegrijpelijks had gezegd. 'Bedoel je Dory? Waarom roep je haar niet gewoon?'

'Dat heb ik geprobeerd,' legde hij uit. Het lukte hem zijn kalmte te bewaren en zijn frustratie voor zich te houden. 'Ze denkt dat we pakkertje aan het spelen zijn.'

Astrid knikte met een wijs gezicht. 'Dat doet ze altijd,' zei ze. 'Tante Elinor zei dat de truc is om haar met iets lekkers te verleiden. Of met een spelletje dat ze nóg leuker vindt.' Het meisje draaide zich om naar Dory, die van achter een hooibaal naar hen zat te gluren. 'Dory, wil je de bal?' vroeg ze met een hoog stemmetje, en ze balde haar hand alsof ze een onzichtbare bal vasthield.

De hond holde onmiddellijk vanuit haar schuilplek naar haar toe en ging heel lief bij Astrids voeten zitten, met haar blik op de niet-bestaande bal in Astrids hand gericht.

'Dat meen je niet,' mompelde Levi, maar hij liet er geen gras over groeien en maakte de riem vast aan Dory's halsband nu de hond nog steeds gebiologeerd naar de zogenaamde bal staarde. Astrid bood Dory de 'bal' aan en de hond likte haar lege hand. Intussen deed Levi zijn uiterste best om het niet al te zwaar op te nemen dat een elfjarig meisje hem zojuist in nog geen twee minuten te slim af was geweest. Het ego werd sowieso overschat. Hij had tenminste eindelijk die vervelende hond onder controle.

Nu moest hij haar alleen nog terugbrengen naar zijn ex-verloofde en proberen de vrouw die al drie jaar woedend op hem was over te halen om hem een plezier te doen en haar hond op te sluiten wanneer ze naar haar werk ging.

Hoe moeilijk kon dat nou zijn?

2

Niemand weet precies waarom de politiechef en de bibliothecaresse drie jaar geleden hun verloving hebben verbroken, maar veel bewoners van Pine Hollow hopen dat dit een teken is dat ons favoriete paar binnenkort opnieuw voor het altaar zal staan.

Stadsnieuwsbrief Pine Hollow
Maandag 27 september

Dat ze in hetzelfde kleine plaatsje woonde als haar ex-verloofde had als keerzijde dat het vrijwel onmogelijk was om te voorkomen dat ze hem tegen het lijf liep. Al helemaal omdat haar ex de politiechef was en het niet kon laten om zijn neus in andermans zaken te steken. En dan vooral die van haar.

Elinor kreunde toen ze haar straat inreed en op haar oprit de maar al te bekende zwarte Explorer zag staan, met op het portier het logo van de politie van Pine Hollow, glinsterend in de zon.

Het was juist zo'n goede dag geweest.

Of eigenlijk was het een ontzettend akelige dag geweest, waarop ze haar goede humeur uit alle macht had geprobeerd vast te houden.

Om te beginnen was ze wakker geworden met hoofdpijn. Vervolgens had Jeremiah Svec, die er kennelijk trots op was om de clown van de klas te zijn, die ochtend uitgekozen om tijdens het voorschoolse warmeontbijtprogramma zijn sinaasappelsap over haar schoenen uit te gieten. Ze wist vrij zeker dat het met opzet was gebeurd, maar deed alsof ze geloofde dat het een ongelukje was, ook al moest ze zich de rest van de dag op soppende voeten door de lessen heen slaan.

Omdat de wet van Murphy levend en wel was, was er niet al te ver bij de school vandaan een beer gezien. Uit overdreven voorzorg was de pauze naar de gymzaal verplaatst, waar de kinderen hun energie duidelijk minder goed kwijt hadden gekund dan buiten, want Elinor was de hele dag bezig geweest met het handhaven van de bibliotheekregels tegen rennen en schreeuwen, terwijl ze hun veel liever liefde voor het geschreven woord had bijgebracht.

Ze hield van haar werk, maar zelfs op een goede dag was het een ware uitputtingsslag, en ze schaamde zich een beetje voor de enorme opluchting die ze voelde omdat ze vandaag niet stond ingeroosterd voor het naschoolse programma en dus gewoon naar huis kon.

Uiteraard hing haar jongste zus meteen aan de telefoon toen ze haar mobiel uit haar bureau haalde en het geluid aanzette. Het was alsof Charlotte een verborgen camera op Elinor had gericht die haar tot op de seconde nauwkeurig liet weten wanneer ze iets van haar kon vragen.

Ze had gewoon de voicemail moeten laten aanspringen. Aangezien haar zus belde in plaats van een appje te sturen, had ze kunnen weten dat Charlotte haar om een gunst wilde vragen. En toch had ze opgenomen. En was ze meteen bezweken voor het vleiende 'de allerliefste van alle zussen'.

Daarom was ze niet rechtstreeks naar huis gegaan, maar was ze eerst naar Magda's Bakery gereden om de cupcakes op te halen, letterlijk de enige taak die Charlotte toebedeeld had gekregen voor het feestje van die avond.

Het verkeer rond het plein was chaotisch geweest, dankzij

de vele weekendtoeristen die voor de herfstbladerenpracht naar Vermont waren gekomen en zich vergaapten aan het schilderachtige stadje. Een van de nadelen die kleefden aan het leven in het schattige Pine Hollow. Elinor moest haar auto zo ver bij Magda's winkel vandaan parkeren dat ze net zo goed vanaf de school had kunnen lopen, maar ze onderdrukte haar ergernis en liep op haar nog altijd klamme schoenen naar het snoezige bakkerszaakje om de lekkernijen op te halen.

Het was Anne's Dag, een feestdag die alleen in haar familie werd gevierd, en ze was vastbesloten om vrolijk te zijn. Het enige wat ze nodig had om haar humeur te herstellen, was vijf minuten met die schat van een hond van haar en een goed boek.

Maar omdat de wet van Murphy haar leven nu eenmaal regeerde, stond Levi uiteraard op haar oprit te wachten.

Als een man na een jarenlange verloving aankondigde dat hij niet met je wilde trouwen, zou hij op zijn minst het fatsoen moeten hebben om de stad te verlaten. Maar nee. Levi niet. Hij was in een blokhut op het terrein van de oude Keller getrokken en bleef zo een onheilspellende aanwezigheid in haar leven.

Maar hij maakte er geen gewoonte van om zonder aanleiding bij haar langs te komen.

Elinor zette haar auto stil naast die van hem, en de reden van zijn aanwezigheid bonkte tegen het passagiersraampje van de Explorer, blaffend van blijdschap omdat Elinor thuis was.

Dory.

De hond hoorde in het huis te zitten wanneer Elinor op haar werk was, maar leek altijd weer een nieuwe manier te vinden om te ontsnappen.

Elinor zette de motor uit en nam even de tijd om het elastiekje uit haar haren te trekken, die nu als een dikke, lange donkerbruine sluier over haar schouders vielen. Dat duurde maar even, want ze streek ze meteen met haar handen naar achteren en bond ze bij elkaar in haar gebruikelijke paardenstaart, een gewoonte waar Levi haar altijd mee had geplaagd, omdat ze dat volgens hem alleen maar deed als ze zichzelf tot kalmte wilde manen, en dan keek hij haar met een veelbetekenende blik in zijn glinsterende grijze ogen aan.

'Dit is een goede dag,' zei ze tegen zichzelf. Ze verjoeg de herinnering en focuste zich op Anne. Toen pakte ze de cupcakes en stapte ze uit de auto.

Ze hoorde Levi's portier knarsend opengaan en wierp automatisch een blik op het huis, op zoek naar sporen van Dory's recente uitbraak, maar aan de voorkant stonden geen deuren of ramen open. Deze keer moest ze aan de achterkant zijn ontsnapt.

Levi liep ongehaast om de voorkant van zijn auto heen en liet zijn ergernis als een ontastbare golf voor zich uit rollen. In zijn ene hand had hij de riem, en Dory stuiterde naar Elinor toe, enthousiast en belachelijk trots op zichzelf.

Elinor zette de doos van de bakkerij snel op haar motorkap, zodat de cupcakes niet alle kanten op zouden vliegen wanneer Dory haar bereikte.

Het was geen vervelende hond. Elinor zou zelfs bij hoog en bij laag hebben gezworen dat ze de allerliefste hond op de wereld was. Alleen bedacht Dory steeds weer nieuwe manieren om naar buiten te komen, wat Elinor ook deed om haar daarvan te weerhouden. De enige sloten die haar tegen leken te kunnen houden, waren hangsloten, dus had Elinor geprobeerd Dory in haar bench op te sluiten. Dat leek een succes tot ze een week later thuiskwam. Het hangslot hing nog steeds aan het deurtje van de bench dat via de scharnieren was verwijderd en achteloos op de keukenvloer was achtergelaten.

Ze wist vrij zeker dat Dory die dag via een raam op de eerste verdieping was weggekomen. Een van haar buren had gemeld haar op het dak te hebben gezien.

Ze wist op een of andere manier telkens weer te ontsnappen.

En Levi was degene die haar altijd weer leek te vinden. En die haar elke keer terugbracht met dezelfde afkeurende frons in zijn voorhoofd.

Niet dat die frons met het blote oog te zien was. Levi was een expert op het gebied van nietszeggende blikken. Maar Elinor kende hem al sinds hun zevende. Ze had hem altijd kunnen doorgronden.

Hij was een binnenvetter. Dat had haar al sinds hun kindertijd geïntrigeerd. Ze vond zijn zwijgzaamheid fascinerend. Ze was ontzettend benieuwd naar wat hij precies dacht, juist omdat hij zo weinig zei. Haar eigen legpuzzel.

Op haar dertiende had ze hele dagboeken volgeschreven met bespiegelingen over elke trilling van zijn wimpers.

Hij was toen een slungel geweest, lang voor zijn leeftijd en zo mager dat het leek alsof een stevige bries hem omver kon blazen. Die zwijgzaamheid had hij toen ook al gehad. Een stille intensiteit. Hij had haar altijd geïntrigeerd. Niemand wist haar zo te intrigeren als Levi Jackson.

In de periode dat zij aan een universiteit in een andere stad studeerde, was hij gespierder geworden, zodat zijn brede schouders eindelijk bij zijn lengte pasten. Toen ze na haar studie terugkwam, was hij zo sexy geweest dat het zelfs een beetje intimiderend was. Andere meisjes zagen hem opeens ook staan. Ze hadden bewonderend naar zijn spierballen gestaard, gezwijmeld over zijn opvallende lichtgrijze ogen en het uniform dat hem zo goed stond. Maar hij was nog steeds háár Levi geweest en ze hadden hun vriendschap vrij gemakkelijk weer opgepakt. En later ook hun meer dan alleen vriendschappelijke band.

Ze had zich in die tijd best zelfgenoegzaam gevoeld. Bezitterig en trots, omdat zij hem al had uitverkoren voordat hij een lekker ding was geworden.

Nu was die sexy uitstraling als zout in de wonde. Hij zou er geen enkele moeite mee hebben om iemand te vinden die haar plaats innam, en al helemaal niet als hij een nieuw meisje trakteerde op de trage, veelzeggende blik die hij vroeger voor Elinor bewaarde.

Die blik kwam bij lange na niet in de buurt van de blik die hij haar nu toewierp.

Levi keek haar recht aan met een uitdrukkingsloze blik en was overduidelijk razend.

'Ik weet het. Sorry,' zei Elinor, om de preek voor te zijn die ze in zijn ogen zag broeien. Ze knielde neer naast de kleine herder die alle kanten op kronkelde om te tonen hoe blij ze was dat ze weer bij elkaar waren. 'Ik weet echt niet hoe het haar lukt om telkens weer te ontsnappen.'

De bleke, bijna zilverkleurige ogen die ze ooit de allermooiste van de hele wereld had gevonden, bleven kil en hard. 'Ik ben niet van plan nóg een heel schooljaar achter die hond van jou aan te rennen, Elinor. Je zult echt een manier moeten bedenken om haar binnen te houden.'

'Dat probeer ik heus wel.'

'Dan zul je beter je best moeten doen. Ik heb wel wat anders te doen dan jouw hond vangen.'

'O, stond mevrouw Glenn soms weer dubbelgeparkeerd? Daar moet je meteen werk van maken, anders komen we hier straks om in de criminaliteit.'

De sarcastische opmerking schoot onbeheerst uit haar mond en ze kreeg er onmiddellijk spijt van. Ze wist dat zijn werk belangrijk was. Ze wist dat hij om het stadje gaf en alles deed wat in zijn vermogen lag om van Pine Hollow een fijne plek te maken om te wonen, maar het viel niet mee zich daarop te focussen zolang ze zo vreselijk kwaad op hem was.

Soms gingen er weken of zelfs maanden voorbij waarin ze er geen last van had, maar dan... béng. Opeens kwam alles terug. De boosheid lag altijd vlak onder de oppervlakte. Sluimerend, maar klaar om elk moment weer op te laaien. Hij was haar steun en toeverlaat geweest, de liefde van haar leven, totdat hij achteloos haar hart had gebroken en zonder verklaring was vertrokken. Een beetje boosheid was niet meer dan terecht.

Ze stak haar hand uit naar de riem, maar Levi draaide zijn lichaam half van haar af zodat ze er niet bij kon.

'Ik meen het, Elinor. Pas op dat ik haar niet bij je weg moet halen.'

'Dat zou je nooit doen.'

Hij zuchtte. 'Nee, dat klopt,' gaf hij toe. 'Maar als er nog meer klachten komen, zal ik je wel een boete moeten geven. Vandaag is ze dwars door Magda's bakkerij gehold. Als ze iets had vernield –'

'Dan zou Magda me dat heus wel laten weten.' Ze keek er een beetje van op dat ze niets over Dory's uitstapje had gehoord toen ze de cupcakes ophaalde, maar de bakkerij had stampvol gezeten, vooral met mensen van buiten de stad. De herfstkleuren waren tenslotte doorgebroken. Magda had haar blik opgevangen en de cupcakes overhandigd die Charlotte van tevoren had besteld, zonder het gesprek te onderbreken dat ze voerde met de toerist die vooraan in de rij stond.

'Zorg er gewoon voor dat je haar binnenhoudt,' zei Levi grommend met zijn zware, schorre stem.

'Dat zal ik doen.'

Ze had heus haar best gedaan, maar ze bleek de hondenversie te hebben geadopteerd van Ethan Hunt uit *Mission: Impossible*. Of Angus MacGyver, verdorie.

Elinor stak nogmaals haar hand uit naar de riem. Na een paar tellen liet Levi hem los en deed hij een stap naar achteren. Zijn ogen gleden langs haar om de situatie op te nemen en er ontging hem niets. Uiteindelijk bleef zijn blik rusten op de enorme doos van Magda die ze op de motorkap van haar auto had neergezet. Veel te veel cupcakes voor één persoon.

'Die zijn voor Anne,' hoorde Elinor zichzelf uitleggen, ook al was ze hem geen enkele verklaring verschuldigd.

Er laaide waakzaamheid op in zijn ogen, een vraag die zijn aandacht verscherpte, en Elinor begreep dat ze de fout in was gegaan. Hij was gek op haar zussen. Hij maakte zich zorgen om haar zussen. Hij was altijd ontzettend beschermend geweest tegenover Anne en Charlotte. Dat was ook een van de redenen dat ze hem nooit helemaal kon haten. Het zou veel gemakkelijker zijn als ze hem gewoon intens kon haten.

'Vijf jaar kankervrij,' zei Elinor. De beginnende bezorgdheid in zijn ogen maakte onmiddellijk plaats voor opluchting. 'Dat vieren we vanavond. Alleen met de familie,' voegde ze er haastig aan toe, voordat ze hem kon uitnodigen. Ze waren samen geweest tijdens Annes ziekte, inclusief de vreselijke terugkeer nadat ze bijna twee jaar kankervrij was geweest, maar dat gaf hem niet het recht om deze mijlpaal met hen mee te komen vieren. Dat recht had hij opgegeven toen hij haar halverwege het plannen van de bruiloft had gedumpt.

Hij keek achterom naar zijn Explorer. 'Dan zal ik maar eens gaan.'

'Dat lijkt me een goed plan.'

Nu Levi de riem niet langer vasthad, leek Dory opeens te hebben besloten dat ze vreselijk graag aandacht van hem wilde hebben en ze stootte een kort gezelligheidsblafje uit. Haar tweekleurige ogen staarden ingespannen naar Levi en haar poten stonden schrap in een half gehurkte houding, klaar voor welk spelletje dan ook. Hij beantwoordde haar uitnodiging met een nijdige blik.

'Wist je dat ze deuren open kan maken?' vroeg hij korzelig, alsof Elinor haar dat expres had aangeleerd om hem te pesten.

'Ja, dat weet ik. Toen ik haar uit de opvang haalde stond ze daar bekend als de ontsnappingskunstenaar. Ze bevrijdde de andere honden altijd om met ze te spelen.'

'Ally heeft tegenwoordig ook een dagopvang voor honden,' merkte Levi op.

'Dat weet ik.' Ze wist ook dat ze het zich met het salaris van schoolbibliothecaresse niet kon veroorloven om iemand te betalen om elke dag op Dory te passen. Ze had nu al de grootste moeite om de hypotheek te betalen voor het huis dat ze had gekocht toen ze nog dacht dat Levi en zij daar een lang en gelukkig leven tegemoetgingen.

Charlotte had een paar jaar bij haar ingewoond en dat had geholpen met de rekeningen, ook al waren ze horendol van elkaar geworden. Maar Charlotte was vorig jaar naar een van de ecovriendelijke appartementen bij het skiresort verhuisd en sindsdien zat Elinor krap bij kas. Misschien moest ze op zoek naar een nieuwe huisgenoot.

'Ik bedenk wel iets,' zei ze ferm, met een afwerende blik in haar ogen om Levi eraan te herinneren dat hij haar problemen niet langer hoefde op te lossen, hoe graag hij ook de redder van het hele heelal speelde.

Hij knikte kort. 'Oké,' prevelde hij. Toen liep hij eindelijk naar zijn SUV.

Dory jankte. Elinor legde een hand op haar kop en streelde haar zijdezachte oren. 'Hij is geen vriend van ons,' zei ze tegen Dory zodra het portier van de Explorer krakend was dichtgeslagen. Levi startte de motor, leunde met zijn ene pols op het stuur en keek nog eenmaal naar Elinor. Toen zette hij de auto in de eerste versnelling en reed hij achteruit haar oprit af. Ze keek hem na, turend naar de achterbumper van de man van wie ze op haar vijftiende al overtuigd was geweest dat hij de liefde van haar leven was.

Maar ja, dat was in de tijd dat ze *Titanic* de meest romantische film ooit had gevonden. Het was wel duidelijk dat ze een dwaas kind was geweest.

Ze keek omlaag naar Dory en de lieve schat keek haar met diepe aanbidding aan. 'Zeg, onruststoker. Wat moet ik nou toch met jou beginnen?'

3

Sommigen onder ons zijn sceptisch over het idee dat er een hereniging aan zit te komen, vooral degenen die hebben gespeculeerd over de rol van Kaye Berry in de beruchte breuk...

Stadsnieuwsbrief Pine Hollow
Maandag 27 september

Levi reed weg van Elinors huis en tuurde kwaad over het stuur. Ze konden niet eens meer een normaal gesprek met elkaar voeren. Als ze nu naar hem keek, stonden haar donkerbruine ogen kil en ongevoelig, en staarde ze hem door haar brillenglazen altijd aan met een rimpel in haar voorhoofd.

Zo hoorde het niet te gaan.

Hij had natuurlijk wel verwacht dat Elinor een tijdje overstuur zou zijn toen ze uit elkaar gingen, maar ze waren begonnen als vrienden en ze waren tijdens haar studie ook vrienden geweest. Bovendien was zij altijd degene in hun relatie geweest die logisch nadacht, die alles analytisch van alle kanten bekeek. Hij was ervan overtuigd geweest dat ze, zodra ze even wat afstand had genomen en besefte dat dit echt het beste was, die vriendschap weer gewoon konden oppakken.

Maar zo was het dus niet gegaan.

Er waren inmiddels drie jaar verstreken, maar ze was nog altijd woest op hem. Hij had geprobeerd er voor haar te zijn.

Hij had geprobeerd haar ruimte te geven. Hij had alles geprobeerd wat hij kon bedenken, maar kennelijk beschouwde ze hem nog steeds als de vleesgeworden duivel. Wanneer zou ze het hem verdorie nou eens vergeven? Ze moest nu toch inzien dat hij had gedaan wat het beste voor hen allebei was.

Levi lette niet echt op waar hij naartoe ging en had pas in de gaten dat hij op de automatische piloot was teruggekeerd naar het gebouw waarin de hulpdiensten van Pine Hollow waren gehuisvest toen hij het parkeerterrein opreed. Hij vloekte binnensmonds, kwaad op zichzelf om zijn gebrek aan concentratie, en ging naar binnen.

Het onderkomen van de politie, de brandweer en de ambulancedienst was puur functioneel en had de uitstraling van een pakhuis. De parkeerplekken voor de brandweerwagen en de ambulance namen de helft van de ruimte in beslag. De andere helft telde een handjevol claustrofobische kantoortjes voor de politiemedewerkers, een slaapkamer waar de leden van de vrijwillige brandweer konden pitten als dat nodig was, een keukentje dat sinds de jaren zeventig niet meer was gemoderniseerd, en een gemeenschappelijke ruimte met een flatscreentelevisie en vloerbedekking die zo versleten was dat de betonnen vloer eronder er hier en daar doorheen schemerde.

Levi had een 'officieel' kantoor in het oude stadhuis, in de kelder waarin ruim een eeuw lang de gevangenis van Pine Hollow gevestigd was geweest, maar omdat de cellen vrijwel nooit in gebruik waren en de stokoude kelder regelmatig onder water kwam te staan als er meer dan twee centimeter regen viel, bracht hij het grootste deel van zijn werktijd door in het gebouw van de hulpdiensten.

Daar zat de meldkamercentralist, daar deelden zijn agenten een kantoor, en daar kon hij informatie uitwisselen met de andere overheidsmedewerkers die keihard werkten om Pine Hollow veilig te houden. Het voorstel om het grootste deel van de politietaken te verplaatsen naar het gebouw voor de hulpdiensten was van zijn voorganger gekomen. Elton was een fervent voorstander geweest van het samenvoegen van bedrijfsmiddelen.

Levi duwde de voordeur open en zwaaide naar de centralist, Kaye, die terugzwaaide zonder op te kijken van het studieboek anatomie dat opengeslagen op haar bureau lag. Ze was kortgeleden begonnen aan een avondopleiding voor eerstehulpverlener en als er geen meldingen binnenkwamen, wat in Pine Hollow vaker wel dan niet het geval was, studeerde ze. Toen hij langs haar liep, vloog haar hand omhoog, leunend op een elleboog die in een rechte hoek op haar bureau steunde, met tussen haar wijs- en middelvinger drie velletjes papier die ze uit haar opschrijfboekje had gescheurd en nu voor hem ophield, nog altijd zonder op te kijken. 'Berichten voor jou.'

Levi verschoof zijn tas, rammelde met zijn sleutels en deed automatisch alsof hij zijn handen vol had. 'Wat voor berichten?' vroeg hij, alsof hij het te druk had en te belangrijk was om de briefjes aan te pakken. Een levenslange gewoonte. Ze kon hem maar beter een eikel vinden dan dat ze hem moeizaam naar de woorden zag turen. Honderden copingstrategieën die voorkwamen dat hij in het bijzijn van iemand anders iets moest lezen.

Kaye rolde met haar ogen, maar deed wat hij van haar verwachtte, precies zoals hij had geweten dat ze zou doen, en las ze pijlsnel voor. 'Nóg een klacht over de hond. Heb je haar trouwens te pakken gekregen?' Hij bromde bevestigend, en ze ging verder. 'Linda Hilson heeft gebeld om te vragen hoelang Elinor en jij weer bij elkaar zijn.' Zijn kaak verstrakte en Kaye wierp hem een meelevende blik toe. 'Ik heb tegen haar gezegd dat de politie op dit moment niet wil reageren.'

O, hij wilde best reageren. Het was alleen een reactie die niet geschikt was voor publicatie.

Toen zijn vriend Ben burgemeester werd en de verantwoordelijkheid voor de stadsnieuwsbrief moest overdragen, had

Linda zich erover ontfermd. Dat betekende dat alles wat Levi zei grote kans maakte om te worden geciteerd in het blaadje dat in rap tempo het roddelblad van de stad leek te worden.

Er waren nog geen officiële klachten tegen haar ingediend, maar hij vermoedde dat de eerste aanklacht wegens laster slechts een kwestie van tijd was.

Kaye wapperde met het derde berichtje. 'En daarna heeft je moeder gebeld om te vragen of ik tegen je wilde zeggen dat je haar terug moet bellen.' Kaye was een paar jaar jonger dan hij, maar keek hem nu aan met zo'n typische moederblik die zei: *Hoe durf je me zo teleur te stellen?* die alle vrouwen met kinderen tot in de puntjes leken te beheersen. 'Bel je moeder terug.'

'Jawel, mevrouw,' beloofde hij. Hij liep naar zijn kantoor zonder de briefjes aan te pakken waarmee ze naar hem zwaaide. Het nummer van zijn moeder kende hij uit zijn hoofd en de andere berichtjes zouden toch in de afvalemmer belanden. 'Dank je,' riep hij over zijn schouder, maar Kayes aandacht was alweer op het anatomieboek gericht.

Hij liep door de gang naar zijn kantoor, langs de openstaande deur van de kamer die zijn agenten deelden. Ze waren allebei zo jong dat Levi zich met zijn vierendertig jaar bijna bejaard voelde. Aaron, een drieëntwintigjarige skifanaat, was door de reddingsbrigade gerekruteerd vanwege zijn klimvaardigheden en had het parttimebaantje als agent aangenomen om wat extra's te verdienen.

En verder was er nog Hunter, die het in zich had om een prima agent te worden, maar slechts zijn tijd uitzat tot hij zijn ouders kon overhalen om in te stemmen met zijn plan om bij het leger te gaan. Hij was al achttien. In theorie had hij zich zo kunnen aanmelden. Maar hij was ervan overtuigd dat zijn ouders wel aan het idee zouden wennen, en waarschijnlijk klopte dat ook. Hij kon bijzonder overtuigend zijn. Levi verwachtte dat hij binnen een half jaar weg zou zijn.

Personeelsbehoud was een drama.

Het was niet ongebruikelijk dat agenten in stadjes als Pine Hollow overstapten naar beter betaalde banen, bijvoorbeeld bij een politiekorps in een grote stad, of voor een totaal andere carrière kozen. Er waren weinig doorgroeimogelijkheden voor een parttimeagent in een plaatsje dat maar één fulltimepolitiemedewerker telde. En geen enkel kind beschouwde parkeerboetes uitschrijven voor toeristen als een droombaan.

Levi was zelf meteen na de middelbare school begonnen als agent. Hij had alles in de praktijk geleerd en langzaam maar zeker steeds meer verantwoordelijkheid gekregen. Toen hij ruim tien jaar voor Elton had gewerkt, ging zijn mentor met pensioen en werd Levi benoemd tot politiechef. Maar Levi was niet van plan binnenkort al met pensioen te gaan en hij kon het de jongere mannen niet kwalijk nemen dat ze meer wilden.

Aan het eind van de gang hoorde hij stemmen. De brandweercommandant en de eerstehulpverlener die samen de reddingsbrigade leidden, zaten in de gemeenschappelijke ruimte te kletsen. Levi liep er niet naartoe, maar ging zijn eigen kantoor in.

Het was niet groot en bevatte slechts een oud bureau, een oude dossierkast, een paar oude leunstoelen en de dure ergonomische bureaustoel die de rest van het team hem vorig jaar voor kerst had gegeven.

Die stoel was op dat moment bezet.

Marjorie Stanhope zat lui achter zijn bureau een boek te lezen alsof het kantoor van haar was. Toen hij binnenkwam, keek de pittige zilverharige dame op en klapte haar paperback dicht. 'Levi.' Ze glimlachte.

'Je hebt zelf een kantoor,' zei hij.

Hij liep naar de gammele dossierkast, trok de bovenste lade open en legde zijn dienstwapen in de pistoolkluis die erin zat.

Met Bens hulp had hij de gemeente vorig jaar weten over te halen om digitaal te gaan, dus nu lag zijn kantoor godzijdank niet langer meer vol met dossiermappen. Hij had het papierwerk dat bij zijn baan hoorde altijd zo veel mogelijk omzeild, maar als hij nu rapporten moest opstellen, kon hij tijdens zijn patrouillerondes door het stadje zijn aantekeningen tenminste opslaan via de spraakherkenningssoftware op zijn telefoon, in plaats van achter zijn bureau, waar hij veel te veel tijd nodig had om wijs te worden uit die verrekte formulieren.

'Ik lig op de loer,' zei Marjorie, die zich achterover liet zakken in zijn stoel en het zich gemakkelijk maakte. 'En hier was de kans op succes het grootst.'

Hij trok een wenkbrauw op en leunde met een elleboog op de dossierkast. 'Moet ik soms weten waarom je op de loer ligt?'

Hij kon zich niet herinneren dat ze een bespreking hadden gepland.

Marjorie was op verzoek van Levi twee jaar geleden toegevoegd aan het welzijnsteam van Pine Hollow. Er was nooit ruimte in het budget geweest voor een fulltime maatschappelijk werker – die was er trouwens nog steeds niet – maar Marjorie was onlangs gestopt met haar therapiepraktijk en met pensioen gegaan, en was op zoek geweest naar een manier om iets terug te doen voor de gemeenschap. Ze was een goede vriendin van Elton en had als een soort oma voor de hele stad gefungeerd. Tegenwoordig deed ze dat dus in een semiofficiële capaciteit, iets wat Levi had bedacht nadat Elinor hem naar een podcast had laten luisteren over oma's op openbare bankjes in Zimbabwe, die hielpen om mentale gezondheidsproblemen te voorkomen.

Marjorie had zich onmiddellijk thuis gevoeld in die rol, en Levi was er vrij zeker van dat er een afname was te bespeuren in het aantal aan mentale problemen gerelateerde meldingen, ook al beschikte hij niet over data om die overtuiging te staven. Elinor zou de cijfers meteen op een rijtje hebben gezet. Waarschijnlijk zou ze ook meteen een artikel over het onderwerp hebben geschreven voor haar collega's, maar dat was iets waar Levi nooit goed in was geweest. In dat wetenschappelijke gedoe. Hij was met de hakken over de sloot geslaagd voor zijn eindexamen. Marjorie had allerlei masteropleidingen gedaan en had allemaal letters achter haar naam staan, iets wat hij niet had. Ze leek net een universitair docent zoals ze daar nu zat, met haar handen gevouwen op zijn bureau. 'Ga zitten.'

Hij trok een wenkbrauw op. 'Je beseft toch hopelijk wel dat dit mijn kantoor is, hè?'

'Jazeker. Heel indrukwekkend,' zei ze, totaal niet onder de indruk van zijn autoriteit. 'Ga zitten.'

Levi liet zich op een van de twee stoelen voor zijn bureau zakken. Zijn lange benen voelden veel te lang aan voor de eenvoudige stoel. Hij had het nooit een probleem gevonden dat hij geen comfortabele leunstoelen in zijn kantoor had, want zo veel bezoekers kreeg hij niet, maar het was alsof hij op een rotsblok zat. Hij schoof onbehaaglijk heen en weer, op zoek naar de prettigste zithouding, en Marjorie boog zich voorover, met haar ellebogen op zíjn bureau.

'Herinner je je nog dat je me in dienst nam?' vroeg Marjorie, een vraag die volgens hem ongetwijfeld retorisch was. 'Dat je me vertelde dat je je had voorgenomen om naar de stad te luisteren en in te grijpen voordat problemen echte problemen konden worden?'

Ze liet een stilte vallen en het drong tot hem door dat ze verwachtte dat hij antwoord gaf, dus hij knikte korzelig. 'Jazeker. Wat is het probleem?'

'Jíj bent het probleem.'

Levi beperkte zijn reactie tot traag knipperende ogen. 'Ik ben het probleem,' herhaalde hij, ervan uitgaand dat ze het zou uitleggen.

'Of liever gezegd: ik wil niet dat je dat wordt.'

Hij zei niets, maar keek haar alleen vragend aan. Ze haalde diep adem en blies de lucht met een diepe zucht uit.

'Wat er met Britt Wells is gebeurd, was niet jouw schuld.'

Hij vertrok geen spier, maar kon haar ook niet aankijken.

Met een verbeten gezicht tuurde hij naar de dossierkast. Het ding was beslist ouder dan hij, maar functioneerde nog steeds prima en had hooguit zo nu en dan een beetje smeermiddel nodig. Daar kon hij vast iets van leren.

'Levi.' Marjories stem klonk vriendelijk, maar ferm.

Nee, ik wil er niet over praten, sputterde hij in gedachten tegen. Hij keek nog steeds naar de dossierkast en ontdekte dat er aan de zijkant een roestig patroon aan het ontstaan was. *Ik wil niet dat je die naam nog een keer zegt.*

'Ik kan natuurlijk niet jouw therapeut zijn,' ging Marjorie verder, en ditmaal was hij er niet van overtuigd dat hij zijn gezicht niet pijnlijk vertrok.

In zijn hoofd hoorde hij zijn vaders stem. *Geen zwakte tonen. De mannelijke Jacksons zijn ijzersterk.* Het overstemde Marjories volgende opmerking bijna.

'En omdat ik al had bedacht dat je waarschijnlijk zou weigeren naar iemand hier in de stad te gaan, heb ik contact opgenomen met een oud-collega van me in Stowe. Hij is heel goed.' Ze zweeg even en nam hem onderzoekend op. Toen ze verder ging, klonk ze vastbesloten. 'Ik zou graag willen dat je met hem gaat praten.'

'Ik mankeer niets.'

'Je hebt beloofd dat je nooit tegen me zou liegen,' bracht Marjorie hem vriendelijk in herinnering. 'En dat doe ik ook niet tegen jou.'

Het was niet gelogen. Hij mankeerde niets. In het geval van Britt Wells had hij een verkeerde beslissing genomen, eentje die rampzalig had uitgepakt, maar hij ging er prima mee om. Hij was nu waakzamer, hij luisterde naar alle audioboeken die hij kon vinden over strategieën voor de aanpak van mensen die verslaafd zijn aan pijnstillers. Het zou hem niet nog een keer overkomen.

'Levi. Wanneer heb je voor het laatst geslapen? Een hele nacht geslapen? Juli? Augustus misschien?'

Levi knipperde met zijn ogen. Het voelde alsof er zand in zat, maar hij had niet verwacht dat iemand in de gaten zou hebben dat hij niet sliep. Hij toonde nooit zwakte. Hij hield zich groot omwille van het stadje.

'Ik zeg niet dat je een probleem hebt,' vervolgde Marjorie toen hij bleef zwijgen. 'Ik vraag je alleen om met iemand te gaan praten voordat het een probleem wórdt.'

Ze stak een hand naar hem uit om hem iets te geven. Een visitekaartje. Hij staarde ernaar alsof het hem zou bijten.

De mannelijke Jacksons hebben geen therapie nodig. Weer zijn vaders stem.

Ze zwaaide met het kaartje. 'Moet ik Elton soms bellen?'

Zijn oude baas. Zijn mentor. De reden dat hij op dit moment niet in de gevangenis zat. Een veel betere raadgever dan de stem vol giftige mannelijkheid die huurvrij in zijn hoofd huisde. Elton geloofde dat het nuttig was om dingen uit te spreken. Hij had Levi geleerd dat hij de inwoners van Pine Hollow het beste veilig kon houden door naar hen te luisteren, hen door en door te leren kennen, en te weten wie er hulp nodig had.

Zodat hij geen waarschuwingssignalen over het hoofd zou zien, zoals hij dat bij Britt Wells had gedaan...

Elton was een kleine man met een grote glimlach. Levi zou zijn plek nooit kunnen innemen, zou nooit voor Pine Hollow kunnen zijn wat Elton voor het stadje was geweest voordat hij naar Florida was verhuisd. Maar Elton zou wel willen dat hij erover praatte.

Hij pakte het kaartje aan en knikte kort.

'Dank je,' prevelde Marjorie. Ze leunde achterover in zijn stoel, een beweging die, samen met haar vlotte, stralende glimlach, de spanning verdreef die in het kantoortje leek te hangen. 'Zeg, wat hoor ik nou? Ben je weer samen met Elinor Rodriguez?'

4

…en er zijn mensen die beweren dat niet alle familieleden van onze geliefde bibliothecaresse even enthousiast zijn over een eventuele hereniging…

Stadsnieuwsbrief Pine Hollow
Maandag 27 september

'Jullie moeder was een grote fan van Jane Austen, hè?'

Elinor sloeg Annes vriendin Bailey gade, die voorzichtig met haar vingertoppen over de vergulde letters op de rug van de gebonden boeken streek die een ereplaats innamen in haar moeders boekenkast.

'Het was een passie van haar. Een obsessie, zou je zelfs kunnen zeggen,' antwoordde Charlotte loom. Ze lag languit op de vloer.

Elinor gooide een servetje naar het hoofd van haar zus. Dat was het enige waar ze bij kon vanuit de enorme leunstoel van haar vader zonder Dory te storen, die op haar schoot lag te slapen. 'Ze las ontzettend graag,' vertelde Elinor aan Bailey. 'En wat haar betreft vormde Jane Austen de absolute top.'

Het feestje was afgelopen. Anne had een paar vriendinnen uitgenodigd om het met hen mee te vieren, maar de anderen waren al lang vertrokken en nu zaten ze met z'n vieren in de woonkamer: Elinor, Anne, Charlotte en Bailey. Hun vader was naar bed gegaan, na een liefhebbende glimlach naar zijn dochters en de waarschuwing om het niet te laat te maken, alsof ze kleine kinderen waren.

De doos met cupcakes stond opengeklapt op de vloer en was inmiddels leeg, maar Charlotte peuterde stukjes glazuur uit de binnenkant van de doos.

Elinor wist dat ze eigenlijk naar haar eigen huis moest gaan, dat op slechts een korte wandeling van het huis van vader in dezelfde straat stond, maar nadat Dory alle aanwezigen op het feestje zover had weten te krijgen dat ze de bal voor haar weggooiden, was ze opgerold op Elinors schoot in slaap gevallen. Elinor kon het niet over haar hart verkrijgen om haar wakker te maken en met haar naar huis te lopen.

Ze moest de volgende dag vroeg op en ze moest ook nodig een nieuwe manier bedenken om de hond binnen te houden, maar het was heel lang geleden dat ze met haar zussen samen was geweest en ze kroop nog wat dieper weg in haar vaders oude stoel.

'Ze had dolgraag naar Engeland gewild,' voegde Anne eraan toe, terwijl Bailey zich vooroverboog om het ouderwetse portret van hun moeder te bekijken dat tussen haar lievelingsspullen stond. 'Om in het voetspoor van Austen te lopen.'

'Jij bent tenminste niet naar Charlotte Lucas vernoemd,' mopperde Charlotte vanaf de vloer. 'Charlotte Lúcas. Erger kan bijna niet.' Ze lag op haar rug naar het plafond te staren, met een plastic champagneglas balancerend op haar buik.

Bailey wierp met een diepe rimpel in haar voorhoofd een blik op Charlotte. 'Is het heel erg dat ik niet weet wat dat betekent?' Bailey en Anne waren pas een paar maanden aan het daten, en ze leek nog steeds zenuwachtig in het bijzijn van hun familie, bang omdat ze een goede indruk wilde maken.

Charlotte wuifde met haar hand, als de paus die audiëntie verleende. '*Trots en vooroordeel.* Charlotte Lucas is echt het vreselijkste personage dat je kunt bedenken.'

'Zeg, ik vind Charlotte Lucas leuk,' sputterde Elinor tegen.

'Ze trouwt met meneer Collins. Meneer Cóllins.'

'Ze is heel pragmatisch,' merkte Elinor op. 'Daar zou jij best een voorbeeld aan mogen nemen.'

'Ik had Elinor moeten heten,' hield Charlotte vol. Ze schonk de laatste prosecco in haar plastic champagneglas. 'Dan had jij Charlotte kunnen zijn.'

'Wil je soms beweren dat ik een Charlotte Lucas ben?' vroeg Elinor boos.

'Elinor Dashwood is ook pragmatisch,' zei Anne haastig, in een poging ruzie te voorkomen, maar Charlotte keek Elinor al met een uitdagende grijns aan.

'Als je zelf degene bent die met meneer Collins trouwt, is het lang zo leuk niet, hè?'

'Ik heb jou altijd meer als een Marianne gezien,' merkte Anne nu op.

'Of een Lydia,' mompelde Elinor.

Charlotte schoot met een ruk overeind. 'Wát zei je?'

'Ik kan het echt niet meer volgen,' bekende Bailey, die naar de bank terugliep en naast Anne ging zitten.

'Elinor en Marianne Dashwood zijn twee zussen uit *Verstand en gevoel*,' verduidelijkte Anne. 'En Charlotte Lucas trouwt met een van de onaangenaamste personages die Jane Austen ooit heeft beschreven, omdat ze denkt dat ze geen beter aanbod zal krijgen. Maak je geen zorgen. Niemand van ons verwacht dat je dit allemaal onthoudt. Dat iedereen in deze familie geobsedeerd is door Austen wil niet zeggen dat jij dat ook moet zijn.'

'Ik ben niet geobsedeerd,' sputterde Charlotte tegen, alsof zij niet degene was die in alledaagse gesprekken de meeste verwijzingen naar Austen gebruikte.

'Anne komt uit *Overreding en overtuiging*,' zei Elinor, 'mijn persoonlijke favoriet.'

'Ik date in elk geval met een Darcy,' kondigde Charlotte zelfvoldaan aan.

Het lukte Elinor niet om haar sceptische gesnuif helemaal in te houden, maar ze probeerde het dan ook niet echt.

Het was een hele opluchting voor haar geweest om te horen dat Charlottes horkerige vriendje had besloten zich die avond niet te laten zien. Warren was net zo invoelend als een drilboor. Toen hij Anne de vorige keer ontmoette, had hij haar gevraagd of zij de zus van de kanker was of die van de bibliotheek. Dat was op zich al erg genoeg, maar hij had haar nota bene al drie keer eerder ontmoet. Annes gezicht was knalrood geworden – ze had de bleke huid van hun moeder geërfd, net als het eierstokkankergen – en had wat gehakkeld totdat Elinor ingreep en Warren er voor de zoveelste keer aan herinnerde dat zíj de bibliothecaresse was en dat Anne bij de Bluebell Inn werkte.

Warrens aanwezigheid was wel het laatste wat Anne kon gebruiken op de avond dat ze haar vijfde kankervrije jaar vierden.

Charlottes woeste blik, die volgde op Elinors openlijk geuite twijfels over Warrens Darcy-eigenschappen, was dodelijk. 'Ik date tenminste. Jouw vrouwelijke lichaamsdelen verzamelen al drie jaar lang stof.'

'Ik date heus wel,' protesteerde Elinor blozend.

'Er is een nieuwe fysiotherapeut bij de Estates. Ik wil jullie wel koppelen,' bood Charlotte aan. 'Je mag je wel vereerd voelen. Ik gun jou de eerste kans bij een nieuweling, zelfs nog voordat ik hem aan Mags en Kendall probeer te koppelen.'

Magda, Kendall en Charlotte waren al sinds de kleuterschool met elkaar bevriend, dus het wilde heel wat zeggen dat ze nu voorrang kreeg, maar Elinor fronste haar wenkbrauwen. 'Ik weet niet zeker of dat een eer is, of dat het aantoont hoe sneu je me vindt.'

'Niet sneu, maar wel... behoeftig.' Bij het zien van Elinors boze blik ging ze liefjes verder: 'Alsof je heel hard een vent nodig hebt.'

'Een vrouw heeft net zo hard een man nodig als een vis een fiets,' merkte Anne op, en ze toostte spottend met haar glas.

Charlotte rolde met haar ogen. 'Ik bedoel niet dat je een man nodig hebt omdat je zonder een vent niet compleet bent. Ik bedoel dat je een man nodig hebt omdat je nog steeds naar die rotzak van een Levi smacht.'

Elinor keek haar boos aan. 'Doe niet zo belachelijk. Ik smacht helemaal niet naar iemand. En ik heb met heel wat mannen gedatet sinds Levi en ik uit elkaar zijn. Met sommigen wel een paar maanden lang.'

'Maar je was niet verliefd op hen. Het was eerlijk gezegd vreselijk pijnlijk om aan te zien. Jij bent ontzettend preuts van aard –'

'Niet waar!'

'En ik durf te wedden dat je met niet een van die mannen naar bed bent geweest. Je hebt het hoofdstuk Levi nooit helemaal afgesloten.'

Oké, het was inderdaad waar dat ze niet met hen naar bed was geweest, maar wat was dat nou voor onzinnig argument? 'Moet ik dan met willekeurige mannen het bed in duiken om dat hoofdstuk af te sluiten?'

'Niet met willekeurige mannen,' antwoordde Charlotte. 'Daar gaat het nou juist om. Met een góéde man. Iemand die je echt leuk vindt. Je hebt je aan Levi vastgeklampt en nu zie je andere mannen niet eens meer, zelfs niet als ze pal voor je staan.'

'Levi is een lieverd,' zei Anne voorzichtig.

'Daar komt niets van in.' Charlotte wees met een priemende vinger naar Anne. 'In dit huis staat niemand aan Levi's kant. Wij willen gewoon dat je er een streep onder zet en verdergaat met je leven.'

'Ik bén verdergegaan met mijn leven,' snauwde Elinor.

'Waarom heeft Magda me dan een appje gestuurd omdat ze Levi met jouw hond had gezien?'

'Omdat Dory steeds ontsnapt!' De hond in kwestie bewoog zich onrustig bij het horen van Elinors luide stem. Ze streelde Dory's zijdezachte flank om haar weer in slaap te sussen en ging iets rustiger verder: 'Levi is nu eenmaal degene die wordt gebeld als iemand haar los ziet rondlopen, omdat het nummer van de dierenpolitie naar hem wordt doorverbonden, maar ik zie hem alleen wanneer hij haar terugbrengt.'

'Als jij het zegt, dan zal dat wel. Maar ik ga geen kakelverse nieuweling aan jou verspillen zolang jij in de ontkenningsfase zit. Dan geef ik hem liever aan Mags.'

'Heeft de nieuweling daar misschien zelf ook nog iets over te zeggen?'

Charlotte wuifde de vraag achteloos weg en dronk haar prosecco op.

Anne perste haar lippen op elkaar om een glimlach te onderdrukken. Elinor voelde dat ze glimlachte omdat Anne glimlachte.

Het ging nu al een paar jaar goed met Anne, maar Elinor wist van zichzelf dat ze nog steeds alert was op sporen van vermoeidheid, op de terugkeer van een symptoom. Anne hing nu een beetje onderuitgezakt op de bank en leunde tegen Bailey aan, maar het slaperige glimlachje waarmee ze haar vingers met die van haar vriendin verstrengelde was intens tevreden.

Ze waren nog niet zo lang bij elkaar, maar Elinor kreeg altijd een warm gevoel wanneer ze elkaar aankeken. Anne was de beste van hen drieën, en wat zij hadden was heel bijzonder. Het had iets vertederends. Iets zorgzaams wat haar de indruk gaf dat Anne het volmaakte liefdesverhaal kreeg dat ze verdiende.

Toch zag ze er zo moe uit dat Elinors moederkloekinstinct wakker werd. 'Het is al laat. We kunnen allemaal beter gaan slapen.' Ze verschoof een stukje op de stoel en Dory bewoog mee op haar schoot. De hond werd wakker en hief met een ruk haar kop op.

'Oké, mam,' mopperde Charlotte. 'Het is net half elf geweest.'

'Sommigen van ons hebben een druk weekend voor de boeg. Ik ga maar eens beveiligingscamera's ophangen om te zien hoe het kan dat Dory steeds ontsnapt, om van het gezeur van Levi af te zijn.'

'Je zou een gps-tracker aan haar halsband kunnen vastmaken, dan kun je haar via je mobiel opsporen,' opperde Charlotte, terwijl ze het laatste restje glazuur van de deksel van de gebaksdoos pulkte.

Elinor trok haar wenkbrauwen op. 'Zal ik je eens wat zeggen? Dat is echt een ontzettend goed idee.'

'Je hoeft niet zo verbaasd te klinken.' Charlotte keek haar boos over de rand van haar glas aan. 'Ik ben best slim. Ik ben magna cum laude afgestudeerd in de geneeskunde. Niet dat iemand in dit stadje dat waardeert of zo.'

'Toe nou,' zei Anne sussend, om als altijd de lieve vrede te bewaren. 'Er zijn heus wel mensen die het waarderen. Wíj waarderen het. We zijn trots op je.'

'Heel trots,' beaamde Elinor. Ze had altijd het gevoel gehad dat het hele stadje op haar lette. *Dat meisje van Rodriguez gaat het ver schoppen.* Iedereen had verwacht dat ze een medicijn tegen kanker zou vinden en Pine Hollow op de kaart zou zetten, maar uiteindelijk was de kleine Charlotte degene die arts was geworden.

Charlotte staarde haar nu woedend aan, alsof ze het sarcastisch bedoelde.

'Niemand neemt me serieus,' klaagde Charlotte, een bekende jammerklacht. Elinor wilde heus wel met haar meeleven, maar na de zoveelste herhaling had hij duidelijk aan kracht ingeboet. 'Meneer Blake eiste vandaag dat hij door een échte dokter werd behandeld, in plaats van door mij. Een volwássen dokter. Ik heb geprobeerd hem duidelijk te maken dat ik volwassen ben, dat oude artsen in een grijs verleden medicijnen hebben gestudeerd, toen we nog niet de helft van de kennis bezaten die we nu bezitten, en dat hij bij mij dus beter af is, maar dacht je dat dát belangrijk was? Welnee. Ik ben de Doogie Hower-grapjes onderhand spuugzat.'

'Dat krijg je als je geniaal bent,' zei Bailey plagerig. Anne en zij pasten uitstekend bij elkaar. Ze waren allebei heel vriendelijk en probeerden altijd iedereen op hun gemak te stellen.

'Ik ben inderdaad geniaal,' mopperde Charlotte.

'En ook bescheiden,' reageerde Elinor lijzig, wat haar een boze blik opleverde.

Elinor kon maar niet beslissen of ze Charlottes ego indrukwekkend of afschuwwekkend vond. In het geval van Charlotte bevond ze zich wel vaker in dat grijze gebied. Haar jongste zus was superintelligent, dat viel met geen mogelijkheid te ontkennen, maar ze gedroeg zich ook voortdurend gekrenkt omdat ze vond dat het heelal haar tekort had gedaan.

Toegegeven, dat laatste was wel waar.

Elinor was vijftien toen hun moeder overleed. Charlotte was pas negen, zo jong dat ze zich de tijd voordat hun moeder ziek werd eigenlijk niet kon herinneren. Niet zo goed als Elinor. Het geluid van hun moeders stem die voorlas uit *Verstand en gevoel*... De gierende lach tijdens het bouwen van een fort van kussens in de woonkamer. Die herinneringen had Charlotte allemaal niet.

Ze had altijd al naar aandacht verlangd, naar lof, maar na het verlies van hun moeder leek het nooit genoeg te zijn. Toen Anne op haar negentiende de diagnose kreeg, tijdens Charlottes laatste jaar op de middelbare school, had alles wéér om kanker gedraaid. Hoe indrukwekkend Charlottes prestaties ook waren – het hoogste cijfergemiddelde van het hele eindexamenjaar, het winnen van de National Merit-studiebeurs – niemand had de emotionele bandbreedte voor haar. Elinor deed echt wel haar best om met haar mee te leven, maar ze moesten er allemaal mee leren omgaan. Het was voor iedereen rot geweest, vooral voor Anne.

En toen Katie...

Elinor verjoeg de gedachte. Vanavond wilde ze alleen maar blij zijn. Vanavond hadden ze iets te vieren.

'Het is al laat.' Anne duwde zichzelf van de bank omhoog. 'We moesten maar eens gaan.'

Charlotte merkte chagrijnig op dat Elinor altijd de lol van alles verpestte. Maar toen ze allemaal hun jas pakten, sloeg ze toch haar armen om Anne heen in een extra stevige omhelzing. Het was eind september en er hing een heerlijk vleugje herfst in de avondlucht, net fris genoeg om je wakker te maken en op te peppen.

Elinor gaf Anne nog een laatste knuffel voordat haar zusje in Bailey's auto stapte. Dory snuffelde aan een dennenappel en ging op onderzoek uit in de voortuin. Elinor bleef aarzelend op de oprit staan en staarde nadenkend naar Charlotte, die een berichtje op haar mobieltje las en licht wankelde.

'Weet je zeker dat het verstandig is om te rijden?'

'Lieve god, hou nou eens op, oké?' Charlotte hief met een ruk haar hoofd op. 'Ik ben een volwassen vrouw, hoor. Ik wilde alleen maar weten of Warren me kon ophalen.' Elinor kneep haar lippen op elkaar en er gleed meteen een geïrriteerde uitdrukking over Charlottes gezicht. 'Laat dat.'

'Ik zei toch niets?'

'Ik kan aan je zien wat je denkt. Ik snap echt niet waarom je zo'n hekel aan hem hebt.'

'Ik heb helemaal geen hekel aan hem.' *Of misschien toch wel.* 'Ik vind alleen dat hij nooit lief voor je is.'

'Dat moet jij nodig zeggen. Jij bent nog steeds verkikkerd op Levi, ook al heeft hij je zo ongeveer voor het altaar laten staan...'

'Ik ben helemaal niet verkikkerd op hem! Wanneer hou je daar nou eens over op?'

'Wanneer hou jij eens op me te behandelen als een twaalfjarige? Ik ben volwassen, ik heb een waanzinnig goede baan, een schitterend luxeappartement en een geweldige man die alles is waar ik vroeger van droomde, en ik laat me niet door jou vertellen dat hij dat niet is!'

'Wat maakt hem dan zo geweldig? Het feit dat hij jou voortdurend laat barsten en geen enkele moeite doet om iets over onze familie te onthouden, ook al heeft hij ons al vijf keer ontmoet?'

'Hij heeft het druk. En hij heeft veel aan zijn hoofd. Niet iedereen heeft een encyclopedisch geheugen voor elk onzinnig feitje over deze familie.'

'Ik vind het gewoon akelig om te zien dat types zoals hij jou aan het lijntje houden en je het gevoel geven dat je moet bedelen om een beetje aandacht. Je verdient veel beter, Char.'

'Warren is een fantastische man,' snauwde Charlotte. Haar telefoon piepte en ze wierp er een blik op. Er vloog een gekwetste uitdrukking over haar gezicht die zo snel weer verdween dat Elinor er bijna aan twijfelde of ze het wel goed had gezien. Toen draaide ze zich abrupt om en ze liep met grote stappen naar de stoep. 'Ik ga naar Magda.'

'Ik kan je wel met de auto naar huis brengen,' riep Elinor haar na, terwijl ze Dory's riem inkortte, zodat de hond de brievenbus moest verlaten die ze aan het onderzoeken was. 'Je kunt wel in mijn logeerkamer slapen.'

Haar zus minderde geen vaart en haar hakken tikten snel over het trottoir naar het centrum van het stadje.

'Charlotte?'

'Met mij is alles prima, Elle. Ik wil nu liever niet bij jou in de buurt zijn. Oké?'

Elinor haalde sissend adem bij dit pijnlijke déjà vu dat haar terugvoerde naar Charlottes tienerjaren. Hun band was altijd meer geweest dan een puur zusterlijke. Toen hun moeder ziek werd, was Charlotte nog heel jong. Elinor was zo vastbesloten geweest om te helpen waar ze kon dat ze al vóór het overlijden van hun moeder een soort tweede moeder voor haar zusje was geworden.

Hun vader was geweldig, maar Elinor had toch sterk de indruk dat wat meisjesdingen betreft zíj Charlotte door het leven had geloodst. Tot een paar jaar geleden, tenminste, want toen was Charlotte zich ertegen gaan verzetten. Uit alle macht. Tegenwoordig leek Elinor niets meer te kunnen zeggen zonder dat Charlotte het als kritiek of oordeel over haar volwassenheid opvatte. Ze wist niet meer hoe ze met haar zus moest praten en het leek alleen maar erger te worden.

Katie zou wel hebben geweten wat ze moest doen.

De gedachte dook vanuit het niets op in haar hoofd, zo krachtig en helder dat ze ervan schrok. Drie jaar later voelde de leegte die Katies dood in haar leven had achtergelaten nog steeds aan als een gapend zwart gat.

Het verlies van haar moeder was vreselijk geweest, maar daar had ze zich op kunnen voorbereiden. Ze hadden heel lang de tijd gehad om te bedenken hoe ze afscheid moesten nemen, hoe ze het konden leren aanvaarden. Het was niet lang genoeg geweest – hoelang ze ook hadden gehad, het zou nóóit lang genoeg zou zijn geweest – maar ze hadden in elk geval de tijd gehad.

Maar Katie... Katie was op een dag zomaar ineens verdwenen. Twintig jaar lang was ze haar beste vriendin geweest. Degene die kanten van haar kende die niemand anders kende. Plotseling met wortel en al uit haar leven weggerukt, met achterlating van een bloedende wond die nooit helemaal leek te genezen.

Ze had veel kennissen. De mensen in de stad kenden haar, en ze kon met iedereen overweg. De karaokefeestjes op haar verjaardag werden altijd druk bezocht door mensen die haar wilden feliciteren, maar zo'n goede band als ze met Katie had gehad, had ze nooit met iemand anders gevoeld. Niemand begreep haar echt.

Katie was haar zielsverwant geweest, zelfs nog meer dan Levi. Ze was degene geweest naar wie Elinor toe ging als ze behoefte had om met iemand te praten. Als ze iets moest zien uit te knobbelen. En nu…

Hoe kwam je daar ooit overheen?

Dory stootte tegen haar been. Elinor maakte haar blik los van de verdwijnende gedaante van haar zus. De lieve Australische herder zat bij haar voeten en tuurde vol aanbidding naar haar op, alsof ze op een of andere manier in de gaten had dat Elinor uit haar gepeins moest worden gehaald.

'Kom,' mompelde ze, met een aai over de zachtste oren van de hele wereld. 'Dan gaan we maar naar huis.'

5

> De vandaal van Pine Hollow heeft weer toegeslagen! In de recentste van een reeks afschuwelijke vandalistische daden heeft de verantwoordelijke hooligan vorige week de achtergevel van The Cup besmeurd. Heel Pine Hollow vraagt zich af wie het volgende slachtoffer zal zijn. Wanneer grijpt onze geliefde chef van de politie de dader in de kraag?
>
> *Stadsnieuwsbrief Pine Hollow*
> Maandag 11 oktober

Op vrijdagochtend stond Levi met over elkaar geslagen armen naar de graffiti te staren die op de achtergevel van The Cup was aangebracht.

Mac stond naast hem, met zijn handen op zijn heupen en een uitdrukking van onwillig respect op zijn gezicht. 'Ik moet eerlijk zeggen dat ik best onder de indruk ben,' bekende de eigenaar van The Cup. 'Het is een enorme prestatie om totaal onopgemerkt je tag aan te brengen op deze muur, tot nog geen twee meter onder de kamer waar ik slaap. En de leveranciers zijn al vroeg in dit steegje. Hoelang zal het in beslag hebben genomen? Twee uur? Drie?'

Levi zei niets, maar Mac was al zo lang met hem bevriend dat hij zich niet door de stilte liet afschrikken.

'Ik hoorde dat de Pine Hollow Inn een paar dagen geleden te grazen is genomen. Om hoeveel andere plekken gaat het?'

'Twee.' Er hingen hier geen camera's. Net als op de andere plaatsen waar de kunstenaar in de dop zich had uitgeleefd. Levi tuurde nadenkend naar de rode en zwarte vegen. Hij vond dat ze woede uitstraalden, maar wat wist hij nou helemaal van kunst? 'Vind je het goed dat ik Marjorie ernaar laat kijken voordat je eroverheen schildert?' Hij had al foto's gemaakt met zijn telefoon, maar in het echt gingen de afbeeldingen gepaard met een bepaald gevoel en hij wilde haar mening graag horen.

'Ik wou het eigenlijk een tijdje laten zitten, om te kijken of het went.' Mac stopte zijn handen in zijn zakken en wiebelde heen en weer op zijn voeten. 'Wie weet? Misschien blijkt het straks de nieuwe Banksy wel te zijn.' Hij schokschouderde, alsof hij alle zorgen over de drie meter hoge vandalistische schildering letterlijk van zich af schudde, en keek met een onbekommerde glimlach naar Levi. 'Kom je morgen naar ons pokeravondje?'

Levi hief zijn kin op bij wijze van bevestiging. 'Ik ben misschien wel iets later.' Mac, Ben en hij gingen op woensdagavond meestal naar Connors huis voor hun vaste pokeravond, maar nu Bens agenda flink in de war werd geschopt door de voorbereidingen voor de bruiloft hadden ze het deze week naar zaterdag moeten verschuiven. Levi had op zaterdagmiddag een afspraak met de therapeut in Stowe, en in deze tijd van het jaar was het in het weekend altijd beredruk op de weg vanwege de toeristen die de bladerenpracht kwamen bewonderen.

'Dan zie ik je daar wel,' zei Mac, die al op weg was naar de deur voor de leveranciers van zijn restaurant. 'Veel succes met het vangen van de vandaal van Pine Hollow.'

De laatste woorden klonken griezelig theatraal. Levi onderdrukte een grijns en schudde zijn hoofd. Gelukkig had Mac de aantasting van zijn pand beter opgevat dan de eigenaren van de Pine Hollow Inn. Die hadden hevig handenwringend gejammerd over de mogelijkheid dat er blijvende schade was aangericht aan de historische bakstenen. Het woord 'schending' was zo vaak gevallen dat het een uitstekend drinkspelletje zou zijn geweest.

Levi kon niet zeggen of hij de graffiti net zo'n belediging aan het adres van de geschiedenis vond als de eigenaren van de Inn, maar hij kon het evenmin net zo luchthartig afdoen als Mac. Iemand in het stadje vond het nodig om privébezittingen te beschadigen, en of het nou om een groepje tieners ging of niet, hij kon de dader niet ongestoord zijn gang laten gaan.

Na een laatste blik op de verfvegen liep hij naar het begin van het steegje. Daar haalde hij zijn telefoon tevoorschijn om Marjorie een appje te sturen. Hij bracht het toestel naar zijn mond om de spraak-naar-tekstapp te gebruiken en bleef nog even staan om een blik over zijn schouder te werpen. Misschien was het een onschuldige grap. Een paar jongeren met te veel vrije tijd. Zonder kwade bedoelingen. Maar zijn Spider-Man-instinct roerde zich en hij had het idee dat er meer achter zat.

Of misschien kwam het wel puur door slaapgebrek.

Hoe dan ook, hij kon wel een second opinion gebruiken.

Hij draaide zich weer terug en zag in een flits een strook bruin-witte vacht langs de ingang van het steegje schieten.

Dory.

Het was alweer twee weken geleden. Hij begon bijna te denken dat Elinor erin was geslaagd het verdraaide dier binnen te houden.

Dom van hem.

Levi vloekte binnensmonds en trok een sprintje.

'Ik zie dat Elinors hond weer is ontsnapt.'

'Breek me de bek niet open,' bromde Levi. Hij beende met grote stappen langs Kaye, met een engelachtige Dory naast zich aan de riem die Elinor op de ochtend na Dory's vorige ontsnapping bij de balie van het politiebureau had afgegeven.

'Linda Hilson wacht nog steeds op een reactie over jullie relatiestatus!' riep Kaye hem na toen hij in de gang verdween.

'Zeg maar tegen haar dat ze niet mag appen tijdens het rijden, anders moet ik haar weer op de bon slingeren!' schreeuwde hij terug zonder zijn pas in te houden.

Hij duwde de deur van de verhoorkamer open die eigenlijk vooral werd gebruikt om dronkenlappen hun roes in te laten uitslapen. Hij duwde de hond naar binnen, maakte de riem los en trok haastig de deur dicht. Ze zette het op een janken, een hoog geluid dat zijn medelijden moest opwekken. Maar nadat hij haar door de halve stad achterna had gezeten, had hij geen medelijden meer over. Ook niet toen ze heel zielig begon te blaffen. Hij was keihard. Hij was er wel tegen bestand.

'Blijf,' zei hij door de dichte deur tegen haar. Toen liep hij naar zijn kantoor.

Het was nog niet eens twaalf uur 's middags. Ze was vandaag vroeg ontsnapt. Normaal gesproken liep het tegen drieën voordat de eerste telefonische melding over een loslopende hond binnenkwam. Het zou uren duren voordat Elinor klaar was met haar werk en hij haar stevig de les kon lezen omdat ze die verrekte hond van haar weer had losgelaten. En hij had die verdraaide afspraak met de therapeut.

Toen hij op weg was naar het bureau had de therapeut hem een berichtje gestuurd om te zeggen dat er die middag een plek was vrijgekomen, voor het geval dat hem beter uitkwam, en hij had al ja gezegd voordat het tot hem doordrong dat hij de hele dag met Elinors hond opgescheept zou zitten.

Hij had haar eigenlijk naar Ally's dierenopvang moeten brengen. Ally had Furry Friends vorig jaar overgenomen en was een dagopvang voor honden begonnen, dus hij wist dat ze de hond wel kon hebben. Maar ze was bevriend met Elinor en zou haar ongetwijfeld meteen bellen zodra de school uit was. Dan zou Elinor de hond daar ophalen en zou Levi haar niet te zien krijgen. Dan zou hij haar niet kunnen inprenten dat dit patroon echt totaal onacceptabel was.

Misschien kon hij de hond in de verhoorkamer laten zitten, terwijl hij naar Stowe was. Zo lang zou hij niet weg zijn –

'Waarom zit er een hond op de brandweerwagen? Hebben we een nieuwe mascotte?'

Dat meen je niet.

De verhoorkamer had geen handvat dat ze naar beneden kon drukken, zoals de deur die ze bij Magda open had gekregen. Het was verdorie een knop en ze had geen duimen.

Levi was al opgestaan voordat Marjorie haar zin had afgemaakt. Hij liep haastig naar de geparkeerde brandweerwagen, waar Dory inderdaad opgetogen boven op de cabine zat, met een kwispelende staart en laaghangende schouders, in een gehurkte houding die uitnodigde tot spelen.

'Hoi, Levi,' riep Dean, de brandweercommandant, opgewekt. 'Is die hond van jou?'

'Van Elinor.' Hij staarde fronsend omhoog naar Dory, zich afvragend hoe hij haar naar beneden kon lokken. Hij had de voorraad hondensnoepjes nog steeds niet aangevuld.

'Da's waar ook. Ik heb gehoord dat jullie weer bij elkaar zijn.'

'We zijn helemaal niet –' Levi brak de felle ontkenning af. 'Die hond van haar veroorzaakt enorm veel overlast,' legde hij geforceerd kalm uit. 'Ze liep los in de Main Street en probeerde de auto's bij elkaar te drijven. Ik had haar in de verhoorkamer opgesloten, maar op een of andere manier is ze daar weer uit gekomen.'

'Juist, ja,' zei Dean, die duidelijk totaal niet overtuigd was. Levi moest zich echt inhouden om niet te knarsetanden. Waarom geloofden mensen alles wat ze in die nieuwsbrief lazen?

Zijn eerste prioriteit was om de verrekte hond van de brandweerwagen te krijgen voordat ze gewond kon raken. Hoe had Astrid dat laatst ook alweer gedaan?

Hij hief een beetje gegeneerd een hand op en kromde zijn vingers, alsof hij een tennisbal vasthield. 'Eh, Dory, wil je met de bal spelen?'

De Australische herder spitste onmiddellijk de oren en haar ogen focusten zich op zijn hand.

Toen sprong ze.

Marjorie slaakte een gilletje. Levi dook naar voren, alsof hij haar uit de lucht wilde plukken. Hij had haar al eerder over en van dingen zien springen – bankjes, prieeltjes – maar het dak van de brandweerwagen stak bijna een meter boven zijn hoofd uit, en de hond had zich als Superman in een baan gelanceerd die haar regelrecht naar de niet-meegevende zijkant van de ambulance en de harde betonnen vloer voerde.

En hij was degene die haar had geroepen, die haar had aangemoedigd om zich als een ware kamikaze van de wagen te storten.

In gedachten zag hij al voor zich dat hij Elinor moest vertellen dat hij haar hond had gedood. Dory kon elk moment tegen de ambulance klappen –

Maar op een of andere manier stuiterde ze met een keurige draai weg tegen de zijkant van de ambulance – waarbij haar hele lijf even ondersteboven hing – en landde ze behendig op vier poten op de grond. Zonder ook maar een seconde te verspillen rende ze meteen op hem af. Ze bleef pas staan tot ze bij Levi's voeten stond, waar ze zich in een afwachtende zithouding liet zakken en naar zijn hand staarde. Levi had niet eens in de gaten dat zijn hand nog steeds gebald was, alsof hij echt een tennisbal vasthield, met spieren die verstijfd waren van angst.

'Jezus,' fluisterde Levi. Dean begon bulderend te lachen.

Aaron, de agent die op die dag niet stond ingeroosterd omdat Hunter dienst had, maar om een of andere reden toch altijd aanwezig leek te zijn, slaakte een juichkreet. 'Dat was super. Hoe heb je hem dat geleerd?'

'Haar,' verbeterde Levi hem afwezig. Alsof zijn hart zojuist helemaal niet even stil had gestaan.

Ze staarde nog steeds naar zijn hand, wachtend tot hij de niet-bestaande bal zou gooien.

Hij dacht terug aan wat Astrid had gedaan, liet zijn arm zakken en ontspande zijn hand om aan de hond te laten zien dat hij niets vasthield. Dory leek het niet erg te vinden, want ze likte over zijn vingers en kwispelde met haar staart. Gelukkig zat de riem nog in zijn achterzak en hij maakte hem snel vast aan haar halsband.

'Ik verlies jou geen seconde meer uit het oog,' zei hij tegen de hond, die liefdevol naar hem opkeek.

Toen Levi zich omdraaide, ontdekte hij dat Marjorie hem bijzonder aandachtig gadesloeg. Hij schraapte zijn keel en deed zijn best om te voorkomen dat zijn gezicht rood werd. 'Heb je de nieuwe graffiti al kunnen bekijken?'

Puur een zakelijke kwestie, zie je wel?

Marjorie glimlachte vriendelijk. 'Jazeker. Zullen we het even bespreken?'

'In mijn kantoor.'

Ze volgde hem naar binnen en liet zich, nog altijd glimlachend, op een van de stoelen zakken waarvan hij inmiddels uit ervaring wist dat ze bij lange na niet zo comfortabel zaten als ze eruitzagen. Hij moest ze echt eens vervangen. Hij deed de deur van zijn kantoor dicht, nam plaats op zijn eigen stoel en tuurde fronsend naar de hond. Wat moest hij met haar beginnen?

'Lig,' zei hij afwachtend.

De kleine Australische herder liet zich onmiddellijk plat op haar buik vallen en keek naar hem op alsof hij haar persoonlijke god was.

'Eh... brave hond.'

'Ze is slim,' merkte Marjorie op.

'Slimmer dan goed voor haar is,' zei hij nors. 'En, wat zijn jouw ideeën over de graffiti?' vroeg hij, overstappend op het onderwerp waarbij hij tenminste het gevoel had dat hij het aankon. 'Tieners die niets beters te doen hebben?'

'Vermoedelijk wel,' zei ze instemmend. 'Maar ik vind het wel vreemd dat niemand iets lijkt te hebben gezien of gehoord. De jongeren uit de stad zijn meestal niet zo bedreven in het uitwissen van hun sporen. Ik kan hier en daar navraag doen. Eens kijken of iemand zich meldt. Het is waarschijnlijk niets om je zorgen over te maken.'

Hij keek haar onderzoekend aan. 'Maar?'

'Ik zal er iets geruster op zijn als we weten wie dit doet en waarom, zodat we die kunstzinnige aandrang in constructievere banen kunnen leiden.'

Levi knikte. Hij was het volkomen met haar eens.

De eigenaren van de Pine Hollow Inn wilden dat hij een proces-verbaal opmaakte tegen degene die hun geliefde historische pand had besmeurd. Zij zagen de dader als een schadelijk sujet dat moest worden gestraft. Hij kende die mentaliteit. Hij was in zijn tienerjaren zelf dat kwalijke sujet geweest. De jongere van wie veel mensen haastig hun handen af hadden getrokken.

Wie weet wat er van hem terecht was gekomen als hij de regels had overtreden in een ander stadje? Maar dat was niet het geval. Hij was opgepakt toen hij probeerde in te breken in een auto in Eltons stadje. En gelukkig had Elton niet na één blik op hem vastgesteld dat hij een crimineeltje was. Hij had juist keihard zijn best gedaan om zo veel mogelijk jongeren te behoeden voor een strafblad. Om te luisteren naar de kinderen die dachten dat niemand naar hen luisterde en ze terug te krijgen op het rechte pad.

Levi deed zijn best om zijn stadje op dezelfde manier te leiden, ook al had hij nooit het gevoel dat hij Eltons nalatenschap eer aandeed. Dat was gewoon onmogelijk.

Er ging een alarm af op zijn mobiel, een teken dat hij nu naar Stowe moest gaan als hij op tijd wilde zijn voor zijn afspraak. Dory spitste haar oren bij het geluid. Hij moest bedenken wat hij met haar zou doen.

Hij wierp een blik op Marjorie. 'Zou jij op haar willen letten? Ik heb een afspraak in Stowe...'

Haar gezicht klaarde op bij zijn verwijzing naar de therapeut en ze keek zo trots dat hij bijna wenste dat hij het haar niet had verteld. 'Waarom neem je haar niet mee?' stelde Marjorie voor. 'Kennelijk vindt ze het heerlijk om met jou rond te rijden en je zei zelf dat je haar niet meer uit het oog wilde verliezen.'

Ja, natuurlijk had ze dat opgevangen. 'Ik kan haar daar toch niet in de auto laten zitten?'

'Dan neem je haar mee naar je afspraak. Eugene is heel relaxed. Ik weet zeker dat hij het niet erg zal vinden.'

Levi wierp een blik op de hond bij zijn voeten. Eerlijk gezegd voelde hij er weinig voor om haar hier achter te laten zodat ze zich weer in god mocht weten wat voor nesten kon werken voordat hij terug was. Als ze bij hem was, wist hij in elk geval zeker dat ze geen auto's bij elkaar probeerde te drijven. Hij was verantwoordelijk voor de hond tot Elinor klaar was met haar werk en hij zou ruim op tijd terug moeten zijn voordat het naschoolse programma waar ze bij hielp was afgelopen.

Daarom laadde hij Dory vijf minuten later in zijn auto. Hij draaide het zijraampje op een kier open, zodat ze haar neus naar buiten kon steken, en zette zijn audioboek aan om tijdens de rit naar te luisteren. 'Ik hoop dat je van Ludlum houdt.'

6

Bronnen in het politiebureau weigeren iets los te laten over de relatie van de politiechef met een zekere bibliothecaresse, maar toch rijst de vraag waarom hij zo veel moeite doet om iets te ontkennen wat overduidelijk waar is. Hij leert haar hond zelfs nieuwe trucjes.

Stadsnieuwsbrief Pine Hollow
Maandag 11 oktober

Elinor staarde naar de lege hondenbench. De betekenis ervan drong langzaam tot haar door en veroorzaakte een poel van angst in haar maag.

Ze zou Levi moeten bellen.

Twee weken lang had Dory zich engelachtig gedragen. Geen enkele ontsnappingspoging. Geen enkele ontmoeting met een boze politiechef.

Elinor had zich zelfs afgevraagd of haar hond soms slim genoeg was om in de gaten te hebben dat ze werd gadegeslagen door een camera en haar vluchtpogingen had gestaakt nadat Elinor een bewakingssysteem met bewegingssensoren had geïnstalleerd.

Maar helaas.

Gelukkig wist ze nu, dankzij de camera's en de beeldopnamen die ze via haar telefoon had bekeken, precies hoe Dory deze keer was ontsnapt. Ze had het veerscharnier op het deurtje van de bench open gewurmd en met behendige, veel te bedreven bewegingen de deur van de bijkeuken opengemaakt. Daar was ze op het aanrecht gehupt en had ze zich naar buiten gewrongen door het keukenraam waarvan Elinor zéker wist dat ze het op slot had gedaan. Vervolgens had ze een tuinstoel die veel te zwaar voor haar had moeten zijn over het terras gesleept om als springplank te gebruiken en was ze over de tweeënhalve meter hoge schutting gesprongen.

Helaas was de gps-tracker die Elinor had besteld om aan Dory's halsband te bevestigen nog niet gearriveerd. Daarom had ze geen flauw idee waar haar viervoetige ontsnappingskunstenaar na de sprong over de schutting naartoe was gegaan.

Normaal gesproken had Elinor na een nieuwe ontsnapping van Dory bij thuiskomst uit school een melding op haar mobiel van iemand dat ze haar had gevonden, of stond Levi's Explorer op haar oprit met een lange, fronsende man achter het stuur en haar hond op de passagiersstoel. Maar vandaag was haar oprit verlaten en er was ook geen berichtje binnengekomen.

Er klonk een zorgelijk stemmetje in haar hoofd. Stel dat Dory iets was overkomen? Of dat ze was verdwaald? Elinor had niet beseft hoezeer ze erop rekende dat Levi de hond na haar avonturen altijd terugbracht, totdat hij dat een keer níét deed.

Astrid zou die avond bij haar komen logeren. Ben en Ally hadden voorhuwelijkse counseling bij de dominee die hun huwelijk zou voltrekken, en Elinor had zich vrijwillig aangemeld om wat extra tijd met Astrid te kunnen doorbrengen. Maar als Dory nog steeds vermist was wanneer haar peetdochter arriveerde, zou er paniek uitbreken. Dan zouden ze allebei doordraaien en daar schoot niemand iets mee op.

Ze moest rustig blijven. En ze moest Levi bellen, hoe vervelend het ook was om hem om hulp te smeken.

Of misschien kon ze de centralist van de meldkamer bellen. Dan kreeg Levi het bericht wel, maar hoefde ze het hem niet rechtstreeks te vragen...

Het geluid van een auto die stilhield op haar oprit onderbrak haar gedachtegang. Elinor holde naar de voordeur, met de tablet met het videobewijs van Dory's ontsnapping nog altijd in haar ene hand geklemd. Ze stoof naar buiten en daar was hij, onverstoorbaar kalm op de bestuurdersstoel van zijn Explorer. Dory zat naast hem, met haar pootjes tegen het dashboard.

Er spoelde een golf van opluchting over Elinor heen, gevolgd door diepe woede.

Had hij dit expres gedaan om haar een lesje te leren? Zodat ze zich zorgen zou maken? Had hij niet gedreigd met maatregelen als het haar niet lukte om Dory binnen te houden? Was dit zijn manier om die belofte waar te maken? Om haar bang te maken? Om haar eraan te herinneren dat hij die macht had?

Levi opende het portier en Dory sprong naar buiten.

Elinor beende met grote stappen naar hen toe, met een lijf dat van top tot teen beefde van boosheid. 'Waar hebben jullie uitgehangen?'

Hij reageerde niet op haar boosheid, op één langzaam opgetrokken wenkbrauw na. Hij had nooit gereageerd als zij kwaad werd, en die gekmakende kalmte vormde nu onvermijdelijk brandstof voor het vuur van haar woede. Hoe kon hij daar nu zo rustig zitten?

'Ik had een afspraak,' zei hij, zo kalm dat ze wel kon gillen. 'Het leek me het beste om haar mee te nemen. Had je soms liever gehad dat ik haar auto's bij elkaar had laten drijven?'

Haar boosheid brokkelde af en door de scheuren dook de rede op die haar eraan herinnerde dat hij haar hond wél had gevonden en haar had teruggebracht. Voor de zoveelste keer.

Dory kronkelde zich van blijdschap in allerlei bochten en

bedelde zwijgend om aandacht. Elinor liet zich op haar hurken zakken om haar te begroeten.

'Dank je wel,' zei ze geforceerd toen ze opstond. Ze hief de tablet op die ze nog steeds in haar hand had. 'Blijkbaar heb ik betere sloten nodig voor mijn keukenramen.'

Hij volgde met één oog de opnamen die ze voor zichzelf op repeat had gezet. Na een korte stilte zei hij: 'Je gras moet worden gemaaid.'

Haar boosheid was meteen terug. Fel en venijnig.

'Met mijn gazon is niets mis,' snauwde ze. Hij had het recht om kritiek te leveren op de staat van haar gazon verspeeld toen hij hun relatie verbrak. 'De grasmaaier is kapot. Bovendien kan het elk moment gaan sneeuwen.'

Ze durfde bijna te zweren dat ze hem hoorde prevelen: 'Zo snel nou ook weer niet.' Maar hij bewoog zijn lippen niet, dus helemaal zeker wist ze het niet.

'Dus dat is jouw oplossing?' vroeg hij op luidere toon. 'Camerabewaking?'

'De camera's tonen me de zwakheden in mijn verdediging. Ik heb een gps-tracker besteld voor aan haar halsband, zodat ik haar met mijn mobiel kan opsporen, maar ze zijn tijdelijk niet leverbaar.'

'Ik neem aan dat het te veel gevraagd is om de gps-link met me te delen. Ik ben namelijk degene die haar altijd mag opsporen.'

Het was geen onredelijk verzoek, maar ze was nog te kwaad op hem om er meteen mee in te stemmen. 'Ik hoop dat het niet meer nodig zal zijn zodra ik al haar ontsnappingsroutes heb weggehaald.'

'Ze kan deuren openmaken.'

'Ja, dat weet ik.'

'Niet alleen handvatten die naar beneden moeten worden geduwd,' hield hij vol. 'Ook deurknóppen.'

'Weet ik.'

Levi fronste zijn wenkbrauwen. 'Ze heeft geen duimen.'

'Bij mijn weten niet, nee. Het zou anders wel een hele hoop verklaren.'

'Hoi, oom Levi. Hoi, tante Elinor. Hoi, Dory!' riep Astrid, die over de oprit op hen afkwam. Met elke begroeting klonk haar stem vrolijker en enthousiaster. Levi had de hondenriem nog altijd vast en Dory stikte bijna in haar opwinding om bij Astrid te komen.

'Hoi, Astrid,' riep Elinor terug, met een doordringende blik op Levi. 'Je kunt haar wel loslaten. Ze gaat er heus niet meer vandoor, want Astrid en ik zijn er nu. Ze ontsnapt alleen maar omdat ze het niet leuk vindt om alleen te zijn.'

Hoewel in Levi's nietszeggende politieblik ergernis opdook, maakte hij toch de riem los. Dory overbrugde haastig de laatste meters naar Astrid en kronkelde om haar benen. Het meisje begon te lachen.

'Ga jij maar alvast naar binnen met Dory,' zei Elinor. 'Ik kom ook zo.'

'Gaan we dan weer *Doctor Who* kijken? Hij komt vast Rose Tyler tegen. Ze zouden nooit hebben gehint dat ze uit dat parallelle universum kon ontsnappen als ze niet terugkwam.'

'Eerst je huiswerk,' zei Elinor ferm. 'Begin daar maar meteen mee. Ik maak zo een snack klaar. Heb je trek in minipizzabagels?'

'Lekker!' Astrid sprong gretig op en neer, waardoor Dory opgetogen kefte. 'Kom mee, Dory.'

Astrid en Dory holden het huis in. Elinor maakte haar blik van Levi los om hen na te kijken. Terwijl ze met haar rug naar hem toe stond, vroeg hij: 'Dus jullie kijken naar *Doctor Who*?'

Elinors schouders verstrakten, maar ze ontspande ze en keerde zich langzaam naar hem om. 'We zijn bij Donna's seizoen en hebben net onze eerste glimp van Rose opgevangen, op weg naar de grote finale. Astrid leeft ontzettend mee met de romantische verhaallijn. Vastzitten in een parallel universum levert een enorm onbeantwoordeliefdesdrama op.'

'Jij vond dat deel ook altijd zo mooi –'

'Ik ben volwassen geworden,' beet Elinor hem toe, hem onderbrekend voordat hij kon pronken met het feit dat hij haar ooit heel goed had gekend. Die mensen waren ze niet langer. 'Ik heb nu liever Amy en Rory. Een lieve, eenvoudige vent die over zijn gevoelens praat en niet steeds zo druk bezig is met piekeren en dingen "die het beste zijn voor iedereen" dat hij het geluk van hen allebei verpest vanwege een of andere minuscule scheur in het ruimtetijdcontinuüm. Rory is er gewoon altijd, zelfs nadat ze hem om zeep hebben geholpen.'

'Oké. Jij bent dus een fan van Rory.' Levi hief zijn handen op in een gebaar van overgave. 'Hoelang laat je Astrid al naar *Doctor Who* kijken?'

'Ze is er oud genoeg voor,' antwoordde Elinor verdedigend.

'Ik heb niet gezegd dat ze dat niet was, Elinor.'

Ze deed haar best om haar vijandige houding in toom te houden. 'Sorry. Sinds een paar maanden. We zijn in de zomer begonnen. Het was Katies favoriete serie.'

'Ja, dat weet ik nog.'

Elinor slikte de kluwen van emoties in die opeens haar keel verstopte.

Natuurlijk wist hij dat nog. Levi was aanwezig geweest bij de talloze etentjes die waren uitgedraaid op discussies over de sexappeal van David Tennant en Matt Smith, over de vraag welk seizoen de beste verhaallijnen had en welke metgezel de stoerste was.

'Ze zou het schitterend hebben gevonden dat er nu een vrouwelijke Doctor Who is,' merkte Levi op. Dat was inderdaad zo en Elinor moest haar gezicht afwenden.

Ze beschouwde het als haar plicht om Astrid te laten kennismaken met al haar moeders obsessies. Het was ontzettend belangrijk voor Katie geweest dat Astrid wist dat ze een fanatieke fan was geweest van *Doctor Who* en *Star Trek: The Next Generation*, maar dat ze *The Lord of the Rings* oersaai had gevonden en complete lezingen kon houden over Drusilla als het meest ondergewaardeerde personage uit *Buffy the Vampire Slayer*.

Daarom liet Elinor Astrid naar de series kijken, en dan praatten ze over haar moeder. Astrid wilde altijd dolgraag weten welke personages Katie leuk had gevonden en welke ze niet kon uitstaan. Afgelopen voorjaar hadden ze zich door het volledige *X-Men*-oeuvre heen gewerkt, zelfs de nieuwe die Elinor niet had durven bekijken zonder Katie, die geobsedeerd was geweest door superkrachten. En in de zomer waren ze dus begonnen met *Doctor Who*.

Er waren nog steeds series die Elinor nauwelijks durfde te bekijken, ook al waren sommige daarvan niet eens te zien geweest toen Katie nog leefde. Zo kon het gebeuren dat Elinor tijdens *The Mandalorian* opeens begon te huilen, omdat Katie de serie fantastisch zou hebben gevonden, maar haar nooit te zien zou krijgen. Net zoals ze ook nooit zou zien hoe geweldig Astrid was nu ze de prepuberteit had bereikt. Het was niet eerlijk.

Met afgewend gezicht probeerde Elinor haar emoties onder controle te krijgen. Dit soort dingen deelde ze niet meer met Levi. Hij had het recht verspeeld om te weten wat er in haar hart gebeurde.

De laatste tijd kwam Astrid altijd bij haar op Bens pokeravondjes met Levi, Mac en Connor. Maar sinds kort waren de pokeravondjes veranderd in 'meidenavondjes', zodat Ally tijd kon doorbrengen met Astrid en haar beter kon leren kennen. Dat was natuurlijk mooi. Ally en Ben gingen trouwen, en ze wilden er allebei zeker van zijn dat Astrid er volledig achter stond. Maar Elinor wilde dat laatste stukje van Katie nog steeds het liefst zo stevig mogelijk vasthouden. Toen Ally en Ben begonnen met de voorhuwelijkse counseling op de vrijdagavond had Elinor pijlsnel aangeboden om Astrid op die avonden op te vangen.

En nu glipte haar avond tussen haar vingers weg.

'Ik moet maar eens naar binnen.'

'De dagopvang voor honden,' bracht Levi haar in herinnering, op een toon die verdacht bevelend klonk. 'Of laat haar op zijn minst een behendigheidsparcours voor honden lopen om haar rustig te krijgen. Ze probeerde auto's bij elkaar te drijven, Elinor.'

'Ik ben ermee bezig,' snauwde ze, iets vinniger dan de bedoeling was. Ze voelde zich nog steeds kwetsbaar nu ze zich in zijn bijzijn zo sentimenteel had gedragen vanwege Katie. Hij zag altijd álles en was bekend met haar verleden.

Soms wenste ze dat ze dat hele verleden had kunnen wissen toen hij haar de bons gaf, of op zijn minst zijn herinnering eraan, zoals in *Eternal Sunshine.* Het was niet eerlijk dat hij, nu ze uit elkaar waren, alle kleine dingetjes nog wist die ze hem had verteld toen ze hem vertrouwde.

Tijdens hun gesprek hadden zijn handen de hondenriem langzaam opgerold en weer losgelaten, maar nu stopte hij hem in zijn achterzak. Hij knikte met zijn kin naar haar bij wijze van afscheid en liep terug naar zijn Explorer.

Alsof hij doorhad dat ze te kwetsbaar was om te blijven bekvechten. Alsof hij haar door en door kende.

Ze draaide zich op haar hakken om en beende met grote stappen het huis in. In de hal bleef ze staan om haar paardenstaart opnieuw vast te binden en haar schoenen uit te schoppen, iets waar ze geen tijd voor had gehad toen ze thuiskwam en ontdekte dat Dory weg was.

Astrid zat al aan de keukentafel, met haar rekenschrift opengeklapt voor zich. Ze zat zo diep over de tafel gebogen dat haar neus het papier bijna raakte.

Ze leek op haar vader, had zijn rossige haar en gelaatstrekken, maar haar houding en haar bewegingen, de manier waarop ze zich uitdrukte, deden soms zo sterk aan Katie denken dat het Elinor de adem benam. Een ondeugende zweem in haar glimlach. De sceptische zijwaartse blikken.

De manier waarop ze zich diep over haar schrift boog wanneer ze met iets bezig was, zo gefocust dat haar neus bijna op het papier rustte. Hoe vaak had Elinor Katie niet precies hetzelfde zien doen als ze tijdens een proefwerk door de klas keek?

Haar keel werd dichtgeknepen door haar emoties.

'Zijn oom Levi en jij weer bij elkaar?'

Nou, dat maakte zeer effectief een eind aan haar sentimentele gevoelens.

'Nee,' zei Elinor op een toon die alle twijfel wegnam. 'We zijn niet terug bij elkaar. Minipizzabagels?' Ze liep om het kookeiland heen. Dory schoot overeind van haar plekje bij Elinors voeten en liep mee om de wonderen van de koelkast te inspecteren.

'Ja, graag,' antwoordde Astrid. Ze boog zich weer over haar huiswerk, maar keek nog even op, en vroeg met een ondeugende Katie-grijns: 'Weet je het zeker?'

Elinor rolde met haar ogen. 'Ja, ik weet het zeker. Schiet nou maar op met je huiswerk. Ik wil *Doctor Who* kijken.'

Astrid giechelde en richtte haar aandacht op haar huiswerk.

Levi roffelde met zijn vingers op het stuur en staarde nijdig naar de weg, zonder hem echt te zien. Hij zag in gedachten voortdurend Elinors overwoekerde gazon voor zich.

Zijn therapeut zou zich daar waarschijnlijk lekker in vastbijten.

Nou beschouwde hij de man met wie hij vandaag in Stowe had gesproken niet als zijn therapeut. Het was gewoon iemand met wie hij van tijd tot tijd praatte, om Marjorie een plezier te doen. Hij had zich aan zijn belofte gehouden.

Zijn gedachten werden onderbroken door een stem, en hij kwam tot de ontdekking dat zijn audioboek op de achtergrond nog steeds doorging. Hij zette het uit, streek met een hand door zijn haar en vloekte binnensmonds toen het tot hem doordrong waar zijn automatische piloot hem naartoe had gebracht.

De oude molen was in hun jeugd al een bouwval geweest die eruit had gezien alsof hij elk moment kon instorten, en dat was in de afgelopen decennia verergerd. Levi parkeerde zijn Explorer voor het gebouw, zette de motor uit en tuurde door de herfstschemering naar de afbrokkelende ruïne. De trage motregen vormde een mistlaagje op de voorruit, waardoor het uitzicht wazig werd.

Hunter had dienst en Levi had na zijn afspraak even contact gehad met het politiebureau. Kaye zou hem bellen als ze hem nodig hadden. Hij kon het zich veroorloven om rustig de tijd te nemen om zijn gedachten te ordenen.

Hoe vaak waren Elinor en hij hier in hun jeugd wel niet geweest? Vijftig keer? Honderd?

Maar dat deed er nu niets toe. De molen was een toepasselijke metafoor geworden voor hun relatie. Een afbrokkelende ruïne.

De beelden van haar tuin stonden hem nog helder voor de geest en Levi roffelde weer met zijn vingers op het stuur. Hij had zich natuurlijk beter kunnen focussen op Dory's zwaartekracht tartende sprong over de schutting, maar kon in plaats daarvan alleen maar bedenken dat niemand voor Elinor zorgde.

Er had nooit iemand voor Elinor gezorgd, behalve hij. Zij was altijd sterk geweest voor haar zussen. En zelfs voor haar ouders toen haar moeder ziek werd. Ze zorgde altijd voor anderen. Maar wie zorgde er voor haar? Dat verdomde gras ergerde hem mateloos.

De zelfvoldane therapeut zou hem ongetwijfeld voorhouden dat haar gras hem helemaal niets aanging.

Eigenlijk was de therapeut niet zelfvoldaan geweest. Hij was juist heel kalm geweest. Neutraal. Akelig neutraal. Levi was altijd degene die neutraal was. Hij had er nooit bij stilgestaan hoe verschrikkelijk vervelend het was om dingen tegen iemand te zeggen die ze heel rustig accepteerde. Die kalme acceptatie had aangevoeld als een ruzie.

'Waarom ben je hier?' had de therapeut hem gevraagd nadat hij was gaan zitten en zijn verontschuldigingen had aangeboden omdat hij Dory bij zich had, die vervolgens dwars door het hele gesprek heen had geslapen.

'Een collega voor wie ik diep respect heb heeft me gevraagd om te komen,' had hij uitgelegd. De therapeut had geknikt en iets genoteerd. Zijn potlood had luid gekrast in de onnatuurlijke stilte die in zijn kantoor hing.

De aantekening leek een eeuwigheid in beslag te nemen, totdat Levi, die beter dan wie dan ook wist hoeveel impact stiltes hadden, uit zichzelf verder was gegaan. 'Ze maakt zich zorgen over me.'

'O?'

'Omdat ik niet slaap.'

'Hoelang heb je al moeite met slapen?'

'Sinds afgelopen zomer.' Weer dat potlood. Dat gekras. 'Ik heb toen een inschattingsfout gemaakt.'

Hij was helemaal niet van plan geweest om dat te zeggen. Meer zei hij niet, maar de man had geknikt alsof hij dat wél had gedaan. Alsof de woorden een bekentenis vormden. En misschien waren ze dat ook wel.

Hij vertelde niet over Britt Wells. Dat hij meer had moeten doen. Dat hij haar onder zijn hoede had laten doodgaan. Over het zoontje dat ze had achtergelaten.

Zijn vergissing had een mensenleven gekost. Maar daar spraken ze niet over. De rest van de sessie spraken ze over niets van belang. Over onzindingen. Hoeveel hij werkte en wat zijn hobby's waren. Ze hadden het net zo goed over het weer kunnen hebben.

Toch nam hij het zichzelf tijdens de terugrit naar Pine Hollow kwalijk. Hij voelde het schaamtegevoel langs zijn nek omhoogkruipen. Zijn vaders stem vulde zijn hoofd. *Zwakte.*

Hij kon zichzelf geen zwakheden toestaan. Daar was geen ruimte voor.

Tijdens de sessie was hij rustig gebleven. Zijn onaangedane buitenkant begon pas barstjes te vertonen toen de therapeut hem vroeg of hij zijn werk ooit echt helemaal achter zich kon laten. Hij had gesnauwd dat Marjorie hem dat ook al had gevraagd en de man had met licht opgetrokken wenkbrauwen krassend iets opgeschreven. Toen had hij uiterst kalm gezegd dat Marjorie hem helemaal niets had verteld.

Tot een paar jaar geleden was Levi heel goed in staat geweest om het van zich af te zetten. Allemachtig, een jaar geleden had hij in zijn vrije tijd zijn werk eenvoudig achter zich kunnen laten, maar sinds afgelopen zomer...

Hij wist dat hij zichzelf voor veel te veel diensten inroosterde, maar hij wilde niet dat er nog iets tussen de mazen van het net glipte. Nog íémand. Als het op de veiligheid van zijn stadje aankwam, waren er ergere dingen dan je volledig op je werk storten en nooit tijd hebben voor leuke dingen.

Eigenlijk had hij geen tijd voor meer sessies.

Hij was sowieso nooit een prater geweest. Het voelde onbehaaglijk. Een uur lang praten. Al die psychologische prietpraat. Hij wist dat andere mensen er baat bij hadden, maar hij had er geen behoefte aan. Hij stond zijn mannetje. Dat was altijd zo geweest.

Dat slaapgedoe was iets tijdelijks. Daar zou hij zich wel doorheen slaan. Hij was koppig. Te eigengereid om zijn problemen te laten winnen.

Die koppigheid had hem al vaker in de problemen gebracht. Op school, als hij weigerde zijn leraren antwoord te geven en hen brutaal aanstaarde. Ze hadden de strijd op basis van wilskracht met een achtjarige geen van allen kunnen waarderen, maar Levi had al vroeg geleerd om zijn mond te houden. Zwijgen was niet dom. Je kon beter een lastig kind zijn dan een onnozel kind.

De mannelijke Jacksons zijn niet zwak.

En ze hadden geen therapeut nodig die hun vertelde dat ze te hard werkten. Hard werken was goed. Het was prijzenswaardig.

Levi had woord gehouden. Hij had met de man gesproken. Nu kon hij zich weer op zijn werk focussen. Achterhalen wie de muren in de stad bekladde. En die verrekte hond van Elinor vangen.

Dat haar achtertuin één grote bende was, was niet zijn probleem.

Toen hij terugkeerde naar de doorgaande weg, gleed het schijnsel van zijn koplampen over een TE KOOPbord. Levi negeerde het vreemde gevoel dat in zijn borst opwelde. Het was maar een vervallen ruïne, meer niet. En hij moest nodig aan het werk.

7

> De herfstkleuren waren dit weekend in al hun glorie te bewonderen, wat tot verschillende verkeersopstoppingen leidde. Hele zwermen toeristen streken neer in ons stadje. Ook op de wandelpaden door onze prachtige bergen was het een drukte van jewelste.
>
> *Stadsnieuwsbrief Pine Hollow*
> Maandag 18 oktober

'Wakker worden, het zonnetje is al op!'

Elinor trok een pijnlijk gezicht bij het horen van de vrolijke kreet en probeerde zich onder het beddengoed te verstoppen, maar dat werd van haar af getrokken. Daardoor was ze gedwongen de gruwelijke realiteit te accepteren dat haar jongste zus midden in haar slaapkamer stond.

'Charlotte?' Ze zocht op de tast naar haar bril, grabbelend over het nachtkastje tot haar vingers zich om de vertrouwde vorm sloten.

'Gezichtsherkenning. Een uitstekend begin.' Charlotte klapte in haar handen. Elinor zette haar bril op en de wazige gedaante van haar zus nam vastere vorm aan. 'Vooruit, slaapkop. De herfstkleuren wachten echt niet op ons!'

Elinor kromp in elkaar bij het enthousiasme van haar zus en zocht haar toevlucht aan de andere kant van het bed, op zoek naar beddengoed dat niet was weggegrist door de zus die grote kans liep op zaterdagochtend om zeven uur te worden vermoord. 'Wat doe je hier? Hoe ben je binnengekomen?'

Dory sprong blaffend op het bed en ging kronkelend naast Elinor liggen, opgetogen over het bezoek, waardoor de kans dat ze verder kon slapen erg onwaarschijnlijk werd. Ze was zich er vaag van bewust geweest dat Dory van het bed sprong, een wazig gevoel van gemis van het warme lijfje dat tegen haar knieën aan had gelegen, maar de betekenis ervan was niet voldoende tot haar doorgedrongen om haar echt wakker te maken, en Dory had ook niet geblaft. Hoorde ze niet te blaffen als er een indringer was? Dory was echter dol op Charlotte, die haar door en door verwende met knuffels en lekkere hapjes.

'Ik heb de sleutel nog steeds,' antwoordde haar zus. 'En ik ben hier omdat we vroeg moeten vertrekken, voordat de beste wandelroutes vergeven zijn van de toeristen. De herfstkleuren zijn nu op hun mooist!'

Het viel Elinor nu pas op dat Charlotte strakke sportkleding droeg. Ze was één bonk lycra en spieren, net een advertentie voor een duur lifestylemerk. In tegenstelling tot Elinors lijf, dat de fitheid bezat van iemand die lezen als favoriete cardio beschouwde. Een stevige wandeltocht met een duracellkonijn met nul procent lichaamsvet klonk als een helse beproeving. 'Jij bent angstaanjagend, weet je dat wel?'

'Jazeker,' zei Charlotte opgewekt. 'Vooruit. De bladeren zijn nu schitterend, maar morgen wordt storm voorspeld en dan blaast de wind alle bomen kaal. Zo mooi als nu wordt het niet meer.'

'Tot volgend jaar dan toch zeker,' bromde Elinor chagrijnig. 'Dan begint het gewoon opnieuw.'

'Toe nou,' zei Charlotte smekend. 'Je weet best dat je me niets kunt weigeren.'

'Waarom ben je hier eigenlijk? Je vindt het niet eens leuk

om een wandeltocht met mij te maken. Je moet steeds wachten tot ik je heb ingehaald –' Elinor hield abrupt op met praten. Ze was opeens klaarwakker en alle stukjes vielen op hun plek. 'Hij heeft je weer eens laten zitten, hè?'

Charlottes zonnige glimlach veranderde in een pruilmond. 'Dit heeft niets met Warren te maken.'

'Alles heeft altijd met Warren te maken.'

'Ik was vergeten hoe gemeen jij bent voordat je koffie hebt gehad.'

'Je hebt in mijn huis ingebroken!'

'Als ik een sleutel heb, is het toch niet echt inbreken?'

'Ga weg.' Elinor kroop dieper onder het beddengoed. 'En geef me mijn sleutel terug.'

'Toe nou, Elle,' zei Charlotte vleiend. 'Het is een supermooie dag. Als je niet met me meegaat, krijg je er straks spijt van. Dat weet je best.'

Nee, de enige die er spijt van zou krijgen als Elinor niet meeging, was Charlotte zelf. Ze vond het namelijk vreselijk om in haar eentje iets te doen. 'Kun je Magda of Kendall niet vragen? Of Anne?'

'Magda en Kendall moeten allebei werken, en Anne heeft een bloedhekel aan wandelen.'

'Ik heb óók een bloedhekel aan wandelen.'

'Niet écht,' hield Charlotte vol. 'En voor mij doet je het wel. Dat wéét ik gewoon.'

'Ik heb vandaag andere dingen gepland. Ik moet mijn jurk passen voor Ally's bruiloft. Je kunt niet van me verwachten dat ik alles laat vallen, omdat die eikel van een vriend van je jou weer eens laat zitten en de mensen met wie je het liefst iets zou doen het allemaal druk hebben. Je kunt niet zomaar aannemen dat ik altijd thuiszit en niets beters te doen heb dan jouw eisen in te willigen.'

'Ik neem helemaal niets aan. Ik nodig je alleen maar uit. Maar dat was dus eens maar nooit weer.'

Haar stem klonk mokkend, maar Elinors instinctieve reactie was spottend. 'Beloof je dat?'

Er flakkerde iets in Charlottes ogen, die zo veel op die van haar leken dat het was alsof ze in een spiegel keek, ook al was Charlotte altijd het knappe zusje geweest. Degene voor wie mensen vlogen. Degene die door iedereen werd verwend. Ook door Elinor.

Maar níét voor acht uur 's ochtends op een van de zeldzame dagen dat ze kon uitslapen. Ze vond haar werk op school heerlijk, maar was nooit een ochtendmens geweest. En ook op haar vrije dagen maakte Dory haar meestal bij zonsopgang wakker. Was het dan echt zo erg om een keer zo lang uit te slapen als menselijk mogelijk was?

'Veel plezier met het passen van je jurk.' Haar zus draaide zich abrupt om. Elinors blijdschap om het vertrek van de menselijke wekker uit haar kamer duurde welgeteld drie seconden voordat ze plaatsmaakte voor schuldgevoel toen haar slaperige brein eindelijk had verwerkt wat er in Charlottes ogen was opgelaaid.

Gekwetstheid.

Verdorie.

'Charlotte!' Elinor vloekte sissend binnensmonds en klauterde haastig uit bed, op de voet gevolgd door de vrolijk huppelende Dory. Maar het volgende geluid dat ze opving was de voordeur die hard werd dichtgeslagen.

'Waarom zie jij er adembenemend uit en lijk ik net een jonge puber die haar moeders kleding aan heeft en speelt dat ze volwassen is?' Deenie draaide voor de spiegel heen en weer en slaakte een berustende zucht. 'Het kan natuurlijk ook komen doordat jij het lichaam van een pin-up uit de jaren veertig hebt en ik een magere lat ben.'

Elinor rolde met haar ogen om Deenies poging tot een grapje. 'Je ziet er fantastisch uit.'

Dat was echt zo. In tegenstelling tot Elinor, die klein van stuk was, met weelderige rondingen, had Deenie de lange, tengere bouw van een fotomodel. Bovendien pasten de knalroze plukken in haar blonde haar op een of andere manier heel fraai bij het diepe donkerrood van de bruidsmeisjesjurken die ze droegen.

Omdat Ben en Ally tijdens de afgelopen kerstperiode hadden kennisgemaakt en verliefd op elkaar waren geworden, hadden ze na hun verloving besloten voor een kerstbruiloft te gaan. Ze zouden in het weekend voor Kerstmis trouwen, zodat hun vrienden niet hoefden te kiezen tussen de bruiloft of kerst met hun eigen familie, maar ondanks die aanpassing konden slechts een paar van Ally's vrienden uit New York komen.

Elinor vermoedde dat dát de belangrijkste reden was dat zij was gevraagd als bruidsmeisje, naast Deenie en Ally's vriendin Adriana uit New York. Ze vond Ally echt een schat, hoor. En Ben was een van haar oudste vrienden en Katies broer. En Astrid maakte ook deel uit van het bruidspersoneel. Elinor was dus praktisch familie, maar ze had een minder hechte band met Ally dan Deenie.

Deenie en Ally hadden vanaf het eerste moment een klik met elkaar gehad, maar Elinor had altijd het gevoel gehad dat ze een beetje buiten het vriendenkringetje stond en hen van buitenaf gadesloeg. Ze mocht Ally graag, maar er was altijd een zekere afstand tussen hen.

Maar omdat Ben Levi, Mac en Connor naast zich had staan, had Ally natuurlijk drie bruidsmeisjes nodig om een even aantal te krijgen. Daarom was ze nu dus hier, twee maanden voor de grote dag, om een bruidsmeisjesjurk te passen die net was gearriveerd, en stond ze te wachten tot zij aan de beurt was bij de naaister, die alle jurken passend zou maken.

Ally's jurk was ook bezorgd, evenals de bruidsmeisjesjurk die ze voor Astrid had uitgekozen. De bruid had hen allemaal bij elkaar willen hebben voor het doorpassen van hun kleding, om er een feestje van te maken. Ally had niet veel familie en Elinor wist hoe het voelde om je trouwjurk voor het eerst te passen zonder dat je moeder erbij was. Ze had dus moeilijk kunnen weigeren toen Ally haar uitnodigde.

Ally's oma was meegekomen en stond op dat moment te kletsen met de naaister. Astrid stond bij hen in haar jurk, die al vol zat met spelden voor de aanpassingen van de naaister. Het wachten was nu op Ally, die in haar jurk werd geholpen.

Deenie maakte een kleine pirouette voor de spiegels. 'De zakken zijn super.'

'Ik ben dol op zakken,' zei Elinor instemmend. En de tot op de enkels vallende jurken met een wijde rok en een sjerp van wit satijn waren prachtig. Echt een jurk die ze best nog eens kon dragen.

Elinor nam een slokje van het bruisende water dat ze bij aankomst in de bruidswinkel had gekregen en prees zichzelf in gedachten omdat ze zich totaal niet sentimenteel voelde, ook al was dit dezelfde winkel waar Katie haar had geholpen met het uitzoeken van haar eigen trouwjurk voor de bruiloft die nooit had plaatsgevonden. Pine Hollow telde slechts één bruidsboetiek.

Het gebrek aan sentimentele neerslachtigheid kon best eens iets te maken hebben met het feit dat ze nog steeds boos was op Charlotte en met een licht schuldgevoel continu haar mobiel controleerde.

Ze had Charlotte een emoji van een olijftak gestuurd.

Haar zus had het berichtje volkomen genegeerd. Typisch Charlotte.

Uiteraard had ze het genegeerd. Ze kon nooit iets loslaten zonder een flinke dosis drama. Oké, Elinor was die ochtend gemeen tegen haar geweest, ook al was dat gebeurd voordat ze koffie had gehad of echt wakker was. Maar niemand kon zo goed van een mug een olifant maken als Charlotte. Elinor kon zich wel voor het hoofd slaan omdat ze iets verkeerds had gezegd, maar ze voelde er niets voor om alle schuld op zich te nemen. Charlotte reageerde letterlijk áltijd alsof ze iets verkeerds zei, zelfs als ze een totaal onschuldige opmerking maakte.

Ze had een berichtje gestuurd om te zeggen dat het haar speet dat ze die ochtend zo chagrijnig was geweest.

Geen antwoord.

Ze had Charlotte gevraagd of ze zin had om samen te lunchen, als zoenoffer.

Geen reactie.

Twee uur lang taal noch teken. En dat van Charlotte, die haar telefoon altijd binnen handbereik had.

Deenies zachte zucht wekte haar uit haar gepeins. Elinor draaide zich om en het glas met bruisend water bleef halverwege haar mond hangen toen Ally uit de kleedkamer tevoorschijn kwam.

Ally had haar haren in een sierlijke wrong opgestoken, precies zoals ze het op de grote dag wilde hebben, en Lily Evans, de hoofdnaaister en eigenaresse van Sweet Hollow Bridal, had een sluier over haar hoofd gedrapeerd. De ivoorwitte baljurk liet haar schouders vrij en had een brede donkerrode sjerp die Ally's middel benadrukte. De sjerp eindigde in een grote strik en de linten, die een vleugje kerstsfeer aan de jurk verleenden, waren net zo lang als de korte sleep van de jurk.

De klassieke muziek die zachtjes op de achtergrond klonk, zwol aan toen Ally op het podium voor de spiegel stapte en verlegen glimlachte. 'En?'

'O, Ally, je ziet er beeldschoon uit!' riep Deenie enthousiast, terwijl ze naar haar toe liep.

'Net een sprookje!' vulde Astrid opgetogen aan. Ze danste in haar eigen witte jurk, met een breed rood lint om haar middel, naar Ally toe en ging aan de andere kant naast haar staan.

Elinor kon alleen instemmend knikken, want haar keel werd opeens dichtgeknepen. Er echode maar één gedachte door haar hoofd. *Katie zou dit geweldig hebben gevonden.*

Ze hoorde erbij te zijn. Katie zou dol zijn geweest op Ally en het was verschrikkelijk oneerlijk dat ze elkaar nooit zouden leren kennen.

'Elinor?' vroeg Ally met een onzekere stem waar nervositeit in doorklonk. 'Is het niet overdreven?'

Elinor slikte de brok in haar keel door en toverde een geforceerde glimlach op haar gezicht die hopelijk niet al te sentimenteel beefde. 'Nee, het is volmaakt. Ben zal niet weten wat hem overkomt.'

Ally's glimlach was zo mogelijk nog stralender dan de jurk. 'Ik heb tegen hem gezegd dat ik als Kerstvrouw zou gaan, dus ik denk niet dat hij zoiets subtiels verwacht. De mannen zouden hun smokings nu wel moeten hebben uitgezocht, dus zodra we hier klaar zijn met doorpassen, gaan we allemaal terug naar de boerderij om enveloppen te adresseren, zodat de uitnodigingen de deur uit kunnen. Tenzij je natuurlijk andere plannen hebt.'

Elinor borg de telefoon waar ze afwezig naar had staan staren op in de praktische zak van haar jurk. 'Nee, hoor. Ik sta helemaal tot jouw beschikking.' Het was nooit haar sterkste kant geweest om het leven van moment tot moment te bekijken, maar ze was vastbesloten haar plicht als bruidsmeisje te doen en Ally een zo volmaakt mogelijke dag te bezorgen. 'Maar misschien moeten we de enveloppen uit de buurt houden van Mac. Zijn handschrift is echt afgrijselijk.'

Lily had zich teruggetrokken zodat ze Ally uitvoerig konden bewonderen, maar vatte Elinors opmerking op als een teken om weer naar voren te komen. 'Als jullie hier weg moeten voordat Mac zich op de uitnodigingen kan storten, kan ik maar beter aan de slag gaan.'

Lily had een speldenkussentje om haar pols en aan willekeurige plekken van haar schort bungelden minstens vijf kledingklemmetjes. Nu begon ze het lijfje van Ally's jurk snel en behendig in te nemen en vast te spelden.

Hoewel Elinor er in stilte als een berg tegenop zag om de rest van de middag in dezelfde ruimte als Levi kaarten in enveloppen te stoppen, hield ze haar tegenzin voor zich. De laatste tijd hadden hun meidenavondjes puur en alleen om bruiloftszaken gedraaid, maar Elinor had de hele tijd een glimlach op haar gezicht geplakt gehad, en had het onderwerp van haar vroegere verloving zorgvuldig vermeden. Ze wilde niet dat Ally iets anders voelde dan blijde opwinding over haar grote dag. Geen medeleven voor Elinor. Geen besef dat 'en ze leefden nog lang en gelukkig' er soms niet in zat.

Ze glimlachte, dronk haar bruisende water en wachtte tot zij aan de beurt was voor het speldenkussen.

8

> Sinds bekend werd dat onze geliefde burgemeester gaat trouwen met de eigenaresse van onze favoriete hondenopvang is er druk gespeculeerd over de vraag wie er te gast zal zijn op de bruiloft. Een vraag die ongetwijfeld binnenkort wordt beantwoord, want een naamloze bron heeft me verteld dat de vurig begeerde uitnodigingen deze week de deur uitgaan!
>
> *Stadsnieuwsbrief Pine Hollow*
> Maandag 18 oktober

Op de tafel lagen enorme stapels enveloppen met hulstblaadjes in reliëf. Levi tuurde met een diepe rimpel in zijn voorhoofd naar de berg luxe-uitnodigingen. 'Hoeveel mensen nodigen jullie uit?'

'De hele stad,' antwoordde Ben kreunend. 'Zo voelt het tenminste wel. Ally wil niemand teleurstellen, en mijn ouders en haar grootouders komen steeds weer aanzetten met mensen die we per se moeten uitnodigen.'

'Je vindt het hartstikke leuk dat iedereen erbij is,' zei Connor, terwijl hij Ben en Levi allebei een van de biertjes gaf die hij in zijn hand had. Mac zat op de vloer met de honden te spelen. 'Jij bent dol op dat gemeenschapszingedoe.'

'Ja, maar niet als het betekent dat ik mijn faillissement kan gaan aanvragen.'

'Ik dacht dat Ally's grootouders alles wilden betalen,' merkte Mac op. Op hetzelfde moment vroeg Connor: 'Ik neem aan dat er nog geen bod is gedaan op het huis?'

'Dat willen ze ook,' zei Ben tegen Mac, 'maar we betalen hun nu al te weinig huur voor de boerderij en hun flat in de Estates is niet goedkoop. Ally wil zo min mogelijk van hun spaargeld gebruiken en de afspraak was dat we de boerderij van hen zouden kopen, maar dat kan pas wanneer het huis van Katie en Paul verkocht is. Ik heb geen idee of we er te veel voor vragen, of dat het huis na de verbouwing te luxe is voor de wijk, of dat de huizenmarkt gewoon slecht is –'

'Rustig adem blijven halen,' onderbrak Levi hem. 'Het komt allemaal echt wel goed.'

Nadat ze hun huurpakken voor de bruiloft hadden geregeld – afgezien van Connor, die als enige van hen een eigen smoking bezat – waren ze met z'n vieren naar de oude boerderij van Ally's grootouders gegaan. De bruiloft zou een waar festijn worden van donkerrode gilets en boutonnières met hulst. Ally en Ben hadden zich voor hun bruiloft vol overgave op het kerst-thema gestort. Het zou fantastisch worden, zolang Ben tenminste niet begon te hyperventileren.

'Ik heb het gevoel dat ik een gigantisch piramidespel aan het spelen ben. Als ik Jantje kan bestelen om Pietje te betalen, komt niemand erachter dat het schip langzaam zinkt.'

'Volgens mij haal je nu een paar metaforen door elkaar.' Connor hief de hand op waarmee hij zijn biertje vasthield en wees met één vinger naar Ben.

Voordat Ben kon reageren spitsten alle honden hun oren en vlogen ze blaffend naar de voordeur. Op het grind op de oprit knerpten autobanden en Ben stak haastig een hand uit om te voorkomen dat ze bij de deur konden komen. 'Niet tegen Ally zeggen dat ik in de stress zit vanwege geld.'

Levi zei maar niet dat hij eigenlijk dacht dat Ally het al wist. Ze bleef volhouden dat het haar droomwens was om buiten te trouwen. In décember. Op die manier konden ze de plechtigheid naast de enorme kerstboom op het plein kort houden, met zo veel mogelijk gasten samengepropt op het plein. Daarna zouden ze naar het versierde dorpshuis gaan voor een iets kleinere receptie. Ze beweerde dat het dorpshuis heel toepasselijk was, want als het dak vorig jaar niet was ingestort, had ze Ben misschien nooit ontmoet. Het was duidelijk een téken. Maar het was ook de goedkoopste plek die ze konden vinden waar alle mensen in pasten die ze op hun feest wilden hebben.

Nee, Ally was zich er heus wel van bewust dat het budget krap was, maar Levi keek slechts met een opgetrokken wenkbrauw naar Ben. Terwijl de deur openging en de vrouwen in een wolk van herrie het huis instormden, vroeg hij: 'Is liegen over geld tegen je echtgenote niet een van de dingen die ze juist afraden bij de voorhuwelijkse counseling?'

Ben wierp hem een boze blik toe en liep weg om zijn bruid te begroeten.

Levi hield zich een beetje afzijdig, een stille oase in de chaos die in het huis heerste. Iedereen had zijn of haar hond meegebracht, want Ally's opa had aangeboden om bij de dieren op de boerderij te blijven, terwijl iedereen met hun aandacht bij de kleding was. Met Ally's sint-bernard, de twee honden van haar grootouders, Astrids bulldog, Deenies kleine keffertje en Connors maffe Ierse wolfshond drentelden er veel te veel viervoeters om hen heen. En dat was dan nog zonder de honden mee te tellen die aan de overkant van de oprit in de Furry Friends-opvang woonden die Ally runde.

Of de maar al te bekende bruin-witte Australische herder die bij Levi's voeten zat en vol verwachting naar hem opkeek.

Hij keek met een zo intimiderend mogelijke frons naar Elinors lastige hond, die nieuwsgierig terug staarde, met naar voren gestoken oren en levendige ogen.

'Heb je haar weer stiekem snacks gegeven?'

Hij hief zijn ogen van de hond op naar haar baasje, en de aanblik trof hem als altijd als een mokerslag.

Elinor was altijd het mooiste meisje geweest dat hij ooit had gezien, en ze was met de jaren alleen maar mooier geworden. Maar het was niet haar uiterlijke schoonheid die zijn hart deed stilstaan. Het waren de verschillende uitdrukkingen op haar gezicht, haar gepassioneerde intellect, de manier waarop haar messcherpe geest haar gelaatstrekken leek te hebben gevormd en de rondingen gebeiteld. Zijn adem stokte, maar hij wist zijn reactie te verbergen. 'Volgens mij kun je het niet stiekem noemen, want ik geef haar alleen snacks om haar in mijn auto te krijgen, zodat ze de stad niet kan terroriseren.'

Elinors wenkbrauwen rezen hoog boven haar brillenglazen uit. 'Terroriseren? Serieus?'

'Ze is een lastig portret.' Er klonk echter geen felheid door in zijn woorden.

Elinor richtte haar blik nadrukkelijk op haar hond, die engelachtig op de vloer zat en nog altijd met geconcentreerde aanbidding naar hem staarde. 'Ja, ze ziet er inderdaad erg lastig uit.'

'Even luisteren, allemaal!' Ally klapte in haar handen. 'Om te beginnen wil ik jullie hartelijk bedanken omdat jullie hier zijn en deelnemen aan onze bruiloft. We houden ontzettend veel van jullie en zijn ongelooflijk dankbaar dat we jullie in ons leven hebben. En we zijn ook ongelooflijk dankbaar voor jullie hulp. Ik heb een paar werkplekken ingericht, zodat we dit karwei als een soort lopende band kunnen aanpakken en niet meer van jullie tijd in beslag nemen dat absoluut noodzakelijk is. Op de eerste plek worden de enveloppen geadresseerd aan de hand van de adressenlijst. Op de tweede plek wordt de naam op de envelop naast de hoofdlijst gelegd om te kijken of de geadresseerde alleen een uitnodiging en RSVP krijgt voor de bruiloft, of ook een uitnodiging en RSVP voor het oefendiner.

Op de derde plek worden de benodigde kaarten in de envelop gestopt, en op de laatste werkplek worden de enveloppen dichtgeplakt en van een postzegel voorzien. Volgens mij hebben we genoeg mensen om twee rijen te vormen en kunnen we dit in een mum van tijd afronden. Iedereen akkoord?'

Connor en Deenie begonnen onmiddellijk te kibbelen over de vraag wie van hen het mooiste handschrift had – bekvechten was nu eenmaal hun manier van voorspel – totdat Mac het stel vroeg om dat ergens anders te gaan doen en Ally hun vertelde dat ze allebei enveloppen mochten adresseren. Ze bood aan om hen te helpen, aangezien dat werk waarschijnlijk de meeste tijd zou kosten en wel een extra vrijwilliger kon gebruiken. Astrid en Ally's grootouders ontfermden zich over het dichtplakken en de postzegels, en zouden de honden bezighouden. Mac stortte zich op een van de hoofdlijsten en Ben ging naast hem zitten om enveloppen te vullen. Daardoor kon Levi alleen nog kiezen tussen de tweede hoofdlijst en enveloppen vullen.

Hij liep naar het tafeltje met de enveloppen, maar Ally greep hem bij zijn arm en overhandigde hem de eerste keurig geadresseerde envelop. 'Hier, neem jij de hoofdlijst maar.'

Levi wierp een blik op de letters en kon even niets bedenken om eronderuit te komen. De bruid iets weigeren was ongemanierd, maar hij kon onmogelijk –

'Dat lijkt me geen goed plan,' verkondigde Elinor opeens. Ze trok de envelop uit zijn weifelende vingers. 'Als er een hoofdlijst is, wil ik die hebben. Laat Levi maar lekker enveloppen vullen,' zei ze overdreven liefjes.

Hij hief zijn handen op in een gebaar van overgave, alsof ze zoals altijd aan het kibbelen waren. Alsof ze hem niet net het vege lijf had gered.

Hij kon heus wel lezen. Dat had hij geleerd, ook al was dat veel later gebeurd dan iedereen dacht. Maar het was een gewoonte geworden om het te vermijden. Om te verbergen dat hij het niet kon. Het was beter om je mond te houden en dom te worden gevonden, dan om te praten en alle twijfels weg te nemen, of niet soms? Hij was het brutale kind geweest. Het vervelende kind. En op een of andere manier was het hem gelukt zijn dyslexie voor iedereen geheim te houden. De diagnose was zelfs pas aan het begin van de middelbare school gesteld.

Elinor had hem altijd geholpen. Ze hadden het er nooit over gehad, maar op een of andere manier was ze er toch achter gekomen. Heel oplettend, zelfs toen ze nog kinderen waren. Hij wilde liever niet weten hoelang ze het al precies wist, en of ze zijn spelletje altijd had meegespeeld toen ze zei dat ze het leuk vond om hardop te lezen. Hij vond het een vreselijke gedachte dat ze misschien medelijden met hem had gehad, maar het was de enige verklaring die ergens op sloeg.

'Ga je die enveloppen nog vullen of hoe zit het?'

Levi schrok op en zijn handen kwamen als vanzelf in beweging toen hij zich realiseerde dat hij achterliep en dat het gesprek verder was gegaan zonder hem. De discussie leek zich te concentreren op het aanstaande halloweenfeest van Pine Hollow. Deenie hielp met het spookhuis, wat lijnrecht tegen haar zonnige, kleurrijke aard in leek te druisen. Maar kennelijk had ze zich aangesloten bij een plaatselijk toneelgezelschap dat buitengewone griezeleffecten gepland had.

'Let alsjeblieft op dat je niemand een hartaanval bezorgt,' verzocht Levi haar. 'Ik heb het hele weekend dienst en ik heb geen trek in de bijbehorende papierhandel.'

'Ik kan niets beloven. We zijn akelig griezelig,' riep Deenie, de minst griezelige persoon op aarde, opgewekt.

'Ik had me moeten aanmelden voor het spookhuis,' zei Elinor. 'Ik heb te lang gewacht en nu zit ik opgescheept met de ritjes op de hooiwagen. Dat betekent dat er de hele avond hooi door mijn spijkerbroek heen prikt.'

'Het kan altijd erger,' wierp Mac tegen. 'Ik heb vorig jaar de stomme fout begaan me op te geven voor appels happen uit de waterton. De beelden van mensen die kwijlend in een bak met fruit hingen hebben me nog maandenlang achtervolgd.'

'Heb je daarom soms de appel met haverkruimel van het menu gehaald?' vroeg Ben. 'Die was heerlijk.'

'Flashbacks.' Mac huiverde theatraal. 'Ik kon het gewoon niet. Dat ik bereid ben die miniappeltaartjes te maken voor jullie bruiloft toont wel aan hoeveel ik van Ally hou.'

'Nemen jullie geen grote taart?' vroeg Elinor.

'Jawel,' zei Ally met een zenuwachtige blik op Mac, die met zijn ogen rolde.

'Maak je geen zorgen. Ik weet heus wel dat Magda jullie bruidstaart maakt. Het is een strategische keuze van me om jullie verraad te negeren.'

'De appeltaartjes zijn voor het oefendiner,' legde Ally uit.

'Sorry, maar ik móét het echt vragen,' zei Deenie plotseling. Ze boog zich vanaf haar stoel naar Mac toe. 'Waarom heb je zo'n hekel aan Magda? Ze is namelijk ontzettend lief. Ik weet dat er een of andere loyaliteitsvete tussen jullie speelt, maar ik denk niet dat ik haar croissants met frambozenroom ooit zal kunnen opgeven. Zelfs niet voor jou.'

'Je kunt beter vragen waarom Magda een hekel heeft aan mij,' antwoordde Mac. 'Iedereen die me kent, is dol op me. Waar of niet?'

'Natuurlijk,' antwoordde Connor droogjes.

'Ben ik soms geen steunpilaar van deze stad? Verwen ik de inwoners niet met mijn gastronomische koffie en lokale zaligheden?'

'Nou, dat van die steunpilaar weet ik zo net nog niet...'

'Oké, waarom heeft Magda dan een hekel aan jou?' vroeg Deenie.

'Dat is een van de grootste mysteries van Pine Hollow,' verkondigde Mac. 'Een klacht van zo lang geleden dat niemand zich dat nog herinnert.'

'O, ik herinner het me anders nog best.' Elinor keek niet op van de hoofdlijst in haar handen.

Mac wierp een vluchtige blik in haar richting. 'Welnee.'

'Jawel, hoor. Ik weet het nog heel goed.' Elinor hief haar hoofd op en zag dat Mac naar haar keek. 'Charlotte en Magda zijn al jarenlang met elkaar bevriend. Ik heb álles gehoord.'

Deenie hupte opgetogen op en neer op haar stoel. 'O, spannend! Wat is er dan gebeurd?'

Mac keek Elinor dwingend aan. De ijzige blik in zijn ogen viel volledig uit de toon in zijn altijd glimlachende gezicht. 'Niets.'

Elinor nam Mac even onderzoekend op, gadegeslagen door de anderen. De spanning was om te snijden. Toen wendde ze schouderophalend haar gezicht af. 'Nou, kennelijk niets.'

Deenie slaakte een theatrale zucht. 'Heel fijn. Nou moet ik wachten tot Linda Hilson er een onthullend artikel over schrijft.'

Haar opmerking werd met luid gekreun begroet. Mac keek naar Ben en sprong gretig in op het nieuwe gespreksonderwerp. 'Ik snap best dat je het te druk hebt met burgemeesterszaken om alles te blijven doen wat je altijd deed, maar moest het van alle taken die je hebt afgestoten nou echt de nieuwsbrief zijn? En waarom is die taak naar Linda Hilson gegaan?'

Ben haalde zijn schouders op. 'Ze wilde het graag doen.'

'Dat had je meteen aan het denken moeten zetten.' Levi nam een envelop aan van Elinor en negeerde de tinteling die over zijn huid trok toen hun vingers langs elkaar streken. Na al die tijd zou hij zich eigenlijk niet meer zo bewust moeten zijn van haar aanwezigheid.

'Ze wilde het alleen maar doen omdat ze er dan een roddelblaadje van kon maken,' zei Mac mopperend.

'Het is vrijwilligerswerk. Dan kunnen we niet kieskeurig zijn,' merkte Ben op. 'En we houden de cijfers bij. Sinds zij de nieuwsbrief heeft overgenomen is die veel populairder.'

'Mensen zijn nou eenmaal gek op roddels. Vreemd, hè?' zei Levi onbewogen.

'Het zijn niet alleen de roddels. Ook de gemeenteberichten en bekendmakingen worden door meer mensen gelezen.'

'Ze worden gelokt met roddels en krijgen dan onverwacht de agenda voor de volgende gemeenteraadsvergadering voorgeschoteld,' grapte Mac.

'We kunnen er nu wel om lachen, maar het lachen zal ons snel vergaan als de stad wordt aangeklaagd vanwege haar,' merkte Levi chagrijnig op.

'Wou je soms een rechtszaak aanspannen?' vroeg Connor, met een veelbetekenende blik van Levi naar Elinor. Levi weerstond manmoedig de neiging om zijn middelvinger naar hem op te steken.

'Ze gebruikt geen namen,' merkte Ben op.

'Iedereen weet over wie ze het heeft,' hield Mac vol. Zijn ogen gleden eveneens naar Levi en Elinor, die de laatste tijd wel erg vaak in de nieuwsbrief figureerden.

'Ze heeft te veel naar *Bridgerton* gekeken.' Ally gaf een envelop door aan Elinor. 'Ze is ervan overtuigd dat ze de Lady Whistledown van Pine Hollow is.'

'Lady wie?' vroeg Mac.

'De schrijfster van een roddelrubriek in een Netflix-serie die zich in de Regency-periode afspeelt,' legde Ally uit.

'Lady Whistledown was anoniem, maar iedereen kent Linda Hilson en we weten allemaal dat je niet alles moet geloven wat zij schrijft.' Deenie wierp ook een blik op Levi. 'Het heeft dus geen zin om haar aan te klagen. Dan maak je haar alleen maar geloofwaardiger.'

'Kunnen we het alsjeblieft over iets anders hebben dan de kans dat iemand de stad aanklaagt?' zei Ben kreunend. 'Dat kan ik er echt niet bij hebben.'

Het gesprek ging verder. Elinors telefoon trilde en ze viste het toestel uit haar tas. Levi was zo op haar stemmingen ingesteld dat hij de discussie over de nieuwsbrief en mogelijke rechtszaken meteen naar de achtergrond verdrong om zich op haar te focussen.

'Ik heb nooit geweten dat jij wist waarom Mac en Magda elkaar haten,' mompelde hij, onhoorbaar voor de anderen.

Ze wierp hem een geïrriteerde blik toe. 'Waarom zou je ook?'

Omdat we alles van elkaar wisten, had hij bijna geantwoord, maar zijn gezonde verstand zorgde ervoor dat hij zijn mond hield. Ze keek naar het binnengekomen berichtje en er laaide een specifiek soort ergernis in haar ogen op.

Levi vertrok meelevend zijn mond. 'Is Charlotte weer bezig?'

Elinor keek op van het schermpje van haar mobiel en kneep haar donkere ogen achter haar brillenglazen tot spleetjes.

Lieve god, wat was hij toch irritant.

'Je kent me heus niet zo goed als je denkt,' snauwde Elinor zacht, om niet de aandacht van de rest van de groep te trekken.

Pine Hollow was een klein stadje. Ze ontkwamen er niet aan om regelmatig tijd in elkaars gezelschap door te brengen en zulke avonden eindigden steevast in ruzie. Maar ze had zich juist voorgenomen Ally's voorbereidingen voor haar bruiloft niet te verpesten met gebekvecht.

'Dus dat was niet Charlotte?' vroeg Levi. Hoewel zijn gezichtsuitdrukking nauwelijks veranderde, scheen er nu toch scepticisme doorheen.

Elinor keek hem kwaad aan. Natúúrlijk was het Charlotte.

Haar zus, die haar berichtjes de hele dag had genegeerd, had eindelijk geantwoord: *Niets aan de hand.*

Maar ze wisten allebei dat er wel degelijk iets aan de hand was. Het was namelijk overduidelijk dat Charlotte zat te mokken.

'Alles oké met haar?' vroeg Levi.

'Niets aan de hand,' snauwde Elinor, die onmiddellijk weer een irrationele irritatie voelde opborrelen, omdat ze dezelfde woorden had gebruikt als Charlotte. Haar mobiel trilde weer.

Ik ben in mijn eentje gegaan. Had geen bereik in Smuggler's Notch.

Bezorgdheid stak de kop op en Elinor moest zich inhouden om niet terug te appen: *Alleen???* Op een of andere manier dacht ze niet dat haar jongste zusje haar bezorgdheid om haar welzijn zou opvatten zoals deze was bedoeld nadat Elinor die ochtend had geweigerd met haar mee te gaan.

Ze beet op haar onderlip en probeerde een antwoord te bedenken dat veilig over het mijnveld van haar zus' overgevoeligheid zou laveren. Uiteindelijk koos ze voor: *Fijn om te horen dat je het naar je zin hebt gehad* en drukte op VERZENDEN. Ze wenste vrijwel meteen dat ze iets anders had geschreven. Het klonk veel te afstandelijk. Op een of andere manier formeel. Maar ze wist gewoon niet meer hoe ze zich moest gedragen zonder Charlotte boos te maken. Tegenwoordig leek alles wat ze zei verkeerd over te komen.

Toen ze van haar mobiel opkeek, verwachtte ze min of meer dat Levi nog steeds naar haar zat te kijken, maar ze had kennelijk langer nodig gehad om te bedenken wat ze zou antwoorden dan ze had gedacht, want hij zat druk met Ben te praten. Ze spraken op luide toon over de tafel om boven de andere gesprekken uit te komen en één woord trok haar aandacht.

'Wat zei je over de molen?' vroeg ze aan Ben.

Hij bracht haar meteen op de hoogte. 'De Kellers willen het land verkopen. Levi zei dat hij heeft gezien dat ze een TE KOOP-bord hebben neergezet toen hij er laatst was.'

Elinor moest haar best doen om niet naar Levi te kijken. *Was hij bij de molen geweest? Hún molen?*

Ben was zich niet bewust van de vragen die door haar hoofd wervelden en ging verder. 'Ik vertelde net dat de erfgenamen van meneer Keller de gemeente hebben verzocht om een aanpassing van het bestemmingsplan, zodat ze meer geld kunnen vragen van de ontwikkelaars die belangstelling hebben getoond voor de grond.'

'Wacht even. Ontwikkelaars?'

'Net als de lui die de ecovriendelijke appartementen bij het skiresort hebben gebouwd. Het is een flink stuk land en de rivier loopt er dwars doorheen. Prachtige uitzichten. Het verbaast me eerlijk gezegd dat er niet meer bedrijven op azen.'

Maar dan slopen ze natuurlijk de molen.

Haar molen. Hún molen.

Ze wist dat het een oud gebouw was. Een afbrokkelende hoop stenen. Toch sloeg haar hart opeens heel snel. Ze voelde haar hartslag tegen de strakgespannen huid van haar hals bonzen.

'Sorry,' fluisterde ze. Ze schoof haar stoel naar achteren. 'Ik moet even...'

Ze maakte haar zin niet af. Gelukkig vroeg niemand wat ze moest doen, want ze had geen flauw idee.

Elinor trok zich helemaal achter in de boerderij terug. Ze was eigenlijk van plan geweest om naar het toilet te gaan, maar liep uiteindelijk door tot ze bij de schemerige ruimte aan het eind van de gang aankwam. Het was het atelier van mevrouw Gilmore geweest, maar leek nu vol te staan met een hele verzameling spullen, dingen die niet waren meeverhuisd toen de grootouders van Ally naar hun seniorenflat in de Summerland Estates verhuisden.

De molen zou worden gesloopt.

Ze hapte naar adem en tastte blindelings om zich heen naar iets om zich aan vast te houden. Toen klonk de zware stem waar ze zich altijd aan had vastgeklampt achter haar.

'Elinor?'

Uiteraard was hij achter haar aan gekomen. Hij had altijd geweten wanneer ze hem nodig had. Ze waren altijd volledig op elkaar ingespeeld geweest.

Maar ze hoorden niet langer bij elkaar. Hij hoorde hier niet te zijn. 'Ga weg, Levi.'

Hij luisterde niet. Dat had hij nooit gedaan. Waarom zou hij nu opeens wél luisteren?

'Is alles in orde?'

Als ze geen aandacht aan hem schonk, ging hij misschien wel weg. Zelf had hij er een handje van om somber en intens te zwijgen. Dat kon zij ook. Ze bleef met haar rug naar hem toe staan, staarde naar de schaduwen in de kamer en zette al haar Jedi-krachten in om hem de kamer uit te krijgen.

'Ik had het je moeten vertellen van de molen.'

'Ik ben niet van slag door de molen!'

Oké. Dat was iets te luid. En het paste totaal niet in haar plan om somber en intens te zwijgen.

Levi schraapte zijn keel, en opeens was hij degene die somber en intens zweeg. Heel fijn.

'Is Charlotte...?' begon hij uiteindelijk. Aangezien haar Jedi-krachten kennelijk totaal niet werkten, draaide ze zich met een ruk om. Stomme, nutteloze Jedi-krachten.

'Levi. Met mij gaat het goed. Alles gaat goed. Ik wil je hier niet hebben. En ik weet niet hoe ik je dat duidelijk moet maken.'

'Begrepen,' prevelde hij. Toch verroerde hij zich niet. Hij staarde haar een tijdje recht aan. Ze had zijn focus altijd een van zijn meest sexy eigenschappen gevonden. Niemand concentreerde zich zo volledig als Levi Jackson. Er kropen lichte tintelingen over haar armen.

Zelfs in het gedempte licht zag ze de zilveren glinstering in zijn ogen, die haar aandachtig opnamen. Die haar peilden. Na wat als een eeuwigheid aanvoelde, vroeg hij opeens: 'Hoe gaat het met schrijven?'

'O, mijn god! Dat gaat je niets aan! Mijn hele leven gaat jou niets meer aan!' Ze was trouwens helemaal gestopt met schrijven. Na Katies dood voelde het allemaal zinloos. Maar dat ging ze hem echt niet vertellen.

'Ik ben nog steeds een goede vriend van je –'

'Nee, Levi. Dat ben je niet.'

Ze stormde langs hem heen, terug naar de voorkant van het huis. Hij was lang en sterk, en had haar zonder noemenswaardige inspanning kunnen tegenhouden. In plaats daarvan deed hij een stapje opzij, zodat ze zich niet langs hem hoefde te wurmen.

Gelukkig maar. Want als ze de kans had gekregen, zou ze hem waarschijnlijk als een *offensive lineman* hebben getackeld.

Ze beende met grote stappen terug naar de keuken, waar de lopendebandmedewerkers hun werk hadden afgerond en de laatste uitnodigingen keurig op stapeltjes lagen te wachten om op de post te worden gedaan. Ally's grootouders waren blijkbaar al met hun honden naar huis gegaan. Astrid zat op de vloer met Dory, Partridge en Max te spelen, en de kleine JoJo sloeg hun gerollebol met sceptische ogen blaffend vanaf een veilige afstand gade. De sint-bernard, Colby, lag diep te slapen.

Ben en Connor kibbelden over iets, allebei aangespoord door Mac. Aangezien Ben en Connor het heerlijk vonden om elkaar te jennen, en Mac als aanstichter vol leedvermaak meedeed, was het voor Elinor een doodnormale situatie.

Ze trok het elastiekje uit haar haren en bond ze onmiddellijk weer vast in een nieuwe paardenstaart.

'Mimosa?'

Deenie en Ally vormden voorzichtig glimlachend een barricade, en Ally hield een lichtoranje drankje voor haar omhoog. 'We zijn een beetje lui geweest met de cocktails.'

Ze was gek op champagne. Het was absoluut haar favoriete drankje. Ze dronk het echter niet meer, zelfs niet toen ze het die ochtend aangeboden hadden gekregen in de bruidswinkel, omdat het haar altijd aan Levi deed denken. Maar vanavond was Levi toch al overal aanwezig, dus waarom zou ze het zichzelf dan ontzeggen?

Ze pakte het glas aan. 'Dank je.'

Achter haar kwam Levi de kamer in. Ze was zich meteen bewust van zijn aanwezigheid, alsof de luchtdruk in de ruimte was veranderd, er een luchtsluis was opengezet, maar ze liet niets merken. Dat dácht ze tenminste, tot ze Deenies blik nieuwsgierig heen en weer zag schieten van haar naar Levi, die door de kamer heen naar de andere mannen liep.

'Luister, ik weet dat er een ongeschreven regel bestaat dat we er niet naar mogen vragen, maar hoe zit het nou precies tussen Levi en jou? Moeten we hem in elkaar slaan?'

Op de eerste vraag was Elinor voorbereid geweest, maar de tweede ontlokte een verraste proestbui aan haar. 'Er hoeft niemand in elkaar te worden geslagen,' verzekerde ze hun. 'En er speelt helemaal niets tussen ons. We waren een stel, maar nu niet meer. Einde verhaal. Het is hooguit soms een beetje ongemakkelijk, omdat we in hetzelfde stadje wonen en met dezelfde mensen omgaan.'

Ally en Deenie wisselden een korte blik met elkaar. 'En... dat is alles?'

'Dat is alles en meer zal het nooit worden,' bezwoer Elinor, die nadrukkelijk níét naar de man aan de andere kant van de kamer keek. Het was voorbij. En dat zou nooit veranderen.

9

Dat de politiechef een relatie ontkent zou veel geloofwaardiger zijn als hij niet continu werd gespot bij het huis van de bibliothecaresse. Afgelopen maandag bijvoorbeeld nog...

Stadsnieuwsbrief Pine Hollow
Maandag 3 november

Haar gras was nog steeds niet gemaaid.

Levi verdrong de opborrelende irrationele ergernis bij de aanblik ervan en reed door zonder vaart te minderen. Hij had het hele weekend gewerkt tijdens het halloweenfeest, dat in Pine Hollow zoals altijd bijzonder uitbundig was gevierd. Hij was voortdurend in de weer geweest om de lieve vrede te bewaren en had heel hard geprobeerd om niet aan Elinor te denken.

Aangezien ze de ritjes op de hooiwagen organiseerde, hadden zijn inspanningen om haar te negeren helaas weinig succes gehad. Ze was echt overal. Voor iemand die zo klein was, eiste ze een onevenredig groot deel van zijn aandacht op. Maar dat was altijd al zo geweest.

Hij reed langzaam door het centrum van de stad en liet zijn blik tijdens de rit automatisch over de straten en stoepen glijden. Het was zijn vrije dag, dus hij patrouilleerde niet. Hij maakte een autoritje om zich te ontspannen. En om naar zijn audioboek te luisteren. Het was vrijetijdsbesteding. Het was geen werk. Hij kon zijn baan heus wel achter zich laten, in tegenstelling tot wat die kerel in Stowe had geïmpliceerd. Ook al was het audioboek een gortdroog relaas over politieprocedures in plaats van de nieuwste Grisham.

Het audioboek werd onderbroken door zijn trillende mobiel, dat door de luidsprekers van de SUV klonk. Levi wierp een blik op de middenconsole om de naam van de beller te controleren en balde één hand tot een vuist in zijn schoot. De andere kneep in het stuur en zijn schouders verstrakten.

Het was echt niet zo dat hij zijn moeder niet wilde spreken. Hij had alleen geen behoefte aan het schuldgevoel dat hem bekroop bij de lichte bezorgdheid in haar stem. Zijn ouders kwamen oorspronkelijk uit North Carolina en waren daar een paar jaar geleden naar teruggekeerd. Dat was kort nadat Elinor en hij hun relatie hadden verbroken, maar voordat hij promotie maakte en tot politiechef werd benoemd. Zijn moeder maakte zich sinds die tijd voortdurend zorgen over hem.

Uit schuldgevoel tikte hij op het toestel om op te nemen. 'Hoi, mam.'

'Levi! Bel ik ongelegen? Komt het slecht uit?'

Dat vroeg ze altijd. Alsof hij de voicemail niet zou laten aanslaan als hij bezig was om iemand te arresteren. 'Nee, hoor. Waarom bel je?'

'Nou, ik heb met je vader gesproken en wilde eigenlijk weten of je al kans had gezien om na te denken over je eventuele bezoek aan ons met Thanksgiving?'

Bij zijn moeder kwam dat min of meer neer op een bevel, want ze was de meest indirecte persoon ter wereld. Hij vermoedde dat het een copingstrategie was, aangezien ze al ruim dertig jaar met zijn vader samen was. 'Ik denk niet dat het me dit jaar gaat lukken, mam. Mijn medewerkers zijn allebei nog jong en werken parttime –'

Dat was ook de reden dat Levi een deal had gesloten met het

politiebureau van het dichtstbijzijnde stadje om voor elkaar waar te nemen als de politiechef weg moest.

Maar 'ik kan niet weg vanwege mijn werk' was een veel betere smoes dan: 'Ik heb geen zin in een weekend waarin jij je continu druk over me loopt te maken en pa me voorhoudt dat het leven niet eerlijk is.'

'Wat laten ze je vreselijk hard werken. Elton had tenminste vakantiedagen.'

'Elton had mij.' Er vloog iets wits langs de rand van zijn blikveld en Levi draaide zijn hoofd met een ruk om naar het bewegende voorwerp. 'Mam, ik moet ophangen. De plicht roept. Ik hou van je.'

'Niet te hard werken!' riep ze nog, maar hij verbrak de verbinding al en reed het smalle weggetje op dat naar de molen voerde. De bomen bogen zich naar elkaar toe, waardoor het als een tunnel aanvoelde. Levi tuurde tussen de begroeiing. Hij wist zeker dat hij iets had gezien...

Daar.

Weer een wazige glimp van een bruin-witte vacht.

Pal voor zijn bumper.

Levi trapte wild op de rem om te voorkomen dat hij Elinors hond plette. De SUV kwam zo abrupt tot stilstand dat de achterkant een stukje opzij zwiepte. Gelukkig reed er niemand achter hem.

Hij deed de alarmlichten aan, zette de Explorer op PARK en duwde het portier open om uit te stappen en Elinors hond naar zich toe te lokken. Voordat hij zijn riem echter had kunnen losmaken, sprong er een harig wezen op zijn schoot. Dory kronkelde opgetogen en likte zijn gezicht.

'Op de grond! Op de grond!' droeg Levi haar op, maar ze negeerde zijn pogingen om haar weg te duwen totdat haar beweeglijke achterlijf tegen de claxon stootte.

Bij het horen van het luide getoeter blafte ze pal naast Levi's oor en sprong ze op de passagiersstoel. Ze zette haar voorpoten op het dashboard en nam waakzaam hun omgeving in zich op, op zoek naar de oorzaak van het geluid.

'Dat deed je zelf, slimmerik,' zei Levi korzelig. Hij trok het portier dicht, zodat ze niet kon ontsnappen, maar ze leek het prima naar haar zin te hebben waar ze nu was. Ze draaide zich om haar as om en ging op de passagiersstoel zitten, met haar kop schuin opzij, alsof ze wilde weten waar ze naartoe gingen. 'Je bent zeker wel trots op jezelf dat het je weer is gelukt om te ontsnappen, hè?'

Het was nog niet eens twaalf uur. Het zou uren duren voordat hij haar aan Elinor kon overdragen.

Hij kon haar natuurlijk altijd naar Furry Friends brengen. Ally had vorige week gezegd dat ze een plek voor haar zou vrijhouden.

Maar hij moest steeds aan dat verdraaide gazon denken.

Elinor had hem vroeger altijd geplaagd met zijn overactieve verantwoordelijkheidsgevoel, maar de tuin voelde nog steeds aan als die van hem. Ze vond werken in de tuin verschrikkelijk, dus toen ze het huis kocht was híj degene geweest die de schutting neerzette en het gras bemestte, zelfs al voordat hij bij haar was ingetrokken. Het idee dat ze de tuin liet verwilderen tot de eerste sneeuw viel en alles bedekte, zat hem enorm dwars.

Levi keek opzij naar de hond naast hem.

Als hij haar terugbracht, zou dat een geweldig excuus zijn. Elinor was op haar werk. Ze hoefde hem niet eens te zien en haar gras zou worden gemaaid. Hij was toevallig in de buurt en bewees haar gewoon een vriendendienst.

Levi zette de Explorer in DRIVE.

De poort in de schutting zat op slot.

Levi had verwacht dat er een grendel op zou zitten. Die had hij er namelijk zelf op bevestigd. Hij had verwacht dat hij er over de bovenkant van de poort bij zou kunnen om hem open te schuiven. Hij was er niet op voorbereid geweest dat de grendel op zijn plek werd gehouden door een combinatieslot.

Levi keek met tot spleetjes geknepen ogen naar de Australische herder, die geduldig bij zijn voeten zat te wachten en naar hem keek. 'Jij had zeker een manier ontdekt om de poort open te krijgen, hè? Voordat je de stoel als springplank bent gaan gebruiken.'

Dory sperde haar kaken open in een brede grijns, duidelijk erg in haar nopjes met zichzelf.

Hij had de riem aan haar halsband vastgemaakt, maar ze leek niet van plan om weg te rennen. Precies zoals Elinor had gezegd. Ze wilde gewoon niet alleen zijn. De keren dat ze bij hem vandaan was gesprint, waren kennelijk een spelletje geweest. Gelukkig leek ze vandaag geen zin te hebben om te spelen en volgde ze gebiologeerd zijn pogingen om in te breken in haar tuin.

'Vooruit, Houdini,' zei hij tegen haar. 'Jij weet als geen ander hoe je hier uit moet komen. Maar hoe komen we erín?'

Ze keek hem met een schuine kop aan, alsof ze over het probleem nadacht. Opeens besefte Levi dat hij tegen een hond stond te praten.

'Ik word gek,' mompelde hij. Hij zocht om zich heen naar een andere manier om in de achtertuin te komen.

Hij wilde liever niet in Elinors huis inbreken. Op een of andere manier vermoedde hij dat ze dat niet goed zou opvatten. Maar hij was ook niet van plan om al op te geven. Haar grasmaaier stond meestal in het schuurtje achter het huis. Als hij met Dory in de achtertuin kon komen, kon hij de grasmaaier repareren, het gras maaien en vertrekken voordat ze thuiskwam van school. Maar dan moest hij wel eerst in de tuin zien te komen.

Thuis had hij een ladder staan… maar dat zou de geloofwaardigheidsgrenzen van 'ik was toevallig in de buurt' en 'het was een vriendendienst' wel heel erg oprekken.

Als hij iets had om op te staan kon hij zichzelf over de schutting hijsen, maar hij kon er niet van op aan dat Dory al die tijd rustig zou blijven zitten. Straks was ze halverwege het plein, terwijl hij vastzat in Elinors achtertuin.

Als hij ergens op kon staan, kon hij de cijfers van het slot misschien zien, maar hij wist de combinatie natuurlijk niet.

Gelukkig kende hij Elinor.

Hij wierp een blik op de garagedeur. Er zat een cijfertoetsenbord op, zodat hij vanaf de buitenkant kon worden geopend. Ooit had hij de combinatie geweten.

Als ze de combinatie niet had veranderd, was dat toch zeker een teken?

'Dit is misschien geen goed idee,' zei hij tegen de hond.

Hij toetste Annes verjaardag in. De garagedeur gleed moeizaam omhoog.

Dory liep op een drafje naar binnen, rukkend aan de riem in haar enthousiasme om de voor één auto geschikte ruimte te verkennen. Elinor had de garage altijd als opslag gebruikt, ook toen Levi zei dat het veel beter zou zijn als ze haar auto in de garage zette in plaats van hem over te leveren aan de weersomstandigheden. Levi deed de garagedeur dicht en slalomde om de verzameling dozen heen die de deur naar de achtertuin blokkeerden. Hij schoof één doos een stukje opzij en wist de deur net ver genoeg open te krijgen om er samen met Dory doorheen te glippen.

De hond danste om zijn voeten tot hij haar streng aankeek. Ze ging onmiddellijk zitten en keek naar hem op.

'Als ik de riem losmaak, zul je je dan gedragen? En niet over de schutting springen?'

Dory staarde hem bevend van aanbidding aan en hij bukte zich om de riem los te maken. 'Niet rennen,' waarschuwde hij haar terwijl hij rechtop ging staan.

Hij liep naar de schuur, wadend door het veel te hoge gras. Dory racete voor hem uit, maar kwam weer naar hem terugrennen toen hij te langzaam was. Daarna sprintte ze terug naar de schuurdeur, waar ze als een gek rondjes draaide. Gelukkig was de tuin vrij van hondenuitwerpselen, dus Elinor was kennelijk wel actief met het poepschepje. Bij de schuurdeur aangekomen zag hij dat deze gelukkig geen hangslot had, en de grasmaaier stond gewoon waar hij hem altijd had achtergelaten in de tijd dat hij zich over het gazon ontfermde.

In feite stond en lag álles op de plek waar hij het had achtergelaten. Hoewel er drie jaren waren verstreken, hing zelfs het gereedschap nog steeds stof te vergaren op de haakjes.

Dory snuffelde nieuwsgierig aan de grasmaaier, maar stoof achteruit toen Levi op zijn hurken ging zitten om het ding te inspecteren. 'Eens kijken wat eraan mankeert,' zei hij tegen haar, waarna hij meteen boos werd op zichzelf.

Hij moest echt eens ophouden met tegen de hond praten.

Misschien was hij iets te zelfverzekerd geweest over zijn vermogen om de grasmaaier binnen vijf minuten te repareren.

Pas twee uur later, na vijf zoekopdrachten op Google en een tripje naar de doe-het-zelfzaak van meneer Wells, met Dory op de passagiersstoel, had hij de grasmaaier weer aan de praat. Maar nu werkte het ding en als hij snel was, moest het mogelijk zijn om het gras te maaien en te vertrekken voordat Elinor in de gaten had dat hij hier was.

Het maaien zou natuurlijk wel veel sneller gaan zonder Dory's 'hulp'.

Levi begon in de hoek achter in de tuin en duwde de grasmaaier in een lange diagonale lijn. Dory racete voor hem uit en liet een knalrode rubberen bal vallen, pal voor de grasmaaier.

'Wegwezen, anders ben je hem kwijt,' zei Levi waarschuwend.

De hond huppelde achteruit en liet zich plat op haar buik zakken, met haar kop dicht bij de grond en haar achterlijf in de lucht gestoken. Ze sloeg hem met kwispelende staart gade om te kijken wat hij zou doen.

'Ik rijt dat ding aan flarden,' dreigde hij, en hij duwde de grasmaaier een stapje dichterbij.

Dory verroerde zich niet.

Levi wist dat hij dit gevecht zou verliezen.

Door het rubber zou de grasmaaier waarschijnlijk vastlopen en dan was hij terug bij af. 'Je bent een duivel,' zei hij tegen Dory, terwijl hij om de grasmaaier heen liep, de bal van de grond opraapte en naar het terras gooide, ver bij hem uit de buurt. Dory dook erachteraan en hapte de bal uit de lucht, lichtvoetig opspringend als een antilope.

Levi zette de grasmaaier weer in beweging en kwam bijna twee meter verder. Toen plofte de bal weer op zijn pad. Hij kon de keurige rechte lijnen wel vergeten. Hij draaide de grasmaaier opzij... en Dory griste de bal van de grond en legde hem pijlsnel weer voor hem neer. Levi draaide het apparaat opnieuw opzij en ditmaal legde ze de bal zo vlak voor de grasmaaier neer dat hij hem achteruit moest trekken om te voorkomen dat hij over de bal zou rijden.

'Hier komt niets van in,' zei hij tegen haar.

Ze leek niet onder de indruk van zijn aankondiging.

De hond zou het puur op wilskracht van hem winnen.

Levi bukte zich, pakte de bal en ging weer achter de grasmaaier staan. Hij wilde de bal in zijn zak stoppen, maar Dory sprong boven op de grasmaaier en staarde hem net zo lang aan tot hij het ding in de verste hoek van de tuin smeet, stuiterend op de grond als een keitje op een vijver, zodat ze hem niet uit de lucht kon happen. Hij duwde de grasmaaier zo snel mogelijk zo ver mogelijk verder, voordat ze de bal te pakken had en ermee terug kwam sprinten om hem weer de weg te versperren.

Dit herhaalde zich steeds opnieuw.

Gelukkig had Elinor geen grote tuin en Levi kwam er al snel achter dat Dory minuten wegbleef in plaats van slechts seconden als hij de bal onder de tuinmeubels mikte. Desondanks deed zijn linkerarm een beetje pijn toen hij de grasmaaier in de schuur terugzette.

'Aan jou heb ik ook niets,' zei hij tegen de hond, die op haar buik op een van de ligstoelen lag, moe van het spelletje. De bal lag tussen haar voorpoten, alsof ze hem wilde bewaken voor het geval iemand hem probeerde te pikken. Bij het horen van zijn stem klapten haar oortjes blij naar voren.

Hij keek hoe laat het was en tuurde fronsend naar de hond. 'Als ik jou hier laat, kan ik er dan van op aan dat je een kwartiertje blijft?'

Hij kon haar natuurlijk aan de riem doen en het andere uiteinde vastzetten onder de barbecue, waardoor ze meer tijd nodig zou hebben om vrij te komen, maar hij wilde niet dat ze stikte bij haar pogingen om zichzelf te bevrijden. Als hij haar in de garage opsloot, had ze hoogstwaarschijnlijk de helft van de dozen gesloopt tegen de tijd dat Elinor over een kwartier thuiskwam.

'Dan moet ik je maar in huis opsluiten,' besloot Levi, die zichzelf opnieuw voorhield dat hij echt moest stoppen met tegen de hond praten.

Hij deed de achterdeur van de garage open en Dory vloog meteen overeind. 'Kom mee, duiveltje dat je er bent,' riep hij. Hij wurmde zijn schouders door de smalle opening en Dory greep haar bal om achter hem aan te gaan.

Het was donker in de garage zonder de lamp, die automatisch was aangegaan toen hij de garagedeur de eerste keer opendeed. Hij kon de achterdeur niet helemaal dichtdoen, want dan verdween ook het laatste restje zonlicht, dus liet hij hem openstaan en baande hij zich tussen de dozen door een weg naar de deur die naar het huis leidde.

Hij had verwacht dat hij Dory met een trucje naar binnen moest lokken, maar zodra hij hem opendeed, racete ze naar binnen. Hij deed hem snel dicht voordat ze van gedachten kon veranderen en opende de garagedeur om naar buiten te gaan. Hij sloot de deur af en liet alles achter zoals hij het had aangetroffen, alleen zat de hond nu ín het huis. Levi stapte snel in zijn Explorer om weg te zijn voordat Elinor thuiskwam en kwaad op hem zou worden omdat hij iets aardigs voor haar had gedaan.

Want god verhoede dat hij zich als een goede vriend gedroeg.

Ik ben nog steeds een goede vriend van je.

Nee, Levi. Dat ben je niet.

Hij verdrong de kwetsende woorden en borg de hondenriem op in het dashboardkastje. Als je om iemand gaf, hield dat niet zomaar op. En als hij om iemand gaf, bleef hij voor die persoon zorgen. Ook als ze woest op hem was. Zelfs als hij dat verdiende.

10

De liefde hing duidelijk in de lucht tijdens het halloweenfeest, en niet alleen voor de burgemeester en zijn aanstaande bruid. Zullen we binnenkort ook de trouwklokken horen luiden voor een paar andere geliefde inwoners van ons stadje?

Stadsnieuwsbrief Pine Hollow
Maandag 3 november

'Eh, mevrouw Rodriguez?'

Elinor keek met tegenzin op van haar computerscherm. Het verhaal dat ze zat te lezen liet haar niet gemakkelijk los, maar toen ze zag wie zo voorzichtig haar naam had gefluisterd, knipperde ze met haar ogen en keerde ze pardoes terug in de werkelijkheid. 'Bailey! Je weet toch dat je Elinor mag zeggen, hè?'

De vriendin van haar zus bloosde tot aan haar witblonde haargrens. 'Ja, dat weet ik. Sorry, ik eh, ik wist niet zeker of het… of het in school misschien respectloos zou zijn.' Ze stond handenwringend naast Elinors bureau, als een schoolkind dat voor straf bij de juf was geroepen. 'Ik dacht dat de school al uit was,' prevelde ze, met een vlugge blik over haar schouder op de kinderen die geconcentreerd aan de tafeltjes in de bibliotheek zaten te werken, met hun hoofd diep over hun laptops en schriften gebogen.

'Het is een naschools programma,' vertelde Elinor haar, die uit jarenlange ervaring automatisch op fluistertoon praatte. 'Ze werken allemaal aan een boek voor NaNo.'

'NaNo?'

'National Novel Writing Month. Dat is een onlineschrijfproject dat elk jaar in November wordt georganiseerd. Jonge mensen van over de hele wereld proberen in een maand een boek te schrijven. Het leek me leuk voor onze leerlingen, dus heb ik de computers in de bibliotheek voor en na schooltijd beschikbaar gesteld voor iedereen die eraan mee wil doen. Er hebben zich aardig wat liefhebbers gemeld.'

Elinor verwachtte niet dat ze allemaal het eind van de maand zouden halen, maar de eerste dag was een enorm succes geweest, en het was heerlijk om zo veel creatieve energie aan het werk te zien. Er waren in totaal zo'n vijfentwintig leerlingen, vooral uit de vijfde en zesde klas. Ze was voorbereid geweest op veel meer gegiebel en gefluister, maar tot dusver namen ze hun creatieve inspanningen allemaal heel serieus.

'Super, zeg,' zei Bailey. Haar blik gleed naar Elinors opengeklapte laptop. 'Schrijf jij zelf ook?'

'O.' Elinor wuifde haar vraag achteloos met één hand weg en zette met de andere de laptop in de slaapstand. 'Dat is een oud verhaal van me dat ik in tijden niet heb gelezen.' *Schenk er maar geen aandacht aan.* Ze rechtte haar rug en keek Bailey aan. 'Wat kan ik voor je doen?'

Bailey bloosde weer en bewoog haar vingers onrustig heen en weer. 'Ik, eh, ik wilde... Dit klinkt vast heel erg raar –'

'Dat betwijfel ik. Ik ben een expert op het gebied van ongebruikelijke vragen. Vandaag vroeg een kleuter me waarom druiven rond zijn. Ik kan alles hebben.'

Bailey lachte zacht, opgelucht en nog steeds een beetje onzeker. 'Het gaat over Jane Austen? Ik weet wel dat Anne zegt dat het niet erg is dat ik niets over literatuur en zo weet, maar zij is er gek op, en jullie hebben het er de hele tijd over, en ik wilde gewoon... ik wilde er gewoon iets over leren, omdat het belangrijk voor haar is?'

Bailey had de gewoonte om elke opmerking als een vraag te laten klinken, maar aan het eind van haar aarzelende speech was er geen twijfel mogelijk. Elinors hart smolt en ze glimlachte. 'Dan ben je hier aan het juiste adres.'

'De bibliotheek?'

'Ja, dat ook. Maar ik weet toevallig ook belachelijk veel over Jane Austen, en belangrijker nog: welke van haar boeken verweven zijn met onze familiegeschiedenis.' Bovendien was ze bereid door het vuur te gaan om Bailey te helpen alles te leren wat ze wilde. Voor Anne had ze alles over. 'Wat Anne betreft zijn de drie belangrijkste titels *Trots en vooroordeel*, *Verstand en gevoel* en *Overreding en overtuiging*. Onze moeder vond *Emma* echt verschrikkelijk, om redenen die mij nooit echt helemaal duidelijk zijn geworden. En als je écht indruk op haar wilt maken, kun je *De abdij van Northanger* en *Mansfield Park* ook lezen, maar laten we maar beginnen met de canon van de familie Rodriguez.'

Bailey knikte bij alles wat ze zei. Elinor wierp een blik op de leerlingen om er zeker van te zijn dat ze hen niet stoorde bij hun creativiteit, boog zich naar Bailey toe en ging nog zachter verder.

'Voor een bibliothecaresse is dit misschien heiligschennis, want het boek is natuurlijk altijd beter dan de film, maar er bestaan een paar heel goede film- en televisiebewerkingen van de boeken. Heb je vanavond tijd om even bij me thuis langs te komen? Ik heb met Ally en Deenie afgesproken om iets te regelen voor de bruiloft, maar als je wilt, kan ik je het een en ander meegeven. Ik heb extra exemplaren van alle boeken en de dvd van *Pride and Prejudice* met Colin Firth en Jennifer Ehle... Ook al vermoordt Anne me als ze erachter komt. Misschien wil ze je zelf laten kennismaken met de cult van BBC-Austen.'

'Ik kom de boeken en dvd graag halen,' antwoordde Bailey gretig. 'Ik wil haar verrassen. Ontzettend bedankt.'

'Graag gedaan.' Niet iedereen die met een lid van de familie Rodriguez datete was bereid iets te leren over hun gezamenlijke obsessie met Austen. Bij Elinors weten had Levi nooit een van haar boeken gelezen. Hij hield meer van spionageverhalen, mysteries en thrillers.

Ze spraken een tijdstip af. Tegen de tijd dat Bailey vertrok, zat de naschoolse activiteit er voor die dag bijna op, en Elinor betwijfelde of het zin had om haar computer nog op te starten.

Ze wist niet waarom ze juist dit ene verhaal had opgegraven uit het stoffige archief van haar ongebruikte computerdocumenten. Ze weigerde toe te geven dat het wellicht door Levi kwam of dat zijn vraag van laatst haar mogelijk op het idee had gebracht om een NaNo-project te doen op school. Het was puur een kwestie van timing geweest. NaNo begon altijd op 1 november. En dat ze sinds Katies dood niet meer had geschreven… tja, misschien was de tijd gewoon rijp.

De kinderen leken het geweldig te vinden. De meesten van hen tuurden geconcentreerd naar hun computerscherm, hoewel de verlegen Brayden Wells zo te zien een bijzonder gedetailleerde graphic novel zat te tekenen. Als hij tenminste niet stiekem naar Kimber Kwan zat te gluren. Astrid en haar beste vriendin zaten samen aan het dichtstbijzijnde tafeltje, ieder volkomen in beslag genomen door het scheppen van hun eigen fictieve wereld, en het kostte Elinor moeite om niet verdrietig te worden als ze naar hen keek. Katie en zij waren net zo geweest, ook al ging het toen om handgeschreven manuscripten in zwierige paarse inkt in spiraalschriften. Katie was een van de weinige mensen geweest die wist hoe graag Elinor schrijfster wilde worden. Ze hadden hun verhalen met elkaar besproken. Die van Katie gingen altijd over superhelden en magische krachten, en die van Elinor over dystopische werelden. Schrijven was een uitlaatklep voor haar toen haar moeder ziek was, een bezigheid die haar het gevoel gaf dat ze in elk geval over íéts controle had, omdat ze haar personages een gelukkig einde kon geven. Het had haar door een van de moeilijkste perioden in haar leven geholpen, maar toen ze Katie verloor, was het alsof dat deel van haar in een diepe slaap wegzakte, alsof een groot deel van haar kernidentiteit zich drie jaar lang ergens diep in haar terugtrok.

Elinor tikte op een toets om de computer op te starten en het scherm vulde zich onmiddellijk met het laatste boek dat ze had geprobeerd te schrijven. Het was Katies favoriet geweest. Ze had Elinor onvermoeibaar aangemoedigd om het naar literair agenten en uitgeverijen te sturen.

Elinor nam zich voor om nog een paar bladzijden vluchtig door te nemen, tot het tijd was om de kinderen naar huis te sturen, maar ze was vergeten hoe goed het verhaal eigenlijk was. Ze werd er volledig door opgeslokt. Haar ogen raceten over scènes waarvan ze niet eens meer wist dat ze die had geschreven en het haar op haar armen ging recht overeind staan bij het besef dat dit háár werk was. Het was een opwindende gedachte.

Ze schrok toen de timer op haar mobiel ging. Ze sloot het document haastig en stond op. 'Dat was het voor vandaag! Hoe is het gegaan? Hebben jullie veel goede woorden gevonden?'

Overal in de ruimte keerden kinderen terug uit hun eigen fictieve wereld en het rumoer zwol aan toen ze allemaal enthousiast vertelden wat ze hadden gedaan. Brayden bloosde toen Kimber hem een complimentje gaf over zijn schetsen en hij holde met gebogen hoofd de bibliotheek uit. Elinor bleef achter om te praten met iedereen die een paar minuten extra nodig had, of behoefte had aan aanmoedigingen of advies.

Toen de laatste leerling was vertrokken, had ze nog net genoeg tijd om snel haar spullen bij elkaar te zoeken en naar huis te gaan voor haar afspraak met Bailey, ook al was ze het liefst verdergegaan met haar verhaal, om te kijken of het echt zo goed was als ze dacht.

Waarom was ze gestopt met schrijven? Hoe kon ze dit gevoel zijn vergeten?

Toen ze thuiskwam, stond Bailey's auto niet op de oprit, en Levi's Explorer gelukkig evenmin.

Elinor liep op een holletje naar binnen en riep een groet naar Dory. In plaats van geblaf uit de bijkeuken hoorde ze Dory's nagels op de plavuizen tikken en kwam de hond met een rode bal in haar bek om de hoek sprinten.

'Hallo, deugniet! Probeer je weer te ontsnappen?' Elinor ging op haar hurken zitten en Dory liet de bal stuiterend bij haar voeten vallen om haar knuffels in ontvangst te nemen en te beantwoorden met een gepaste hoeveelheid puppyzoenen op Elinors gezicht.

'Dat is een buitenbal,' zei Elinor een beetje streng. 'Hoe heb je die binnen gekregen? Heb je weer een raam opengemaakt?'

Ze liep naar de achterkant van het huis om op onderzoek uit te gaan, maar kon niet meteen iets vreemds ontdekken. De ramen waren gesloten. De deuren zaten dicht. De tuinmeubels stonden netjes op hun plek. Het gras was keurig gemaaid –

Elinor verstijfde. Het gras was keurig gemaaid.

'Hij heeft toch niet...'

Maar kennelijk had hij dat wel.

Ze greep haar tablet en haalde gejaagd de opnamen van de bewakingscamera's op. Dory pikte haar onrust onmiddellijk op en stond blaffend naast haar.

Elinor scrolde snel langs de door de bewegingssensoren geactiveerde opnamen en kreeg alles in zwart-wit te zien. Dory's ontsnapping. Levi's aankomst, volgens de tijdstempel veertig minuten daarna. De garagedeur die openging. Levi in de achtertuin, op zijn dooie gemak, alsof het huis van hem was. Levi die haar grasmaaier repareerde. Haar gras maaide. En met haar hond speelde. Alsof hij daar het volste recht toe had.

Ze keek omlaag naar Dory, die blijkbaar de hele dag met haar nieuwe beste vriend had doorgebracht. 'Ik vermoord hem.'

11

Sommige mannen sturen bloemen. Anderen geven chocolaatjes. En weer anderen verzorgen de tuin.

Stadsnieuwsbrief Pine Hollow
Maandag 3 november

'Hij heeft mijn gras gemaaid.'

'Wat een hufter!' riep Deenie met ademloze afschuw, om het bevredigende effect van haar woorden meteen weer te verpesten met: 'Kan iemand me misschien even uitleggen waarom hij dan een hufter is? Want ik snap het niet. Moeten we niets van kort gras hebben? Zijn we tégen grasmaaien? Geven we alles terug aan de natuur?'

Elinor, Ally en Deenie zaten na sluitingstijd aan een van de tafeltjes in Magda's Bakery. De zaak was verder verlaten, op de eigenaresse na die met regelmatige tussenpozen uit de keuken opdook met nieuwe stukken taart. Ally had de hulp van Elinor en Deenie ingeroepen om haar te helpen met het kiezen van de bruidstaart, nadat haar eerste poging met Astrid en Ben was gestrand, omdat ze alle drie alles heerlijk hadden gevonden en vonden dat ze ze allemáál moesten nemen.

'Het is inderdaad een beetje aanmatigend,' zei Ally. Ze kreunde van genot toen ze de citroencrème proefde. 'Oké, ik heb me vergist. Dit is mijn favoriet.'

'Ze zijn allemaal je favoriet. Dat was juist het probleem,' hielp Deenie haar herinneren. Ze greep een vork met chocoladetaart en richtte zich met begerige belangstelling weer op Elinors ellende. 'Goed, dus we hebben een hekel aan hem omdat hij als een macho de baas speelt?'

Elinor zocht naar de juiste woorden om het uit te leggen. Levi was altijd aanmatigend geweest. Hij bemoeide zich altijd overal mee en wilde altijd alles rechtzetten. Dat was niets nieuws. Maar dit... dit was vooral... dit was... 'Hij doet alsof hij het recht heeft om te bepalen hoe ik mijn leven leid.'

Ally en Deenie slaakten allebei een diepe zucht en knikten begrijpend.

'Weten jullie nog dat hij me afgelopen lente toestemming gaf om met Connor te daten?'

'Ja, dat herinner ik me inderdaad nog,' merkte Deenie, Connors toenmalige én huidige vriendin, droog op. 'Hij had Connor ook toestemming gegeven.'

'Niemand zit op zijn toestemming te wachten!' snauwde Elinor. 'Ik ben een zelfstandige vrouw. Ik beslis zelf wel met wie ik date. Daar heeft hij niets over te zeggen. Hij heeft het zelf met mij uitgemaakt.'

Toen Ally haar ogen een beetje opensperde, drong het pas tot Elinor door dat ze hun dat nooit had verteld.

'Oké.' Deenie legde haar vork neer, de taart helemaal vergeten. 'We hebben keihard ons best gedaan om geen nieuwsgierige vragen te stellen, maar ik kan het niet meer aan. Wat is er tussen jullie twee gebeurd? Want wat het ook is, volgens mij is het nog niet voorbij.'

'O, het is absoluut voorbij,' zei Elinor nadrukkelijk. Ze prikte woest in de chiffon cake met frambozen, die tot haar grote voldoening verkruimelde onder de aanval.

Ally strekte haar arm uit om Elinors andere hand te pakken. 'Wat is er gebeurd?' vroeg ze vriendelijk.

Elinor hoorde Katies stem in haar achterhoofd fluisteren.

Geestig en schrander. *Als je hun niets vertelt, zullen ze het nooit weten.*

Ze wist best dat het haar onderbewustzijn was, maar het klonk precies als Katie en ze voelde iets prikken achter haar ogen. De stem van de nep-Katie had gelijk. Ze had zich de afgelopen drie jaar eenzaam gevoeld. Haar grote liefde was weg en ze had iedereen op afstand gehouden die haar probeerde te troosten.

Charlotte, met haar twee hartsvriendinnen die werkelijk alles voor elkaar over hadden, zei altijd dat 'beste vriendin' niet een persoon was, maar een groep. En geen afgesloten groep, maar een flexibele. Er was altijd ruimte voor méér beste vriendinnen. Maar Elinor had nooit een vriendinnengroep gehad. Zij had Katie. De enige die haar aparte eigenschappen altijd had begrepen. En de gedachte dat ze haar zou vervangen had haar onmogelijk geleken.

Elinor keek de twee andere vrouwen aan de tafel aan. Deenie was het zonnetje in huis, maar haar leven ging ook niet altijd over rozen. Een paar maanden geleden was ze degene die het allerbelangrijkst voor haar was verloren aan alzheimer. En Ally's enige familieleden waren haar grootouders, over wie ze zich continu zorgen maakte. Deze twee vrouwen hadden de afgelopen maanden onder het genot van talloze margarita's hun zorgen met haar gedeeld, terwijl Elinor alle vragen over Levi, Katie en andere belangrijke zaken juist had ontweken.

Ze wilden haar dolgraag helpen. Misschien was het tijd dat ze dat toestond.

'We waren verloofd,' bekende ze. Twee paar ogen werden opengesperd. Ze woonden allebei relatief kort in het stadje, maar toch. 'Ik dacht dat jullie dat wel wisten. Als het niet via het roddelcircuit was, dan toch zeker via de nieuwsbrief.'

'Dat is Linda.' Ally zwaaide met haar vork. 'Wat zij schrijft, gelooft niemand.'

'Nou, in dit geval spreekt ze de waarheid. Mijn voorgeschiedenis met Levi gaat heel ver terug. Helemaal tot de lagere school. Hij is de eerste jongen die ik ooit heb gezoend. De eerste met alles. Op de middelbare school hadden we een knipperlichtrelatie. Hij is acht maanden ouder dan ik, maar ik zat twee klassen hoger.' *Ik had een paar klassen overgeslagen. Wilde altijd de perfecte dochter zijn voor mama.* 'Toen ik eindexamen deed, waren we zestien. We spraken min of meer af om uit elkaar te gaan omdat ik ging studeren. Maar Dartmouth is hier niet ver vandaan, dus ik zag hem regelmatig, omdat ik mijn familie heel vaak opzocht. Ik vond het heerlijk op de universiteit, maar ik was jonger dan alle anderen en Pine Hollow was de enige plek waar ik me echt thuis voelde.' Ze verjoeg de herinnering aan die onbehaaglijke tijd snel.

'We waren dus bevriend, meer niet, en dat bleef een paar jaar zo, ook nadat ik terug was verhuisd. Tegen die tijd waren we in de twintig, maar de gevoelens waren er nog steeds. De band die we altijd met elkaar hadden. Het leek onvermijdelijk dat we weer bij elkaar zouden komen. En dat gebeurde ook. Maar toen werd mijn jongste zus ziek. Ik vertelde hem dat ik naast al het andere geen relatie kon onderhouden. Dus hielden we het weer bij vriendschap. Maar een jaar later werden we toch weer min of meer een stel. Het was net als zwaartekracht.' Niemand had haar ooit hetzelfde gevoel gegeven als Levi, dezelfde zee van emoties bij haar opgeroepen. 'Toen hij me ten huwelijk vroeg, was dat de gemakkelijkste vraag die ik ooit had beantwoord. Natuurlijk. Levi was altijd de enige voor me geweest. Ik wilde het pas aan anderen vertellen zodra Anne minstens twee jaar in remissie was, want de kanker was al een keer eerder teruggekomen. Daarom begonnen we een jaar of drie geleden pas met het plannen van de bruiloft. Het was altijd een voornemen gebleven. Iets wat we zouden doen als het juiste moment was gekomen. En toen leek het juiste moment aangebroken. Anne was gezond. Iedereen maakte het goed. Nu mocht het om ons draaien. Eindelijk.'

Ze hield op met praten, want haar keel verstrakte, alsof de herinnering nog steeds vers was en niet al jaren oud.

'Maar?' spoorde Ally haar zachtjes aan.

'Hij maakte het zomaar uit. Opeens was het voorbij, en hij wilde me niet vertellen waarom. "Geloof me. Het is echt het beste." Dat was alles. Dat was de enige verklaring die ik kreeg. Nadat we verdorie bijna ons hele leven lang samen waren geweest. "Geloof me."'

'Dat was alles?' vroeg Deenie verbijsterd.

'Hij is altijd een man van weinig woorden geweest.'

'Dat kun je wel zeggen, ja,' mompelde Deenie.

'Ik had altijd het gevoel gehad dat we elkaar volledig begrepen. Dat ik hem zo goed kende dat het er niet toe deed dat hij niet veel zei. Het deed er niet toe dat hij nooit ideeën had voor de bruiloft, nooit over zijn gevoelens sprak, want ik wist wat hij dacht. Ja, toch? Ik wist wat hij voelde. Omdat ik hetzelfde voelde.' Die zee van emoties. 'Maar na afloop begon ik aan alles te twijfelen. Bestond de hele relatie misschien alleen in mijn hoofd? Was het altijd van één kant gekomen en had ik de gaten opgevuld met wat ik alleen maar dácht dat hij voelde?'

'Ik weet zeker dat het niet zo –'

Elinor schudde haar hoofd om Deenies troostende woorden voor te zijn. 'Nadat we uit elkaar waren gegaan, deden er allerlei geruchten de ronde. Over andere vrouwen. Ik voelde me zo stom. Het klassieke naïeve sukkeltje. En niet alleen omdat ik het niet had zien aankomen, maar ook omdat hij mijn vriend was en ik dacht dat ik hem kende.'

'Weet je zeker dat hij je heeft bedrogen?' vroeg Ally. 'In deze stad zijn de krankzinnigste geruchten in omloop.'

'En het is niets voor Levi, met zijn hang naar regels,' vulde Deenie aan.

'Ik wilde het ook niet geloven, maar hij heeft het nooit ontkend. Zelfs niet toen –' Ze stopte abrupt met praten, want de woorden bleven steken in haar keel. *Zelfs niet toen Katie stierf.*

Hij was er voor haar geweest.

Hij had voor de deur gestaan en haar in zijn armen getrokken, zwijgend, maar aanwezig. Hij had haar op de been gehouden. Hij had haar vastgehouden terwijl ze huilde alsof haar ziel uit haar lijf was gerukt. Dagenlang was hij de enige geweest die ze wilde zien. Maar toen de eerste waas van verdriet een beetje was opgetrokken, had ze iets doms gedaan. Ze had hem op de man af gevraagd of hij tijdens hun relatie andere vrouwen had gehad en ze had een schuldige uitdrukking over zijn gezicht zien glijden. Toen zei hij dat hij moest gaan en was hij pardoes vertrokken.

Waarom zou hij anders schuldig hebben gekeken?

Elinor schudde haar hoofd, heftig genoeg om de herinnering te verjagen. 'Het doet er niet toe. Hij heeft onze verloving verbroken zonder me een fatsoenlijke verklaring te geven. Waarom denkt hij dan nu dat hij het recht heeft om in mijn huis in te breken en mijn gras te maaien wanneer hij daar zin in heeft, omdat hij vindt dat ik het zelf niet goed genoeg bijhoud?'

'Nou niet meteen boos worden,' zei Ally met een grimas, 'maar weten we echt heel zeker dat er geen goede reden was dat hij het je niet kon uitleggen? Hij werkt natuurlijk bij de politie. Misschien was het een soort undercoveroperatie en wilde hij je alleen maar beschermen.'

'Een gevaarlijke undercoveroperatie,' herhaalde Elinor droogjes. 'Hier in Pine Hollow.'

'Het zou toch kunnen?'

'Ja, in een film misschien,' wierp Deenie gelukkig tegen, zodat Elinor het niet hoefde te doen.

Elinor schudde haar hoofd. 'Ockhams scheermes. De eenvoudigste verklaring is meestal de juiste. En de eenvoudigste verklaring is dat ik een romantisch ideaal op Levi had geprojecteerd en dat hij niet degene was die ik dacht dat hij was. Dus toen het erop aankwam en de bruiloft niet langer een voornemen was maar realiteit werd, krabbelde hij terug.'

'Ik weet niet of dat de eenvoudigste verklaring is.' Deenie pakte haar vork weer op en stak hem in de chiffon cake met vanillesmaak. 'En ik weet dat het vreselijk saai is, maar deze vanillecake is echt het allerlekkerste wat ik ooit heb geproefd.'

'Ja, hè?' zei Ally instemmend. 'Er is niets saais aan deze vanillecake.'

Elinor nam een hap van de bewuste cake, dankbaar voor de pauze in het gesprek over haar verleden, en nog dankbaarder voor de zijdezachte zoete heerlijkheid in haar mond. 'Lieve god,' prevelde ze. 'Dat is echt ongelooflijk lekker.'

'Mijn theorie is dat Magda stiekem crack in haar croissants stopt, maar volgens mij is deze taart nóg verslavender.'

'Een laatste vraag over Levi,' zei Ally.

Elinor kreunde. 'Kunnen we het er alsjeblieft bij laten? Ik heb toch al het gevoel dat ik niet aan hem kan ontkomen. Er gaan geen twee weken voorbij zonder dat hij met mijn hond voor de deur staat.'

'Dat is eigenlijk precies waar ik het over wilde hebben. Als jullie elkaar niet kunnen uitstaan, waarom past hij dan op Dory? Je weet dat je haar gratis naar de hondendagopvang mag brengen. Je bent als familie voor me.'

'Dat kan ik niet van je vragen. En hij past niet op haar. Dory ontsnapt steeds en hij is degene die haar opspoort.'

'Je hoeft me niets te vragen,' zei Ally. 'Ik bied het zelf aan. En ik weet heel goed hoe slim Dory is. We moesten een hangslot op de deur van haar kennel doen om te voorkomen dat ze de andere honden ook allemaal bevrijdde.'

'Ik wil ook wel op haar passen,' bood Deenie aan. 'Connor en ik werken allebei thuis, dus ze zou niet alleen zijn. En dan heeft ze JoJo en Maximus om mee te spelen.'

'Ik heb een nieuw bewakingssysteem. Het gaat echt wel,' verzekerde Elinor hun. Alsof Dory het nieuwe systeem die ochtend niet had weten te omzeilen.

Deenie en Ally wisselden een blik met elkaar, maar verdere

pogingen om hun aanbod te herhalen werden tegengehouden doordat Magda terugkwam uit de keuken.

'En, heb je al een keuze gemaakt?'

'Ik wil ze allemaal,' zei Ally. Op hetzelfde moment antwoordden Deenie en Elinor in koor: 'Die met vanille.'

Ally wees naar hen. 'Die dus.'

Magda grinnikte. 'Dan wordt het vanille.'

Ally en zij bespraken het aantal lagen en de bezorgtijd. Intussen pikte Deenie nog een hapje van alle proefstukken, terwijl Elinor naar de taart staarde zonder iets te zien. Er was niets opgelost, maar toch voelde ze zich op een of andere manier lichter.

Dat is dus wat er gebeurt als je niet al je problemen voor jezelf houdt, mompelde het Katie-stemmetje in haar hoofd.

Maar Elinor was niet iemand die anderen snel vertrouwde, op Katie na. En Levi. Ze had zich grootgehouden voor haar vader, haar zussen, haar moeder, en voor de hele verdraaide stad, die vreselijk hoge verwachtingen van haar had. Iedereen had altijd geroepen dat zij Pine Hollow op de kaart zou zetten, maar in plaats daarvan was ze naar huis teruggekomen en bibliothecaresse geworden. Ze had het schrijven opgegeven. Ze was vergeten hoe ze moest dromen.

Wanneer was dat gebeurd?

Ze had een stuk van zichzelf weggeborgen.

Elinor dacht terug aan het stoffige verhaal op haar computer. Het verhaal dat haar telkens weer opslokte.

Misschien was het nog niet te laat om dat stuk terug te krijgen.

12

Wat romantische gebaren betreft heb ik liever sieraden dan kort gras, maar misschien gaat de liefde van een zekere bibliothecaresse wel via haar grasmaaier…

Stadsnieuwsbrief Pine Hollow
Maandag 3 november

'Is er soms iets wat je ons moet vertellen, Romeo?'

Levi schoof zijn kaarten op een keurig stapeltje en spreidde ze uit in een waaier. Toen het stil bleef, drong het pas tot hem door dat dat 'Romeo' voor hém was bedoeld. Hij hief zijn hoofd op en keek met opgetrokken wenkbrauwen naar Connor, die de vraag had gesteld.

'Elinor?' verduidelijkte Connor.

Levi wachtte geduldig, met een gezicht waar niets van was af te lezen, tot Connor hem duidelijk maakte waar het hem om te doen was.

'Iemand heeft gezien dat je haar gras maaide,' deed Ben een duit in het zakje.

'Linda Hilson,' vulde Mac vol leedvermaak aan.

Nu vertrok Levi zijn gezicht wél. 'Allemachtig.'

'Je zou er goed aan doen om de nieuwsbrief te lezen,' raadde Mac hem opgewekt aan. Hij leunde achterover op zijn stoel en

Levi wist op een of andere manier de aandrang te weerstaan om de stoel met zijn voet omver te duwen.

'Dat mens wordt beslist nog eens aangeklaagd,' prevelde hij.

'Ze bedoelt er geen kwaad mee,' merkte Ben op.

'Dat zeg je alleen maar omdat ze niet over jouw liefdesleven schrijft.'

'Dat doet ze wel degelijk. Alleen minder vaak dan over dat van jou.'

'Ze zuigt alles uit haar duim,' bromde Levi.

Connor trok een wenkbrauw op. 'Dus jij beweert dat je afgelopen maandag níét in Elinors garage bent geweest en dat je níét op je enige vrije dag haar gras hebt gemaaid en met haar hond hebt gespeeld?'

Levi klemde zijn kaken op elkaar. Hoe wist Linda Hilson dat? Hij had niemand gezien en de achtertuin was afgeschermd met een schutting.

'Het is drie jaar geleden. Mogen we nu eindelijk eens weten hoe je het allerbeste wat je ooit is overkomen hebt kunnen verkloten?'

Levi staarde Mac woedend aan. 'Ik heb niets verkloot,' zei hij. Als hij dat maar vaak genoeg zei, overstemde hij hopelijk de twijfel die zich fluisterend in zijn achterhoofd afvroeg of hij het inderdaad compleet had verkloot. 'Ik heb gedaan wat ik moest doen.'

'Dus je weigert ons te vertellen wat er is gebeurd?'

'Het doet er nu niet meer toe.' Meestal lukte het Levi wel om met de nadrukkelijke autoriteit in zijn stem iets af te kappen, maar ditmaal lieten ze hem er niet mee wegkomen.

'Wat is de situatie nu?' vroeg Mac. 'Zijn jullie weer aan het daten?'

'Het verbaast me dat het zo lang heeft geduurd.' Connor ordende de kaarten in zijn hand. 'We gingen er allemaal van uit dat jullie uiteindelijk weer bij elkaar zouden komen, maar jullie hebben er wel erg lang voor nodig gehad.'

Levi hief een hand op om hem de mond te snoeren. 'We zijn goede vrienden. Dat zijn we altijd geweest.'

'Volgens mij kun je jullie houding van de afgelopen drie jaar niet echt "goede vrienden" noemen,' zei Mac. 'Ze kon je niet luchten of zien.'

'Nog steeds niet, als ik Ally mag geloven,' voegde Ben eraan toe. 'Ik weet ook niet of dat gebaar met de grasmaaier de goede manier is om haar terug te krijgen.'

'Ik probeer helemaal niet om haar terug te krijgen,' snauwde Levi net iets te scherp. 'Haar gras moest nodig worden gemaaid. Dat heb ik gedaan. Dat is alles.'

Connors wenkbrauwen schoten omhoog. 'Denk je nu echt dat daarmee de kous af is?'

'Ben je vreemdgegaan?'

Ze keken allemaal fronsend naar Mac.

'Wat nou?' vroeg hij fel. 'We hebben allemaal de geruchten gehoord. En je had ze kunnen ontkennen, maar dat heb je niet gedaan. Ik ben niet van plan om te doen alsof ik aan jouw kant sta vanwege een of andere vriendencode, en als je vreemd bent gegaan, vind ik heus wel een manier om je een pak op je donder te geven, ook al ben je groter en gevaarlijker dan ik.'

Levi staarde hem dreigend aan, maar voor de verandering bond de joviale restauranteigenaar nu eens niet in. De ogen die recht in die van Levi keken, stonden verrassend ernstig. Het was eerlijk gezegd een wonder dat Levi dit gesprek zo lang had weten te ontlopen, maar er was de afgelopen paar jaar heel veel gebeurd en op een of andere manier had zijn verklote relatiestatus nooit de hoogste prioriteit gehad.

'Het antwoord is nee,' zei hij uiteindelijk. Hij zag de spanning uit Macs schouders wegebben, en er nestelde zich een glimp van jaloezie in zijn buik. 'Waarom is het zo belangrijk voor je?' Voelde Mac soms iets voor Elinor?

Mac rolde met zijn ogen. 'Rustig aan, Tarzan. Het is belangrijk voor me, omdat ze een goede vriendin van me is, en als ik eerlijk ben, vind ik haar meestal veel leuker dan jou.'

'Tarzan?'

'Vanwege die houding van je. "Ik Tarzan, Elinor van mij,"' gromde Mac. Levi trok langzaam een wenkbrauw op en Mac gooide een pokerfiche naar hem. 'Hou je kop. Het was een prima metafoor.'

'Deenie denkt dat je nog steeds van Elinor houdt,' merkte Connor op, als altijd bereid om de boel op te stoken.

'Omdat ik haar gras heb gemaaid?' Levi tuurde woedend naar de mannen aan de tafel. 'Gaan we nog kaarten of hoe zit het?'

'Ik kan er prima mee leven als je in plaats daarvan liever over je gevoelens wilt praten,' antwoordde Connor loom, terwijl hij het biertje pakte dat naast zijn elleboog stond.

'Ik heb geen gevoelens,' snauwde Levi. De andere mannen keken elkaar veelbetekenend aan, en hij had zijn kaarten graag op de tafel gegooid om als een uit de kluiten gewassen kleuter stampvoetend de kamer te verlaten.

Connors wolfshond, Max, kreunde luid in de beladen stilte en rolde zich om in zijn mand in de hoek van de kamer.

'Ik wilde iets aardigs voor haar doen. Mag dat soms niet?'

Hij moest steeds denken aan de uitdrukking op haar gezicht toen ze dat berichtje van Charlotte kreeg. Aan hoe ze op haar onderlip beet, zoals ze altijd deed als ze zich concentreerde. Aan de zorgelijke rimpel tussen haar wenkbrauwen. Hij had slechts één van haar zorgen willen wegnemen. Zoals hij dat altijd had gedaan.

Ben schraapte zijn keel. 'Het is misschien goed om te weten dat Ally zegt dat ze woest is vanwege de achtertuin.'

Uiteraard. Dat had hij kunnen weten. Ook toen ze bij elkaar waren, werd ze altijd boos wanneer hij iets voor haar probeerde te doen. De keer dat hij een externe starter in haar auto had geïnstalleerd had tot een jarenlange ruzie geleid. Zodra hij ook maar dácht dat ze er eindelijk overheen was, kwam het bij een andere discussie weer bovendrijven.

Als hij eerlijk was, had hij natuurlijk geweten dat ze kwaad zou worden.

Toen hij het gras in haar achtertuin maaide, had hij zijn best gedaan om klaar te zijn voordat ze thuiskwam. Dat was absoluut een teken dat hij ergens wel wist dat ze het niet leuk zou vinden.

Maar dat betekende niet dat hij niet meer voor haar zou zorgen. Ze was ongetwijfeld blij dat het was gedaan, ook al nam ze het hem niet in dank af. Daar kon hij wel mee leven. Hij had één kleine zorg die op haar schouders drukte willen wegnemen. Was dat nou echt zo erg?

'Kunnen we alsjeblieft gaan kaarten?'

Het kantoor van de therapeut was niet veranderd. Nu had hij dat ook niet verwacht. Er was tenslotte pas een maand verstreken.

Levi had niet verwacht dat hij zou terugkomen. En hij had de indruk dat de therapeut dat evenmin had verwacht, ook al wist de man het goed te verbergen toen hij hem glimlachend begroette.

Dokter Park.

Levi moest echt eens ophouden met hem in gedachten als 'de therapeut' te blijven zien, een naamloze tegenstander. Hij heette dokter Eugene Park.

Hij was iets ouder dan Levi, met zilveren plukken in zijn zwarte haar en een waaier van rimpeltjes rond zijn kalme ogen. Om een of andere reden vond Levi die kalmte deze keer niet zo erg. Het had bijna iets rustgevends. Iets van aanvaarding. Levi vroeg zich af of ze die uitdrukking oefenden tijdens hun opleiding, maar kreeg er onmiddellijk spijt van dat hij zo defensief was. Hij had zich tijdens de rit hiernaartoe voorgenomen om openhartig en eerlijk te zijn, en al die andere dingen waar Marjorie het altijd over had.

'Vandaag geen hond?'

'Ze is niet van mij,' legde Levi uit, terwijl hij plaatsnam op de stoel. Gelukkig geen bank. Dat had hij iets te cliché gevonden. 'Ze is van mijn ex. De hond ontsnapt voortdurend, en ik had haar de vorige keer alleen bij me omdat ik haar niet zonder toezicht durfde achter te laten.'

'Dus je ex en jij delen de voogdij over de hond?'

'Nee, Dory is echt háár hond. En ze is een ongelooflijke lastpak. Maar ik wil niet dat haar iets overkomt. Ook al zal Elinor me daar nooit voor bedanken. Ik kan niets voor haar doen zonder dat ze kwaad op me wordt.'

Dokter Parks potlood noteerde krassend iets in zijn opschrijfboekje. 'Waarom denk je dat ze boos is?'

'Ik weet wel waarom. Omdat ze me niet om hulp had gevraagd. Ze vindt dat ik me met haar zaken bemoei. Maar je kunt niet altijd wachten tot iemand je vertelt wat er moet gebeuren. Als ik een probleem zie, wil ik het oplossen. En ik weet wat u nu gaat zeggen. Dat ik niet verantwoordelijk ben voor de hele stad. Maar dat ben ik dus wél. Dat is mijn werk. En als ik mijn werk niet doe, kan dat –' Hij zweeg voordat hij 'mensenlevens kosten' kon zeggen.

Dokter Park knikte slechts. Heel kalm. 'Ben je altijd een perfectionist geweest?'

Levi snoof laatdunkend. 'Ik ben niet perfect. Verre van zelfs.'

'Maar je vindt dat je dat wel moet zijn? Wat gebeurt er als je faalt?'

Dan sterft Britt Wells.

De woorden bleven steken in zijn keel en Levi besefte opeens dat hij heel openhartig had gesproken.

Toen Levi zijn lippen stijf op elkaar kneep, probeerde de therapeut – dokter Park – een andere tactiek. Ze praatten een tijdje over Levi's werk en zo nu en dan stelde dokter Park achteloos een vraag over Elinor. Het was vreemd om hem dingen te moeten uitleggen. Iedereen in de stad was bekend met hun verleden. In Pine Hollow bestonden geen geheimen, dat had Linda Hilson vakkundig bewezen.

Behalve dat van hem. Zijn grote geheim.

Hij hield zijn hele leven al verborgen dat hij geen lezer was. Maar dat ging hij zijn therapeut niet vertellen.

Een tijdje later kwam het gesprek opnieuw op Elinor.

'Je zegt steeds dat je voor haar wilt zorgen, of zij dat nu wil of niet.' Dokter Parks kalme stem vulde de ruimte. 'Heb je er ooit bij stilgestaan dat de zorg voor je ex een manier voor je is om de controle in handen te houden in een wereld waarin je niet iedereen kunt redden, hoe perfect je misschien ook bent?'

Levi verstrakte en onderdrukte de neiging om op te staan en te vertrekken. 'Daar gaat het helemaal niet om.'

'Oké,' antwoordde dokter Park, onverstoorbaar als altijd.

'Het gaat er niet om dat ik altijd alles onder controle wil hebben.' Maar hij stond zichzelf nooit meer dan twee biertjes toe. En ook niet te veel van de hoestdrank waar hij wazig van werd. Hij vond het gewoon niet prettig om zich zwak te voelen. *De mannelijke Jacksons zijn niet zwak.* 'Ik wil haar alleen maar helpen.'

'Maar jullie zijn geen stel meer.'

'Nee.'

'Hoe is dat zo gekomen?'

'Dat is ingewikkeld.'

Dokter Park glimlachte begrijpend. 'Dat is het meestal.' De timer op zijn mobiel ging. 'Zo te zien moeten we dat voor de volgende keer bewaren.'

Er komt geen volgende keer. Levi verdrong de gedachte en deed zijn best om niet te laten merken dat hij bijna niet kon wachten om weg te gaan.

Toen hij de motor van de Explorer startte, zette hij het audioboek meteen uit. Zijn gedachten waren te druk voor woorden van buitenaf.

Tijdens de terugrit naar Pine Hollow trommelde hij met zijn vingers op het stuur. Hij was geen controlfreak. En hij gebruikte Elinor al helemaal niet om het gevoel te hebben dat hij de controle had over zijn eigen leven. Hij had nooit controle gehad over de gevoelens die hij voor haar had. Die liefde had altijd de controle over hem gehad, niet andersom.

De therapeut had geen flauw idee waar hij het over had. Het was belachelijk om hem een perfectionist te noemen. Om een perfectionist te zijn moest je bijna perfect zijn, en Levi was altijd verre van perfect geweest.

Nee. Dokter Park kletste uit zijn nek. En hij wist helemaal niets over Elinor en Levi. Ze was geen middel om het gevoel te hebben dat hij alles onder controle had. Ze was een onontkoombare zwaartekracht die hij nooit had kunnen weerstaan. Ze was de planeet waar hij in een baan omheen draaide. Het was zuivere natuurkunde. En hij bevond zich nu al zo lang in die baan dat er niets meer aan te veranderen was.

13

Het gerucht gaat dat er mogelijk meer gegadigden zijn die vechten om het hart van onze gewaardeerde bibliothecaresse…

Stadsnieuwsbrief Pine Hollow
Maandag 3 november

Op zaterdagochtend zat Elinor op haar bank koffie te drinken. Terwijl ze naar Dory staarde, die met een dennenappel in de weer was die ze mee naar binnen had genomen, dacht ze na over het feit dat ze misschien wel een verdraaid goede schrijfster was.

Ze was vergeten hoe dat voelde. De combinatie van de diepe zucht na het schrijven van een boek en het ongeloof dat zij dat had geschreven.

Katie had haar altijd voorgehouden dat ze goed was, maar Katie was bevooroordeeld, en Elinor was er nooit aan toe geweest om haar werk naar literair agenten of uitgevers te sturen. Er was altijd een extra herzieningsronde nodig, er viel altijd nog wel iets te verbeteren om het perfect te krijgen, er was altijd een reden dat het niet het goede moment was. Maar het was nooit het juiste moment geweest, en op een of andere manier bezorgden de drie jaar waarin ze er – hoewel niet opzettelijk – afstand van had genomen haar een compleet nieuw inzicht.

Misschien was het boek wel af.

Er werd aangebeld. Dory sprong woest blaffend op van de vloer en rende met krassende nagels door de gang naar de voordeur.

Elinor volgde haar in een rustiger tempo op haar zachte pantoffels, die op de vloerplanken klepperden. Dory zat al te wachten en tuurde vol verwachting met kwispelende staart naar de deur.

Buiten stonden Elinors zussen. Anne was in elkaar gekropen onder een rode sjaal, een beetje groggy van de slaap, maar Charlotte zag eruit alsof ze net vijf kilometer had hardgelopen en had een doelbewuste blik in haar ogen. Het was een blik die Elinor had leren vrezen.

'Had ik moeten weten dat jullie zouden komen?' vroeg Elinor.

'Dit is een interventie,' kondigde Charlotte aan. Ze wurmde zich langs haar naar binnen, met een gebaksdoos van Magda in haar handen.

'Het is Charlottes idee. Ik ben hier alleen voor de *cruller*donuts,' verduidelijkte Anne, die achter Charlotte aan slenterde.

Elinor deed de deur dicht en volgde hen naar de keuken, waar Charlotte zich al over de Keurig had ontfermd. Dory had zich zo dicht mogelijk bij het aanrecht opgesteld, voor het geval er in de nabije toekomst crullerkruimels haar kant op vielen.

'Wil ik weten wat er aan de hand is?' vroeg Elinor zacht aan Anne, maar het antwoord kwam van Charlotte.

'Steeds als ik denk dat je over hem heen bent, heb je weer een terugval.'

De betekenis drong langzaam tot haar door. 'Ik ben niet terug bij Levi,' zei Elinor ferm. *Die verdomde nieuwsbrief.*

'Iemand heeft gezien dat hij jouw gras maaide.'

'Dat had ik hem helemaal niet gevraagd!' Anne had net de

gebaksdoos opengeklapt en leidde haar aandacht af door een cruller in haar hand te duwen. Elinor ging iets kalmer verder. 'Je weet hoe hij is. Herinner je je de externe starter nog?'

'Hoe zou ik dat ooit kunnen vergeten?' Charlotte pakte haar koffie. Ze dronk hem zwart, wat volgens Elinor een belediging van haar smaakpapillen was, maar Charlotte was altijd al een beetje apart geweest.

'Ik vond het juist lief,' merkte Anne op, terwijl ze een mok voor zichzelf pakte. Intussen had Elinor haar cruller op een bordje gelegd en zette ze water op voor thee.

'Het was niet lief,' wierp Charlotte tegen. 'Het was aanmatigend.'

'Maar ook best lief.'

Charlotte wierp Anne een boze blik toe. 'Hou daarmee op. We gaan ze niet bij elkaar brengen. Dit is een realitycheck. Ze moet er een streep onder zetten en verdergaan met haar leven.'

Anne haalde een theezakje uit de verpakking en zei mopperend iets, maar Charlotte deed alsof ze het niet hoorde.

'We willen alleen maar dat je gelukkig bent,' zei Charlotte met zo'n doordringende blik dat het eerder als een dreigement klonk dan als zusterlijke liefde.

'Ik bén gelukkig,' zei Elinor nadrukkelijk. 'Ik ben uitstekend in staat om mijn eigen geluk te synthetiseren.'

Charlotte keek haar fronsend aan, met haar koffiekop halverwege haar mond. 'Wat betekent dát nou weer?'

'Wedden dat het uit een podcast komt?' zei Anne.

Elinor keek hen allebei boos aan. 'Dat ik er in een podcast over heb gehoord wil niet zeggen dat het niet klopt. Mensen moeten zelf de verantwoordelijkheid nemen voor het synthetiseren van hun eigen geluk, ongeacht wat het leven hun meegeeft, in plaats van te wachten tot het universum hun dat geluk schenkt.'

'Wacht eens even. Is dat een chique manier om te zeggen

dat je er het beste van moet maken?' vroeg Anne met een hap cruller in haar mond.

Charlotte snoof spottend. 'Gesynthetiseerd geluk of niet, je gaat níét terug naar Levi.'

'Dat ben ik ook helemaal niet van plan!' riep Elinor.

'Maar je doet ook niets om verder te gaan met je leven.'

'Ik zit op verschillende datingapps.' Dat was waar, maar ze had er al een tijdje niet op gekeken. Ze had zelfs een berichtje gekregen dat een ervan haar profiel zou sluiten omdat ze het te weinig gebruikte.

'Wanneer ben je voor het laatst op een date geweest?'

Elinor bloosde. Oké. Dat was al een tijd geleden. Waarschijnlijk in de zomer. Maar tijdens het schooljaar had ze het ontzettend druk, en haar laatste dates waren zo ongemakkelijk geweest dat ze er even geen zin meer in had gehad. Maar ze wist dat ze dat vooral niet tegen Charlotte moest zeggen. 'Het is bijna vakantie,' zei ze in plaats daarvan. 'Iedereen heeft het druk –'

'O, mijn god, hou nou eens op met die uitvluchten van je. Ik ga je aan George koppelen.'

'George?'

'De bewoners van de Estates vinden hem echt geweldig.'

'Is dat de nieuwe fysiotherapeut? Ik dacht dat je hem aan Magda zou geven.'

Charlotte wuifde haar woorden weg. 'O, hij blijkt coeliakie te hebben en Magda toont haar liefde juist met gluten.'

'Gelijk heeft ze,' mompelde Anne gelukzalig om een hap van Magda's cruller heen.

'En Kendall dan?' opperde Elinor.

'Denk maar niet dat je hem naar mijn vriendinnen kunt doorschuiven, want ik geef hem aan jou! Pak aan en zeg dank je wel.'

'Heb je hem gevraagd of hij wel wil worden weggegeven? Straks heeft hij al een relatie. Of misschien is hij wel gay.'

'Hij is single en hetero. Neem dat maar van mij aan. De oude besjes in de Estates waren binnen vierentwintig uur volledig op de hoogte van zijn relatiestatus en seksuele geaardheid. Er is een bridgetoernooi gehouden om te bepalen wie hem als eerste aan haar hetero kleindochters mocht voorstellen, maar ik ben hun favoriete dokter, dus ik mocht voordringen.'

'Arme man.'

'Hij redt zich prima. Ik zal je aan hem koppelen. Zijn er dagen die jou niet uitkomen?'

Elinor schudde haar hoofd. 'Ik heb niet gezegd dat ik eraan meedoe.'

'Maar dat doe je wel, omdat je dol op me bent en omdat je weet dat ik gelijk heb.'

'Een van die dingen is inderdaad waar.'

Charlotte vertrok haar gezicht, maar al snel was die ene blik weer terug. De blik die zei: we weten allebei dat ik gelijk heb. 'Toe, Elinor. Hij is heel aardig.'

Elinor gaf toe. 'Best! Dan ga ik wel met hem uit.'

Ze moest sowieso meer daten. Vorig jaar had ze zich ingeschreven bij Match, omdat ze een man zocht, dus dan kon ze nu net zo goed met Charlottes kandidaat afspreken.

Ook al stond Charlotte niet bepaald bekend om haar geweldige smaak wat mannen betreft.

Nou ja. Hij was misschien niet perfect, maar Elinor moest de sleur waarin ze terecht was gekomen zien te doorbreken. Ze kon zo goed beredeneren waarom het nooit iets zou worden met haar verschillende onlinematches dat ze met de meeste van hen niet eens iets afsprak. Het was tijd om een nieuwe poging te wagen.

In meer dan één opzicht.

Misschien werd het tijd om onderzoek te doen naar literair agenten en de droom na te jagen die ze diep had weggestopt. Katie zou woest op haar zijn als ze wist dat ze de afgelopen drie jaar stil was blijven staan. Katie had haar altijd aangespoord en Elinor was vergeten hoe ze zichzelf moest aansporen.

Ja. Het was inderdaad de hoogste tijd.

George Leneghan was knap om te zien. Hij was aardig. Hij was grappig. Elinor snapte best waarom de tachtigplussers in de Estates in de rij stonden om hem aan hun kleindochters voor te stellen.

Maar ze voelde helemaal niets.

Noppes.

Hij had vrij lang, zandkleurig haar dat hij voortdurend uit zijn gezicht streek, en donkerbruine ogen die schuilgingen achter dikke Clark Kent-brillenglazen. Zijn voortanden stonden een beetje scheef, met de één een stukje voor de ander, maar daardoor kreeg zijn glimlach juist iets vertederends. Hij boog zich tijdens het praten naar voren, bewoog druk met zijn handen en luisterde serieus naar haar antwoord wanneer hij haar iets had gevraagd, zonder haar te onderbreken.

Maar er was totaal geen chemie.

Ze was er vrij zeker van dat George dat ook in de gaten had, ook al gedroeg hij zich er niet minder charmant om.

Ze hadden afgesproken om samen iets te gaan drinken in de Tipsy Moose. Elinor ging tijdens een eerste date liever koffiedrinken, maar de beste koffie van de stad werd bij The Cup geschonken, dat meteen ook het grootste roddelcircuit was in een straal van tachtig kilometer. Daarom had Elinor Charlotte overgehaald om de eerste date in een pub te plannen. De Tipsy Moose was een gezellige pub met veel donker hout en tafeltjes vol krassen, heel anders dan de chique sfeer van gesteven tafellakens in restaurant The Grill bij de Pine Hollow Inn, dat Charlotte oorspronkelijk had voorgesteld.

Elinor wilde een plek waar ze zich op haar gemak voelde, ergens waar ze in elk geval kans maakten om met rust te worden gelaten. Het was de maandagavond voor Thanksgiving en het was niet druk in de Tipsy Moose. Geen pubquiz, geen karaoke en geen luidruchtig dartstoernooi. Alleen de jukebox die in een hoek een willekeurige verzameling klassieke rocknummers speelde. De hoge rugleuningen van de banken boden de illusie van privacy. De barman, Iain, keek zo nu en dan onopvallend hun kant op, maar ze waren zo alleen als maar mogelijk was in een openbare ruimte in Pine Hollow.

Een prima plek om elkaar te leren kennen.

George kwam uit Colorado. Hij had vier oudere zussen en was naar Pine Hollow verhuisd vanwege de baan bij de Estates, die hij had aangenomen omdat hij graag in de buitenlucht was en had gehoord dat Vermont schitterend was. Hij was onder de indruk van de fraaie herfstkleuren, vond dat hun bergen meer weghadden van de heuvels uit de streek waar hij vandaan kwam en had helemaal geen coeliakie.

Toen ze haar bezorgdheid uitte over de aanwezigheid van gluten in de pretzelhapjes die ze op zijn voorstel deelden, dacht hij dat zíj een probleem had met gluten, wat tot een ontzettend onbehaaglijk moment leidde en bij Elinor het overweldigende verlangen opriep om haar zus te vermoorden.

Maar ze kon Charlotte niet de schuld geven van het gebrek aan vlinders. Dat was eigenlijk niemands schuld.

Behalve misschien de podcast waar ze het vorige weekend naar had geluisterd, waarin werd beweerd dat liefde maakbaar was. Dat er een lijst met vragen bestond die je tijdens de eerste date kon stellen, waardoor mensen verliefd werden. Alsof liefde slechts een kwestie was van de juiste vragen in de juiste volgorde stellen. Bij Levi was het nooit om vragen gegaan. Of om wat ze tegen elkaar zeiden. Ze kenden elkaar al zo lang dat vragen overbodig waren. Maar ze had zich wel in hem vergist. Dus misschien waren vragen inderdaad de juiste aanpak.

‘Denk je dat het mogelijk is om mensen verliefd op elkaar te laten worden?’

Georges kaak bewoog licht, alsof hij elk moment kon openvallen, maar hij wist zich te vermannen voor het zover kon komen. 'Sorry?'

Elinor voelde dat haar gezicht warm werd en schoof haar bril over haar neus naar boven in een poging de aandacht af te leiden van haar rode wangen. Het was niet haar bedoeling geweest om het er zo plompverloren uit te gooien. Het was waarschijnlijk niet het antwoord dat hij had verwacht op zijn vraag wat haar lievelingsboeken waren, maar ze waren nu al een uur bezig elkaar beter te leren kennen. Eindeloos geklets over koetjes en kalfjes, en daar was ze nooit goed in geweest. Ze wilde het niet hebben over wat zij leuk vond en wat hij leuk vond, en hoeveel broers en zussen ze allebei hadden, en of ze interessante reizen hadden gemaakt.

Als hij haar wilde leren kennen, kon hij maar beter meteen weten dat haar gedachten alle kanten op vlogen, vooral als ze slecht op haar gemak was of ongeduldig, en dat ze de gewoonte had om zich tijdens een gesprek willekeurige opmerkingen te laten ontvallen.

'Ik heb naar een podcast geluisterd,' legde ze uit, haar woorden snel en staccato. 'Over een stel wetenschappers die liefde wilden kweken in een laboratorium, dus bedachten ze een reeks vragen die een gevoel van intimiteit zouden moeten creëren waardoor mensen op elkaar verliefd worden, ook als ze de ander pas net hebben ontmoet. Maar is het wel liefde als je het bewust doet? Of gaat het dan puur om mensen die verliefd wíllen worden en zichzelf wijsmaken dat ze het zijn? Hoe kun je dat eigenlijk meten? Als iets zo subjectief is, hoe betrouwbaar is de wetenschappelijke methode dan? Melden de mensen zelf dat ze verliefd zijn? En hoe verliefd zijn ze dan? Zijn sommigen van hen verliefder dan anderen? Het is net als met pijn. In het ziekenhuis gebruiken ze van die pijnscores, maar hoe weet ik of mijn twee niet gelijkstaat aan jouw zes?'

Er verscheen een kuiltje in zijn linkerwang. Hij had er maar één. Asymmetrisch. Schattig. 'Heb je hier lang over nagedacht?'

'Alleen de laatste vijf minuten maar,' bekende Elinor, die wel door de grond kon zakken. 'Sorry. Ik bedoel er niets mee. Ik gooi er altijd van dat soort dingen uit. Ik weet dat het raar is.'

'Je hoeft heus geen sorry te zeggen.' Daar was dat scheve lachje weer even. 'Raar is geweldig. Het is ontzettend sexy om je thuis te voelen in je eigen lichaam.'

Het was het juiste antwoord, maar toch voelde het niet goed.

Misschien kwam dat wel doordat ze zich helemaal niet thuis voelde in haar eigen lichaam. Ze wist wel dat dat was wat mensen zagen als ze naar haar keken, iemand boordevol zelfvertrouwen en misschien zelfs een beetje intimiderend. Ze wist dat ze goed was in bepaalde dingen. Ze wist dat ze intelligent was.

Maar ze speelde ook een rol. Ze bestond uit honderden kapotte stukjes die met superlijm en stukjes touw bij elkaar werden gehouden, en ze zocht iemand die van al die kapotte stukjes hield. Iemand die haar niet het gevoel gaf dat ze steeds moest doen alsof alles in orde was.

'Dank je,' mompelde ze. Ze verbrak het oogcontact om een slok van haar drankje te nemen.

'Wil je het proberen? De vragen beantwoorden?' vroeg hij. Zijn gezicht was zo openhartig en eerlijk dat ze het vreselijk van zichzelf vond dat ze het niet eens wilde proberen.

Elinor beet op haar lip en leunde achterover in het bankje. 'Dat weet ik niet. Het duurt best lang.' Bovendien zou ze dan over bepaalde dingen moeten praten. Belangrijke dingen.

Ze had George niet verteld over Katie, haar moeder of Annes ziekte. Zodra het koetjes-en-kalfjesgesprek daaropaf koerste, stuurde ze het in een andere richting.

Als ze besloten om te gaan daten, zou ze hem die dingen uiteindelijk natuurlijk alsnog moeten vertellen.

Iedereen die ze van nu af aan ontmoette, zou haar moeder en haar beste vriendin nooit kennen. Misschien was dat wel een van de redenen geweest dat ze het idee van Levi zo moeilijk helemaal kon loslaten. Hij was bekend met haar voorgeschiedenis. Alles. Katie. Haar moeder. Alle mensen die haar met hun herinneringen hadden gevormd, maar nu zelf niet meer dan herinneringen waren.

'Ik heb de tijd,' bood George aan. 'Als je de liefde een echte kans wilt geven, moet je daar wel tijd voor uittrekken. Zo is het toch?' zei hij plagerig met een vriendelijke glimlach die haar geen druk oplegde en de bereidheid uitstraalde om met haar mee te doen als ze dat wilde.

Maar dat wilde ze helemaal niet. En ze voelde zich schuldig omdat ze er zelf over was begonnen.

Ze wist dat hij maar een paar jaar jonger was dan zij, maar zijn glimlach had iets jongensachtigs, alsof hem nooit iets akeligs was overkomen, en op dat moment voelde ze zich oud.

Dat was precies de reden dat ze zo slecht was in daten. Ze wilde niet over belangrijke dingen praten. Ze had Katies naam bijna een jaar lang niet hardop kunnen uitspreken zonder in huilen uit te barsten. Maar ze werd gek van kletsen over koetjes en kalfjes.

Charlotte had gelijk. George was niet aan haar besteed. Haar zus had hem inderdaad moeten bewaren voor Magda.

'Een andere keer misschien,' zei ze ontwijkend. 'Ik bewaar psychologische experimenten liever voor de tweede date.'

Hij lachte, een diep, spontaan geluid waar ze een beetje van schrok. 'Oké.' Zijn kalme ogen zagen dat haar gezicht even vertrok, dus hij leunde achterover in zijn bank en stapte over op een neutraler, oppervlakkiger onderwerp. 'Je vertelde net dat Anne je lieve zus is en Charles de bazige. Dat laatste zie ik helemaal voor me. Welke zus ben jij dan?'

Elinors wenkbrauwen kropen naar boven. 'Charles?'

George lachte. 'Sorry. Macht der gewoonte. De eerste keer

dat ik haar naam zag staan, was op een medisch dossier. Het laatste stukje was weggevallen, dus er stond dokter Charl Rodriguez. Ik nam automatisch aan dat het voor Charles stond.'

'O, dat zal Charlotte beslist fantastisch hebben gevonden.'

'Verrassend genoeg dus niet,' zei hij rustig, alsof haar sarcasme hem niet was opgevallen. 'Om een of andere reden vond ze het maar niets. Maar de bijnaam is toch blijven hangen.'

Ze glimlachte om de droge klank in zijn stem. 'Ik heb het idee dat jij er expres voor hebt gezorgd dat hij bleef hangen.'

'Geen commentaar.'

'En toch heeft ze een date voor ons geregeld. Ik begin me opeens af te vragen of ze misschien boos op me is.'

Hij lachte, maar opeens leek zijn glimlach gegeneerd te verstarren, en zijn blik gleed naar een plek links achter haar. 'Luister, dit klinkt misschien een beetje vreemd, maar volgens mij worden we door iemand begluurd. Niet kijken –' zei hij nog waarschuwend, maar ze had zich al omgedraaid.

Daar stond hij.

Ze had helemaal niet aan Levi gedacht – en dat was haar echt heel goed afgegaan – maar ergens moest ze toch hebben geweten wie ze te zien zou krijgen, want toen ze hem in het oog kreeg, voelde ze eerder een grimmige bevestiging dan verbazing.

Hij leunde vlak bij Iain tegen de bar en zijn lange lijf hing met een lome vanzelfsprekendheid tegen het mahoniehout alsof hij daar de hele avond al stond, ook al glinsterde zijn haar nog van de regen die buiten viel. Hij leek zich er niet eens voor te schamen dat hij was betrapt terwijl hij haar stalkte tijdens haar date. Hij ving haar blik op en trok één schouder op, alsof hij wilde zeggen: oké, je hebt me betrapt.

Elinors hart begon te bonzen.

Waar haalde hij het lef vandaan? Dit was veel erger dan haar gazon maaien zonder haar toestemming.

Híj had het met háár uitgemaakt. Zij probeerde nu te daten, om verder te gaan met haar leven, en dat was al moeilijk genoeg, want niemand zou ooit aan hem kunnen tippen. Het gevoel dat zij hadden gehad, kwam nooit meer terug en daar haatte ze hem een beetje om. Maar dacht hij nu echt dat hij toezicht kon houden op haar dates?

Nee. Daar kwam niets van in.

'Ken je hem?' vroeg George. Zijn stem onderbrak de intense woede die als lava in haar opborrelde, op weg naar een dreigende vulkaanuitbarsting.

Ze trok haar blik met een ruk los van Levi en draaide zich terug naar haar vriendelijke, hoffelijke date. 'Sorry. Zou je me een ogenblik willen excuseren? Ik moet even iemand vermoorden.'

14

Hierbij wil ik graag gezegd hebben dat onze beste politiechef goed omgaat met zijn jaloezie.

Stadsnieuwsbrief Pine Hollow
Maandag 24 november

Levi was al zo vaak het lijdend voorwerp van Elinors dodelijke blikken geweest dat hij meteen in de gaten had dat dit een spectaculaire explosie zou worden. Hij had natuurlijk beter moeten weten en Linda Hilsons bewering dat er een 'noodgeval' in de Tipsy Moose was nooit mogen geloven.

Elinor beende met grote stappen door de bar. Haar blik verliet zijn gezicht geen seconde en de stoom kwam bijna uit haar oren.

Hij had haar altijd adembenemend gevonden als ze kwaad was, maar die mening had hem nooit kunnen beschermen. Haar donkere ogen gloeiden fel achter haar brillenglazen en haar mond vormde een strakke, woedende streep. Haar dunne zwarte wenkbrauwen waren nijdig gefronst en haar paardenstaart zwiepte bij elke strijdlustige stap heen en weer.

Ze droeg haar nachtblauwe jurk voor haar date – want dat het een date was, was overduidelijk geweest vanaf het moment dat hij door de deur naar binnen stapte – en de stof ruiste agressief langs haar bovenbenen. Het lijfje was strak, en het gouden kruisje dat haar oma haar had gegeven leek recht naar de schaduw van haar decolleté te wijzen. Waarschijnlijk was het heiligschennis om zo te denken, maar als de almachtige Vader iets schiep wat zo fraai was als Elinor mocht Levi daar toch zeker wel waardering voor hebben? Ook al zag ze er nu uit alsof ze bereid was om een aantal geboden te overtreden. Met name de geboden die moeten voorkomen dat ze hem vermoordde.

'Wegwezen,' beet ze hem toe zodra ze zo dicht bij hem was dat haar woedende gegrom verstaanbaar was zonder dat ze haar stem verhief.

Hij trok een wenkbrauw op. 'Dit is een openbare gelegenheid.'

'Niet voor jou. Wegwezen.' Ze zette haar handen dreigend op haar ronde heupen. 'Wat doe je hier eigenlijk? Je komt hier anders nooit.'

Het zou accurater zijn om te zeggen dat hij hier nooit kwam zonder háár. Zij was degene die gek was op karaoke en pubquizavonden. Toen ze nog bij elkaar waren, was hij wel meegegaan, maar had hij achterovergeleund in zijn stoel naar Katie en haar zitten kijken, terwijl ze het grootste deel van de tijd dubbel lagen van het lachen.

Hij had natuurlijk kunnen erkennen dat dit haar territorium was, dat zíj na hun breuk de Tipsy Moose toegewezen had gekregen, maar in plaats daarvan hoorde hij zichzelf vragen: 'Heb je hem daarom mee hiernaartoe genomen?'

Ze kneep haar ogen dreigend tot spleetjes. 'Dat gaat je niets aan.'

Maar zo voelde het wél. Als het op Elinor aankwam, ging alles hem aan. 'Ik kom een melding onderzoeken. Er heeft iemand gebeld om een verdachte situatie in de Tipsy Moose aan te geven.'

'Serieus?' Ze siste iets binnensmonds, doorspekt met krachttermen. 'Ik ben niet jouw eigendom.'

'Dat weet ik.'

'Ze hebben het recht niet om over me te klikken omdat ik toevallig een fijne date heb met een aardige man.'

Levi's blik gleed onwillekeurig over haar schouder naar haar date, die hun gesprek met gespannen belangstelling gadesloeg. George keek alsof hij bereid was om in te grijpen als Elinor hem nodig had, maar hield zich tot die tijd in om het haar zelf te laten afhandelen. Het feit dat hij de situatie precies zo aanpakte als Elinor zou willen zorgde ervoor dat Levi een lichte hekel aan hem kreeg.

Hij zou hem eigenlijk moeten natrekken. Mensen met een aardig gezicht konden evengoed een seriemoordenaar zijn.

'Je hebt zelf onze relatie verbroken. Dan kun je me niet blijven stalken.' Elinors vinnige opmerking trok zijn aandacht weer naar haar. 'Dat is vreselijk oneerlijk.'

'Ik stalk je helemaal niet.'

'Hoe zou je het dan willen noemen?'

'Ik bekommer me om het wel en wee van een goede vriendin.'

'Wij zijn geen vrienden en je hoeft je niet om me te bekommeren. Ik kan wel op mezelf passen. Je hebt het recht om je om me te bekommeren opgegeven toen je het met me uitmaakte. Je kunt dit soort dingen niet doen. Mijn dates controleren. Mijn gras maaien.'

'Ik had kunnen weten dat jij er een probleem van zou maken als ik iets aardigs voor je doe.'

'Het is niet aardig!' snauwde ze. 'Het is arrogant en aanmatigend! Je vraagt het niet. Je neemt het gewoon over. Zonder te overleggen. Zonder erbij stil te staan dat ik het misschien wel op mijn eigen manier wilde doen, op een moment dat het míj uitkwam –'

'En nu hoeft het niet meer. De grasmaaier is gerepareerd. Je gras is gemaaid. Graag gedaan.'

'Het was geen bedankje! Je luistert gewoon niet. Het doet er niet toe dat jij vindt dat iets goed voor me is. Het is míjn leven. Mijn keuze –'

'Is je gras laten woekeren nu opeens een bewuste levensstijl?'

'Het is míjn gras. Dit is precies dezelfde situatie als die met de externe starter.'

'Daar deed je ook al zo onredelijk over.'

Ze wierp hem zo'n blik toe dat hij van geluk mocht spreken dat ze niet gewapend was.

'Het was mijn auto,' siste ze met een stem die regelrecht uit een horrorfilm leek te komen.

'Je garage was altijd vol en je auto stond midden in de winter buiten in de kou. Met een externe starter hoefde je tenminste niet elke dag in een ijskoude auto te stappen.'

'Dus jat je op een ochtend zomaar mijn auto om er een externe starter in te laten monteren?'

'Het was een verrassing. Veel vrouwen zijn dol op verrassingen.'

'Dan ga je maar lekker met een van hen daten!' schreeuwde ze. 'Jij date toch sowieso met de helft van de stad?'

Levi nam haar gezicht aandachtig op en het bewijs dat ze de geruchten geloofde deed hem meer pijn dan hij had verwacht. Ze had hem één keer gevraagd of ze waar waren, maar dit was voor het eerst dat ze hem de geruchten voor de voeten wierp. Nou had hij het inderdaad nooit ontkend, maar hij had ook gedacht dat Elinor hem wel beter kende.

'Ga je alsjeblieft met het liefdesleven van iemand anders bemoeien. Of nog beter: laat ons allemaal met rust. Hoe dan ook, het staat mij vrij om te daten met wie ik wil.'

'Ik heb nooit het tegendeel beweerd.' Hij had tenslotte drie jaar toegekeken terwijl ze met andere mannen datete. 'Ik heb je gezegd dat je met Connor uit moest gaan. Hij zou een goede man voor je zijn geweest.'

'Dat meen je toch niet, hè?' gilde ze. Als er in de ruimte hoofden waren geweest die nog niet naar hen waren omgedraaid, zouden ze dat nu bij haar luide stem alsnog hebben gedaan. 'Connor houdt van Deenie!'

'Ja, nu wel. Maar een tijdje terug –'

Ze liet hem niet uitpraten. 'Jij hebt niets te zeggen over met wie ik date! Hoe vaak moet ik dat nog zeggen? Jij hebt helemaal niets over mij te zeggen. Wat had je dan verwacht dat er zou gebeuren toen je onze verloving verbrak?'

'Ik dacht dat we vrienden zouden blijven. We zijn altijd vrienden geweest.'

'Je hebt mijn hart gebroken.'

Zijn keel werd dichtgeknepen. Daar kon hij niets op zeggen.

De woede leek uit haar weg te sijpelen en werd vervangen door een droefheid die hem pijnlijk trof. 'Gaat het wel?' vroeg hij zacht. 'Is er soms meer aan de hand –'

'Ja, natuurlijk gaat het wel,' onderbrak ze hem, maar de woorden klonken eerder vermoeid dan vinnig. 'Met mij gaat het altijd wel. En als het niet goed met me zou gaan, zijn dat jouw zaken niet, of wel?'

'Wel als jij dat wilt,' bood hij zacht aan. 'Je weet dat ik je altijd zal helpen.'

'Wil je me echt helpen? Vraag dan namens mij maar een straatverbod voor de politiechef aan.'

Hij deinsde achteruit. 'Is dat wat je wilt?'

Elinor ademde langzaam in en schudde haar hoofd. 'Nee. Ik wil… Ik wil je hier niet hebben, Levi. Ik weet dat we allebei tot het bruidspersoneel behoren en we zijn volwassen genoeg om het er goed vanaf te brengen, maar ik wil dat je verder uit mijn buurt blijft. Je hebt me gedumpt, maar het is alsof je me nooit hebt losgelaten. Je moet me echt loslaten.'

'Ik ben hier niet om je lastig te vallen. Ik wist niet eens dat je hier was –'

'Nee, maar de rest van de stad wist het wel, en iedereen gaat ervan uit dat we weer bij elkaar zijn, omdat jij mijn gras hebt gemaaid.'

'Iedereen dacht sowieso al dat we weer bij elkaar zijn vanwege die hond van jou, en het zou niet eens bij me zijn opgekomen om het gras te maaien als Dory niet weer was ontsnapt –'

'Van nu af aan gaat Dory naar Ally of Deenie wanneer ik moet werken. Daar hoef je je geen zorgen meer over te maken. Blijf dus weg bij mijn huis. Hou op met helpen. Misschien dringt dan eindelijk tot de stad door wat ik al drie jaar weet. Dat wij nooit meer bij elkaar komen.'

Zijn hart huiverde. Hij had het geweten. Verdorie, het was wat hij zelf wilde, maar toch kwam de klap hard aan.

Levi knikte kort. 'Ik ga wel weg, dan kun jij verder met je date.'

'Fijn,' zei ze bits. Ze sloeg haar armen over elkaar, alsof ze hem wilde zien vertrekken voordat ze zich bewoog.

Levi knikte nogmaals en zette zich af tegen de bar om te vertrekken. Elinors date verstijfde even toen hij dat zag en Levi slaagde er maar net in de aandrang om als een alfamannetje een staarwedstrijdje te doen te onderdrukken. Hij verliet de Tipsy Moose zonder nog één keer achterom te kijken, liep naar zijn Explorer en stapte in.

Hij bleef even roerloos achter het stuur zitten, in het donker starend zonder iets te zien, en wreef met een hand over zijn borst. Ze waren al drie jaar uit elkaar, dus waarom deed dit dan zo'n pijn? Waarom voelde het alsof hij haar helemaal opnieuw was kwijtgeraakt?

Dook hij echt voortdurend op in haar leven? Wierp hij een donkere schaduw over haar dates, zodat het onmogelijk voor haar was om verder te gaan met haar leven? Als hij heel eerlijk was… had hij dat waarschijnlijk inderdaad gedaan. Niet opzettelijk. Niet bewust. Maar hij had het wél gedaan. En daar moest hij mee ophouden.

Het probleem was dat hij haar nooit écht had willen laten gaan. Hij had het voor háár gedaan. Omdat dat het beste voor haar was. Omdat hij vond dat het moest. En dat had ze nooit gewaardeerd.

'Heb je haar de reden verteld?'

'Wat?' Levi schoof ongemakkelijk heen en weer op de bijzonder gemakkelijke stoel, kalm gadegeslagen door dokter Park.

'Heb je haar verteld waaróm je haar hebt laten gaan, zoals je het zelf omschrijft?' vroeg de therapeut nogmaals.

Levi wist wel waarom hij was teruggekomen. Hij had de afspraak al gemaakt en het leek hem onbeleefd om op het allerlaatste moment af te zeggen. Maar hij wist níét waarom hij over Elinor was begonnen. Marjorie wilde dat hij zijn gevoelens over de kwestie met Britt Wells besprak, maar in plaats daarvan zat hij muurvast in zijn gevoelens voor Elinor.

'Nee,' gaf hij toe. 'Dan zou ze alleen maar hebben tegengesputterd.'

'Dus jij hebt voor jullie beiden beslist.'

Levi verstijfde onmiddellijk. 'Het is iets anders dan het gras maaien. Of dat gedoe met die verdomde externe starter.'

Dokter Park knikte en tikte met zijn potlood op zijn opschrijfboekje. 'Levi, als je het over je ex hebt, omschrijf je de breuk altijd als "haar laten gaan" of "haar vrijlaten". Heb je het idee dat Elinor gevangenzat in jullie relatie? Dat ze geen andere keuze had en bij jou moest blijven?'

Prima gedaan, knul. Je hebt een vrouw gevonden die veel te goed voor je is en veel te lief om je ooit te verlaten. Net als je ouweheer.

'Welnee, natuurlijk niet,' antwoordde Levi krachtig, terwijl hij de echo van zijn vaders stem verdrong. 'Het was gewoon het beste.'

'Het beste voor wie?'

'Voor haar.' Vanzelfsprekend.

'Maar jij hebt die beslissing voor haar genomen.'

'Elinor doet altijd wat ze hoort te doen. Ze neemt de verantwoordelijkheid op zich. Ze zorgt voor anderen. Ze zet zichzelf op de laatste plaats. Dat heeft ze altijd gedaan, al sinds we klein waren. Ze heeft nooit de kans gekregen om haar dromen na te jagen, en ze zou nooit bij me zijn weggegaan.'

'En jij vond dat ze dat wél moest doen? Dat ze het niet allebei kon krijgen: haar dromen én jou.'

'U verdraait mijn woorden. Ik heb het voor haar gedaan.'

'En sinds die tijd is ze kwaad op je?' vroeg dokter Park vriendelijk.

'Mensen weten soms niet wat goed voor hen is.'

'Maar jij weet dat wel.'

'Ik zeg niet dat ik het weet. Maar ik ken Elinor en...'

'En?' spoorde dokter Park hem aan.

'Ze was te goed voor me, oké?'

De timer op het horloge van dokter Park ging en hij wierp er een blik op. 'De tijd is om, maar ik wil je graag nog één ding meegeven om over na te denken voor onze volgende sessie.'

Zou er nog een volgende sessie komen? 'Dat is goed.'

'Heb je wel eens overwogen dat je jullie relatie misschien niet voor haar hebt verbroken? Dat je in plaats daarvan bang was dat ze te goed voor je was, dat ze daar op een dag zelf ook achter zou komen en dat ze dan bij je weg zou gaan? En dat jij eerst bent weggegaan, omdat je daardoor de controle in handen had?'

Levi's kaak verstrakte. 'Zo is het niet gegaan.'

'Denk er toch maar eens over na.'

Levi ontspande de hand die tijdens de terugrit naar Pine Hollow om het stuur geklemd zat. Ook deze keer stond het audioboek uit. Hij moest echt op zoek naar een therapeut die dichter bij huis was. De terugrit was altijd veel te zwaar, omdat zijn gedachten in een neerwaartse spiraal cirkelden.

Prima gedaan, knul. Net als je ouweheer.

Die woorden waren nooit positief als ze afkomstig waren uit de mond van zijn vader. Sarcastisch. Verbitterd. De dingen die ze gemeen hadden, leken altijd dingen te zijn waarin hij tekortschoot. Slechte cijfers op school. Knokpartijtjes. De gebroken arm in het eindexamenjaar, pal voordat de scouts zouden komen om hem te zien spelen. *Net als je ouweheer.* Vertaling: Wat ben je toch een loser. Net als ik.

De dag dat zijn vader had gezegd dat Elinor te goed voor hem was stond Levi nog heel helder voor de geest. Het was niet als een schok aangekomen. Hij had het altijd al geweten. Maar die dag waren de woorden naar een ander deel van zijn hersens gekropen, waar ze zich heel diep hadden ingegraven.

Zijn ouders zouden naar North Carolina verhuizen en hij had hen geholpen met inpakken. Zijn moeder klaagde over de timing. Ze had willen helpen met het plannen van de bruiloft. Elinor had heel veel te doen en geen moeder die haar kon helpen. Zijn moeder wilde blijven, een paar maanden maar, maar zijn vader wilde meteen vertrekken. En ze wisten allemaal dat hij zijn zin zou doordrukken.

Elinor was gekomen om te helpen. Ze sprak zijn ouders altijd aan als meneer en mevrouw Jackson, stijfjes en formeel, zoals ze zich bij hen altijd gedroeg, hoe vaak zijn moeder haar ook vroeg om haar Sheila te noemen. Zijn vader had naar Levi staan kijken die naar Elinor en zijn moeder staarde, en hem een klap op zijn schouder gegeven.

Prima gedaan, knul. Je hebt een vrouw gevonden die veel te goed voor je is en veel te lief om je ooit te verlaten. Net als je ouweheer.

Levi had bijna moeten overgeven.

Hij had de parallellen tussen zijn relatie met Elinor en het huwelijk van zijn ouders nooit eerder gezien. Hij had ze niet wíllen zien. Zijn moeder was een engel. Zijn vader eerder het tegenovergestelde, maar toch was zijn moeder bij hem gebleven. Al sinds Levi oud genoeg was om het huwelijk van zijn ouders bewust mee te maken vroeg hij zich af waarom zijn moeder bij hem bleef.

En op dat moment begon hij zich af te vragen waarom Elinor bij hém bleef.

Het drong niet meteen tot hem door dat ze zonder hem beter af zou zijn. Pas na wekenlang gepieker en de bevestiging van zijn vermoedens door degene die Elinor het beste kende van iedereen was het kwartje gevallen. En zelfs toen kon hij zich er een week lang niet toe zetten om te doen wat hij vond dat hij moest doen.

Elinor had over de bruiloft zitten praten, over de vraag of ze hun eigen trouwgeloften wilden schrijven, en hij realiseerde zich dat hij het niet kon. Hij kon haar niet laten beloven dat ze bij hem zou blijven. Hij kon haar die gelofte niet laten afleggen. Hij moest het terugnemen. Hij moest de verloving verbreken.

Alleen had hij er niet bij stilgestaan dat hij daarmee ook hun vriendschap zou opblazen. Zo ver had hij niet nagedacht. Hij had maar één stap vooruitgedacht.

En het kwam niet doordat hij bang was dat ze op een gegeven moment bij hem zou weggaan, of omdat hij probeerde een oncontroleerbare situatie onder controle te houden. Het kwam doordat hij bang was dat ze níét bij hem zou weggaan wanneer dat beter voor haar was. Daarom had hij haar voor het blok gezet. En misschien was het een hufterige zet van hem geweest. Ze vond het altijd vreselijk als hij een beslissing voor hen beiden nam, maar het was de enige manier geweest om het noodzakelijke resultaat te behalen. En het resultaat was inderdaad noodzakelijk geweest. Hij mocht dan precies zijn pa zijn, maar hij verdomde het om Elinor in zijn moeder te laten veranderen.

Zijn moeder had altijd haar best gedaan om te verbergen hoe ongelukkig ze was, maar hij had de druk gezien die dit op haar legde. Als kind had hij haar horen huilen op de avonden dat zijn vader niet thuiskwam. Dat geluid was hij nooit vergeten. Toen hij ouder was, het huis was uitgegaan en er niet langer meer van overtuigd was dat zijn moeder alleen maar bleef vanwege hem, had hij haar op een avond ronduit gevraagd waarom ze niet bij zijn vader wegging. Haar antwoord was ontwijkend en vaag geweest, maar het was in elk geval niet over liefde of geluk gegaan. Het ging erom dat ze haar belofte nakwam. Dat ze niet in echtscheiding geloofde. Dat zijn vader haar nodig had. En dat ze weigerde op te geven als alles tegenzat, want bij zijn vader zat alles altijd tegen.

Dokter Park had hem ervan beschuldigd dat hij de hele stad wilde redden. Best. Dan had hij maar een redderscomplex. Hij had Elinor gered. En dat zou hij zo weer doen. Want hij hield te veel van haar om haar haar leven te laten verpesten vanwege hem.

15

Terwijl dit weekend het feestgedruis elk moment kan losbarsten, wil ik jullie nog even herinneren aan de tiplijn die we hebben geopend... voor het geval je aan de feestdis nog een smakelijk nieuwtje opvangt.

Stadsnieuwsbrief Pine Hollow
Maandag 24 november

'Fijne kalkoendag, familie Rodriguez!'

Anne en Elinor keken elkaar grijnzend aan bij het horen van Charlottes brul toen hun jongste zus door de voordeur naar binnen stormde. Ze zaten met opgetrokken benen op de bank met verse gebakjes op hun schoot naar de Macy's Thanksgiving Day Parade te kijken. Dory lag op de vloer bij Elinors voeten, met haar kop tegen de bank om vallende kruimels op te vangen.

Charlotte hield even op met het afwikkelen van haar sjaal en snoof. 'Zijn dat medialuna's?'

Elinor wist net één woord om de hap in haar mond heen te krijgen en wees naar de keuken, waar hun vaders gezang te horen was. 'Keuken.'

Charlotte slaakte een verrukt gilletje en verdween door de klapdeur naar hun vaders domein, waar haar zussen haar 'Happy Thanksgiving, papa!' hoorde roepen, gevolgd door hun vaders gedempte antwoord.

Matias Rodriguez vond het heerlijk om te koken en feestdagen waren voor hem als de Olympische Spelen, te beginnen met de verse Argentijnse zoete lekkernijen die zijn moeder in zijn jeugd altijd voor hem had gemaakt. De zeer georganiseerde ingenieur kon het echter niet hebben dat zijn dochters hem tijdens het koken voor de voeten liepen. Hij had namelijk een systeem en zij snapten dat systeem niet. Daarom was het ook geen verrassing dat Charlotte binnen twee minuten na het betreden van de keuken er weer uit werd gebonjourd.

'Hallo, schoonheid.' Ze hield het gebaksbordje in haar handen en kirde er liefkozend tegen. Toen nam ze de eerste hap en ze sloot gelukzalig haar ogen. Daarna had ze pas aandacht voor haar zussen. 'Is Snoopy al geweest?' vroeg ze, terwijl ze zich tussen Anne en Elinor op de bank liet vallen.

'Nog niet,' zei Anne. 'De Rockettes zijn net geweest.'

Charlotte knikte, nam nog een hap en kreunde van genot. 'Wat zijn koolhydraten toch zalig.' Toen de volgende fanfare in beeld verscheen, stootte ze Elinor aan met haar voet. 'En? Hoe was de date?'

Elinor keek haar jongste zus achterdochtig aan. 'Grappig dat je over koolhydraten begint. Hij heeft geen coeliakie.'

'Wat?'

'George. De fysio. Jij zei dat hij allergisch is voor gluten.'

Charlotte fronste haar wenkbrauwen, zichtbaar verward. 'Dat heb ik nooit gezegd. Hoe had ik dat nou moeten weten?'

Elinor wierp haar een boze blik toe. 'Je zei dat hij niet met Magda kon daten, omdat zij haar liefde juist met gluten toont!'

Charlotte snoof minachtend. 'Je had toch zeker wel door dat ik dat niet meende?'

'Dat had ik dus niet door. Dus toen ik hem ernaar vroeg, keek hij me aan alsof ik gek was geworden.'

'Nou ja.' Charlotte wuifde achteloos met haar hand. 'Je mag me best bedanken voor het afstoffen van je vrouwelijke lichaamsonderdelen. Kan hij goed kussen?'

Elinor snoof geïrriteerd en staarde naar de parade die op het scherm langskwam. 'Ik zou het niet weten, want ik heb hem niet gekust.'

'Waarom niet? Is hij stiekem een eikel? Als hij een smeerlap is, moet ik de oude besjes laten weten dat hij hun kleindochters niet netjes zal behandelen.'

'Hij is geen smeerlap. Hij is heel aardig. Maar hij –'

'O, god,' zei Charlotte kreunend. 'Aárdig. De kus des doods. Je hebt hem naar de friendzone verbannen.'

'Ik heb hem helemaal niet naar de friendzone verbannen! Maar ik ben ook niet op de eerste date met hem het bed in gedoken, ook al vind jij dat kennelijk heel acceptabel.'

'Is het wel eens bij je opgekomen dat jij je iets te druk maakt over wat acceptabel is?' vroeg Charlotte. 'Als je een vent leuk vindt, spring je er gewoon bovenop.'

'Wat zeg je dat toch weer charmant. Misschien moet ik dat in onze huwelijksgeloften zetten.'

Ze voelde dat Charlotte met haar ogen rolde. 'Het draait niet altijd om romantiek en kaarslicht. Soms moet je gewoon van je sokken worden geblazen, en afgaand op jouw chagrijnige humeur de laatste tijd is het veel te lang geleden dat iemand je voor het laatst van je sokken heeft geblazen.'

Levi had haar van haar sokken geblazen, maar voor hem was geen plek in dit gesprek of in haar gedachten. Akelige stalker.

'Ik heb geen man nodig om gelukkig te zijn,' verkondigde Elinor.

'Nee, maar bepaalde mannendelen zijn best handig –'

'Ik ben een volwassen vrouw. Mijn humeur is niet afhankelijk van een pik.'

Anne snoof spottend. Charlotte ging onverstoorbaar verder, alsof Elinor niets had gezegd. 'Ik heb je een prachtige voorzet gegeven. Hij is aardig, om met jouw woorden te spreken. Hij is leuk om te zien –'

'Spring er dan zelf bovenop.'
'Ik ben bezet.'
'Waar is onze lieve Warren eigenlijk?'
'O, kijk. Snoopy,' kwam Anne opeens tussenbeide.
Charlotte staarde boos naar haar inmiddels lege bordje. 'Ik zal nóg eens wat liefs voor iemand doen,' prevelde ze, maar niet zacht genoeg om onverstaanbaar te zijn.
Elinor voelde een ongewenste vlaag schuldgevoel opkomen. Charlotte was een dwingeland, maar ze probeerde ook te helpen. Dit was háár manier om te laten zien dat ze om haar gaf, hoe irritant ze soms ook kon zijn.
Terwijl Snoopy op televisie door de straat huppelde, stak Elinor een hand uit om haar vingers met die van Charlotte te verstrengelen. 'Dank je wel voor het regelen van de date met de knappe fysiotherapeut. Hij is echt heel aardig en misschien had ik hem een afscheidszoen gegeven, als onze date niet zo vreemd was afgelopen.'
Charlotte spitste onmiddellijk haar oren, geïntrigeerd door de aanzet tot een sappige roddel. 'Vreemd? Hoezo? Is hij stiekem kinky? En zo ja, wat voor soort kinky?'
'Ik heb geen kans gehad om daarachter te komen. Levi dook op.'
Charlotte kreunde theatraal, liet zich van de bank glijden en eindigde teleurgesteld als een slappe vaatdoek languit op de vloer. Dory vond het schitterend. Ze klom meteen boven op Charlotte en likte haar overal waar ze bij kon.
'Het moest juist een Levi-vrije date worden,' beklaagde Charlotte zich, die er ondanks de hond op haar borst in slaagde om het als een streng standje te laten klinken.
'Ik heb hem heus niet uitgenodigd. Een of andere behulpzame stadsbewoner had een "verdachte situatie" in de Tipsy Moose gemeld, wetende dat hij erlangs zou gaan om het na te trekken.'
'Kon je dan niet doen alsof je hem niet kende?'

'Ik heb net lang genoeg met hem gesproken om hem duidelijk te maken dat hij me met rust moest laten, maar daarna was de dynamiek veranderd.' Nou had er daarvoor al niet echt een romantische sfeer gehangen, maar na Levi's vertrek was Elinor niet in staat geweest haar ergernis over haar ex helemaal weg te stoppen. Daardoor was de rest van de avond gespannen verlopen.

Charlotte zuchtte diep. 'Tja, als George zich laat afschrikken door een gewapende ex-verloofde van één meter tachtig is hij misschien niet de juiste man voor jou.'

'Ik denk niet dat we George hier de schuld van mogen geven.'

'Nou, ik kan jou er moeilijk de schuld van geven. Jij bent mijn zus. George mag in zijn handen knijpen dat hij een kansje kreeg bij jou,' zei Charlotte met die stellige overtuiging van haar waardoor het lastig was om je aan haar te ergeren, zelfs als ze zich als een dwingeland gedroeg. 'Kunnen we Levi er de schuld van geven?'

'Jazeker. Absoluut.'

Tijdens de reclameonderbreking werd er op de televisie aangebeld. Dory lanceerde zich van Charlottes borst en racete naar de voordeur, heftig blaffend tegen de onzichtbare indringers. Charlotte kreunde toen haar ribbenkast werd gebruikt als springplank voor de viervoeter en stond met een rollende beweging op.

'Hebben jullie de kerstversiering al naar boven gehaald?' vroeg ze. Het onderwerp van Elinors liefdesleven was voorlopig kennelijk even geparkeerd. Gelukkig maar.

'Alles ligt nog in de kelder,' antwoordde Anne. 'We zaten op jou te wachten.'

'Nou, waar wachten we dan nog op?' Charlotte klapte in haar handen en liep naar de trap. 'Het huis gaat zich echt niet zelf versieren.'

Tegen de tijd dat hun vader aankondigde dat de kalkoen die hij de hele middag trouw had verzorgd klaar was om te worden opgegeten, zag het huis eruit alsof de werkplaats van de Kerstman was ontploft.

Hun gezin had de feestdagen altijd heel serieus genomen en de verzameling kerstdecoraties leek elk jaar uit te dijen. De overdadige kerstaankleding leek totaal niet te zijn beïnvloed door het feit dat Charlotte, Anne en Elinor het grootste deel van hun decoraties hadden meegenomen naar hun eigen huis. Astrid zou later dat weekend langskomen om Elinor te helpen met het versieren van haar boom en huis, maar haar vaders huis was in elk geval al een beeldig kerstplaatje.

Ze aten allemaal veel te veel kalkoen. Na het eten nam Anne plaats achter hun moeders piano om zachtjes kerstliedjes te spelen. Charlotte lag op haar rug op de vloer, met haar hoofd onder de kerstboom, en tuurde naar de lichtjes. Ze bracht die dag zo veel tijd op de vloer door dat Dory niet eens meer leek te denken dat het een spelletje was.

Normaal gesproken zou Elinor op haar rug naast Charlotte zijn gaan liggen en had ze zonder haar bril naar de boom gekeken, zodat de gekleurde lampjes samensmolten tot een prachtige impressionistische collage. In plaats daarvan zat ze nu op de bank, met haar schouder tegen die van haar vader, en wierp Charlotte met een diepe rimpel in haar voorhoofd om de tien tellen een blik op haar mobiel. Je hoefde geen genie te zijn om te weten dat Warren zich weer typisch als Warren gedroeg.

Hun vader had het geluid van de televisie uitgezet om Anne te horen spelen, maar zapte wel langs de kanalen, mompelend dat hij de footballuitslagen zocht. Alsof ze allemaal niet allang wisten dat hij uiteindelijk zou stilhouden bij de sentimenteelste kerstfilm die hij kon vinden en deze van begin tot eind zou bekijken, omdat hij 'vergat verder te zappen'.

Hij was een lieve schat. Hij zei nooit veel – het was dan ook niet gemakkelijk om er een woord tussen te krijgen in een huis met drie dochters – maar hij stond altijd voor hen klaar, een stille, constante aanwezigheid in hun leven. Geen wonder dat ze als een blok was gevallen voor Levi's sterke, zwijgzame type toen ze jonger waren. Maar Levi was totaal anders dan haar vader. Matias Rodriguez was supergevoelig en huilde om sentimentele reclames en tranentrekkers op de tv. Elinor dacht niet dat ze Levi ooit had zien huilen. Niet één keer. Ze durfde niet eens met zekerheid te zeggen of hij wel traanbuizen had.

Haar vader hield stil bij een film waarin een jong meisje vlak voor Kerstmis uit de stad terugkeert naar het pittoreske plaatsje uit haar jeugd om de familieherberg te redden. Annes lied was afgelopen en ze kwam bij hen op de bank zitten. Toen ze langs de afstandsbediening kwam zette ze het geluid weer aan. Charlotte keek op bij het geluid en rolde zich op haar zij om te kijken, ook al bleef ze intussen in de weer met haar telefoon.

Elinor deed haar mond open om iets te zeggen, maar Anne boog zich naar haar toe en fluisterde: 'Denkt je echt dat het helpt? Dat je steeds kritiek op hem levert?'

Elinor zuchtte en wierp Anne een blik toe die zei: nee, ik besef best dat het niet helpt, maar hoe kan ik mijn mond nou houden als hij haar zo vreselijk behandelt en zij alles maar slikt, alsof ze geen betere man kan krijgen?

Anne glimlachte vriendelijk. 'Ze moet er zelf achter komen,' fluisterde ze.

Elinor deed haar mond dicht. Alle wijsheid leek haar te hebben overgeslagen en bij haar zus te zijn terechtgekomen. Het was heus niet zo dat zij niet wist wat Anne wist. Ze vond het alleen lastig ernaar te handelen. Vooral wat Charlotte betreft.

Het viel niet mee om zich niet verantwoordelijk voor haar te voelen. Ze wist dat Charlotte nu volwassen was – dat had Charlotte haar vaak genoeg gezegd – maar Elinor had haar min of meer opgevoed. Haar zussen waren een van de belangrijkste redenen dat ze zo dicht bij huis had willen studeren. En dat ze was teruggekomen. Nu kon ze zich sowieso niet voorstellen dat ze ergens anders zou wonen. Pine Hollow was haar thuis. Haar moeder had het hier heerlijk gevonden en had zo lang ze kon in het bezoekerscentrum gewerkt, waar ze bezoekers vertelde over de beste punten van het stadje.

Iedereen had altijd tegen Elinor gezegd dat zij Pine Hollow op de kaart zou zetten. Dat zij de wereld in zou trekken en grootse dingen zou verrichten. Maar zelf had ze gewoon hier willen zijn, bij haar familie. Charlotte was degene die medicijnen was gaan studeren. Die bijna niet was teruggekomen. En nu ze wel terug was, kostte het Elinor moeite om dat beschermende instinct uit te schakelen. Tot op zekere hoogte zou haar zus altijd dat kleine meisje zijn dat haar nodig had. Negen jaar oud en klein voor haar leeftijd, met haar hand in die van Elinor, in de rij in de kerk om de condoleances in ontvangst te nemen bij hun moeders begrafenis.

Ze keken zwijgend naar de film, wat uitzonderlijk voor hen was. Het kwam maar heel zelden voor dat niemand iets zei wanneer ze met z'n allen in één huis waren. Op het scherm ontving de moeder van de heldin, een weduwe, voortdurend bloemen van de knappe bejaarde bloemist in het stadje. Charlotte gluurde regelmatig even naar hun vader.

Toen er een reclameblok begon, keek Elinor er totaal niet van op toen haar jongste zus zich liet omrollen en met haar kin op haar hand leunde. 'Zeg, dat zou jij ook kunnen doen,' merkte ze op tegen hun vader. 'Een leuke vrouw oppikken in de herberg. Je mag er best zijn met dat zilvergrijze haar van je.'

Hun vaders wangen werden rood en hij schudde zijn hoofd. 'Doe niet zo dwaas.' In zijn woorden klonk een licht accent door, een neveneffect van de verhuizing naar de Verenigde Staten toen hij elf was.

'Waarom is dat nou weer dwaas?' sputterde Charlotte tegen. 'Je bent een goede partij.'

Hun vader keek smekend naar Elinor en Anne. Elinor haalde haar schouders op. 'Ze heeft wel gelijk. Je weet toch dat je mag daten, hè? We willen allemaal dat je gelukkig bent. Mam zou hebben gewild dat je gelukkig was.'

'Dat weet ik.' Zijn blik gleed over de engel die hun moeder had gemaakt voor boven in de kerstboom, alsof hij haar daar zag. 'Ze heeft me verteld dat ze dat voor me wilde. Dat ik niet alleen moest blijven. En ik wil haar niet teleurstellen, maar mijn hart is er niet klaar voor. Nog niet.' De film ging verder. Hij gebaarde dat ze stil moesten zijn en richtte zijn aandacht weer op het scherm. 'En nu wil ik mijn film kijken.'

Elinor kneep even in zijn arm en leunde achterover om verder te kijken. Maar zijn woorden bleven in haar hoofd hangen, trokken aan haar gedachten en maakten het onmogelijk om zich helemaal op de film te focussen.

Het was heel eenvoudig en toch was het nooit eerder bij haar opgekomen. De vraag of haar hart er klaar voor was.

Ze leed niet langer aan een gebroken hart. Dat gevoel had ze een tijd geleden al van zich afgeschud. Daarom werd ze altijd razend als mensen suggereerden dat ze niet over Levi heen was. Ze verlangde niet naar hem. Ze ging niet gebukt onder verdriet.

Maar ze was nog steeds boos.

En ze wist niet zeker of haar hart er al klaar voor was. De woorden knaagden aan het randje van haar bewustzijn, waardoor het die nacht onmogelijk was om de slaap te vatten. De volgende ochtend was ze al op voordat het licht werd, zelfs eerder dan Dory. Ze zette een kop koffie voor zichzelf en staarde naar haar tuin zonder iets te zien.

Boven de bomen in de vallei waar Pine Hollow naar was vernoemd hing mist. Ochtenden als deze, als de nachtvorst aan de bladeren hing, vlak voordat de herfst definitief plaatsmaakte voor de winter, hadden iets betoverends.

Ze riep impulsief naar Dory, trok een trui aan over haar pyjama en deed haar laarzen aan. De mist zou snel optrekken, verjaagd door de warmte van de opkomende zon, maar voor het zover was wilde ze iets bekijken.

De molen was hún plek geweest. Het was de eerste plek waar Levi en zij samen naartoe waren gegaan, met z'n tweetjes, toen alles nog nieuw was, en ze bang was dat hij zou beseffen dat ze niet zo geweldig was als hij dacht dat ze was en zou bedenken dat hij toch niet haar vriendje wilde zijn. Hij had haar hand vastgepakt om haar over een berg stenen te helpen die ooit een muur hadden gevormd en ze had die aanraking helemaal tot in haar tenen gevoeld.

Ze had hem die eerste keer min of meer uitgedaagd om haar te kussen. 'Ga je me nog zoenen of hoe zit het, Levi Jackson?' had ze brutaal tegen hem gezegd, in zijn gezelschap vervuld van moed, zoals ze dat bij niemand anders had. Ze had de verraste blik in zijn ogen gezien en ook de blijdschap, en toen streken zijn lippen langs die van haar, gesloten en voorzichtig. En het had gevoeld als het allermooiste moment in de geschiedenis van de hele wereld.

Ze waren daarna tientallen keren teruggekeerd naar de molen. 's Zomers hadden ze op blote voeten over de rotsen langs de rivier gewandeld en 's winters hadden ze binnen beschutting gezocht tegen de sneeuw, waarbij ze van geluk mochten spreken dat het stokoude dak niet op hen was neergestort. De molen was inmiddels onbewoonbaar verklaard. Dat was al jaren zo. Het oude waterrad was gebroken en hing scheef in het water. Toch was het nog steeds de mooiste plek waar ze ooit was geweest.

Ze reed de oprit op en staarde even naar het TE KOOPbordje voordat ze uitstapte. Dory sprong achter haar aan naar buiten en danste in cirkels voor haar uit toen ze naar de rivieroever liep.

Aan die plek had ze ontelbaar veel herinneringen, elkaar overlappend als een collage van het leven, en ze waren allemaal verbonden met Levi. Op de dag na haar moeders begrafenis had ze op die rots gezeten, met Levi's arm om haar heen. En op de dag dat hij haar had verteld dat ze een pauze moesten inlassen in hun relatie, omdat ze ging studeren en hij niet wilde dat ze het gevoel had dat iets haar aan Pine Hollow bond – alsof iets die band met Pine Hollow ooit kon verbreken – hadden ze hun tenen in het water gedoopt. En daar had hij haar op een andere mistige dag gevraagd om met hem te trouwen. Valentijnsdag.

Geen wonder dat ze hem niet had kunnen loslaten. Ze was al meer dan de helft van haar leven verliefd op hem. En sinds die dag was ze kwaad op hem.

Die kwaadheid was niet minder geworden.

Het ging er niet eens om dat hij haar hart had gebroken, maar dat hij hun vriendschap had verraden door haar niet te vertellen waarom. Hoe kon ze nou verder met haar leven als ze zich altijd bleef afvragen wat er was veranderd? Wat er was gebeurd? Wat ze had gedaan?

Ze was eenzaam en hield vast aan het verleden, net als haar vader, maar ze wilde juist iemand hebben om haar leven mee te delen, en dat ging niet zolang de geest van haar vroegere verloofde als een donkere schaduw boven haar bleef hangen.

Ze had geklaagd dat hij haar niet had losgelaten. Maar zij moest hem juist loslaten. Echt loslaten.

Dat betekende dat Charlotte gelijk had, hoe verschrikkelijk het ook was om toe te geven.

'Ik moet er een streep onder zetten.'

Charlotte hapte naar adem alsof ze net een Black Friday-aanbieding had gekregen voor de Prada-tas waarbij ze op internet had zitten zwijmelen. 'Hebben we het nu over datgene waarvan ik hoop dat we het erover hebben?'

Elinor was naar huis teruggegaan en had zich aangekleed, net op tijd voor de komst van Anne en Charlotte voor hun jaarlijkse Black Friday-koopjesjacht. De drie Rodriguez-zussen waren opgevoed met een diepe waardering voor koopjes en Black Friday was een noodzakelijk ritueel. Anne had een berichtje gestuurd dat ze wat later zou zijn en Elinor kon bijna niet wachten tot Charlotte binnen was voordat ze haar openbaring eruit gooide.

'Als je hoopt dat we het over Levi hebben is het antwoord ja. Dat bedoel ik. Je had gelijk.'

'O, mijn god. Dat hoor ik nou graag.' Ze hief haar mobiel op. 'Kun je het misschien nog een keer zeggen bij de microfoon? Dan kan ik er mijn ringtone van maken.'

Elinor duwde het toestel weg. 'Ik realiseer me nu pas dat ik al drie jaar op een verklaring zit te wachten. Een verontschuldiging. Ik kan niet geloven dat ik mezelf zo lang in de pauzestand heb gezet.'

'Dat is niet meer dan logisch.' Charlotte wapperde met een hand alsof het vanzelfsprekend was dat je drie jaar vastzat. 'Levi en jij hadden de verloving drie weken voor Katies dood verbroken. Wat er met Katie en Paul is gebeurd verdrong al het andere, dus hoe had je alles moeten verwerken? En daarna had je de zorgen om Astrid, en om Ben die probeerde uit te vogelen hoe hij het vaderschap moest aanpakken. Natuurlijk liep je vast. Wat ga je nu doen?'

Elinor beet op haar lip. 'Ik moet met hem gaan praten.'

Charlotte schudde meteen haar hoofd. 'Hij kan je niet helpen. Het moet uit jezelf komen.'

'Dat kan wel zo zijn, maar er zijn een paar dingen die ik hem moet vragen. Ik wil hem heus niet terug. Maar hij moet me wel de reden vertellen. Dat is hij me verschuldigd.'

Charlotte slaakte een zucht en grimaste. 'Levi is nooit zo'n prater geweest.'

'Nee,' zei ze instemmend. Dat had ze nooit erg gevonden. Hij had nooit iets hoeven zeggen om haar het gevoel te geven dat ze volkomen op dezelfde lijn zaten. Daardoor was ze juist nog meer aan zichzelf gaan twijfelen toen hij bij haar wegging. 'Maar ik maak mezelf nu al drie jaar lang gek met de vraag of ik me al die tijd in hem heb vergist. Of ik in mijn hoofd een relatie had gebouwd die puur op dromen en hoop was gebaseerd. Ik durfde niet meer op mezelf te vertrouwen, omdat ik hem volkomen had vertrouwd. En nu moet ik hem het horen zeggen. Ik moet van hem horen wat de reden was.'

Charlotte trok haar neus op. 'Grote kans dat hij niet zal zeggen wat jij wilt horen.'

'Dat weet ik. Maar ik moet hem ermee confronteren. Nu. Vandaag.'

'Vandaag?' Charlotte sperde haar ogen open. 'Maar het is Black Friday. Het is traditie.'

'Dat weet ik. Maar nu ik weet dat ik dit moet doen, moet ik het ook meteen doen.'

16

Lieve lezer, bij het openen van de tiplijn had ik geen flauw idee dat onze geachte politiechef en geliefde bibliothecaresse zo veel materiaal zouden opleveren voor onze anonieme tipgevers. Dat is nog eens een speciale Black Friday-deal!

Stadsnieuwsbrief Pine Hollow
Maandag 29 november

Elinor reed eerst naar Levi's blokhut, die er nog net zo sjofel en onbewoonbaar uitzag als altijd. Daar was hij niet, want hij was er bijna nooit. Vervolgens ging ze naar zijn kantoor, zowel het oude in het stadhuis als dat in het gebouw van de hulpdiensten, maar zijn Explorer stond bij geen van beide geparkeerd. Daarna reed ze langzaam door het centrum van het stadje en speurde ze in alle zijstraatjes of ze zijn SUV ergens zag staan. Dat leverde niets op.

Ze had kunnen weten dat hij die ene keer dat ze wél wilde dat hij was waar ze hem verwachtte uiteraard onvindbaar was.

Uiteindelijk reed ze terug naar het gebouw van de hulpdiensten. Ze ging via de voordeur naar binnen, wetende dat het betekende dat ze het onderwerp zou zijn van Linda Hilsons eerstvolgende roddelnieuwsbrief, maar niet in staat om nog langer te wachten. Ze wilde niet dat dit gevoel, deze doelgerichtheid zou verdwijnen. Ze wist eindelijk wat ze tegen hem moest zeggen. Het herhaalde zich eindeloos in haar hoofd en ze moest het eruit zien te krijgen voordat ze aan iets anders kon denken. Kaye Berry keek op en bloosde toen Elinor door de deur naar binnen kwam, ook al ontweek ze haar blik niet.

Elinor had Kaye nooit goed gekend. Ze was van Annes leeftijd, en was op de middelbare school zwanger geraakt en getrouwd. In die tijd had Elinor op de universiteit gezeten. Haar zoon was een van Elinors favoriete leerlingen en Kaye had haar altijd erg aardig geleken. Daarom deed Elinor haar best om de geruchten te negeren die tijdens Kayes vechtscheiding de ronde deden, geruchten waar Levi's naam steevast in voorkwam.

'Hoi, Elinor,' zei Kaye. Ze klapte een boek dicht dat zo te zien een studieboek was en schoof het onder een paar documenten. 'Wat kan ik voor je doen?'

'Ik moet Levi spreken. Weet je waar hij is?'

'Hij is op pad om alles in de gaten te houden. Je weet hoe Levi is. Moet ik hem terugroepen naar het bureau?'

'Nee, het is niet belangrijk. Weet je wanneer zijn dienst erop zit?'

Kaye wierp een blik op een schema op haar bureau. 'Volgens mij heeft hij nu officieel geen dienst. Hunter wilde wat extra uren draaien.'

Hij patrouilleerde dus alleen omdat hij niet in staat was te accepteren dat iemand anders de redder en beschermer van Pine Hollow was. Dat was typisch iets voor Levi. 'Weet je wat? Ik heb me bedacht. Zou je hem toch willen laten terugkomen naar het bureau?'

'Moet ik hem vertellen dat jij hier bent?'

'Nee, nee... Zeg maar wat je altijd zegt...'

Kaye knikte, pakte haar telefoon en opende er een soort walkietalkiefunctie op. 'Hoi, chef, zou je kunnen terugkomen naar het bureau?'

De telefoon piepte. Toen hoorden ze Levi's stem die meldde dat hij onderweg was.

Opeens wist Elinor niet wat voor houding ze moest aannemen. Ze liet haar blik door de saaie hal glijden en keek naar de wachtruimte. Ze mochten de boel wel eens een beetje opfleuren. Of op zijn minst een beetje kerstsfeer aanbrengen. De minimalistische pakhuisuitstraling was nogal deprimerend.

Ze liep naar het raam aan de voorkant, benieuwd hoe ver weg hij was geweest. Zo groot was Pine Hollow niet. Zelfs als hij aan de andere kant van het stadje was, zou de rit hooguit twintig minuten in beslag nemen, rekening houdend met het feit dat hij even vast zou komen te zitten in het toeristenverkeer op het plein. Maar opeens voelden twintig minuten als een eeuwigheid aan. En tegelijkertijd niet lang genoeg.

Ze besefte dat ze op haar lip beet en dwong zichzelf ermee op te houden. Toen keek ze achterom naar Kaye, die deed alsof ze haar niet gadesloeg.

Hoewel het als een heel mensenleven voelde, waren er vermoedelijk hooguit vijf minuten verstreken voordat Levi door de voordeur naar binnen stapte. Toen hij haar in het oog kreeg, maakte de beheerste neutrale uitdrukking op zijn gezicht onmiddellijk plaats voor een bezorgde. 'Elinor. Is er iets met Dory? Is ze weer ontsnapt?'

'Nee, met haar is alles prima. Ze is bij mijn zussen.' Anne en Charlotte hadden erop gestaan om op haar te wachten toen ze hun vertelde dat ze de confrontatie met Levi wilde aangaan. Kennelijk was haar persoonlijke drama interessanter dan Black Friday-aanbiedingen. 'Ik wilde alleen –' Ze maakte haar zin niet af en wierp een blik op Kaye. 'Kunnen we ergens praten?'

'Natuurlijk.' Levi keek ook naar Kaye, die haar uiterste best deed om eruit te zien alsof ze niet meeluisterde. 'Mijn kantoor?'

'Graag.' Ze stemde er haastig mee in, al was het alleen maar om aan nieuwsgierige ogen en oren te ontsnappen. Pas toen ze achter zijn breedgeschouderde lichaam aan door de gang liep, realiseerde ze zich dat ze hem het thuisvoordeel had gegeven.

Maar misschien was dat juist wel goed. Misschien zou hij wel eerlijker zijn als hij ergens was waar hij zich op zijn gemak voelde.

Bij de deur bleef hij staan, gebarend dat zij als eerste naar binnen moest gaan. Ze liep zijn kantoor in en haar ogen gleden over alle voorwerpen, gedreven door nieuwsgierigheid. Toen ze hun relatie verbraken, was hij nog een agent geweest. *Correctie: toen híj hun relatie verbrak.* In die tijd was het Eltons kantoor en was het er altijd keurig opgeruimd.

In Levi's kantoor was het één grote chaos.

Op elk vlak oppervlak had zich rommel verzameld. Ze wist dat er een systeem in moest zitten. Hij wist precies waar alles was, maar voor het ongeoefende oog was het een enorme bende. En typisch iets voor Levi. Hij zorgde nooit voor zijn eigen omgeving. Het stadje, haar achtertuin – als die niet goed verzorgd en keurig opgeruimd waren, zou het hem tot waanzin drijven, maar in zijn persoonlijke ruimte was een hazmatpak geen overbodige luxe.

'Is er iets aan de hand?' Hij liep om het bureau heen. Omdat ze niet ging zitten, deed hij dat evenmin. Wel schoof hij een deel van de rommel op iets nettere stapeltjes. Als Connor Levi's kantoor zag, zou hij een hartaanval krijgen. Hij had een enorme hekel aan troep. Voor Elinor voelde de kleine kamer er slechts nog kleiner door aan.

Maar misschien kwam dat wel door Levi, door zijn nadrukkelijke aanwezigheid. Of door de onuitgesproken woorden die alle beschikbare ruimte opslokten. De woorden die ze moest uitspreken.

Omdat ze niet wist waar ze haar handen moest laten, klemde ze ze om de rugleuning van de stoel voor het bureau.

'Wil je misschien iets drinken?' bood hij aan. 'Koffie?'

Ze deed haar mond open om antwoord te geven en de woorden die ze al drie jaar moest zeggen, rolden naar buiten. 'Ik ben kwaad op je.'

Levi keek Elinor recht aan. Hij was niet verrast door de woorden, maar wel door het feit dat ze voor het eerst in drie jaar tijd niet kwaad klónk. Die dag scheen er geen haat uit haar ogen. Ze klonk alsof ze onbeduidende feitjes opdreunde, met de stem die hij kende van school, toen ze nog heel klein waren, voordat zij klassen begon over te slaan.

Montpelier is de hoofdstad van Vermont. Feit.

Ik ben kwaad op Levi Jackson. Feit.

'Het spijt me van die avond. Ik zweer dat ik daar niet was voor jou –'

'Dit gaat niet over die avond.'

Een ongerust gevoel stak de kop op. Had ze besloten dat ze dat straatverbod echt wilde aanvragen? 'Ik ben bij je uit de buurt gebleven –'

'Daar gaat het niet over,' onderbrak ze hem weer. Haar handen grepen de rugleuning zo stevig vast dat haar knokkels wit werden. Ze bleef hem standvastig aankijken. 'Ik wil dat je me vertelt wat er is gebeurd.'

Hij schudde zijn hoofd. 'Ik begrijp nie–'

'Wat was er veranderd?' vroeg ze vinnig. 'Wat had ik gedaan? Was je van gedachten veranderd? Beeldde ik me alleen maar in dat je ooit iets om me hebt gegeven?'

De laatste vraag kwam aan als een stomp in zijn maag. 'Elinor.'

'Wat was er gebeurd, Levi? Waarom heb je de verloving verbroken?'

'Dat heb ik je al verteld –'

'Nee, je hebt me helemaal niets verteld. Dat was voor mij misschien wel het allerergste, dat je me nooit een goede verklaring hebt gegeven. Daarom kan ik je niet vergeven. Ik moet het weten. Ik moet het weten, zodat ik geen energie meer verspil aan de vraag waarom en aan kwaad zijn op jou. Ik moet dit achter me laten. Wat was er dus veranderd? Wat had ik gedaan?'

Er vormde zich een strakke knoop van angst in zijn borst. 'Je had helemaal niets gedaan. Er was niets veranderd.'

'Er moet iets zijn veranderd. Je hebt me gedumpt.'

Hij schudde zijn hoofd. 'Dat is niet wat er is gebeurd –'

'Ik was erbij. Ik weet vrij zeker dat je het met me hebt uitgemaakt.'

Zijn keel werd dichtgeknepen. 'Het was gewoon het beste.'

'Dat is geen antwoord!'

'Ik wilde niet langer een blok aan je been zijn.'

Ze had zich al die tijd niet bewogen, maar nu leek ze echt te verstijven. Hij kon bijna zien dat ze haar oren spitste. 'Wat bedoel je daarmee? Dat moet je me echt uitleggen.'

Hij schudde zijn hoofd. 'Het is niet belangrijk.'

'Het is wel degelijk belangrijk!' snauwde ze. 'Het was alles voor me. En je bent me de waarheid verschuldigd.'

Hij wist niet eens zeker of hij nog wist wat de waarheid was. Maar het deel dat hij begreep kon hij haar wel geven. 'Het was iets wat Katie had gezegd.'

Elinor kromp in elkaar. 'Wat?'

'Ze zei dat jij je eigen doelen altijd opoffert voor anderen. Dat je de wereld zou kunnen veroveren als jij je dromen niet altijd op een laag pitje had gezet voor iemand anders.'

'Dacht je dat ik mijn dromen voor jou op een laag pitje had gezet?'

'Katie kende jou beter dan wie ook. Ze zei dat je altijd deed wat je dacht dat je hoorde te doen.'

'Waarom zou ze dat tegen jou zeggen?'

Hij schudde zijn hoofd. 'Niet boos op haar zijn. Ze bedoelde er niets mee. Ze had het er gewoon over hoeveel jij had kunnen bereiken als je niet het gevoel had gehad dat je hier moest terugkomen. Maar het zette me aan het denken. Je had op je vijftiende beloofd met me te trouwen en je zou hoe dan ook je woord houden –'

'Heb je het nu over die beloftering? We waren kinderen! En daarna zijn we uit elkaar gegaan! Twee keer zelfs. Dacht je nu echt dat ik met je trouwde omdat ik te fatsoenlijk was om een belofte te verbreken die ik op mijn vijftiende had gedaan?'

'Ik wilde je niet verstikken.'

'Je hebt me nooit verstikt, stomme sukkel! Ik wilde met je trouwen. Ik híéld van je.'

De verleden tijd ontging hem niet.

'En dat zou ik ook tegen je hebben gezegd als je het met me had besproken.' Ze liet de stoel los en beende met grote stappen naar de dossierkast, waar ze vanwege de kleine ruimte gedwongen was zich abrupt om te draaien. 'Maar nee. Jij vond dat je wist wat het beste voor me was.'

'Dat wist ik niet... Ik wist alleen dat ík dat niet was.'

'Waarom niet?'

'Omdat ik wist dat je nooit bij me zou weggaan, ook niet als dat beter voor je was.' Hij was bereid geweest om zijn eigen hart te breken om haar te beschermen. Erger nog, hij was bereid geweest om háár hart te breken.

'Je hebt onze relatie dus verbroken omdat ik te veel van je hield?'

'Nee. Omdat je te lief was om bij me weg te gaan terwijl je dat wel had moeten doen.'

'Levi.' Ze drukte haar handen tegen haar hoofd, alsof ze probeerde haar exploderende hersens bij elkaar te houden. 'Het was niet aan jou om dat te beslissen. Je had niet het recht om voor ons allebei te beslissen. Je had me moeten vertellen wat er speelde.'

'Dat weet ik. Maar het was eenvoudiger om ervoor te zorgen dat je me haatte. Gemakkelijker.' Het was eigenlijk een opluchting geweest dat ze zo kwaad was. Daardoor werd de breuk definitief. Hij kon haar onmogelijk terugkrijgen, dus probeerde hij ook niet om haar vast te houden.

'Gemakkelijker voor wie?'

'Voor mij,' gaf hij toe. 'Als je me haatte, wist ik tenminste dat het echt voorbij was.'

'Het was voorbij omdat jij er een eind aan had gemaakt! Lieve god, hoor je dan niet wat je zegt?'

Hij had juist gehandeld. Hij móést geloven dat hij juist had gehandeld. Dat was het enige wat rechtvaardigde dat hij haar verdriet had gedaan. 'Je bent mijn beste vriendin. Ik zal er altijd voor je zijn. Als ik je tweeduizend jaar moet beschermen, dan doe ik dat.'

Er verscheen een dreigende blik in haar ogen toen ze de verwijzing hoorde.

Ze had hem alle afleveringen van *Doctor Who* laten kijken. Hij kende het verhaal van Rory, die letterlijk uit de dood was opgestaan en een paar duizend jaar lang een kist had beschermd, omdat hij zo veel van Amelia Pond hield.

Ze schudde haar hoofd. 'Jij kunt mijn Rory niet zijn, want je hebt mijn hart gebroken.' Ze keerde hem de rug toe, maar draaide zich vrijwel meteen weer om. 'En zal ik je eens wat zeggen? Volgens mij heb je dit niet voor mij gedaan. Je beweert wel dat je me altijd probeert te beschermen – wat op zich al beledigend genoeg is, want het suggereert dat ik mezelf niet kan beschermen – maar volgens mij is het gewoon een excuus om jezelf te beschermen. Je hebt al die tijd gedacht dat ik bij je weg zou gaan, je maakte altijd grappen over dat ik te goed voor je was en je zat gewoon te wachten tot het kwartje zou vallen. En toen dat gebeurde, vond je jezelf vast heel erg slim, omdat je al die tijd gelijk had gehad. Maar jíj hebt dat kwartje laten vallen, Levi. Jij hebt dit veroorzaakt. Ik heb je nooit het gevoel willen geven dat je niet goed genoeg voor me was. Ik wilde altijd alleen dat je van me hield. Ik heb altijd geweten hoe geweldig jij was, hoeveel geluk ik had, en nu... nu zijn we dus uit elkaar omdat jij te onzeker was om me te geloven?'

'Katie –'

'Katie had niet de waarheid in pacht!' schreeuwde Elinor. 'Ze kende me niet zo goed als ze dacht. En ik ben het spuugzat dat anderen beslissingen voor me nemen.' Ze liet zich op de ongemakkelijke stoel vallen. 'Weet je waarom Katie Astrid aan Ben gaf en niet aan mij? Ze had een brief voor me achtergelaten bij haar nalatenschap. Die had ze geschreven toen Astrid piepklein was en Annes behandeling nog gaande was. Ik weet zeker dat ze er nooit bij stil heeft gestaan dat een auto-ongeluk alles kon veranderen. Dat had niemand van ons.'

'Elinor...'

'Ze vroeg me ervoor te zorgen dat Astrid wist wie ze was. Ze wilde dat ik haar herinnering levend zou houden voor haar dochter, maar ze schreef dat ze niet van me kon vragen om haar op te voeden. Ze wilde niet dat ik uit schuldgevoel weer de rol van moeder op me zou nemen. Zo zei ze dat. Maar ze had het me nooit gevraagd. Ik had Astrid dolgraag in huis genomen en dat had niets te maken met schuldgevoel. En ja, Ben doet het geweldig met haar, en nu heeft ze een heerlijk gezin met Ally erbij. Ze is hartstikke gelukkig. Maar Katie had het me niet eens gevraagd. Ze had dat voor mij beslist en ik ben woest op haar. Omdat ze dood is en omdat ze me dat niet had gevraagd.' In haar ogen glinsterden tranen, maar de woorden rolden als vanzelf uit haar mond. 'En ik vind het vreselijk van mezelf dat ik woest op haar ben, want ik zal haar nooit meer zien en ik mis mijn beste vriendin.'

Hij deed een stap in haar richting. Ze vloog op van de stoel en deinsde achteruit, terug naar de dossierkast. 'Waag het niet me aan te raken. Jij kunt dit niet oplossen.'

'Dat weet ik,' mompelde hij. Maar hij kon ook niet hulpeloos toezien terwijl ze verdriet had. Dat was ook de reden dat hij na het ongeluk van Katie en Paul bij haar was gebleven, ook al waren ze toen geen stel meer. Hij vond dit machteloze gevoel verschrikkelijk.

Levi moest hulpeloos afwachten terwijl Elinor zich vermande, haar ogen afveegde en haar schouders rechtte. Toen hief ze haar hoofd op en keek ze hem eindelijk aan.

'Was dat echt het enige wat er speelde? Die belachelijke

edelmoedigheid van jou? Iedereen in de stad dacht dat je een ander had.'

'Dat weet ik.' Hij had het nooit ontkend, omdat de stad kennelijk iemand nodig had die de slechterik was bij hun breuk, en hij wilde niet dat iemand zou denken dat zij dat was.

'Ik voelde me ontzettend stom.'

'Elinor, het is nooit mijn bedoeling geweest –'

'Zal ik je eens wat zeggen? Dat is allemaal verleden tijd.'

Toen Elinor dat zei, drong het voor het eerst tot haar door dat ze het echt meende. Het gesprek was totaal niet verlopen zoals ze had verwacht. Ze kon niet zeggen hoe ze zich voelde nu alles vanbinnen zo'n verwarrende kluwen vormde. Ze moest hier weg om na te denken, om alles te verwerken. Maar eerst was er één ding dat ze nog wilde weten.

'Heb je werkelijk...' Ze hield op met praten, schudde haar hoofd en begon opnieuw met de vraag die nadrukkelijk achter alle andere aanwezig was geweest. 'Was het echt?'

'Wat?'

'Wat wij samen hadden. Was het echt? Of zat het allemaal in mijn hoofd? Kende ik je echt zo goed als ik dacht, of projecteerde ik alleen degene op jou die ik wilde dat je was?'

Zijn gezicht was onbewogen, gaf niets prijs, maar toen trilde zijn keel, en zijn ogen... Toen ze recht in de lichtgrijze diepte keek, ontwaarde ze complete zonnestelsels van emoties.

'Het was echt,' fluisterde hij.

Ze geloofde hem. Iets wat jaren in haar borst had liggen sluimeren roerde zich en haar adem stokte in haar keel. Opeens waren ze weer de Elinor en Levi van toen, en alles wat ze ooit voor elkaar hadden betekend was terug, vlak onder de oppervlakte, vlak onder haar adem. En ze was er totaal niet op voorbereid.

Daarom deed ze het enige wat ze kon bedenken. Ze ging ervandoor.

17

Nu er zo veel tegenstrijdige berichten circuleren over wat zich vorige week heeft afgespeeld, kunnen we slechts speculeren over de vraag of onze politiechef en bibliothecaresse weer bij elkaar zijn of niet.

Stadsnieuwsbrief Pine Hollow
Maandag 29 november

Ze was vergeten dat haar zussen bij haar thuis op haar zaten te wachten, benieuwd hoe haar confrontatie met Levi was verlopen. Elinor zat in haar auto op haar oprit naar hun auto's te turen en probeerde genoeg moed te verzamelen om naar binnen te gaan. Ze was er vol vechtlust op uitgegaan om het hoofdstuk 'Levi' af te sluiten, maar nu… Nu wist ze niet hoe ze zich voelde. Op een of andere manier zowel leeg als vol.

De reden van hun breuk was haar nu duidelijk, duidelijker dan ooit tevoren. Ze had moeten weten dat Levi een of ander raar idee zou krijgen over wat het beste was voor haar en zichzelf zou opofferen. Hij deed altijd dingen voor haar, of ze dat nu wilde of niet. Het was in feite zijn kenmerkendste eigenschap.

Hij had het uitgemaakt met haar toen ze ging studeren, omdat hij niet wilde dat ze het gevoel zou hebben dat hij haar in de weg stond. Ze had het patroon moeten herkennen. Ze had het zelf moeten bedenken, maar ze had het te druk gehad met haar gebroken hart en het idee dat ze een naïeve dwaas was. En met haar verdriet om Katie.

Voor het eerst in drie jaar tijd merkte ze dat ze zichzelf weer was, dat ze op haar eigen oordeel durfde te vertrouwen. Toch wist ze zich nog steeds geen raad met de gevoelens die, verwrongen en verward, diep in haar zaten.

De voordeur vloog open en Dory racete naar de auto om haar te begroeten. Blijkbaar had Elinor te lang getreuzeld, en had de nieuwsgierigheid van haar zussen het gewonnen van hun geduld. Ze stonden in de deuropening en strekten hun hals om haar gezicht te kunnen zien, om te achterhalen hoe het was gegaan.

Tot grote blijdschap van Dory deed Elinor het portier open. Ze wist zelf eigenlijk nog niet goed hoe het was gegaan.

'En?' vroeg Charlotte toen ze nog drie meter bij hen vandaan was. 'Heb je hem gevonden?'

'Ja, ik heb hem gevonden.' Die vraag kon ze in elk geval beantwoorden.

Ze ijsbeerde door de woonkamer, wat Dory als een geweldig spelletje beschouwde. Al lopend vertelde ze haar zussen alles wat er was gebeurd. Nu ze het hardop zei, klonk het allemaal heel logisch, en ze merkte dat ze Levi's positie verdedigde. Uiteraard bleef hij een stomme sukkel, maar nu wist ze tenminste waarom hij het had gedaan, en wat hij had gedaan was typisch iets voor hem.

'Ik wist wel dat hij je niet had bedrogen,' verkondigde Anne vanaf de bank, waar Charlotte en zij met hun ogen de ijsberende Elinor volgden.

Charlotte keek haar boos aan. 'Dat weten we helemaal niet. We weten alleen dat hij zégt dat hij dat niet heeft gedaan. Ik vind het nog steeds erg toevallig dat Kaye Berry's huwelijk op de klippen liep op hetzelfde moment dat hij besloot de verloving met Elinor te verbreken.'

'Waarom zijn ze dan niet bij elkaar?' vroeg Anne vinnig. 'Het is drie jaar geleden. Levi en Kaye zijn allebei al een eeuwigheid single. Als ze zo vreselijk verliefd op elkaar waren, zouden ze dat dan inmiddels niet hebben toegegeven?'

'Ik zeg helemaal niet dat ze vreselijk verliefd waren. Mensen doen nou eenmaal domme dingen.'

'Dit soort domme dingen doet Levi niet,' wierp Elinor tegen. Haar blik focuste zich op de boekenplanken aan haar muren en de aanblik van de boeken had op een of andere manier een kalmerende invloed op de chaos die binnen in haar woelde. Overspel was een trauma uit Levi's verleden. Hij wilde nooit zo worden als zijn vader. Dat was een van de redenen dat hun breuk zo onlogisch was geweest.

Charlotte kreunde. 'Je laat je weer inpalmen. Dat zie ik aan je gezicht. Ik wist wel dat dit een slecht idee was.'

'Het was anders jóúw idee! Jij wilde dat ik er een streep onder zette en doorging met mijn leven.'

'Jawel, maar dan moet het wel om jou gaan, niet om hem. Ik had liever gehad dat je zijn spullen verbrandde in de achtertuin en marshmallows roosterde boven het vuur van herinneringen tot je niet meer aan hem dacht.'

'Dat kon ik pas nadat ik dit had gedaan. En volgens mij lag het niet alleen aan hem. Ik heb mijn verdriet om Katie nooit echt verwerkt. Ik klampte me er juist aan vast. Alsof ik het verleden kon veranderen en haar kon terugbrengen zolang ik het maar niet losliet.'

'Lieverd.' Anne kwam door de kamer naar haar toe en omhelsde haar.

'Ik ben zo kwaad op haar omdat ze dood is gegaan,' fluisterde Elinor. Haar ogen werden vochtig. 'En Levi... Ik weet het gewoon niet. Alles is door elkaar gaan lopen.'

'Hoe gaat het nu verder?' vroeg Anne, wat haar een nijdige blik van Charlotte opleverde.

'Ze komen zeker niet terug bij elkaar.'

'Nee, dat klopt,' bevestigde Elinor. Ze wist niet precies wat ze voelde, maar ze wist wel wat er hierna kwam. 'Nu ga ik verder met mijn leven.'

18

Het jaarlijkse ritueel van het aansteken van de kerstverlichting in de boom op het plein is altijd een van de hoogtepunten van de kerstfestiviteiten in Pine Hollow en dit jaar bewees dat maar weer eens. De sfeer was uitbundig, aangevoerd door onze geweldige burgemeester en zijn blozende bruid, die nóg een reden hebben voor blijdschap en vreugde, nu hun bruiloft over enkele dagen zal plaatsvinden.

Stadsnieuwsbrief Pine Hollow
Maandag 13 december

'Vrolijk kerstfeest, Pine Hollow!' Bens stem galmde over het plein, versterkt door de luidsprekers aan weerszijden van de enorme naaldboom, waarin elk moment de lichtjes konden worden ontstoken. Alle gezichten draaiden zich om naar het geluid.

Alle gezichten, behalve dat van Levi.

Hij sloeg de menigte gade en maakte zichzelf wijs dat hij dat deed om te controleren of alles in orde was, want dat was zijn werk. Hij was heus niet op zoek naar een bepaald gezicht dat hij al twee weken niet had gezien. Elinor sloeg het lichtjesritueel nooit over.

Levi had zich de afgelopen weken op zijn werk gestort. Het

was als altijd een drukte van jewelste in het stadje, dat zich voorbereidde op de feestdagen. Op de zondag na Thanksgiving was de eerste sneeuw gevallen en Levi had het druk gehad met het uitgraven van degenen die hulp nodig hadden en met het wegslepen van toeristen die met hun auto in een greppel waren beland.

De vandaal van Pine Hollow, zoals iedereen hun amateurkunstenaar inmiddels noemde, had niet meer toegeslagen. Levi durfde niet te zeggen of het koude weer het aanbrengen van muurschilderingen in de buitenlucht minder aantrekkelijk maakte omdat het vanwege de sneeuw lastiger was om weg te komen zonder sporen achter te laten, of dat de artikelen in de nieuwsbrief de vandaal hadden afgeschrikt en hij zich daarom gedeisd hield.

Wat de reden ook was, Levi was blij met deze onderbreking aan het begin van de drukke feestperiode.

Bens bruiloft was al over een week, wat betekende dat de bruidegom van de ene paniekaanval in de andere rolde. Veel was er niet meer te doen, afgezien van het vrijgezellenfeest dat voor de volgende dag stond gepland en waarvan Connor de invulling helaas voor zichzelf hield.

Ally en Astrid stonden bij Ben op het podium voor de stadskerstboom, allebei in een opgetogen feeststemming, en zelfs Ben zag er redelijk monter uit tijdens het traditionele aftellen voordat de kerstverlichting werd aangestoken.

De getallen echoden over het plein en alle bewoners telden mee. 'Vijf... Vier... Drie...'

Aan het eind van het aftellen drukten Ben, Ally en Astrid met op elkaar gestapelde handen de ceremoniële knop stevig in. De verlichting sprong aan en de bewoners hapten verrukt naar adem. Het koor zette een kerstlied in.

Elinor was altijd dol op dit gedeelte. Maar dat ging hem niet langer iets aan.

Overal op het plein sloegen bewoners hun armen om elkaar

heen, tuurden ze naar boven en zongen ze mee. Vlak bij het prieel boog Connor zijn hoofd naar dat van Deenie toe om iets in haar oor te fluisteren, waarop ze met haar ogen rolde. Levi's blik gleed verder.

Waar was ze toch?

'Wat is het toch... prachtig.'

Levi draaide zijn hoofd om bij de theatrale, sentimentele verzuchting en zag dat Mac deed alsof hij een traantje wegpinkte.

'Ons jochie heeft het ver geschopt,' ging Mac met trillende stem verder. 'Nog niet zo lang geleden noemden we hem de plaatselijke Scrooge en nu steekt hij als een heuse kerstfee de boomverlichting aan. Liefde overwint dus echt alles.'

Ben stak de kerstverlichting aan omdat hij de burgemeester was, niet omdat hij verliefd was, maar Levi bromde iets onverstaanbaars en nam afwezig de menigte weer op.

'Zoek je iemand?'

Levi stopte met rondkijken en staarde met een nadrukkelijk ongeïnteresseerde blik naar Mac. 'Ik heb geen idee waar je het over hebt.'

Mac snoof spottend. 'Tuurlijk.' Gelukkig werd hij afgeleid door een plotselinge invasie van klanten voor zijn chocolademelkkar voordat hij Levi kon gaan pesten.

Levi ging automatisch verder met het bekijken van het plein.

Er waren twee weken verstreken sinds alles wat hij Elinor nooit had durven vertellen bekend was geworden. Na afloop was hij als verdoofd geweest, alsof al zijn belangrijkste functies waren uitgeschakeld om zich erdoorheen te slaan, maar inmiddels had hij tijd gehad om het te verwerken. Tijd om spijt te krijgen. En hij had haar niet één keer meer gezien.

Hij had geen idee hoe het met haar ging. Ze was min of meer weggevlucht uit zijn kantoor. En in de pub had ze hem opgedragen om bij haar uit de buurt te blijven. Hij ging ervan uit dat ze dat nog steeds wilde en hij respecteerde haar wens. Maar hij wilde ook wanhopig graag weten of het goed met haar ging.

Hij had alleen nog geen goed excuus gehad om haar op te zoeken. Hij had gehoopt dat Dory weer zou ontsnappen. Dan had hij een geldige reden om Elinor te zien. Maar dat was niet gebeurd.

Hij miste de haarbal stiekem een beetje.

Een onbehaaglijk gevoel nestelde zich in zijn maag. Hij had Elinor dan misschien niet gezien tijdens het aansteken van de kerstboomverlichting, maar zou haar beslist tegenkomen tijdens alle bruiloftsactiviteiten. Het oefendiner, de bruiloft zelf.

Hij wilde voor de ceremonie met haar praten, om er zeker van te zijn dat het goed zat tussen hen voor de grote dag van Ben en Ally. Nou zouden ze natuurlijk geen van beiden iets doen om de bruiloft van hun vrienden te verstoren, maar hij wilde haar toch graag spreken.

Hij was er heel lang van overtuigd geweest dat hij juist had gehandeld door hun verloving te verbreken, maar die overtuiging voelde nu hol aan en hij kon zich niet meer herinneren waarom hij er zo zeker van was geweest. Hij had gedacht dat haar laten gaan het beste was wat hij ooit had gedaan. Een edelmoedige daad. Maar nu… Was het echt de grootste fout geweest die hij ooit had gemaakt? Had hij die overtuiging als schild gebruikt?

Misschien was Katie inderdaad niet alwetend geweest. Misschien had ze niet geweten wat het beste was voor Elinor. Misschien was hij slechts op zoek geweest naar een reden om aan de noodrem te trekken en ervandoor te gaan voordat zij dat deed.

Zijn therapeut had iets in die geest gezegd toen hij hem vertelde over de confrontatie met Elinor – dat hij verdriet had veroorzaakt dat hij onder controle kon houden, in een poging datgene wat hij niet onder controle kon houden te voorkomen – en nu moest hij daar steeds weer aan denken.

Misschien had dokter Park in sommige opzichten wel gelijk. Maar ja, daar had hij nu niets meer aan. Hij kon het verleden niet ongedaan maken. Maar misschien kon hij er wel zijn verontschuldigingen voor aanbieden.

'Levi? Ben je er nog? Moet ik je misschien opnieuw opstarten?'

Levi keek fronsend naar Mac, die helaas niet langer werd afgeleid door klanten. 'Opnieuw opstarten?'

Mac haalde nonchalant zijn schouders op. 'Je stond erbij als een soort RoboCop. Ik begon me zorgen te maken.'

'Dat zal best.'

Connor dook voor hen op en wreef als een tekenfilmschurk in zijn in leren handschoenen gehulde handen. 'Zijn jullie helemaal voorbereid op het weekend?'

'Het zou gemakkelijker zijn om ons voor te bereiden als je ons vertelde wat we gaan doen,' zei Levi chagrijnig.

Ben kwam naar hen toe. 'Daar ben ik het volledig mee eens. Als de bruidegom vind ik dat ik vetorecht moet hebben met betrekking tot het vrijgezellenfeest,' zei hij. Toen keek hij naar Mac. 'Mag ik twee chocolademelk voor Ally en Astrid?'

'En daarna graag twee voor Deenie en mij,' verzocht Connor. Hij keek Ben aan. 'Als we het aan jou hadden overgelaten, zouden we thuisblijven en pokeren.'

'Ik zie niet wat daar zo erg aan zou zijn. Op zondag komt er eindelijk een kijker voor het huis. Verder heb ik de kerstmarkt op Astrids school en de gebruikelijke dingen voor de gemeente. En dan heb ik het nog niet eens over de honderden klusjes die op het allerlaatst voor de bruiloft moeten worden gedaan. Ik heb helemaal geen tijd om een weekend vrij te nemen.'

'Het is geen heel weekend,' corrigeerde Connor hem. 'Ik haal iedereen morgenochtend op en breng jullie op zondagochtend terug. Vierentwintig uur. Dat mag je best overhebben voor het enige vrijgezellenfeest dat je ooit zult krijgen. Als we het doen, doen we het goed.'

'Jawel, maar wat gaan we doen?' vroeg Levi. '"Trek warme kleding aan" zegt niet echt veel.'

'Geloof me nou maar. Het wordt hartstikke gaaf.' Connor grijnsde.

Levi keek nijdig, en hij was niet de enige. 'Ik ga geen krankzinnige versie van *The Hangover* naspelen.'

'Geen roofies, dat beloof ik. Jullie zullen je elke minuut herinneren en de herinnering koesteren.'

Het was aan Ben te zien dat hij het hele vrijgezellenfeest het liefst zou afblazen, maar op dat moment overhandigde Mac hem twee bekers chocolademelk. 'Als je er maar voor zorgt dat ik er geen spijt van krijg.' Hij hief de bekers op. 'Ik ga deze even bezorgen.'

Levi keek hem even na en wierp toen een doordringende blik op Connor. 'Hij is hartstikke gestrest omdat hij niet weet wat we gaan doen.'

Connor snoof minachtend. 'Ben is altijd gestrest. Hij neemt altijd veel te veel hooi op zijn vork. Daarom is morgen ook zo belangrijk. Als ik hem vertel wat het plan is, verzint hij vast een of andere smoes om eronderuit te komen, of komt hij aanzetten met dingen die hij per se voor de gemeente of de bruiloft moet regelen. Maar nu moet hij het gewoon over zich heen laten komen. Eén dag waarop hij alles achter zich laat. Precies wat hij nodig heeft.'

'Ik neem aan dat jij degene bent die dat bepaalt?'

'Nou niet jaloers worden omdat hij mij heeft gevraagd zijn getuige te zijn.'

'Ik ben niet jaloers,' zei Levi. 'Ik ben juist opgelucht.'

Dat was ook zo. Een vrijgezellenfeest plannen, een toespraak houden. Hij raakte alleen al bij het idee in de stress. Hij wilde zijn vriend graag steunen. Hij was bereid te gaan staan waar Ben hem wilde hebben en te doen wat Ben hem vroeg, maar het idee dat hij hun vriendschap vorm moest geven als getuige klonk te gruwelijk voor woorden. Hij had een vreselijke hekel aan uiterlijk vertoon.

Dat was ook de reden dat hij op elke vraag van Elinor wat

hij voor hun bruiloft wilde had geantwoord dat zij dat mocht beslissen. Niet omdat het hem koud liet, maar omdat het voor hem allemaal niet zo nodig hoefde. Hij had een kleine bruiloft gewild. Alleen zij tweeën en een rechter die een kort praatje hield. Maar nog liever dan dat had hij gewild dat zij haar droombruiloft kreeg, dus had hij gezegd dat zij alles mocht bepalen.

Was dat soms ook een vergissing geweest?

'Kleden jullie je nou maar warm aan,' herhaalde Connor, terwijl hij twee bekers chocolademelk van Mac aannam. 'En zorg dat jullie stipt om acht uur klaarstaan.'

Hij wandelde weg. Levi's blik volgde hem even en gleed toen weer over de mensenmenigte.

'Ze staat bij de gepofte kastanjes,' zei Mac, zonder op te kijken van het wegwerpbekertje dat hij aan het vullen was.

'Wat?' Levi staarde in de richting die Mac had genoemd, en daar stond ze. Elinor.

Ze had Dory bij zich, en zo te zien ook haar hele familie. Ze stond tussen haar zussen en lachte om iets wat haar vader zei. Annes vriendin, Bailey, was er ook bij. Charlotte tuurde geërgerd naar haar mobiel.

Ze was met haar familie. Het was niet het juiste moment.

'Hier.' Mac reikte hem twee bekers chocolademelk aan. 'Niet zeggen dat ik nooit iets voor je doe.'

'Ik weet het niet, hoor.' Ze zag er gelukkig uit. Hij wilde haar niet lastigvallen. Maar hij wilde wel zeggen dat het hem speet...

'Ga nou maar.' Mac gaf hem een zetje. 'Breng haar een zoenoffer. Doe het voor Ben en Ally, dan kunnen jullie even oefenen, zodat jullie tijdens de bruiloft overtuigend kunnen doen alsof jullie elkaar mogen.'

Hij had haar altijd gemogen. Dat was nooit het probleem geweest.

Toch pakte Levi de chocolademelk aan. Hij stak het plein over.

Toen hij halverwege was, maakte het groepje rond Elinor ruimte voor een nieuwkomer. Charlotte duwde de man in het dikke winterjack met een opgetogen grijns naar Elinor toe. Hij draaide zich om –

Levi herkende de man uit de Tipsy Moose. Elinors date.

Voordat hij het zelf in de gaten had, veranderden zijn voeten onmiddellijk van richting en sloegen ze abrupt rechts af.

Zijn oog viel op de Johnsons, een schattig bejaard echtpaar dat al heel lang in Pine Hollow woonde, en hij gaf hun de bekers chocolademelk, alsof hij dat altijd al van plan was geweest.

Ze glimlachten en bedankten hem uitvoerig voor zijn vriendelijke gebaar. Levi nam hun woorden met een knikje in ontvangst en liep verder naar de rand van het plein.

Hij moest opeens terugdenken aan de precieze klank in Elinors stem toen ze hem ervan beschuldigde dat hij haar stalkte. Hij moest hier weg voordat ze hem zag.

Hij zou haar wel aanspreken tijdens het oefendiner. Hopelijk was dat vroeg genoeg.

19

En over de bruiloft gesproken: het gerucht gaat dat de bruid en bruidegom afgelopen weekend allebei zijn meegenomen naar een geheime locatie voor hun vrijgezellenfeest…

Stadsnieuwsbrief Pine Hollow
Maandag 13 december

'Heb ik al gezegd dat ik ontzettend blij ben dat jij bij ons bent? En echt niet alleen omdat we zonder jou waarschijnlijk nog steeds vast zouden hebben gezeten in de escaperoom.' Ally liet zich naast Elinor op een van de zachte banken in de feestruimte van Escape Adventures vallen. Ze had een witte sjerp om met in knalroze letters het woord BRUID erop en droeg een glinsterende tiara met een voddig sluiertje eraan, dat aan één kant losliet omdat het in de ruimte waaruit ze net waren ontsnapt in het donker aan iets was blijven haken.

'Jullie waren er vast wel uit gekomen.' Elinor grinnikte en hief haar margarita op om met Ally te proosten. 'Uiteindelijk.'

Deenie, die Ally's getuige was, had de Ball and Chain-escaperoom voor hen gereserveerd, wat inhield dat hun hele groep was opgesloten in een als een ouderwetse gevangenis ingerichte ruimte. Na hun ontsnapping stonden er in de feestruimte cupcakes en cocktails klaar.

'Dat weet ik zo net nog niet, hoor,' zei Ally, die zich bewust op de vlakte hield. Ze nam een slokje van haar eigen pastelkleurige drankje met fruitsmaak. 'Ik heb nog nooit iemand zo snel een puzzel zien oplossen als jij. Ben je echt nooit eerder in een escaperoom geweest?'

'Echt niet. Maar misschien ben ik nu wel verslaafd,' bekende Elinor. Ze was altijd gek geweest op puzzels en raadsels, en de adrenaline die door haar lijf stroomde toen ze er binnen een bepaalde tijd een moest oplossen was waanzinnig opwindend geweest. Ze genoot nog steeds van haar nerdsucces. 'Het werd gemakkelijker nadat we eenmaal hadden ontdekt dat ze een aantal aanwijzingen op Ben en jou hadden gebaseerd. Het was best slim om zijn geboortedatum te gebruiken voor dat laatste combinatieslot.'

Ally ging iets zachter praten om niet te worden gehoord door de rest van de groep, die aan de statafels aan de andere kant van de ruimte nog steeds druk stond te kletsen over de belevenissen in de escaperoom. 'Dank je wel dat je Astrid die hint hebt gegeven, zodat zij de puzzel kon oplossen. Ik was in het begin een beetje bang dat ze als enige kind in de kamer het gevoel zou krijgen dat er niet naar haar werd geluisterd.'

'Ik vermoedde dat ze misschien goed zou zijn in dit soort puzzels. In bepaalde opzichten is ze net haar moeder. Katie zou dit fantastisch hebben gevonden. We hadden het er vaak over dat we een keer een escaperoom zouden doen, maar toen had je die nog niet hier in de buurt.'

'Ik wou dat Katie erbij had kunnen zijn,' prevelde Ally. 'Ben mist haar verschrikkelijk.'

Elinor knikte, een beetje verbaasd dat haar keel niet meteen dichtsloeg van emotie. Ze kon nu aan Katie denken en over haar praten zonder het gevoel te hebben dat ze verdronk. 'Ze zou jou graag hebben gemogen.'

Ally's gezicht werd opgefleurd door een verlegen glimlach. 'Echt? Ben zegt dat ze best zwart-wit kon zijn over mensen. Of ze was dol op je, of ze kon je niet uitstaan.'

Elinor lachte. 'Dat zou best eens waar kunnen zijn. Maar als ze dol op je was, was ze dat ook onvoorwaardelijk. En op jou was ze beslist dol geweest. Al was het alleen maar omdat je goed bent voor Astrid en Ben. Maar je bent sowieso geweldig.' Ally sloeg blozend haar ogen neer en Elinor veranderde van onderwerp. 'Ben je zenuwachtig? Vanwege de bruiloft?'

'Dat zou ik wel moeten zijn. Ben is het in elk geval. Ik ben vooral... ongeduldig, denk ik. We hebben alles tot in de puntjes voorbereid, we hebben alles op de lijst afgevinkt en nu ben ik er klaar voor. Ik kan niet wachten tot ik getrouwd ben. Ik heb het gevoel dat ik er al langer klaar voor ben dan ik voor mogelijk had gehouden. Alsof dit is wie ik altijd zou worden en dat ik alleen maar hiernaartoe hoefde te komen.' Ze wierp een vluchtige blik op Elinor en er gleed een onzekere uitdrukking over haar gezicht. 'Eerlijk gezegd ben ik vooral zenuwachtig vanwege Astrid. Ik heb geen flauw idee hoe ik het als stiefmoeder doe. Ik wil niet dat ze denkt dat ik alles overneem of haar moeders plaats wil innemen, maar ik zou heel graag haar moeder willen zijn. Voor zover zij dat tenminste toelaat. Begrijp je dat?'

Elinors keel werd bijna dichtgeknepen. 'Je houdt toch van haar?'

'Ja, absoluut.'

'Dan komt het heus wel goed.' Ze slikte de brok in haar keel weg. 'Zal ik je een geheimpje verklappen? Eentje dat zelfs Ben niet weet?'

Er laaide belangstelling op in Ally's ogen. 'Over Katie?'

'Hmmm.' Elinor boog zich naar haar toe en fluisterde: 'Astrid was een ongelukje. Begrijp me goed, Katie vond het heerlijk om moeder te zijn. Dat had ze altijd al gewild. Ze vloog als een soort supermoeder in het rond en dat vonden sommige andere moeders volgens mij een beetje intimiderend –'

'Zo praat Ben ook altijd over haar. Alsof ze angstaanjagend volmaakt was.'

Elinor glimlachte. 'Dat is geen slechte omschrijving. Zo wilde ze in elk geval overkomen op de buitenwereld. Maar ze maakte zich net zo druk om haar fouten als ieder ander. Ze was vreselijk zenuwachtig toen ze zwanger bleek te zijn. Dolblij, maar ook doodsbang. Ze vond dat het was gebeurd voordat ze eraan toe waren. Voordat zij eraan toe was. Maar zo is het leven nu eenmaal. Dingen gebeuren voordat je eraan toe bent. Je kunt hooguit je best doen en niet opgeven. En heel veel van hen houden.' Ze stootte zachtjes tegen Ally's arm. 'En dat is wat jij nu ook doet met Astrid.'

De nerveuze trek op Ally's gezicht verzachtte. 'Hoe kom jij zo wijs?'

'Ik luister naar heel veel podcasts.' Dat ontlokte een verrast lachje aan Ally en Elinor glimlachte. 'En ik probeer altijd te leren van mijn fouten.'

Ally keek haar bezorgd aan en Elinor besefte te laat welke kant het gesprek op ging. Ze hadden het sinds de taartproeverij niet meer over Levi gehad, maar nu zag ze het onderwerp in Ally's ogen opdoemen.

'Het spijt me,' zei Ally zacht. 'Wat moet dit ongemakkelijk voor je zijn. We hebben het alleen nog maar over bruiloftszaken en –'

'Niet doen,' onderbrak Elinor haar. 'Ik wil niet dat jij jezelf ooit censureert omwille van mij. Ik ben ontzettend blij voor Ben en jou. Dat weet je toch wel, hè?'

'Dat weet ik. Ik vind het alleen vervelend dat ik van je vraag om bij het altaar tegenover de man te staan met wie je ooit verloofd was.'

'Hé. Ik beschouw jullie als familie. Ik heb er geen enkel probleem mee om het bruidspersoneel op een even aantal te brengen.' Het zou misschien ongemakkelijk zijn. Ze had Levi niet meer gezien na haar uitbarsting in zijn kantoor, maar ze waren volwassen mensen en heel goed in staat zich netjes te gedragen tijdens de bruiloft.

Er verscheen een diepe rimpel in Ally's voorhoofd. 'Je weet toch wel dat Ben en ik helemaal niets geven om een even aantal, hè? Ik wil je erbij hebben omdat ik me onze bruiloft niet kan voorstellen zonder de vrouw die met eierpunch en gezond verstand kwam opdagen toen ik haar het hardst nodig had. Jij gaf me het gevoel dat ik erbij hoor. Jij, Deenie en onze meidenavondjes zijn een van de redenen dat Pine Hollow als thuis aanvoelt.'

Nu welde de emotie die ze eerder had weten te onderdrukken alsnog op in haar keel. Elinor glimlachte, maar het voelde beverig aan. 'Het was inderdaad zalige eierpunch,' erkende ze.

'Het smaakte naar aanstekervloeistof,' verbeterde Ally haar. 'Maar ik vond hem heerlijk. En ik weet dat we elkaar niet al jarenlang kennen, maar je bent wel een van mijn lievelingspersonen en je was er voor me toen ik je nodig had. Ik zou graag hetzelfde doen voor jou.' Ally pakte lachend haar hand. 'En ik ben heel geduldig. Het maakt me niet uit hoelang ik moet wachten voordat ik hetzelfde kan doen voor jou. En even voor alle duidelijkheid: je bent echt niet aan het bruidspersoneel toegevoegd om een even aantal te krijgen.'

Elinor keek Ally aan en voelde zich ongelooflijk dom. Ze moest echt eens ophouden alles met Katie te vergelijken. Oké, niemand had haar ooit beter gekend dan Katie. Ze miste hun gesprekken en de manier waarop ze elkaar aanvulden, piramides van ideeën die zich opstapelden. Ze miste de hoogtes die ze samen bereikten, die ze in hun eentje nooit zouden hebben gehaald.

Ze mocht Ally en Deenie graag, maar ze hield ze op een afstandje, ervan overtuigd dat het geen echte, diepe vriendschap was als het niet precies hetzelfde aanvoelde als met Katie. Maar het was zoals Charlotte had gezegd. Een beste vriendin was niet een persoon, maar een groep, en ze mocht zich niet langer afsluiten voor andere vriendschappen omdat ze iemand was verloren.

'Sorry,' mompelde Elinor. Ze kneep even in Ally's hand. 'Ik heb me als een idioot gedragen.'

'Nee, hoor.' Ally grijnsde. 'Je kunt soms wel een beetje dwaas zijn,' voegde ze er plagerig aan toe.

Elinor lachte zacht en wreef in haar ooghoek. 'Jasses. Nooit geweten dat vrijgezellenfeestjes zo sentimenteel en emotioneel waren.'

Ally lachte. 'Erg, hè?'

'Jullie zitten daar toch niet serieus te doen, hè?' riep een van Ally's vriendinnen uit New York met luide stem door de ruimte.

Er waren vier vrouwen per auto vanuit New York gekomen voor het vrijgezellenfeest, de meesten net zo aardig en leuk als Ally. Crystal was de enige die Elinor graag wilde wegstemmen. Maar aangezien het Ally's dag was, dwong ze zichzelf te glimlachen, of op zijn minst haar mond te houden.

Crystal trippelde naar hen toe, licht wiebelend op haar hoge hakken, wat erop leek te duiden dat de cocktail in haar hand waarschijnlijk niet haar eerste was. 'Ik kan er maar niet over uit dat we in hetzelfde jaar trouwen!' zei ze enthousiast tegen Ally. 'Ik durf te wedden dat we ook tegelijk zwanger zullen zijn.' Ze hief haar roze drankje hoog in de lucht. 'Op Ally en Ben! En de schattige baby's die ze gaan krijgen!'

Iedereen toostte mee op Ally en Ben, maar Elinor nam de kamer achter Crystal op en fronste haar wenkbrauwen toen ze Astrid nergens zag. De andere vrouwen dromden nu om Ally heen. Elinor verontschuldigde zich en liep naar de deur.

'Heb jij Astrid gezien?' vroeg ze aan Deenie, die naar de gang wees.

'Wc. Ze komt zo terug.'

Elinor knikte, maar zette toch haar glas neer en liep de gang in. Toen ze aan het eind ervan een paar Converse-sneakers om de hoek zag steken, was ze blij dat ze op haar intuïtie was afgegaan.

De indeling van de escaperoom was apart, met heel veel gangetjes die in verschillende richtingen rond de bijzonder gevormde ruimtes liepen. Astrid zat in een doodlopend gangetje, met haar rug tegen de muur en haar benen gestrekt voor zich.

Elinor liet zich naast haar op de linoleumvloer zakken. 'Hoi. Gaat het?'

'Ja, hoor.'

'Had je even behoefte aan wat rust?'

Astrid trok één schouder op en Elinor knikte. Ze deed wat Levi altijd deed en liet haar zwijgende aanwezigheid Astrid ertoe verleiden te vertellen wat haar dwarszat.

Na een tijdje mompelde Astrid: 'Die Crystal heeft het de hele tijd over de baby's van Ally en Ben. Ik hoop ook dat ze die krijgen. Het broertje van Merritt Miller is een snoezige baby en het zou leuk zijn om een broertje te hebben, maar als ze zelf kinderen krijgen...'

Ze maakte haar zin niet af en Elinor vroeg zich af of het ongeluk zou brengen als ze een week voor de bruiloft een gast op het vrijgezellenfeestje vermoordde. Nou kon Crystal er niet echt iets aan doen. Ze was niet op de hoogte van de situatie.

Elinor wachtte, maar toen er niets meer kwam, vulde ze zacht aan: 'Ben je bang dat alles daardoor zal veranderen?'

Astrid snufte. Een knikje. 'Ik vroeg me af... Waar hoor ik dan thuis?'

'Lieverd. Ze houden van je. En ze zullen heus nooit minder van je houden. Wat er ook gebeurt. Als je jongere broertjes of zusjes krijgt, gebeurt er iets bijzonders. Dat weet ik toevallig, want ik ben een expert op dat gebied. Ik heb ontdekt dat het hart van je ouders groter wordt. Net als dat van jou. Om ruimte te maken voor alle nieuwe liefde die erbij komt. En niet alleen liefde voor de nieuwe baby. Ook voor jou.'

'Maar ik ben niet écht hun kind.'

'Jawel, dat ben je wel. En dat zul je altijd zijn. Ben ik jouw tante?'

'Ja, natuurlijk.'

'Maar we zijn geen bloedverwanten,' hielp Elinor haar herinneren. 'Katie was niet echt mijn zus. Toch blijf ik altijd jouw tante. En Ben... hij is nu een nieuwe vader voor jou. En Ally vindt het superleuk om je nieuwe moeder te worden. Ze heeft Deenie dit vrijgezellenfeest expres laten plannen zodat jij het leuk zou vinden.'

Een mat lachje. 'Het was inderdaad best leuk.'

'Zie je wel?' Elinor grinnikte en stootte zacht met haar schouder tegen die van Astrid. 'Ik vind dat we dit vaker moeten doen. Misschien op je verjaardag. Ik heb gehoord dat er eentje met een Doctor Who-thema is. Misschien moeten we maar een bedevaartstocht maken.'

Astrids gezicht begon te stralen. 'Wauw, dat zou echt fantastisch zijn.'

Elinor glimlachte en vroeg zich af of het bedrijf cadeaubonnen verkocht. In dat geval had ze Astrids kerstcadeau gevonden. 'Ga je mee terug naar binnen?'

'Is goed,' mompelde Astrid.

Ze stonden op en liepen terug naar de feestruimte. Elinor liep een paar passen achter Astrid, met een licht schuldgevoel omdat ze blij was dat Astrid haar nog steeds nodig had.

Ze was niet aardig, zoals Ally. Of zonnig en vrolijk, zoals Deenie. Ze was altijd een beetje snibbig geweest. Iets ongeduldiger. Maar dat gold ook voor Katie, en zij had haar het gevoel gegeven dat het niet erg was om een beetje pinnig te zijn. Deenie en Ally vonden haar leuk zoals ze was, maar deelden niet haar bitse kant.

En misschien was dat ook helemaal niet erg. Misschien hadden ze haar evengoed nodig.

Daar kon ze best mee leven.

20

Niemand weet precies waar de heren naartoe zijn geweest, maar een betrouwbare bron heeft me verteld dat ze op het resort in een helikopter zijn gestapt.

Stadsnieuwsbrief Pine Hollow
Maandag 13 december

'Oké, geef nou maar toe dat dit een goed idee was.'

Levi keek omhoog naar de bergen om hen heen – de ongerepte sneeuw, de adembenemend blauwe lucht, de frisse winterse lucht die in zijn longen brandde – en moest inderdaad toegeven dat het een briljant idee was.

Zoals te verwachten was, had Connor flink uitgepakt en een helikopter gehuurd om met z'n allen te gaan heliskiën. Hij had ook een paar gidsen geregeld om er zeker van te zijn dat ze de ervaring zouden overleven, aangezien ze al een hele tijd niet op ski's of snowboards hadden gestaan. In hun jeugd hadden ze allemaal geskied en gesnowboard, maar het was al jaren geleden dat iemand van hen tijd had gehad om regelmatig te gaan. Gelukkig kwam hun spiergeheugen snel terug en al snel raceten ze door het witte goedje.

Hij zou morgen beslist pijn hebben in spieren waarvan hij zich het bestaan nauwelijks herinnerde, maar in de wijde omtrek was geen bereik voor hun mobieltjes te vinden, en de sneeuw en bijtend frisse winterlucht verdreven alle stress die hij onbewust met zich meedroeg.

'Het gaat wel.' Levi haalde zijn schouders op, puur om Connor te jennen, en Connor smeet wat sneeuw naar zijn hoofd.

'Het is briljant,' hield de leider van het troepje vol.

Ben kwam met een brede grijns die zijn tanden ontblootte naast hen tot stilstand, slippend op een snowboard dat knerpend over een stuk ijs gleed.

Connor en Levi waren altijd het fanatiekst van het stel geweest en suisden zo snel ze konden over de berghelling naar beneden. Mac was de voorzichtigste en kwam altijd als laatste, en Ben zat daar ergens tussenin, afwisselend om het hardst racend met Levi en treuzelend met Mac.

'Dit was een waanzinnig goed idee,' verkondigde Ben, die zijn zonnebril omhoogschoof. Ook Mac arriveerde in een wolk van sneeuw.

'Hoor je dat?' zei Connor pochend tegen Levi. 'Een waanzinnig goed idee.'

'Zolang we hier tenminste niet vast komen te zitten,' merkte Levi op. 'De helft van het reddingsteam is hier, dus als iemand ons moet komen opsporen, zijn we de pineut.' Aaron, een van zijn agenten, fungeerde als hun gids, samen met Tomas, de skileraar en brandweervrijwilliger, die daarnaast ook deel uitmaakte van het reddingsteam.

'Je moet niet zo negatief denken,' zei Connor ferm. 'We hebben de helft van het reddingsteam bij ons, dus als er iets gebeurt, zijn we in veilige handen.'

'Zullen we het over iets anders hebben dan situaties waarbij we het reddingsteam nodig hebben?' vroeg Mac.

'Als Moeder Natuur het op ons heeft voorzien, is er geen ontkomen aan,' wierp Connor tegen. 'Heb je die film met Will Ferrell over een lawine gezien?'

Mac kreunde. 'Moeten we het nou echt over lawines hebben?'

'Ja, want de enige andere optie is dat we Levi vragen wat er verdorie aan de hand is met Elinor en hem.'

'Wie is er klaar voor het volgende stuk?' vroeg Levi, die langs de helling omlaagkeek naar de plek waar Tomas zojuist uit het zicht was verdwenen. Voordat iemand kon reageren, zette hij al af, waarbij hij zijn hele lichaam in de beweging gooide.

'Je kunt me niet eeuwig ontlopen!' schreeuwde Connor hem na.

Nee, maar ik kan het wel proberen.

Connor drong altijd aan, zat altijd te jennen. Zo was hij nu eenmaal. Maar Levi wist niet wat er aan de hand was met Elinor en hem. Hij had geen idee wat de situatie nu was. En hij wilde er ook niet over praten. Hij wilde alleen langs de berg naar beneden suizen, de sneeuw in zijn gezicht voelen vliegen en door de kou wakker worden geschud, waardoor hij zich levendiger voelde dan hij zich in jaren had gevoeld.

Heliskiën was een verdomd goed idee geweest.

De rust duurde slechts tot de helikopter hen oppikte en terugbracht naar het resort bij Pine Hollow.

Connor, die nooit iets half deed, had het hele dakterras afgehuurd. Daar stonden de niet-skiënde feestgangers hen op te wachten met oude whisky en sigaren, warm gehouden door verschillende vuurkorven.

Ben werd bij aankomst luidkeels begroet en er werd uitbundig getoost op de bruidegom en Ally. Levi hield zich bewust een beetje op de achtergrond om alles gade te slaan, maar achter afgezien had hij zich beter onder de andere gasten kunnen mengen, want dan had Connor hem niet zo gemakkelijk in een hoek kunnen drijven.

'Vertel op. Wat is er aan de hand?' vroeg Connor, terwijl hij Levi een van de glazen met whisky gaf die hij bij zich had. 'Deenie vraagt me steeds hoe het eigenlijk zit met Elinor en jou, en ik moet haar iets kunnen melden.'

‘Er valt niets te melden.’

‘Dus jullie hebben op Black Friday niet tegen elkaar staan schreeuwen in jouw kantoor?’

Levi’s hoofd wilde zich met een ruk naar Connor omdraaien, maar Levi dwong zichzelf om zich niet te bewegen. Slechts een kleine spiertrekking in zijn gezicht verraadde hem. Bij zijn weten was hun gesprek in zijn kantoor niet algemeen bekend. Nog niet.

‘We zijn niet bij elkaar terug.’

‘Dat zeg ik ook niet. Maar als je nog steeds tot over je oren verliefd op haar bent, verbaast het me eerlijk gezegd dat je het hebt uitgemaakt met haar.’

‘Het was gewoon het beste.’

Connor kreunde, maar niet zonder medeleven. ‘Lieve god, vertel me alsjeblieft dat je dat niet tegen haar hebt gezegd.’

Levi staarde in het vuur en dronk wat van zijn whisky.

‘Je bent een idioot, weet je dat wel?’

Levi verstarde, een automatische reactie wanneer iemand hem uitmaakte voor stomme sukkel. ‘Iedereen zegt dat je iets wat je dierbaar is vrij moet laten.’

‘Dat is letterlijk het slechtste advies dat ooit in de geschiedenis der mensheid is gegeven,’ reageerde Connor. ‘Wie heeft dat tegen je gezegd? Want diegene is net zo’n stommeling als jij.’

Het was geen ‘wie’ geweest, maar een ‘wat’, een verrekte internetmeme, zowel een cliché als een afweermechanisme. Voordat hij echter kon antwoorden, dook Mac aan zijn andere kant op.

‘Wie is een stommeling?’ vroeg Mac. Ben schaarde zich eveneens rond hun vuurkorf, zodat de groep compleet was.

Connor hief spottend zijn glas op naar Levi. ‘Levi heeft tegen Elinor gezegd dat hun breuk voor haar eigen bestwil was.’

‘Au.’ Mac trok een pijnlijk gezicht en zelfs Ben kromp in elkaar.

‘Is dit recent gebeurd? Of toen je jullie verloving verbrak?’

'Doet dat er iets toe?' vroeg Connor. 'Het laatste wat een vrouw wil horen is dat ze niet weet wat het beste voor haar is, maar de grote, sterke man wel.'

Levi keek hem woedend aan. 'Ja, dat had ik al begrepen.'

'Oké, dus wat ga je eraan doen?'

'Ik ga haar zeggen dat het me spijt,' antwoordde Levi. Zodra hij tenminste met haar kon praten zonder ervan te worden beschuldigd dat hij haar stalkte.

'Niet doen.' Connor schudde zijn hoofd. 'Je zult echt met iets beters moeten komen.'

Mac knikte. 'Een groots romantisch gebaar. Dat is de enige manier om haar terug te krijgen.'

'Ik probeer helemaal niet om haar terug te krijgen,' zei Levi nadrukkelijk. Hij was er trouwens van overtuigd dat een groots romantisch gebaar evenmin zou helpen, maar zijn vrienden keken hem aan alsof hij niet goed bij zijn hoofd was.

'Maar je houdt nog van haar,' zei Ben, alsof het een constatering was en geen vraag.

Levi ontkende het niet. Ze zouden hem toch niet geloven.

Bij het zien van zijn uitdrukkingsloze gezicht knikten ze allemaal en begonnen ze over hem te praten alsof hij er niet was.

'Hij moet een groots gebaar maken.'

'Jezelf voor schut zetten in het bijzijn van de hele stad heeft Ben al gedaan.'

'Zeg,' riep Ben protesterend.

'Dat is niet als kritiek bedoeld,' verzekerde Connor hem. 'Het heeft gewerkt. Dat blijkt wel uit de bruiloft volgende week. Misschien moet Levi ook zoiets proberen –'

'Nee.' Levi's weigering duldde duidelijk geen tegenspraak.

'En anders kan hij altijd míjn aanpak proberen. Neem haar mee naar een ander continent. Dan heb je wel een paspoort nodig, maar wij kunnen zolang wel op Dory passen –'

'Mannen,' probeerde Levi hen te onderbreken, maar ze praatten gewoon verder alsof hij onzichtbaar was.

'Een serenade?' opperde Mac. 'Ze is gek op muziek.'

'Heb je Levi wel eens horen zingen?'

'Oké, een opname van haar lievelingsnummer dan. Heb je een boombox? Je zou de verhaallijn van *Say Anything* kunnen nadoen. Dat is een klassieker.'

'Wat afgezaagd,' sputterde Ben tegen. 'En vreselijk cliché.'

'Dat zegt de man die zelf puppy's en een maretak heeft gebruikt,' zei Connor spottend. 'Dat muziek-idee heeft wel wat. Maar dan moet het wel het perfecte nummer zijn.'

'Hou op.' Levi hief een hand op. 'Ik probeer haar helemaal niet terug te krijgen.'

Drie fronsende gezichten draaiden zich naar hem om.

'Dus jij beweert dat je niet meer van haar houdt.'

'We zijn goede vrienden.' *Als het aan mij ligt, tenminste.* 'En ik moet haar mijn verontschuldigingen aanbieden.'

Ze wisselden een ondoorgrondelijke blik met elkaar en Ben zuchtte. 'Als je haar maar niet kwaad maakt op mijn trouwdag. Ik wil niet dat Ally je tijdens de receptie vermoordt. Het valt niet mee om bloed uit een trouwjurk te krijgen.'

'Ik zal haar niet kwaad maken.' *Hoop ik.* 'Ik ga alleen maar met haar praten. En dat zal ik niet tijdens de bruiloft doen.'

Het was een uitstekend plan. Een verdomd ingenieus plan.

Helaas lachten de goden hem vierkant uit.

Die week werkten verschillende ongelukkig getimede problemen in het stadje hem tegen. De temperatuur bleef rond het vriespunt hangen, met gladde wegen en een reeks aanrijdingen met blikschade als gevolg. Toen hij op donderdagavond besloot het erop te wagen en bij Elinors huis langs te gaan, veroorzaakte de natte sneeuw in de dichtstbijzijnde bergpas een lawine die de belangrijkste toegangsweg tot het nabijgelegen Woodland blokkeerde. Het reddingsteam van Pine Hollow had een samenwerkingsverband met dat van Woodland, dus Levi's team werd opgeroepen om de weg vrij te maken en de bewoners van Woodland de komende zesendertig uur bij te staan.

Daardoor miste hij de repetitie voor de ceremonie en het oefendiner, iets waar hij zich enorm schuldig over voelde, ook al zei Ben dat hij het begreep en beloofde Mac hem op de grote dag te vertellen waar hij moest staan. Levi verdrong dus wat hij had wíllen doen en deed in plaats daarvan wat hij behóórde te doen.

Op de trouwdag werd hij moe en met spierpijn wakker, en had hij Elinor drie weken niet gesproken.

21

Het plein stond het afgelopen weekend tjokvol met belangstellenden voor de huwelijksceremonie. Zelfs degenen die anders zouden hebben geklaagd over een bruiloft in de buitenlucht in december werden verwarmd door de zichtbare vreugde van de bruid en bruidegom.

Stadsnieuwsbrief Pine Hollow
Maandag 20 december

'Heb ik al gezegd dat ik ontzettend veel van jullie hou?'

Elinor lachte om Ally's enthousiasme. 'Een keer of honderd pas.'

Ally riep al de hele ochtend tegen iedereen dat ze ontzettend veel van hen hield, en dan had ze Ben nog niet eens gezien. Het zou aan het belachelijke hebben gegrensd als het niet zo oprecht was geweest.

De ceremonie kon elk moment beginnen. Ally zag er als een kerstplaatje uit in haar lange jurk met donkerrode sjerp, met een boeket van rode en witte rozen, vermengd met hulst en dennentakken. Haar make-up was schitterend en elk haartje zat op zijn plek, maar het was haar glimlach die echt de show stal.

Elinor slikte iets weg en haar ogen werden vochtig. Ze had geweten dat ze vandaag waarschijnlijk iets van emotie zou voelen – het was de eerste bruiloft die ze bijwoonde sinds ze die van haarzelf had moeten afzeggen – maar ze had niet verwacht dat het jaloezie zou zijn. Of misschien niet jaloezie, maar een blij soort droefheid. Een schrijnende vreugde.

'Ik weet dat het gekkenwerk is om in december buiten te trouwen,' zei Ally voor de vijftiende keer. 'Ik beloof jullie dat de ceremonie kort zal zijn.'

Het bruidspersoneel zat op een kluitje in Magda's Bakery, die voor de gelegenheid gesloten was. Ook de straat ervoor was afgesloten. Een van de voordelen van een huwelijk met de burgemeester was dat de vergunning om de straat een half uur dicht te gooien pijlsnel door de gemeenteraad was goedgekeurd. Het was de bedoeling dat het bruidspersoneel vanuit Magda's pand – waar Ally en Ben elkaar kennelijk voor het eerst hadden ontmoet – de straat zou oversteken naar het grote plein, waar voor de kerstboom een rozenboog was neergezet en waar Ben samen met de bruiloftsgasten stond te wachten. Een brede rode loper, die voor de gelegenheid van het plaatselijke theatergezelschap was geleend, strekte zich van Magda's deur uit naar de plek waar Ben stond te wachten, zodat de zoom van Ally's jurk geen seconde over de besneeuwde straat zou slepen.

Ally's oma stak met een stralend gezicht haar hoofd om de deur naar binnen. 'Het is zover. Wij zijn er klaar voor.' Ally greep Astrids hand stevig vast.

Elinor keek even naar Ally, die opgetogen naar haar knikte, en liep naar de deur.

Omdat ze hadden besloten op volgorde van lichaamslengte naar buiten te gaan, ging Elinor eerst. Ze stapte de straat op en ving onmiddellijk de klanken op van Pachelbels 'Canon in D' dat op het plein werd gespeeld. Ze paste haar stappen aan de maat van de muziek aan en stak geluidloos over de loper de Main Street over. Ze huiverde licht, maar de witte stola om haar schouders – en haar eigen zenuwen – voorkwamen dat ze de kou echt voelde.

Aan de rand van het plein stond Mac aan de ene kant van de loper te wachten, samen met de andere bruidsjonkers. Elinor keek bewust alleen naar Mac, legde haar arm in de kromming van de elleboog die haar werd aangeboden en liep samen met hem over het gangpad dat door de rijen gasten werd gevormd. Aan het eind ervan stond Ben, die keek alsof hij elk moment kon flauwvallen van de zenuwen.

Bij de rozenboog scheidden hun wegen zich en stelden ze zich tegenover elkaar op. Elinor draaide zich om en zag het stel achter hen over het gangpad dichterbij komen.

Levi en Adriana uit New York.

Haar ogen vonden heel even die van hem – een onvermijdelijke ontmoeting – en iets in de donderwolkgrijze diepten deed haar adem stokken in haar keel. Zij hadden dit ook bijna gedaan. Niet buiten in de kou, zoals dit gekke bruidspaar, maar de witte jurk, de 'Canon in D', de trouwgeloften.

Ze had hem bijna nooit in een net pak gezien. Het eindexamenbal was waarschijnlijk de laatste keer geweest en toen had hij nog niet van die brede schouders gehad. Haar hart kromp in elkaar bij zijn aanblik. Lang en sterk, alsof hij de last van de hele wereld kon dragen. Zoals hij dat voor haar zou hebben gedaan.

Levi nam plaats aan de andere kant van de loper en Elinor dwong zichzelf haar blik van hem los te maken. Wat had kunnen zijn deed er nu niet toe. Deenie en Connor waren inmiddels ook bij de boog aangekomen, en namen hun plek in. Na hen kwam Astrid, met een kleinere versie van Ally's boeket in haar hand en met Partridge aan de lijn.

De kleine bulldog waggelde over het gangpad, begeleid door het opgetogen gemompel van de gasten. Ally's sint-bernard, Colby, lag al bij Bens voeten. Ally had hem er per se bij willen hebben, maar ze waren het er allemaal over eens geweest dat de luiwammes de ceremonie alleen maar zou ophouden als ze hem eerst over de loper moest sleuren en niemand wilde langer buiten in de kou zitten dan strikt noodzakelijk was.

Astrid nam haar plaats in. De muziek ging over in de huwelijksmars en Ally kwam naar buiten, geflankeerd door haar grootouders. Ze glimlachten alle drie zo stralend dat Elinor de kou meteen vergat. Ze gluurde even achterom naar Ben, die zijn zenuwen kennelijk van zich af had geschud. Hij sloeg Ally met zo veel aanbidding gade dat Elinor haar gezicht instinctief afwendde van het intieme moment.

Haar ogen vonden die van Levi.

Hij keek niet naar Ally. En ook niet naar Ben. Hij keek naar háár.

Van zijn gezicht was niets af te lezen. Een typisch nietszeggend agentengezicht. Maar ze kende hem en haar hart werd samengeknepen.

Zo zou hij er op hun trouwdag hebben uitgezien. Ernstig en stoïcijns. Hij glimlachte nooit wanneer hij op zijn gelukkigst was. In plaats daarvan kreeg hij een bepaalde blik, een zekere concentratie, alsof hij probeerde het gevoel in zijn geheugen op te slaan, om het in een doosje te bewaren.

De blik die hij haar nu toewierp...

Ze dwong zichzelf een andere kant op te kijken en zich te focussen op de ceremonie, maar door haar bonzende hart verstond ze geen woord van de plechtigheid.

Natuurlijk was deze dag verwarrend. Dat had ze al die tijd wel zien aankomen, beïnvloed door de dingen die hadden kunnen zijn en zinloos verlangen. Het betekende niets. Het was slechts een echo. Een nabeeld aan de binnenkant van haar oogleden van de liefde dat zich daarin had gebrand toen ze jong was. Een herinnering aan een gevoel, niet het gevoel zelf. Ze hield niet meer van hem. Dat was niet wat er nu speelde. Het was puur een emotionele reflex, opgeroepen door de dag.

Het ging wel weer voorbij.

Gelukkig was de ceremonie kort.

'Als je niet wilt dat iedereen denkt dat je van haar houdt, is het misschien beter om niet zo naar haar te staren.'

Levi keek fronsend naar Deenie, die lachend terugkeek, vrolijk en totaal niet onder de indruk. Ze was van top tot teen bedekt met glitter. Het zat zelfs in haar met roze plukken getooide haar. Zo was Deenie nu eenmaal. 'Ik heb geen flauw idee waar je het over hebt.'

'Nee, dat zal wel niet.' Ze hief met glinsterende ogen haar glas champagne op. 'Geniet je wel een beetje?'

'Ja, hoor. Natuurlijk.'

Ally en Ben hadden net op de klanken van 'I'll Be Home for Christmas' hun eerste dans afgerond. Wat Levi betreft hadden ze het kerst-thema iets te ver doorgevoerd, maar wat wist hij nou van bruiloften? Ze zagen er gelukkig uit, dus het zou wel de juiste keuze zijn geweest.

Hij had zijn kans om voor de bruiloft met Elinor te praten gemist, en hij had Ben beloofd om geen moeilijkheden te veroorzaken en het risico te lopen dat hij Ally overstuur maakte, maar hij vond het vreselijk dat hij nog steeds niet wist hoe het er tussen hen voor stond. En dat hij haar nog steeds niet had gezegd dat het hem speet. Hij wist dat zijn verontschuldigingen drie jaar te laat kwamen, maar het had hem de afgelopen drie weken ontzettend dwarsgezeten.

'Je kunt haar altijd ten dans vragen,' merkte Deenie luchtig op. Hij besefte dat zijn blik weer naar Elinor was gegleden. Dat gebeurde steeds als hij even niet oplette.

Ze zag er adembenemend uit in haar bruidsmeisjesjurk, met haar haren in een of andere chique knot, waaruit losse plukjes langs haar gezicht vielen. Dat was echter niet de reden dat hij zijn ogen niet van haar af kon houden. Ze zag er gelukkig uit. Alsof er een last van haar schouders was gevallen. En hij wilde dicht bij dat geluk zijn. Hij had altijd in een baan om haar heen gedraaid, zich gekoesterd in haar warmte wanneer haar zon op hem scheen.

‘Beter van niet,’ antwoordde hij, veel te lang nadat Deenie het had geopperd.

Ze vertrok haar gezicht. ‘Ik heb toch zo’n hekel aan die uitdrukking. Maar als jij liever de hele avond smachtend naar haar staat te kijken, zal ik je niet tegenhouden.’ Ze stompte hem tegen zijn arm. ‘Volhouden, Levi. Ik duim voor je.’

En weg was ze, opgaand in de mensenmassa om ergens anders chaos te creëren. Hij bleef achter met dat ene zinnetje in zijn hoofd.

Je kunt haar altijd ten dans vragen.

Het was een vreselijk slecht idee, maar toch merkte hij dat hij zich steeds dichter naar Elinor toe bewoog, aangetrokken door haar zwaartekracht. Hij deed het wel langzaam, om haar niet bang te maken.

Ze ontliep hem al weken. Maar nu stond ze aan de rand van de dansvloer met Bens moeder te praten en ze had niet in de gaten dat hij naar haar toe kwam. Of anders was ze milder gestemd door de bruiloftssfeer en bereid hem een kans te geven. Hij hoopte op het laatste.

Bens vader voegde zich bij hen en al snel begaven meneer en mevrouw West zich op de dansvloer. Elinor bleef alleen achter aan de rand van de mensenmassa en keek naar de dansparen die langzaam dansten op een liefdesliedje. Een betere kans zou hij niet krijgen.

‘Hoi.’

Haar kin schoot omhoog in zijn richting en de verraste blik in haar bruine ogen maakte hem duidelijk dat hij wellicht iets te optimistisch was geweest met zijn hoop dat ze hem een tweede, derde of twintigste kans zou geven. Ze had hem gewoon niet zien aankomen. Maar hij was er nu en zocht al weken naar een gelegenheid om met haar te praten.

Zeg dat het je spijt, fluisterde een stemmetje, dat ditmaal als Marjorie klonk, achter in zijn hoofd. *Doe het nu.*

Maar de woorden die zich langs zijn plotseling opwellende

zenuwen wurmden luidden: 'Wil je met me dansen? Vooropgesteld dat je me niet meer haat?'

Elinor fronste haar wenkbrauwen, een geïrriteerde rimpel in haar voorhoofd. Ze had ontzettend expressieve wenkbrauwen, die duidelijk aangaven wanneer ze zich ergerde. Zijn zenuwen verergerden. Maar op zijn dertiende waren zenuwen in de nabijheid van Elinor bijna een vaste constante geweest, dus de angst waarmee hij wachtte en in haar geërgerde ogen keek had iets vertrouwds.

Levi had een hekel aan dansen.

Dat wisten ze allebei. Dansfeesten van school, het eindexamenbal, zelfs die ene keer dat hij in de oude molen muziek had gedraaid en ze hadden geschuifeld: dat had hij allemaal voor haar gedaan. Omdat hij wist dat ze het heerlijk vond.

Ze weigerde daar nu aan te denken, aan alle dingen die hij had gedaan om haar gelukkig te maken, alle dingen die haar hart hadden doen smelten. Ook zonder deze herinneringen kronkelde er al een verwarrende mengeling van dingen die hadden kunnen zijn door haar lichaam.

Maar er straalde een enorme kwetsbaarheid uit zijn ogen. Daarom hoorde ze zichzelf zeggen: 'Ik heb je nooit gehaat, Levi. Dat was juist het probleem.'

Er veranderde iets in zijn ogen en hij deed zijn mond open, maar ze wilde opeens niet dat hij iets zei, dat hij het moment verpestte met datgene wat de ernstige uitdrukking op zijn gezicht had opgeroepen.

'Ik wil graag met je dansen,' zei ze. Ze stak haar hand uit.

Zijn hand sloot zich eromheen, zijn mond klapte dicht en hij leidde haar de dansvloer op. Die was maar een paar stappen bij hen vandaan, dus hij draaide zich al snel naar haar om en legde zijn vrije hand voorzichtig op haar heup. Haar hand vlijde zich als vanzelf op zijn schouder. Macht der gewoonte.

Hij trok haar niet dicht tegen zich aan, dat durfde hij niet.

Ze dacht terug aan het dansfeest aan het begin van de middelbare school waarvoor hij haar had uitgenodigd en waar ze met gestrekte armen en stramme ellebogen heen en weer hadden gewiegd. Toen was hij ook te bang geweest om te hoge verwachtingen te koesteren. Nu was hij een echte man, maar het was overduidelijk dat hij ook nog steeds dat slungelige dertienjarige jochie was.

'Iedereen begint steeds tegen me over jou,' zei ze toen de intimiteit van de dans haar te veel werd. Ze had woorden nodig om te ontsnappen aan de warme cocon, het vertrouwde gevoel van zijn handen, zijn geur...

'Tegen mij hebben ze het steeds over jou,' mompelde hij.

Ze liet haar blik door de ruimte glijden. De meeste aanwezigen keken naar Ally en Ben, maar er waren er ook een paar die hen gadesloegen. 'Iedereen zal denken dat we weer bij elkaar zijn. Voor de zoveelste keer.' Ze grimaste. 'Ik word soms gek van dit stadje.'

'Je hoefde niet terug te komen. Je had overal naartoe kunnen gaan.'

Er laaide meteen irritatie in haar op over die constante betweterigheid van hem, alsof hij wist wat goed voor haar was, waarmee hij reageerde zodra er ook maar een béétje druk op hem werd uitgeoefend. 'Dat is niet zo,' snauwde ze. 'Mijn familie woont hier. En misschien hoefde ik niet terug te komen, maar dat wilde ik zelf. Dat was wat Katie, jij en alle anderen die me maar bleven pushen om het idee na te jagen dat jullie van mijn mogelijkheden hadden, nooit hebben begrepen. Ik voelde me niet gedwongen of gevangen. Ik wilde dit zelf. Ik wilde bij jou zijn.'

22

De bruid en bruidegom waren niet de enigen die zich volkomen thuis leken te voelen in elkaars armen…

Stadsnieuwsbrief Pine Hollow
Maandag 20 december

Wilde. Verleden tijd.

Hij had het verknald. Hij had zijn kans gemist. Omdat hij niet had geluisterd toen ze hem vertelde dat ze bij hem wilde zijn. Of misschien had hij wel geluisterd, maar durfde hij het niet te geloven.

In tegenstelling tot wat iedereen in dit nieuwsgierige stadje leek te denken probeerde hij haar niet terug te krijgen. Hij wist dat die kans allang was vervlogen. Maar hij voelde wel de aandrang om het goed te maken. Om het te herstellen. Niet in romantisch opzicht, maar omdat ze Elinor was en hij wilde dat het goed met haar ging.

‘Het spijt me.’

Ze schudde haar hoofd en wuifde zijn woorden weg. ‘Mij ook. Ik wil geen ruzie met je. En vanavond al helemaal niet.’

‘Nee, ik… Dat is niet wat ik bedoelde. Ik wil het graag… uitleggen. Denk je dat we even…’ Hij liet zijn blik door het bomvolle cultureel centrum glijden, dat als kerstbalzaal was ingericht voor de receptie. ‘Is er een plek waar we kunnen praten?’

Elinor aarzelde. Hij voelde haar tegenzin door zijn hand op haar heup heen komen. Ze hadden amper waarneembaar heen en weer gewiegd. Hij vergat ook steeds te dansen en bewoog zich alleen heen en weer wanneer het tot hem doordrong dat de muziek nog steeds klonk.

Nu hield hij op met bewegen. 'Alsjeblieft,' zei hij zacht. 'Ik wil alleen... Ik wil het gewoon uitleggen. Als jij dat goedvindt.'

Ze beet op haar lip en de vertrouwde aanblik van dat onzekere gebaar trof hem als een mokerslag. 'Oké,' fluisterde ze.

Hij wilde haar aan de hand de dansvloer afleiden, maar Elinor trok zich haastig los. 'Iedereen zal denken dat we er samen tussenuit knijpen,' siste ze tegen hem. 'Ik... kom over tien minuten naar het balkon.'

Op de eerste verdieping van het cultureel centrum was een atletiekbaan met een vide die uitkeek op de grote zaal eronder. Het was een handige ruimte voor de verschillende ambachtsmarkten en boerenmarkten die in het centrum werden gehouden als het plein onbruikbaar was vanwege de weersomstandigheden, maar die avond was er niemand.

Levi had gehoopt op een plek met meer privacy, maar hij nam genoegen met wat hij kon krijgen. Hij knikte en Elinor glipte de menigte weer in zonder achterom te kijken.

Hij glimlachte naar een paar bruiloftsgasten zonder hen echt te zien en gedroeg zich werktuiglijk zoals van hem werd verwacht tot hij zich kon terugtrekken zonder achterdocht te wekken. Deenie en Connor dansten samen als volleerde dansers. Opscheppers. Astrid danste met Ben en Ally stond met Bens ouders te kletsen. Aangezien niemand aandacht aan Levi leek te schenken sloop hij weg door de dubbele deuren en liep hij naar de trap om naar boven te gaan.

Het balkon was in schaduw gehuld. Levi bleef bovenaan de trap staan om zijn ogen aan het donker te laten wennen. De uitschuifbare tribunes voor sportevenementen waren na de laatste keer dat ze waren gebruikt teruggeschoven, maar de onderste twee rijen staken uit over de hardloopbaan. Levi liep ernaartoe en dwong zichzelf om te gaan zitten, in plaats van over de reling te staren en in de mensenmassa naar Elinor te zoeken, zich voortdurend afvragend of ze echt zou komen.

Zijn handen waren klam en hij wreef ze langs de broek van zijn gehuurde smoking. Zijn kraag zat opeens veel te strak. Dit was wat hij al die tijd had gewild. De lucht tussen hen klaren. Maar nu het zover was, leek er een kleine paniekaanval bij hem op te komen.

De deur aan de andere kant van het balkon ging open. Levi stopte met ademhalen.

Hij stond op, met de schokkerige bewegingen van een marionet.

Elinor wandelde langzaam naar hem toe, het geluid van haar hoge hakken gedempt op de rubberachtige ondergrond van de hardloopbaan. Onder hen werd 'At Last' ingezet, maar zijn zenuwen galmden zo luid in zijn oren dat hij het nauwelijks hoorde.

'Ik wist niet zeker of je wel zou komen,' bekende hij toen ze zo dicht bij hem was dat ze hem kon verstaan zonder dat zijn stem ook te horen was voor het gezelschap beneden.

'Ik was ook bijna niet gekomen.' Een wrang lachje.

'Ik ben blij dat je er toch bent.'

Ze bleef op een meter van hem vandaan staan en trok de stola die ze bij de buitenplechtigheid om had gehad strakker om zich heen, alsof ze het koud had, ook al was het op het balkon juist warmer dan in de ruimte onder hen. Levi zweette bijna door zijn pak heen.

'Wat wilde je zeggen?' vroeg ze.

Hij knikte. *Oké. Het moment van de waarheid.* 'Het spijt me.'

Haar gezicht werd afstandelijk, haar sprankelende karakter trok zich terug, en hij ging haastig verder.

'Dat zeg ik niet om je terug te krijgen. Ik weet dat dát er niet in zit. Ik wil niet – dat is niet waarom...' *Lieve god, stop eens met wauwelen, stomme kluns. Neem de tijd.* Levi haalde hortend adem. 'Ik wil het graag uitleggen. Ik weet dat ik dat eerder niet heb gedaan. Of eigenlijk nooit. Maar ik wil dat je het begrijpt. Ik zou nooit – Ik wilde nooit...' Hij zweeg. 'Mag ik even opnieuw beginnen?'

Elinors afwerende houding verzachtte en ze liep naar de tribune. Ze ging op de onderste trede zitten en legde haar handen gevouwen in haar schoot. Ze was nog steeds ruim een meter bij hem vandaan, maar zag er niet langer uit alsof ze er elk moment vandoor kon gaan. 'Goed. Leg het me maar uit.'

'Het is geen smoes. Ik probeer me er echt niet met een smoes van af – Het is nooit mijn bedoeling geweest om je verdriet te doen, maar ik weet dat goede bedoelingen niet altijd – Shit.' Hij hield op met praten en wreef met beide handen over zijn gezicht. Nu verprutste hij het nieuwe begin ook al. Zij was altijd degene geweest die goed was met woorden. Hij vond het geweldig om haar te horen praten, vooral als ze opgewonden was en de woorden over elkaar leken te struikelen, alsof ze ze niet snel genoeg over haar lippen kon krijgen. Als híj te snel praatte, werd hij een hakkelende idioot. 'Ik heb met een therapeut gesproken –'

'Echt waar?' Ze onderbrak hem voordat hij het zelf kon doen.

Hij bloosde. 'Ja. Wat vind je schokkender? Dat ik praat of dat ik een therapeut bezoek?' Hij wankelde even en probeerde de opwellende behoefte van zijn lijf om te ijsberen tegen te gaan. 'Marjorie en Elton vonden dat ik het moest doen. Ik, eh, ik slaap sinds dat gedoe van afgelopen zomer niet best en ze maakten zich zorgen.'

'Levi...' Er verscheen een meelevende uitdrukking op haar gezicht en hij ging snel verder om haar voor te zijn.

'Daar had ik het niet over willen hebben. Dat is niet wat ik – Allemachtig, wat ben ik hier toch slecht in.'

'Het geeft niet.'

Maar het gaf wél. Hij moest het goed zeggen, maar hij maakte er een potje van. *Net als je ouweheer.* De stem van zijn vader echode verbitterd en monotoon door zijn hoofd.

En op dat moment wist hij precies wat hij moest zeggen.

'Ik wist dat ik een beroerde echtgenoot voor je zou zijn.'

'Levi.' Haar stem klonk niet langer meelevend, maar gefrustreerd. Vinnig.

'Ik had alleen mijn ouders als voorbeeld. Ik zou alles voor jou hebben verpest. Dat wist ik gewoon.' *Net als mijn vader.* 'Ze waren nog heel jong toen ze elkaar ontmoetten, net als wij. Mijn moeder was ongelukkig, maar bleef bij hem, ook al behandelde hij haar afschuwelijk en ging hij vreemd.'

'Levi, jij bent niet je vader.'

'Dat weet ik, maar ik had een vreselijk voorbeeld van hoe een huwelijk hoorde te zijn, en hij zag henzelf in ons terug. Hij zei tegen me dat ik precies hetzelfde had gedaan als hij, dat ik ook iemand had gevonden die te goed voor me was en haar had laten beloven dat ze bij me zou blijven. Ik zou een blok aan je been zijn, je hinderen, en ik weet dat je kwaad op me bent omdat ik de beslissing heb genomen zonder met je te overleggen, en omdat ik naar Katie en mijn vader heb geluisterd' – *en naar mijn eigen onzekerheid* – 'maar als ik er met jou over had gesproken, zou je zijn gebleven.'

'Is het echt nooit bij je opgekomen dat ik dat dan zou hebben gedaan omdat ik het zelf wilde?' Nu klonk er felheid door in haar stem.

'Je was heel gedreven. Heel doelgericht. Dat heb ik nooit gehad, en ik wilde niet de reden zijn dat jij je dromen niet najaagde.'

'Heb je er ooit bij stilgestaan dat het misschien gemakkelijker zou zijn geweest om mijn dromen na te jagen als ik jouw steun had gehad? Dat je me misschien wel had geholpen om mijn dromen na te jagen?'

'Nee,' gaf hij toe. 'Mijn hele jeugd lang heb ik moeten toekijken terwijl mijn vader mijn moeder vernederde en omlaaghaalde. Heb ik moeten aanhoren dat zij het uit schuldgevoel voor hem opnam, omdat ze alleen maar waren getrouwd omdat ze in verwachting was van mij. Dat kon ik jou niet aandoen.'

'Levi, wij zijn niet jouw ouders! Het zou niet hetzelfde zijn geweest. Jij stond altijd voor me klaar. Je was het mooiste wat me ooit was overkomen, samen met Katie en mijn familie, en het enige wat ons ervan weerhield om samen gelukkig te zijn, was jíj.'

'Het spijt me,' zei hij. Het was het enige wat hij kón zeggen. 'Ik wilde vanavond geen ruzie met je maken. Ik wilde alleen...' Zijn keel werd dichtgeknepen en hij slikte tot de woorden weer naar buiten konden. 'Misschien heb ik me vergist. Misschien was het de grootste fout van mijn leven. Maar ik wilde dat je wist waarom ik het heb gedaan.'

Omdat ik van je hou. Omdat ik altijd van je ben blijven houden. Omdat je zonder mij altijd beter af bent geweest.

'Elle...'

Ze hief haar kin op bij het horen van de koosnaam die hij jarenlang niet had gebruikt.

'Het spijt me.'

Ze beet op haar lip en een van haar mondhoeken trilde bedroefd. 'Mij ook.'

Hij wist niet wat hij verder moest zeggen. De woorden waren uit hem weggestroomd en hadden hem leeg achtergelaten. Hij hield haar blik gevangen, iets onzichtbaars in de lucht leek zich om hen heen te sluiten en de eerste gitaarklanken van een bekend nummer zweefden van beneden omhoog.

Zijn ademhaling stokte.

Dat was ooit hún nummer geweest. De countryballade waarop ze tijdens hun eerste dansfeest op de middelbare school hadden gedanst, toen zij al een paar klassen hoger zat dan hij, maar hij toch genoeg moed had verzameld om haar mee te vragen. Hij had met haar heen en weer gewiegd, en had het gevoel gehad alsof er iets op zijn plek viel, iets wat zo volmaakt was dat hij wist dat hij het niet verdiende, maar wat ervoor zorgde dat hij haar alleen maar nog steviger wilde vasthouden.

Ze had hem er later mee geplaagd dat er geen geschikter nummer had kunnen worden gedraaid voor hun allereerste dans, aangezien het 'When You Say Nothing At All' heette en Levi nooit een grote prater was geweest.

Hij had het voor haar gedraaid op die dag bij de molen, toen hij haar op hun vijftiende die stomme beloftering had gegeven. Haar moeder was ziek. Niet zoals in de voorgaande jaren, want ze had zo lang in het ziekenhuis gelegen dat ze wisten dat het slecht ging. Ze wisten wat er ging gebeuren. Levi wilde Elinor laten weten dat ze niet alleen was, dat hij er altijd voor haar zou zijn. Op zijn vijftiende had de beloftering hem daarvoor perfect geleken. Dat was voordat hij zich realiseerde dat hij altijd een blok aan haar been zou zijn.

De stem van de zangeres steeg droevig op. Levi wist dat Elinor het ook hoorde, want ze wendde haar gezicht af, niet langer in staat hem aan te kijken. Zij had ook zo'n stem. Zo eentje die mensen overrompelde wanneer ze hem voor het eerst hoorden. Ze zong in zichzelf als ze blij was en was op karaokeavonden iedereen de baas zonder dat ze daar haar best voor deed. Ze had er nooit iets mee gedaan, maar als ze had gewild, had ze een ster kunnen zijn. Ze had alles kunnen doen. De beste leerling van de school. De trots van Pine Hollow.

En hij was die toondove knul die met moeite de middelbare school had afgemaakt. Die waarschijnlijk in de gevangenis was beland als Elton hem niet in zijn nekvel had gegrepen en hem het goede pad op had geduwd. Hij was nooit de juiste man voor haar geweest. Maar Levi hakte nog liever zijn arm af dan dat hij haar verdriet deed. En hij haatte zichzelf omdat hij haar hart had gebroken, ook al was dat het juiste geweest om te doen.

Want dat was het.

Ja, toch?

Nu hij hier naar dat nummer stond te luisteren, wilde hij niets liever dan haar vragen om met hem te dansen, zoals hij jaren geleden op die middag bij de molen had gedaan. Hij wilde met haar heen en weer wiegen en zichzelf wijsmaken dat niets op de hele wereld belangrijker was dan de liefde die hij voor haar voelde.

Maar dat was niet deze wereld. Bovendien had hij tegen haar gezegd dat hij niet probeerde haar terug te krijgen. Hij wilde haar een beter gevoel geven en haar niet in een positie manoeuvreren waarin hij haar weer verdriet kon doen.

Hij had gezegd wat hij wilde zeggen.

Levi stak zijn handen in zijn zakken en wiebelde heen en weer op zijn hakken. 'Ik moet maar eens gaan.'

Elinor keek hem abrupt aan, maar ze zei niets. Levi knikte. Dat was het dus. Voorgoed voorbij.

Alison Krauss zong nog steeds toen Levi wegwandelde.

Elinor was niet in staat zich te verroeren en zag dat de deur van het trappenhuis achter hem dichtviel.

Ze was hiernaartoe gekomen omdat ze vond dat ze hem dit verschuldigd was. Ze had hem op Black Friday overvallen, en na alles wat hij in de afgelopen twintig jaar voor haar had gedaan, had ze dit wel voor hem over. Maar nu wist ze niet wat ze ervan moest denken.

Het lied onder haar ging over in een vlotte powerballad uit de jaren tachtig, maar Elinor bewoog zich niet. Ze moest eigenlijk terug naar beneden, naar de receptie, maar had een paar minuten nodig om zichzelf bij elkaar te rapen.

Want zo voelde het. Alsof ze een pot met knikkers was waar alle knikkers uit waren gerold en ze alle ontbrekende onderdelen terug moest vinden en in de goede volgorde moest rangschikken.

Ze had drie weken eerder gedacht dat ze er een streep onder had gezet en kon verdergaan met haar leven, maar nu voelde het pas echt definitief. Dit voelde als een afscheid. Het einde van een tijdperk. Het tijdperk van Elinor en Levi.

En dat was triest.

Toen ze net uit elkaar waren, was ze niet verdrietig geweest. Ze was woedend geweest, en vond dat ze slecht was behandeld. Nu was ze mild, uitgeput en berustend. Ze had een pijnlijke plek heel diep vanbinnen. Spijt. Verlangen naar wat had kunnen zijn. Want ze had eindelijk geaccepteerd dat het nooit meer zover zou komen.

Ze mocht dan van Levi houden en hij van haar, maar ze kon hem er niet van overtuigen dat ze bij hem beter af was zolang hij zichzelf per se wilde zien als een blok aan haar been dat haar hinderde. Het was dus echt voorbij.

De muziek veranderde weer en de ceremoniemeester kondigde aan dat het tijd was voor het boeket. Elinor liep naar de reling om te kijken. Onder andere omstandigheden zou ze tussen de groep vrouwen hebben gestaan die elkaar verdrongen om het boeket te vangen, maar vandaag was haar hart er niet klaar voor.

Ally gooide het boeket lachend over haar schouder en de wachtenden sprongen allemaal omhoog, waarna ze over elkaar heen buitelend op de vloer landden. Nadat Deenie uit de massa was opgedoken met het boeket triomfantelijk in haar ene hand geklemd, verjoeg Elinor het sluimerende gevoel van melancholie en liep ze de trap af naar beneden.

Ze zag Levi nergens, maar ze maakte zichzelf wijs dat ze ook niet naar hem zocht. Vandaag draaide alles om Ally en Ben. Twee van haar favoriete mensen die elkaar het jawoord gaven. En ze wilde er geen seconde meer van missen omdat ze zich in haar hoofd had teruggetrokken.

Al snel kwam Ally naar haar toe. 'Is er iets?' vroeg de bruid, terwijl ze opgewekt een arm door die van Elinor stak. 'Ik kon je nergens vinden toen ik het boeket gooide en ik zag dat je zo-even met Levi danste…'

'O, nee hoor.' Elinor glimlachte. 'Niets aan de hand. Met mij is alles prima,' zei ze, verbaasd omdat ze het echt meende. 'Maar ik denk niet dat ik al klaar was voor het boeket. Nog niet.'

'Oké.' Ally's glimlach stroomde over van opluchting. 'Waarschijnlijk maar goed ook. Deenie was meedogenloos.'

'Dat zag ik. We mogen van geluk spreken dat er geen gewonden zijn gevallen.'

'Ze weet niet van opgeven.' Aan de andere kant van de balzaal sleepte Deenie een lachende Connor mee naar de dansvloer. 'Ik had nooit verwacht dat die twee een stel zouden worden, maar de plannen van het universum zijn ondoorgrondelijk.' Ally kneep in haar arm. 'En het universum richt zich nu op jou. Dat voel ik gewoon.'

'Dat klinkt onheilspellend.'

'Onzin. Dit wordt jouw jaar, het jaar van Elinor. Let maar eens op.'

Elinor moest lachen om Ally's overtuigde stem. Een paar maanden geleden dacht ze nog dat ze tevreden was met haar leven. Ze zou hebben geroepen dat ze niet op het jaar van Elinor zat te wachten. Maar nu was het alsof er binnen in haar eindelijk een sluis was opengegaan die ze drie jaar eerder had dichtgedaan. Ze was eraan toe om het licht weer binnen te laten en haar eigen licht naar buiten te laten schijnen.

'Zal ik je eens wat zeggen? Volgens mij heb je gelijk,' zei ze tegen Ally. 'Het jaar van Elinor. Dat klinkt goed.'

En misschien was haar hart er eindelijk ook klaar voor.

23

Gelukkig nieuwjaar, Pine Hollow! Zoals altijd waren er veel bijzondere nieuwjaarsfeestjes in de stad, maar de belangrijkste vraag is niet wie op welk feestje was, maar wie om middernacht met wie heeft gezoend.

Stadsnieuwsbrief Pine Hollow
Maandag 3 januari

Het nieuwjaarsfeest op het skiresort was altijd het grootste evenement van het jaar. Elinor was er in geen eeuwigheid geweest, maar dit jaar zou het anders worden.

Het jaar van Elinor.

Langs de rand van het dakterras hingen twinkelende witte lichtjes en om de vuurkorven dromden zich al feestgangers samen, ook al was middernacht nog uren ver weg. Om negen uur zouden alle lampen worden gedempt en het gas onder de vuurkorven lager worden gedraaid, zodat iedereen de jaarlijkse fakkeloptocht van skiërs langs de berghelling naar beneden kon zien glijden, gevolgd door de vuurwerkshow voor de gezinnen die niet tot middernacht buiten wilden blijven. Maar het feest op het dakterras zou alleen maar groter worden tot het nieuwe jaar aanbrak.

En voor de verandering was Elinor van plan daar elke seconde van mee te pikken.

Ally en Ben waren twee dagen na Kerstmis naar Jamaica gevlogen voor hun huwelijksreis. Als Elinor een blik over de rand van het dakterras wierp, kon ze Astrid beneden voor het restaurant zien staan, samen met een groep andere kinderen uit het stadje die wachtten op de fakkeloptocht. Bens ouders waren er ook. Ze logeerden tijdens de afwezigheid van de pasgehuwden in het huis van Ben en Ally bij Astrid en zouden daar na het vuurwerk naartoe gaan. Deenie en Connor hadden een van de viptafels op het terras gereserveerd en stonden erop dat Mac en Elinor bij hen aanschoven.

Deenie gedroeg zich als een manisch elfje, maar Elinor kon niet vaststellen of dat voortvloeide uit opwinding vanwege het nieuwe jaar, of opwinding vanwege de enorme diamant die op dat moment aan haar linkerhand prijkte. Kennelijk had Connor haar tijdens de bruiloft ten huwelijk gevraagd. Of misschien had Deenie hém wel gevraagd, dat durfde Elinor niet met zekerheid te zeggen. Het was in elk geval de eerste avond dat Deenie de ring droeg.

Anne en Bailey kwamen naar hun tafeltje toe om gedag te zeggen, en Deenie betrok hen met haar enthousiasme onmiddellijk bij hun kringetje, net als Charlotte, Kendall en alle anderen die binnen haar bereik kwamen. Charlotte werd echter telkens afgeleid door haar telefoon en Kendall moest steeds weg om kleine resortproblemen op te lossen. Magda, het derde lid van het vriendinnenclubje van haar zus, was nergens te bekennen, en hoewel Elinor Magda altijd graag had gemogen, was ze toch een tikje opgelucht, aangezien Mac links van Connor zat. Het laatste wat ze die avond wilde was gedoe. Geen gekibbel tussen Mac en Magda. Geen gepieker over Levi. Alleen de bladzijde die ze had omgeslagen.

Dat zou gemakkelijker zijn geweest als mensen haar niet steeds vroegen waar Levi was.

Binnen een kwartier na aankomst hadden al twee mensen haar gevraagd waar de politiechef uithing. Deenie was de derde. Ze rekte haar hals om het dakterras te inspecteren en vroeg: 'Waar is Levi?'

Zij vroeg het tenminste aan het hele gezelschap, zonder een veelzeggende blik op Elinor te werpen.

Hoewel Elinor Linda Hilson met die verdomde nieuwsbrief van haar als de aanstichter hiervan zag, leek iedereéén in het stadje de laatste tijd te denken dat Levi en zij weer een stel waren.

Wat ze dus absoluut niét waren.

Maar alles voelde nu anders aan. Het verleden voelde anders aan. Alsof ze misschien toch weer vrienden konden worden.

'Waarschijnlijk aan het werk,' antwoordde Connor, die languit op een van de zachte banken hing.

'Op oudejaarsavond?' Deenie, die zichzelf tot Hoofd Leuke Dingen had benoemd, klonk ontzet. Ze droeg een glinsterende zwarte tutu en had zilveren glitterextensions in haar haren geweven, maar op een of andere manier stond het de organisator van prinsessenfeestjes goed. Zij kon met haar glimlach elke stijl hebben.

In tegenstelling tot Elinor, die haar uiterlijk altijd leek te vergeten. Haar moeder was te ziek geweest om haar te leren hoe ze make-up moest aanbrengen of haar haren moest stylen, dus deze dingen hadden nooit een hoge prioriteit voor haar gehad. Zolang haar gezicht schoon was en haar haren in een glanzende paardenstaart zaten, was ze tevreden. Het beste wat ze te bieden had, zat sowieso vanbinnen, maar als ze in het nieuwe jaar als een hernieuwde Elinor wilde daten, moest ze misschien toch eens wat van die make-uptutorials bekijken waaraan Charlotte verslaafd was.

'Levi werkt altijd tijdens de feestdagen,' onderbrak Connor Elinors gepeins over mode.

'Wat triest.' In de verte knalde een stuk vuurwerk en Deenie draaide zich om naar het geluid, maar de hoge bomen en bergen blokkeerden haar zicht.

'Met hem hoef je geen medelijden te hebben,' merkte Elinor op. 'Levi werkt ook als hij geen dienst heeft. Pine Hollow moet tenslotte veilig zijn.' Ook toen ze nog bij elkaar waren kon hij nooit naar oudejaarsfeestjes. De enige uitzondering was Valentijnsdag. '"Die man heeft een veel te groot verantwoordelijkheidsgevoel."'

Achter haar klonk een zware stem. 'Ik hoor dat je nog steeds fout citeert uit *The Princess Bride*.'

'Levi.' Elinor draaide zich haastig om naar het geluid, maar voordat ze iets kon zeggen sprong Deenie al op van haar stoel.

'Je bent toch gekomen! Ik vroeg me al af waar je was. Gelukkig nieuwjaar!' Ze keek weer naar Connor. 'Nu iedereen er is, kunnen we het hun wel vertellen, hè?'

Connor wierp met een wrang lachje een blik op de joekel van een diamant om Deenies vinger. Dat ding was vast loodzwaar. 'Volgens mij hebben de meesten het allang door.'

'Weet ik, maar ik vind het gewoon leuk om het te zéggen.' Deenie hield haar hand boven de tafel en zwaaide met de ring. 'We stappen in het huwelijksbootje! En ik mag alles plannen. Het wordt een verrassingsbruiloft! Ik verklap niets, maar het wordt een schaking, met vrijwel geen waarschuwing vooraf, dus zetten jullie je maar schrap.'

Mac keek sceptisch naar Connor. 'Geef jij de controle zomaar uit handen?'

'We hebben een deal gesloten.' Connor haalde zijn schouders op en hief zijn handen op in een gebaar van overgave, maar hij lachte er opgewekt bij.

'Gefeliciteerd,' zei Elinor, ook al had ze Deenie persoonlijk al gefeliciteerd. Haar reactie leidde tot een hele reeks van felicitaties en schuifelende voeten, omdat iedereen het gelukkige stel wilde omhelzen.

Toen iedereen weer zat, nam Levi plaats op de lege stoel naast haar. Dat was logisch, want zo veel vrije stoelen waren er niet. Toch moest ze onbewust denken aan wat Linda Hilsons stomme nieuwsbrief daarvan zou vinden. Waarschijnlijk belde op dat moment iemand naar de tiplijn.

Hij had zijn vaste nietszeggende uitdrukking weer op zijn gezicht, maar oogde ditmaal behoedzaam. Alsof hij wachtte hoe ze zou reageren.

Elinor nam haar toevlucht tot de luchtigste, neutraalste olijftak die ze kon bedenken. 'Voor alle duidelijkheid: dat was niet fout geciteerd. Het was slechts een verwijzing. Een eerbetoon.'

'Aha.' Hij knikte. 'Dat had ik kunnen weten. Ik begrijp dat je nog steeds geobsedeerd bent door die film.'

'Het is de beste film die ooit is gemaakt,' zei ze. 'Het is geen kwestie van obsessie, maar van goede smaak.'

'Dan heb ik me zeker vergist.'

Ze keek hem van opzij aan. 'Hoef je vanavond echt niet te werken?'

'Straks,' bekende hij. 'We hebben met alle locaties waar een evenement wordt gehouden een systeem opgezet waardoor iedereen gratis kan meerijden, maar er zijn altijd mensen die denken dat ze na een paar glazen best zelf kunnen rijden en het lot tarten.'

Ze wisten allebei hoe gevaarlijk de kronkelende bergwegen konden zijn voor bestuurders die onder invloed van het een of ander waren. 'Wees dan maar voorzichtig,' prevelde ze.

'Dat ben ik altijd,' beloofde hij. Hij knikte naar Connor en Deenie, die met overdreven pantomimegebaren met haar ring pronkte. Mac lag in een deuk. 'Wist jij het?'

'Van de verloving? Pas toen ik de ring vanavond zag. Deenie zei dat ze niet kon wachten tot ze het iedereen mocht vertellen. Het schijnt een paar weken geleden te zijn gebeurd.'

'Ja. Tijdens de trouwreceptie, heb ik begrepen,' bevestigde Levi met een vreemde uitdrukking op zijn gezicht.

'Ben je niet blij voor hen?'

'Ja, natuurlijk wel. Ik wist alleen niet dat ze daarop aanstuurden.'

'Al je vrienden trouwen en laten jou achter.' Ze probeerde er een grapje van te maken. 'Jeetje, was er nou maar iemand die het met jou aandurfde.'

Er verscheen een geneerde blik in zijn grijze ogen. 'Zo bedoelde ik het niet...'

'Ik plaag je maar, Levi.' Ze glimlachte. 'Dat is iets nieuws. Ik moet het nog leren.'

De gêne maakte plaats voor opluchting. 'Haha, grappig.'

'Mooi. Ik ben van plan er meedogenloos mee door te gaan.'

Zijn lippen krulden zich in het onbewuste lachje dat haar altijd het gevoel gaf dat ze de loterij had gewonnen. 'Hoe gaat het met schrijven?'

Twee maanden geleden zou ze vinnig op die vraag hebben gereageerd, maar nu was ze een heel ander persoon. 'Best goed eigenlijk. Ik heb dit jaar met een aantal leerlingen meegedaan met NaNo en heb de naschoolse bijeenkomsten voortgezet voor alle kinderen die wilden doorgaan met schrijven of herzien wat ze geschreven hadden. Het is een soort schrijfcursus geworden en in die tijd heb ik aan mijn eigen teksten kunnen werken. Vooral herlezen en herzien. Katie mopperde altijd op me omdat ik nooit vond dat iets af was.'

'Dat herinner ik me nog.'

'Ik wilde een tekst altijd nog één keer herzien voordat ik hem aan iemand liet lezen, maar... Ik weet het niet zo goed. Ditmaal voelt het anders.' Zijzelf voelde anders.

Ze had tijdens hun gesprek met haar glas zitten spelen, maar nu keek ze op. Ze ontdekte dat hij haar met geïnteresseerde concentratie gadesloeg. Het was zo vertrouwd, zo fijn, dat ze hem in vertrouwen nam.

'Ik heb nagedacht over wat Katie tegen jou heeft gezegd,' gaf ze toe. 'Over het feit dat ik mezelf nooit op de eerste plek zet. Ik zeg niet dat jouw reactie gerechtvaardigd was, maar ik denk wel dat ze een heel klein beetje gelijk had. Toen mijn moeder ziek was probeerde ik voor iedereen de perfecte steun te zijn.

De perfecte dochter. De perfecte grote zus. De perfecte leerling. Het werd een gewoonte die met me op de loop ging. Alsof ik perfect moest zijn voor de hele stad. Toen ik jonger was, was het gemakkelijk om perfect te zijn. Het pad was al voor me uitgestippeld, zie je? Je haalt hoge cijfers voor je toetsen, je sleept alle studiebeurzen in de wacht en je gaat naar de beste universiteit. Maar daarna? Ik was daar niet echt gelukkig. Ik had heimwee en ik vond de introductievakken voor de studie medicijnen niet leuk. Katie was degene die me ervan overtuigde dat ik geen dokter hoefde te worden, alleen maar omdat ik dacht dat het moest. Ik kon mijn moeder niet redden.' Ze slikte iets weg. 'En ik kon Katie ook niet redden. Nu weet ik dat het mijn macht te boven ging, dat er niets was wat ik had kunnen doen. Maar als iedereen jou je hele leven vertelt dat je alles kunt doen wat je wilt, is het moeilijk te accepteren dat je over sommige dingen geen controle hebt.'

Levi en Katie waren de enige mensen bij wie ze zich op haar gemak voelde, met al haar gebreken. Ze waren de enige twee aan wie ze haar droom om schrijver te worden had verteld, maar toen was ze hen vlak na elkaar allebei kwijtgeraakt en had ze het gevoel gehad dat dát deel van haar verloren was gegaan.

'Hoe dan ook, het is een lange, onsamenhangende manier om te zeggen dat ik mijn boek naar uitgevers en agenten ga sturen.' Vroeger had ze ervan gedroomd om de wereld te bestormen. Nu kwam het er misschien eindelijk van. 'Ik heb de afgelopen vakantieweken research gedaan om te zien hoe ik het moet aanpakken. En om mezelf moed in te praten.' Het was raar zonder de bemoedigende woorden van Katie, maar het was de hoogste tijd. 'Ik heb mezelf een deadline gegeven. Vijf pogingen voor het begin van het nieuwe semester.'

Hij trok zijn wenkbrauwen op. 'Dat is maandag al.'

'Dat weet ik. En ik weet ook dat hun mailbox na de feestdagen ongetwijfeld vol zit omdat iedereen het goede voornemen heeft om dit jaar eindelijk zijn boek in te sturen, maar als ik er nu niet mee begin, doe ik het nooit. Dus wordt het nu. Een nieuw jaar, een nieuwe Elinor.'

Elinor glimlachte en Levi kon zijn blik niet van haar losmaken. Ze was adembenemend mooi. Hij wist dat ze geen flauw idee had dat ze helemaal straalde wanneer ze over iets praatte wat haar na aan het hart lag. Hij was lang geleden al tot over zijn oren verliefd geworden op het afwezige gebaar waarmee ze haar bril hoger op haar neus schoof als ze zich vooroverboog, alsof ze met haar nabijheid haar passie op hem kon overbrengen.

Hij wilde haar dolgraag vertellen dat ze geen nieuwe Elinor hoefde te worden, dat hij nog steeds van de oude Elinor hield, maar hij wist wel beter. Het ging eindelijk goed tussen hen. Ze praatte eindelijk weer met hem. Vrienden. Godzijdank. Hij mocht dit niet verpesten. Niet nog een keer. Dus glimlachte hij en zei hij wat een goede vriend zou zeggen. 'Dat is fantastisch. Goed gedaan.'

Ze grimaste. 'Nou ja, ik heb nog niets gedaan. Ik blijf maar aan de begeleidende brief sleutelen.'

'Wil je misschien een second opinion?' bood hij aan. Toen drong het tot zijn hersens door hoe belachelijk het aanbod was. 'Ik weet helemaal niets van dat soort brieven.'

'Nee, ik... Dank je. Dat is erg aardig, maar volgens mij...'

'Natuurlijk.' Hij was de laatste van wie ze een second opinion wilde. Daar had ze minstens tien verschillende redenen voor.

De lampen op het dakterras werden plotseling gedempt en ze keken allebei instinctief naar de berg. Connor had een uitkijkplek voor hen gereserveerd bij de stenen afscheiding die langs de rand van het hele dak liep, en zodra het licht vervaagde, zocht iedereen een plekje om het beter te kunnen zien. Levi stond op en stak een hand uit naar Elinor. Hij vermoedde dat ze niet eens in de gaten had dat ze hem vastpakte, want ze was volledig op de berg gefocust.

De lampen van het resort – de chalets, de skiliften en bakjes – floepten een voor een uit, tot het enige licht afkomstig was van de sterren en de smalle sikkel van de maan die op die avond in de lucht hing. De sneeuw weerkaatste dat kleine beetje licht, waardoor het niet helemaal donker was. De winterse stilte werd slechts onderbroken door het opgewonden gefluister van de toeschouwers op het dakterras en beneden op de grond, die allemaal verwachtingsvol naar de berg tuurden.

Toen klonk er muziek.

Een of ander klassiek stuk. Elinor zou het waarschijnlijk wel kennen. Levi wist alleen dat het prachtig was. De eerste fakkels verschenen op de top van de berg en kwamen langzaam naar beneden glijden.

Toen ze jonger waren had hij zelf mee geskied in de optocht. Dat deden heel veel jongeren uit het stadje zodra ze te oud werden om er vol ontzag naar te kijken, zoals de jongere kinderen, maar nog niet oud genoeg waren om naar de feestjes te mogen waar alcohol werd geschonken. Hij had de optocht al tientallen jaren niet gezien, en nooit vanaf zo'n mooi uitkijkpunt als het dakterras, met muziek op de achtergrond. En met Elinors hand in de zijne.

Hij had elke gelegenheid om dit te doen moeten aangrijpen.

De fakkels slalomden loom langs de helling omlaag, waardoor ze een zigzaggend lichtspoor op de berg vormden, begeleid door de muziek die door de avondlucht zweefde. De menigte keek in stilte toe. Elinors vingers streken zachtjes langs die van hem, een vederlichte beweging.

Terwijl het tempo van de muziek versnelde, kwamen de eerste skiërs en snowboarders aan de voet van de berg aan, en het publiek dat zich voor het gebouw had verzameld, juichte de fakkeldragers toe. Deenie leunde over de balustrade om haar stem bij het gejoel te voegen en al snel juichte en joelde de rest van hun groepje ook. Behalve Levi en Elinor, die een vluchtig lachje met elkaar wisselden en hun blik weer op de optocht richtten.

Toen de laatste fakkeldragers het stuk van de helling boven de in duisternis gehulde skilift bereikten, ontplofte het eerste vuurwerk in de lucht boven hen. Iedereen hapte naar adem en draaide zijn gezicht in een reflex omhoog.

Iedereen, behalve Levi.

Zijn favoriete onderdeel van de vuurwerkshow was altijd de aanblik van de gezichten van de toeschouwers geweest. Terwijl gekleurde lichtflitsen de sneeuw verlichtten, keek hij omlaag, en vervolgens weer omhoog naar Elinors opgeheven gezicht, dat baadde in het schijnsel van dezelfde lichtflitsen. Ze beet onbewust op haar lip, en in het donker zag hij de patronen van het vuurwerk af en toe weerspiegeld in haar brillenglazen.

Met een van pijn samengetrokken hart hield hij zichzelf voor dat hij de juiste beslissing had genomen. En zelfs als dat niet zo was, was er nu geen weg meer terug. Spijt kon alle energie uit je wegzuigen. Hij had gezien hoe zijn vader was geworden, gebukt onder alles wat had kunnen zijn. Zo wilde hij niet worden, ook al fluisterde een stemmetje diep vanbinnen dat hij een vergissing had begaan. Een enorme vergissing.

De muziek zwol aan en werkte toe naar het laatste crescendo, terwijl het vuurwerk de lucht boven hen kleurde. De koude avondlucht streek langs zijn blote huid, killer nu alle vuurkorven en kolenkacheltjes grotendeels waren gedoofd voor de vuurwerkshow. Hij zag dat Connor Deenie tegen zich aan trok, en dat Anne en Bailey tegen elkaar aan kropen, op zoek naar een beetje warmte. Zelfs Mac had iemand gevonden om zich tegenaan te vleien. De enige bij wie Levi een arm om de schouders zou willen slaan, was Elinor, en dat leek hem een stap te ver. Daar was hun gewapende vrede te nieuw voor. Te fragiel.

Op een andere avond in een andere wereld zou hij haar tegen zich aan hebben gehouden. Dan zou hij tijdens het laatste vuurwerk tegen de sterrenhemel haar gezicht naar dat van hem hebben gedraaid. Dan zou hij haar nu én om middernacht hebben gekust, en zou alles hebben aangevoeld als vroeger.

Het laatste vuurwerk vervaagde, de laatste muzieknoten stierven weg en er viel een stilte, heel kort, voordat de lampen weer aangingen en er applaus opsteeg uit de menigte.

Elinors hand gleed met een laatste streling langs zijn vingers uit die van hem en ze hief haar handen op om ook te klappen. Hij dwong zichzelf om een andere kant op te kijken. Om niet naar haar te kijken.

Iedereen keerde vrolijk kletsend terug naar de tafel, waar ze dicht op elkaar rond het vuurtje kropen, maar Levi bleef bij de stenen reling staan. Kendall kwam naar hun tafel toe met in elke hand een fles champagne.

'Champagne?' Ze bewoog de flessen zacht heen en weer. 'Van het huis. En met huis bedoel ik dat ze van tevoren zijn besteld op Connors creditcard.'

Achter haar verscheen een ober met een dienblad vol glazen. Deenie keek naar Connor, die grijnzend zijn schouders ophaalde. 'Wat nou? Het is feest. En jij bent dol op feestjes.'

Ze glimlachte naar hem, alsof hij eigenhandig speciaal voor haar de sterren in de lucht had gehangen.

Levi werd er opnieuw aan herinnerd hoeveel hij had opgegeven, want zo had Elinor vroeger ook naar hem gekeken. De stelling dat hij de grootste vergissing van zijn leven had begaan begon steeds correcter aan te voelen.

Terwijl Kendall glazen ronddeelde, ontdekte Levi dat Elinor met een vragende blik naar hem zat te kijken. Hij keek op zijn horloge. 'Ik moet ervandoor. Nogmaals gefeliciteerd, Connor. Deenie. En gelukkig nieuwjaar allemaal.'

De anderen antwoordden in koor: 'Gelukkig nieuwjaar!' Hij pakte zijn pet en handschoenen op die hij op zijn stoel had neergelegd toen het op het dakterras warmer bleek te zijn dan hij had verwacht, voordat ze de vuurtjes dempten. Hij keek nog één keer achterom naar Elinor, in de verwachting dat ze zijn blik zou ontwijken en zou doen alsof hij allang weg was, iets wat ze de afgelopen jaren altijd had gedaan als ze gedwongen waren om op dezelfde plek te zijn. In plaats daarvan glimlachte ze naar hem. Een klein lachje, vriendelijk maar afstandelijk, maar hij deed het ervoor.

'Wees voorzichtig,' zei ze tegen hem.

Hij knikte. Toen liep hij weg van het allermooiste wat hem ooit was overkomen.

24

De politiechef mag de zoen om middernacht dan hebben gemist, maar verschillende bronnen hebben gemeld dat hij tijdens de fakkeloptocht heel innig hand in hand stond.

Stadsnieuwsbrief Pine Hollow
Maandag 3 januari

'Elinor?'

Elinor schrok op en wendde haar blik met een schuldig gevoel af, alsof ze met een haastige beweging kon voorkomen dat iemand in de gaten had dat ze Levi zat na te kijken. Maar uiteraard had iedereen uit dit verrekte stadje het allang gezien. En uiteraard zou iedereen er de komende week druk over speculeren.

Deenie stond naast haar met een glas vol bubbels in haar hand. 'Champagne?'

Toen Elinor het glas wilde aannemen, stoorde Charlottes stem hen. 'Je moet haar geen vol glas geven. Dat is zonde. Ze doet toch alleen maar alsof ze ervan drinkt.'

Elinors hand bleef halverwege het glas hangen, niet zozeer vanwege de woorden als wel vanwege de toon waarop ze werden uitgesproken. Met een extra venijnig randje.

Elinor had de afgelopen jaren geen champagne aangeraakt, wat een stomme zet was waar ze uiteindelijk alleen zichzelf mee had, want ze was gek op het drankje. Maar het had haar altijd aan Levi doen denken. Ze had het voor het eerst gedronken toen hij onder de neus van zijn ouders een fles had meegesmokkeld om bij de molen met haar te proosten, omdat ze tot Dartmouth was toegelaten. Ze was die dag onmiddellijk licht in haar hoofd geworden van de smaak, de bubbels en Levi. Hij was ontzettend trots op en blij voor haar geweest, en alles had geweldig aangevoeld. Precies zoals het moest zijn.

Ze had alle mijlpalen in haar leven gevierd met champagne en Levi, maar ze weigerde haar leven nog langer door haar verleden te laten bepalen. 'Eigenlijk...' Elinor pakte het glas aan waarmee Deenie nu weifelend in haar handen stond. 'Eigenlijk wil ik juist wél een glas. We hebben tenslotte iets te vieren.'

Ze hief het glas naar haar lippen voor een slokje en de bubbels explodeerden op haar tong.

Charlottes opgetrokken wenkbrauwen waren sceptisch, maar voordat ze iets kon zeggen, ging haar telefoon en verplaatste haar aandacht zich verlangend naar het toestel. Elinor had het ding het liefst uit haar hand gegrist, maar Charlotte keerde zich al van hen af en liep haastig naar de stenen balustrade. Ze had voor niets anders aandacht meer, alleen het bericht op het schermpje.

Deenie keek haar fronsend na. 'Zeg, wat is er vanavond met haar aan de hand?'

'Haar vriend, de gewéldige Warren, zou vanavond ook komen, maar zo te zien laat hij haar weer eens lekker barsten. Iets waar niemand nog van opkijkt, zelfs Charlotte niet.'

Deenie trok een pijnlijk gezicht. 'Jakkes. Daarom wilde ik nooit een relatie. De verwachtingen zijn veel te hooggespannen. Vooral op de dagen waarop romantische relaties worden gevierd.'

'Je hebt anders wel een gigantische diamant om je vinger.'

Deenie schokschouderde, en haar blik gleed naar haar verloofde aan de andere kant van de vuurkorf. 'Connor is anders. Hij is de ware voor mij.'

'Volgens mij probeert Charlotte zichzelf er nog steeds van te overtuigen dat Warren de ware is voor haar, wat hij haar ook allemaal flikt.'

'Ik ken dat. Hoewel het er in mijn geval op neerkwam dat ik me in allerlei bochten probeerde te wringen om te bewijzen dat ik bij degene paste van wie ik hoopte dat hij de ware voor me was,' zei Deenie. Elinor voelde zich rot, omdat Deenie in de afgelopen vijf minuten meer medeleven had getoond voor Charlotte dan zijzelf in de afgelopen drie maanden bij elkaar. Zij wilde dat haar zus wakker werd en inzag wat voor arrogante eikel hij was.

'Het was voor haar liefde op het eerste gezicht met Warren en ze was er meteen van overtuigd dat hij haar meneer Darcy was – Jane Austen is erg populair in mijn familie...'

'Ja, dat snap ik,' verzekerde Deenie haar. 'Mevrouw Austen is in mijn pantheon een van de belangrijkste heiligen.'

'Hij heeft mij altijd een man geleken die met geld smijt zodat niemand hem erop aanspreekt als hij zich als een hork gedraagt.'

Deenies wenkbrauwen schoten omhoog. 'Meneer Darcy?'

'Nee, sorry. Warren. Hij is zo'n type dat roept: "Ik kan vanavond niet, Charlotte, maar kies maar een diamanten armband uit."'

'Hij geeft haar dus sieraden als herinnering aan de keren dat hij haar laat barsten. Stijlvol.'

Elinor snoof laatdunkend. 'Charlotte zegt dat hij zijn liefde uitdrukt in cadeaus, en dat hij wil dat ze weet dat ze belangrijk voor hem is. Maar voor haar wordt liefde uitgedrukt in aandacht en tijd die je samen doorbrengt, alleen die geeft hij haar nooit. Maar goed, het zijn mijn zaken niet, zoals Anne zou zeggen. Het is niet mijn relatie. En hoe kwader ik haar hierover maak, hoe slechter onze verstandhouding wordt. Kennelijk moet ik dan maar aanzien dat iemand mijn jongste zusje beroerd behandelt en haar aanmoedigen om het allemaal te slikken.'

'Misschien is er een middenweg tussen haar kwaad maken en haar aanmoedigen om het te slikken,' opperde Deenie droogjes. Elinor grimaste.

'Ik weet het. Bij haar lukt het me niet om verstandig en rustig te blijven. We weten precies hoe we elkaar moeten opfokken. Dat is altijd zo geweest.'

'Dat krijg je als je zo op elkaar lijkt.'

'Denk je echt dat we op elkaar lijken? Charlotte, het duracellkonijn en de fitnessfanaat die voor de lol door de bergen wandelt?'

'Nee, je hebt gelijk,' antwoordde Deenie bedaard. 'Type A-persoonlijkheid. Sterke wil. Koppig. Jullie hebben totaal niets met elkaar gemeen.'

'Niet iedereen kan het zonnetje in huis zijn.'

'Natuurlijk wel!' verkondigde Deenie theatraal. 'Met glitter en kleur kan iedereen dat.'

Elinor grinnikte. 'Jouw trouwjurk is straks zeker een en al blingbling, hè?'

'Ik verklap niets,' antwoordde Deenie zangerig. 'Maar ik druk mijn liefde uit met glitter, dus alles is mogelijk.'

Bij de stenen reling legde Charlotte haar mobiel vloekend met een harde tik neer. Ze hief haar champagneglas op en dronk het in één teug leeg.

Deenie volgde Elinors blik en trok een gezicht. 'Sta je open voor gratis advies?' vroeg ze.

'Tuurlijk.' Elinor tilde haar glas op en nam een slokje.

'Ik heb altijd het gevoel gehad dat mijn hele familie al mijn beslissingen in twijfel trok. Hun kritiek heeft hun alleen nooit iets opgeleverd. Als je haar pusht, haar het idee geeft dat ze moet kiezen tussen jou en hem, kiest ze misschien wel voor hem, omdat hij niet degene is die haar een rotgevoel geeft. Of omdat ze niet wil toegeven dat je gelijk hebt.'

'Ik weet het,' prevelde Elinor. Het was alleen zo moeilijk om Charlotte níét in bescherming te nemen, zelfs tegen haarzelf.

Zij was de oudste zus. Het was haar taak om op hen te passen. Altijd.

Kendall voegde zich bij Charlotte, en dat was waarschijnlijk maar goed ook. Als Elinor haar troost had geboden, zou ze onvermijdelijk iets hebben gezegd wat verkeerd zou vallen bij haar zus. Kendall wist wél hoe ze haar moest aanpakken.

'Ander onderwerp?' stelde Deenie voor.

'Graag.' Elinor draaide zich om naar het vuur, om te voorkomen dat ze naar haar zus bleef staren.

Deenie stak haar arm door die van haar en trok haar mee naar de bank tegenover de vuurkorf. 'Ik zocht een subtiele manier om dit ter sprake te brengen, maar ik kan niets bedenken, dus nu zeg ik het maar gewoon. Ik zweer dat het niet mijn bedoeling was om jullie af te luisteren, maar ik hoorde dat Levi je vroeg hoe het schrijven ging. Ik moest me echt inhouden om niet gillend op je af te springen. Ben jij stiekem een schrijver?'

'Nee,' sputterde ze instinctief tegen. 'Ik heb alleen maar wat dingen uitgeprobeerd toen ik een aantal leerlingen hielp met hun schrijfprojecten.'

'Maar je hebt een boek geschreven.'

Elinor werd rood. 'Dat klopt, maar ik heb er nooit wat mee gedaan...'

'Maar je bent dus een schrijver!' riep Deenie bewonderend. Ze wipte opgetogen op en neer op de bank. 'Volgens mij heb ik nog nooit een schrijver ontmoet. Ik snap echt niet hoe je een heel boek in je hoofd kunt bedenken, maar ik ben wel een boekenwurm. Wat voor dingen schrijf je? Zeg alsjeblieft romantische verhalen. Natuurlijk is alles geweldig, maar ik besterf het als het romantische verhalen zijn.'

Elinor moest in weerwil van zichzelf lachen. Het was onmogelijk om niet gevleid te zijn door de vloedgolf van Deenies enthousiasme. Ze had haar schrijfwerk altijd geheimgehouden. Levi en Katie wisten ervan, maar ze had haar breekbare droom niet willen blootstellen aan de aandacht van het stadje. Ze zouden haar allemaal toejuichen. En ze zou onderdoor gaan aan de druk. Maar op een of andere manier voelde Deenies opgetogen reactie niet als druk aan. Eerder als diepe blijdschap.

'Het is een youngadultboek,' bekende ze met zachte stem.

Deenie piepte verrukt, niet in staat haar vreugde in te houden. 'Dat is mijn andere lievelingsgenre. Dystopisch of hedendaags?'

'Eerder dystopisch.'

Deenie piepte weer verrukt en Elinors wangen begonnen pijn te doen van het glimlachen.

'Ik weet niet of het goed is. Ik wilde het weer oppakken, maar... Schrijven was iets wat Katie en ik altijd samen deden.'

'Ally heeft me verteld dat Astrids moeder graag las. Dus jullie schreven samen?'

'Niet sámen samen. We hadden allebei onze eigen projecten, maar het leek iets wat haalbaar was, omdat zij het ook wilde.'

'Nou, ik ben geen schrijver, maar ik zou over hete kolen kruipen om iets te mogen lezen wat jij hebt geschreven, dus als je ooit een proeflezer zoekt, hou ik me aanbevolen.'

Elinors eerste reactie was om het aanbod af te slaan. Puur uit gewoonte. Ze hield haar woorden al zo lang voor zichzelf dat het een angstaanjagende gedachte was om ze met iemand anders te delen. Maar ze vertrouwde Deenie. En dit was een nieuw jaar. Het jaar van Elinor.

'Het is best mogelijk dat ik je daaraan hou.'

Deenie gilde opgetogen en klapte in haar handen. 'Oké, vertel op. Ik wil alles weten.'

Elinor lachte en probeerde geen aandacht te schenken aan Charlotte, die aan de andere kant van de tafel haar champagneglas volschonk.

Ze deed twee uur lang haar best om geen aandacht te schenken aan het verdriet van haar zus. De band speelde, iedereen danste en Charlotte stond net iets te luid lachend aan de rand van de dansvloer, alsof ze iedereen wilde wijsmaken dat ze de tijd van haar leven had.

Tegen middernacht was de grens tussen hun groep en die om hen heen verdwenen, en veranderde het feest in één grote Pine Hollow-viering. Magda arriveerde, reden voor Mac om naar de andere kant van de dansvloer te verdwijnen. Kendall werd weggeroepen voor een noodgeval met een gast op het feest in de grote zaal, de luxeruimte waarvoor toeristen toegang betaalden.

Om een uur of half twaalf kregen ze gezelschap van een paar van Elinors collega's van school en enkele collega's van Charlotte uit de Estates. Ook George was erbij. Hij leek het Elinor gelukkig niet kwalijk te nemen dat hun date in de pub was geëindigd met een schreeuwpartij van haar tegen haar ex. Hij was echt ontzettend aardig en verdiende een veel betere date dan zij was geweest.

Deenie en Connor deden een chachacha-achtig nummer op de dansvloer, waarnaast alle anderen stuntels leken, en Elinor zat weer aan hun tafel, waar ze met haar zussen en Bailey hun vochttekort aanvulden.

Anne dronk een glas water in één keer leeg, met een gezicht dat rozig was van geluk. 'Dit hebben we veel te lang niet gedaan,' zei ze zodra ze weer op adem was gekomen.

'Wat? Midden in de nacht als een gek op een dak staan dansen?' vroeg Charlotte plagerig. 'Dat doe ik elke week.'

'"Van dansen houden was een zekere stap op weg naar verliefd worden,"' citeerde Bailey. De drie zussen Rodriguez staarden haar met open mond aan.

'Heb jij nou net uit *Trots en vooroordeel* geciteerd?' vroeg Anne, op een toon waarop iemand anders zou vragen: 'Heb jij net water in wijn veranderd?'

Bailey werd rood en keek haar onzeker aan. 'Had ik het goed?'

Anne greep haar bij de kraag van haar strakke jasje en kuste haar. Toen lieten ze elkaar lachend en blozend los. 'Kom mee. We gaan dansen, want dat is een zekere stap op weg naar verliefd worden.' Anne sleurde haar vriendin giechelend terug de dansvloer op.

Elinor keek hen na en voelde een enorme blijdschap in zich opwellen. Ze hadden niet veel van dit soort oudejaarsfeestjes meegemaakt. Hun moeder was ziek geweest, daarna was Anne ziek geworden en toen was Katie overleden. Afhankelijk van het levensjaar waarin ze zich bevonden hadden ze op oudejaarsdag met de moed der wanhoop of angstige opluchting vooruitgekeken naar het nieuwe jaar en probeerden ze uit alle macht zich niet op de afwezigen te concentreren. Dit was de eerste keer in lange tijd dat het een gewoon nieuw jaar was. En Anne was dolgelukkig. Dat verdiende ze.

'Bailey is Austen aan het lezen om haar te verrassen,' vertelde Elinor aan Charlotte, terwijl ze naar het paar keek dat breed glimlachend met elkaar danste. 'Ze is ontzettend goed voor Anne.'

'En Warren is vreselijk voor mij. Ik weet hoe je erover denkt, Elinor.'

'Wat?' Elinor trok haar blik met een ruk los van Anne en Bailey, en keek fronsend naar Charlotte, die haar woest aanstaarde. 'Ik heb nooit gezegd...'

'Dat hoefde ook niet.' Ze griste een leeg glas naar zich toe en schonk het vol uit een van de aangebroken champagneflessen waarmee de tafel bezaaid was.

'Misschien zou je wat rustiger aan moeten doen.'

'Misschien zou jij eens niet zo zwaar op de hand moeten zijn en ophouden met proberen controle uit te oefenen op alles wat ik doe.'

'Dat doe ik helemaal nie–' Ze kapte haar ontkenning abrupt

af. Het had toch geen zin. Anne, Deenie en alle anderen die haar hadden verteld dat Charlotte zelf haar conclusies moest trekken over Warren hadden gelijk. Charlotte zou toch niet naar haar luisteren.

Toch bleef een stemmetje in haar achterhoofd fluisteren dat Charlotte niet gelukkig was, dat Warren niet goed voor haar was, en dat het feit dat hij er met oudejaarsavond niet was misschien wel de laatste druppel was die het einde zou betekenen van Charlottes ogenschijnlijk oneindige verdraagzaamheid jegens zijn akelige streken. Misschien was dit wel het perfecte moment om iets te zeggen, omdat het de enige keer was dat ze zou luisteren.

Elinor wist dat ze beter haar mond kon houden.

Maar...

'Ik wil alleen maar dat je met iemand bent die jou op waarde schat. Iemand die aardig is. Iemand als...' Ze haperde en keek om haar heen. Haar oog viel op een geschikte kandidaat. 'Iemand als George.'

Charlotte rolde met haar ogen. 'Dat moet jij nodig zeggen. Ik heb je aan een aardige man gekoppeld, aan George, maar na alles wat Levi heeft gedaan, heb je nog steeds alleen oog voor hem. Ik heb je vanavond met hem zien praten.'

'Hij is een goede vriend van me.'

'Hij wil je terug. Iedereen kan zien dat hij je terug wil. En jij geniet ervan. Maar verwacht alsjeblieft niet dat ik je nog een keer uit de put kom halen wanneer hij je weer dumpt.'

Elinor trok haar wenkbrauwen hoog op. 'Jij? Heb jij me uit de put gehaald?'

'Vind je dat soms grappig? Is het idee dat ik iets voor jou zou kunnen doen lachwekkend omdat ik de jongste ben? Ik ben geen kind meer, Elinor.'

'Ik heb nooit gezegd –'

'Als kind aanbad ik je. Alles ging prima zolang ik braaf deed wat jij wilde, maar toen ik zelfstandig werd en een eigen mening kreeg, wist je niet wat je met me aan moest. Alles wat ik doe is fout, omdat het niet is wat ik van jou zou moeten doen.'

'Dat is niet eerlijk –'

'Ik ben zevenentwintig. Waarom weiger je in te zien dat ik volwassen ben en mijn eigen beslissingen neem? Waarom kun je niet accepteren dat ik zelf weet wat goed voor me is, en dat dat heel misschien Warren is?' Ze draaide zich met een ruk om.

'Charlotte!' riep Elinor haar na, maar haar zus verdween razendsnel door de menigte.

Ze wist dat het dom was en dat ze haar moest laten gaan, maar de bezorgdheid die altijd vlak onder de oppervlakte school, kreeg haar in haar greep. Ze ging achter haar aan, want ze wilde zeker weten dat alles oké was met haar zus.

Ze haalde haar in het trappenhuis in, waar Charlotte haastig de trap afliep. 'Charlotte! Waar ga je naartoe? Het is bijna middernacht.'

'Ik ga naar Warren,' snauwde Charlotte zonder haar pas in te houden.

'Dan zit je om middernacht op de weg!' Haar zus bleef niet staan, maar rende nog sneller de trap af. 'Je mag helemaal niet rijden!'

'Ik bel wel een Uber!' schreeuwde Charlotte over haar schouder. 'Ik ben niet achterlijk. Laat me nou eens met rust.'

'Charlotte, kom terug.'

Haar zus was op de verdieping onder hen aangekomen en draaide zich wild naar haar om. 'Ik weet wat ik doe, Elle. Ik ben geen kind en jij bent niet mijn moeder. Vertrouw me nou toch eens.'

'Dat doe ik heus wel.'

'Hou dan op.'

Elinor dwong zichzelf om op te houden en keek roerloos haar zus na die door de deur naar buiten ging.

Ze bleef een tijdje staan, verlamd door verdovende twijfel.

Ze kon zich niet voorstellen dat ze nu terug zou gaan naar het feest. Het aftellen tot het nieuwe jaar kon elk moment beginnen, maar haar plan voor 'het jaar van Elinor' voelde opeens verkeerd aan. Als een klok waarvan de radertjes niet goed waren afgesteld.

In plaats van naar boven te gaan liep ze naar de lobby, waar ze zich achter een van de versierde kerstbomen in het restaurant verstopte om naar de cirkelvormige oprit te kijken, waar Charlotte op haar Uber wachtte. Kennelijk was Levi niet de enige met een veel te groot verantwoordelijkheidsgevoel. Maar zelfs híj zou tegen haar hebben gezegd dat ze moest stoppen met haar pogingen om op haar zus in te praten en dat ze weer naar boven moest gaan.

Hij kende echter dat gevoel niet, alsof de mensen die haar het dierbaarst waren haar elk moment konden worden ontnomen, en dat ze alles moest doen wat in haar vermogen lag om hen te beschermen. Zelfs als ze er horendol van werden.

Of misschien kende hij het gevoel wél. Misschien was dat juist wel het probleem geweest. Dat ze allebei probeerden iedereen in hun omgeving te redden en controle te houden over dingen waarover ze geen enkele controle hadden.

Uit de zaal kwam muziek op haar af zweven, vermengd met gelach en het geroezemoes van opgetogen stemmen. Het was bijna middernacht, maar Elinor verroerde zich niet. Ze kwam pas in beweging nadat Charlotte in een blauwe SUV was gestapt en was weggereden.

'Alles in orde?'

Elinor slaakte een gilletje van schrik en viel bijna in de kerstboom waar ze zich achter had verstopt. 'George!'

Hij stak zijn handen uit om haar op te vangen, maar ze had haar evenwicht al hervonden en hij trok zijn handen terug. 'Sorry. Het was niet mijn bedoeling om je te laten schrikken. Ik zag Charles en jou zojuist weglopen, en toen jullie niet terugkwamen wilde ik even kijken of er iets was.'

'Je mist het aftellen.'

'Dat is niet erg. Dat komt volgend jaar wel weer. Gaat het?'

Ze schudde haar hoofd, niet zozeer in antwoord op zijn vraag als wel om zijn bezorgdheid weg te wuiven. 'Mijn zus en ik irriteren elkaar altijd mateloos. Niets nieuws aan de hand dus.'

In de zaal begonnen de feestgangers af te tellen naar middernacht. 'Tien... negen...'

Ze bloosde schuldig omdat hij door haar het feest miste. 'Je had niet naar beneden hoeven komen...'

'Weet ik. Ik ga gauw weer terug naar boven. Ga je mee?' De laatste woorden schreeuwde hij om boven het luide 'gelukkig nieuwjaar' in de zaal uit te komen en er gleed een lachje om zijn lippen. 'Gelukkig nieuwjaar,' zei hij kalm.

'Gelukkig nieuwjaar.' Ze nam hem onderzoekend op. 'Jij houdt niet van overdreven gedoe, hè, George Leneghan?'

'Och, dat zou ik niet durven zeggen. Maar je moet niet vergeten dat ik vier oudere zussen heb. Ik ben bekend met het onderlinge geruzie van kinderen uit één gezin. En ik weet ook wanneer het verstandig is om dat geruzie te negeren.'

'Slim.'

'Dat ben ik inderdaad,' beaamde hij met gespeelde arrogantie, terwijl ze naar de liften liepen. 'Ik ben zelfs zo geniaal dat je waarschijnlijk nog een keer met me op een date moet, zodat je mijn genialiteit leert waarderen.'

Ze schudde glimlachend haar hoofd. 'Wil je echt nog een keer met me uit na wat er de vorige keer is gebeurd? Ik weet niet goed of ik nu onder de indruk moet zijn of dat ik mijn mening over je intelligentie moet herzien.'

De liftdeuren gleden open en hij stak schouderophalend een hand uit om ze open te houden, zodat zij als eerste naar binnen kon gaan. 'Iedereen heeft een verleden. Jij woont in een klein stadje. Dan is het niet meer dan logisch dat er af en toe iets uit dat verleden opduikt. Dat betekent niet dat je geen toekomst hebt. En misschien is daarin wel plek voor mij. Je lijkt me iemand die ik erg leuk zou vinden.'

Ze drukte op de knop voor het dak en hij liet de deuren dicht glijden. Een toekomst klonk geweldig. Het klonk net als het jaar van Elinor. En misschien was de rustige George wel precies wat ze in haar leven nodig had. Ze was hem sowieso een leukere date verschuldigd.

'Zal ik je eens wat zeggen? Ik ga graag nog een keer met je uit. Als het aanbod nog steeds geldt, tenminste.'

Hij lachte en het kuiltje in zijn ene wang werd weer zichtbaar.

25

Voor degenen die een ons welbekende bibliothecaresse op oudejaarsavond samen hebben gezien met een nieuweling in ons stadje is het misschien een verrassing om te horen dat een zekere politiechef de afgelopen week verschillende keren is gespot met de hond van eerdergenoemde bibliothecaresse...

Stadsnieuwsbrief Pine Hollow
Maandag 10 januari

Toen Elinors appje op dinsdagmiddag om kwart over drie binnenkwam, voelde Levi een onverwachte, onmiskenbare golf van opluchting in zich opwellen.

Niet alleen omdat het de eerste keer in drie jaar tijd was dat Elinor hem uit zichzelf een berichtje had gestuurd, of omdat ze zich ook tot iemand anders had kunnen wenden, maar vooral omdat hij, als hij heel eerlijk was, de hond ontzettend miste.

De gps die Elinor aan Dory's halsband had bevestigd had via haar telefoon gewaarschuwd dat het dier was ontsnapt en ergens buiten rondliep. Elinor zat nog minstens een uur vast op school vanwege het naschoolse programma. Ben en Ally waren nog niet terug van hun huwelijksreis, wat verklaarde waarom Elinor Dory niet naar de nieuwe luxedagopvang van Furry Friends had gebracht.

Levi schoof zijn stoel onder het bureau vandaan, blij met het excuus om het papierwerk te kunnen laten voor wat het was, en liet haar via een gesproken berichtje weten dat hij er meteen op afging. Elinor reageerde onmiddellijk met een bedankt-gifje en een link voor de gps-tracker.

'Dory is weer ontsnapt,' zei Levi tegen Kaye toen hij langs haar kwam, zodat ze wist dat ze hem in de Explorer kon bereiken als zich iets dringends voordeed.

Zodra hij achter het stuur zat, plaatste hij zijn mobiel in de houder en riep hij de gps-tracker op. In eerste instantie leek het hondenicoontje niet te bewegen, maar toen realiseerde hij zich dat de technologie niet bepaald hetzelfde niveau had als die in de *Mission: Impossible*-films en dat het updaten van de site traag verliep. Het hondje bleef knipperend op één plek staan en sprong na een halve minuut naar een andere locatie. Levi volgde de icoontjes tot hij zeker wist in welke richting Dory zich verplaatste en startte toen de motor. Hij zette het audioboek uit en reed de parkeerplaats af om de achtervolging in te zetten.

Dory leidde hem op haar eigen onnavolgbare wijze zigzaggend door de stad, waarbij de achtervolging nog eens extra werd bemoeilijkt doordat bijna de helft van de straten in Pine Hollow eenrichtingsverkeer had. Nadat hij ongeveer een kwartier achter het knipperende hondenicoontje aan had gezeten, sloeg het een bekend landweggetje in en hield het stil.

Dory was naar de molen teruggegaan.

Levi wierp tijdens de rit naar de molen elke halve minuut een blik op de gps-tracker om er zeker van te zijn dat ze niet verder was gegaan, maar het icoontje van de tracker bleef waar het was. Omdat hij niet kon zeggen hoe nauwkeurig de gps was, bleef hij waakzaam om zich heen kijken toen hij de met grind bedekte oprit opreed en de motor uitzette. Hij stapte uit zijn auto en het met ijs bedekte grind knerpte onder zijn voeten. Nergens was een witte pluimstaart te bekennen.

'Dory, wil je de bal?' riep hij. De enige reactie was een bonkend geluid vanuit de molen, alsof er een lawine van kleine stenen naar beneden kwam zetten.

'Het is daar niet veilig, Door,' riep hij, in de hoop dat het geluid van zijn stem haar naar buiten zou lokken, zodat hij de bouwval niet in hoefde om haar te halen. Hij strekte zijn arm uit over de middenconsole om een zak met hondensnacks uit het dashboardkastje te halen. Hij rammelde er even mee en hoorde in de molen weer een lading stenen naar beneden rollen. Dory kwam echter niet als een dolle naar buiten rennen door de stenen boogpoort waarvan de deur al een hele tijd geleden van de scharnieren was gevallen.

Hij zou de boel eigenlijk moeten dichttimmeren, zodat jongeren en ondernemende honden niet konden worden vermorzeld door vallende balken in het slooprijpe gebouw. Er hing wel een bordje met VERBODEN TOEGANG VOOR ONBEVOEGDEN, maar daar zou hij zich zelf als tiener niet door hebben laten tegenhouden, en datzelfde gold zeker voor Dory.

Het land was nog niet verkocht. De aanpassing van het bestemmingsplan had vertraging opgelopen. Een inwoner had anoniem een openbare hoorzitting over het onderwerp aangevraagd en de gemeenteraad had het rond Kerstmis zo druk gehad dat die nog niet was gepland. Dat hield in dat de molen nog niet onder de verantwoordelijkheid van een ontwikkelaar viel en daarom was het Levi's taak om ervoor te zorgen dat er geen gewonden vielen.

'Kom dan, Dory,' zei hij vleiend. Hij liep naar de half ingestorte boogpoort en rammelde met het zakje. Toen hij zo dichtbij was dat hij naar binnen kon kijken, besefte hij dat het in de molen minder donker was dan hij had verwacht. Na de laatste sneeuwbui was een derde van het dak naar beneden komen zetten, maar dat kon je vanaf de weg niet zien. Door de gaten in het dak stroomde licht naar binnen op de vloer, waar zich sneeuw had opgehoopt. In de schaduw ontwaarde hij een glimp van een witte vacht.

'Dory!' Toen Levi over de drempel stapte, stak er net een windvlaag op en het hele gebouw kraakte. 'Dit is geen spelletje, meisje.'

Ze trok zich met krassende nagels terug in een hoek achter in het gebouw, tolde opgetogen om haar as en sprintte langs de wanden van het gebouw naar een halfvergane trap. Ze klauterde omhoog naar het restje van wat ooit de eerste verdieping was geweest.

De bijzonder onstabiele eerste verdieping.

Levi deed instinctief twee stappen in haar richting, maar bedacht toen dat ze vast zou denken dat het een spelletje was en weer weg zou rennen. Hij bleef staan en schudde met het zakje. 'Dory, wil je wat lekkers?'

Het hondje spitste haar oren. Het gebouw kreunde knarsend in de wind en het verrotte hout onder de pootjes van de hond verschoof toen ze zich afzette en op een stapel afbrokkelende stenen landde. Onder haar gewicht rolden kleine stukjes steen als een minilawine naar beneden.

Ze kwam dansend naar hem toe en ging zitten in afwachting van haar snack. Haar staart zwiepte door het puin.

'Dit is geen veilige plek om te spelen,' vertelde Levi haar. Hij tastte naar de riem in zijn achterzak, maar toen ze dat in de gaten kreeg, sprong ze weer weg. 'Werk nou eens mee, Door,' gromde hij.

Achter hem klonk een harde klap. Levi draaide zich met een ruk om naar het niet langer overdekte gedeelte van het gebouw, al zijn spieren gespannen. Zijn mond viel open bij de aanblik die hem begroette.

Kennelijk was Dory niet de enige die dacht dat de vervallen molen een fijne plek was om te spelen.

De ene muur van de ruïne was van boven tot onder bedekt met graffiti, die tot ver boven Levi's hoofd reikte. In de sneeuw aan de voet van de muur stonden tientallen voetafdrukken en er stond zelfs een ladder tegen de muur, die eruitzag alsof hij bij de eerstvolgende stevige bries zou omvallen.

'Wel allemachtig.'

Levi draaide zich om rond zijn as. Nu hij wist waar hij op moest letten, ontdekte hij nog meer kleurige verfvegen op andere plekken in het donkere gebouw.

Hun vandaal was niet gestopt met zijn werk toen het sneeuwseizoen aanbrak. Hij had zijn werkterrein hiernaartoe verplaatst.

Levi bewoog zich behoedzaam over de oneffen vloer en liep naar de ladder. De verf zag er nieuw uit. Hij voelde aan de muur en zijn vingers bleven een beetje plakken aan het kleverige oppervlak. 'Hallo?' riep hij. 'Is hier iemand?'

'Verwachtte je soms iemand?'

Levi keek om naar de ingang. Elinor was onder de afbrokkelende stenen poort door naar binnen gekomen en bukte zich nu om de van blijdschap wild kronkelende Dory te begroeten. 'Ik dacht dat jij het naschoolse programma moest begeleiden.'

'We zijn net klaar.' Ze gaf de hond een laatste aai, ging rechtop staan en tuurde naar de muur achter Levi. 'Wauw. Hoelang zit dat hier al?'

'Aangezien ik er geen gewoonte van maak om vervallen gebouwen binnen te gaan, tenzij ik achter jouw hond aan zit, zou ik het niet weten.' Hij keerde de graffitimuur de rug toe. 'En nu we het er toch over hebben: laten we maken dat we hier wegkomen. Het is niet veilig.'

'Het is hier nooit veilig geweest. Het was al een bouwval voordat wij waren geboren, maar daar trokken wij ons als kind ook nooit wat van aan.'

'Toen was het dak niet half ingestort.'

Elinor kwam iets verder het gebouw in en bekeek de muurschilderingen achter hem aandachtig.

'Je bevindt je op verboden terrein,' waarschuwde hij haar, maar hij hield haar niet tegen. Het was fijn om hier weer terug te zijn met haar. Als ze met z'n tweeën bij de molen waren, leek het altijd alsof alles mogelijk was.

'Vroeger was je nooit zo van de regels.'

'Toen was ik geen politiechef.'

'De grote, stoere Levi, beschermer van Pine Hollow en handhaver van verordeningen.' Ze legde haar hoofd in haar nek om de muur te bekijken. 'Deze zijn best mooi.' Er verscheen een rimpel tussen haar wenkbrauwen. 'Komen ze jou ook bekend voor?'

'Ze doen denken aan de graffiti die iemand afgelopen herfst overal in de stad heeft achtergelaten, als je dat soms bedoelt.'

'Nee, het is iets anders. Ik heb het gevoel dat ik zoiets eerder...' Haar stem stierf weg. 'Ik kan me alleen niet herinneren waar.' Ze knikte naar de muur die het dichtst bij haar was. 'Dat ziet er recent uit.'

'Volgens mij hebben we de kunstenaar net gemist. Of hem verjaagd.'

'Hem?'

Hij haalde zijn schouders op. 'Een gokje. Het kan ook een meisje zijn. Of een groep. Maar Marjorie denkt dat om één persoon gaat. Een groep zou het nooit zo lang geheim kunnen houden.' Hij maakte zijn blik los van de graffiti. Nu Elinor het had gezegd, moest hij toegeven dat het werk best mooi was. 'Kom, laten we weggaan voordat de rest van het gebouw instort.'

Ditmaal sputterde ze gelukkig niet tegen. Dory volgde hun voorbeeld. Ze racete voor hen uit naar buiten en trok een sprintje om zijn Explorer. Toen sprong ze in één keer boven op de motorkap. Daar dook ze in elkaar en sloeg ze hem met vooruitgestoken oren gade.

'Volgens mij heeft ze je gemist.'

Ik heb haar ook gemist, dacht Levi, maar hij hield de gedachte voor zichzelf. Hoewel hij het stiekem best leuk vond om met de hond naast zich op de passagiersstoel rond te rijden, wilde dat niet zeggen dat hij bereid was om toe te geven dat hij aan haar gehecht was geraakt. Dory was niet van hem. Net zoals Elinor niet van hem was. Waarschijnlijk had ze op oudejaarsavond om middernacht iemand anders gekust. Die ene vent die ook bij het aansteken van de kerstboomverlichting op het plein was geweest.

'Hoe was de rest van dat oudejaarsfeest?' vroeg hij, omdat hij het nu eenmaal niet kon laten.

Elinor grimaste en haar bril gleed omlaag over haar opgetrokken neus. 'Kleine aanvaring met Charlotte.'

Hij deed zijn best om meelevend te kijken, maar in werkelijkheid voelde hij opluchting omdat ze niet meteen over die ene vent was begonnen.

'Het is verschrikkelijk frustrerend. Ik kan niets tegen haar zeggen zonder dat ze het verkeerd opvat. Het begon ermee dat ik zei dat Bailey goed is voor Anne. Bailey leest namelijk de boeken van Jane Austen om Anne beter te kunnen begrijpen. Dat vind ik ontzettend lief. Anne is dolgelukkig, en als iemand het verdient om gelukkig te zijn, is zij het wel. Maar zodra ik dat zeg, verdraait Charlotte mijn woorden zo dat het opeens over Warren gaat en het feit dat ik hem haat. Nu haat ik hem eigenlijk ook, want hij gedraagt zich echt schofterig tegen haar en zij pikt dat gewoon. Hij is onuitstaanbaar en arrogant, maar dat zou allemaal niets uitmaken als hij haar niet had laten stikken op oudejaarsavond. Daardoor ging zij door het lint en begon ze tegen me te schreeuwen.'

Levi knikte zwijgend. Hij kon zich de aanvaring die ze beschreef levendig voorstellen. Elinor en Charlotte hielden zielsveel van elkaar, maar konden elkaar ook stapelgek maken.

'Toen beschuldigde ze me ervan dat ik de baas over haar wil spelen en haar nooit als een volwassene behandel.' Ze keek hem aan. 'Jij hebt ons samen meegemaakt. Zeg eens eerlijk. Behandel ik haar als een klein kind?'

Levi trok een pijnlijk gezicht. 'Krijg ik er problemen mee als ik eerlijk antwoord?'

Het masker van deugdzame verontwaardiging op Elinors gezicht begon barstjes te vertonen en ze kreunde. 'Verdorie. Dat doe ik dus echt.'

'Soms wel.'

'Ik wil alleen maar wat het beste is voor haar! Ik ben haar grote zus. Het is mijn taak om op haar te letten.'

'Kan wel zijn, maar ze is geen acht meer.'

'Dat heb ik ook nooit gezegd!'

Hij hief zijn handen op in een gebaar van overgave. 'Hé, ik sta aan jouw kant. Maar als zij wil daten met iemand die niet goed genoeg voor haar is, is dat haar beslissing. Iedereen maakt fouten. Daar leren we toch van?'

'Ik wil niet dat ze fouten maakt. Ik wil niet dat ze wordt gekwetst. Ik hoor haar –' Ze stopte abrupt met praten en lachte een beetje verbitterd. 'Ik had bijna gezegd dat ik haar hoor te beschermen. Dat is precies wat jij ook altijd bij mij doet. Je zorgt voor me, je doet van alles voor me. En ik word er gek van, omdat ik wil dat je het me eerst vraagt en er niet vanzelfsprekend van uitgaat dat ik zelf geen externe starter in mijn eigen auto kan laten plaatsen als ik dat wil.' Ze wierp hem een halfhartige boze blik toe. 'Waarom moet je het me per se van haar kant laten zien? Nu moet ik tegen haar zeggen dat het me spijt.'

Hij lachte zacht. 'Ik vind het ook niet leuk om je te moeten vertellen dat je niet onfeilbaar bent. Dat is vast nieuw voor je.'

Ze rolde met haar ogen. 'Je weet wel beter. Deze stad dénkt alleen maar dat ik perfect ben.'

'Dat is altijd beter dan het alternatief.'

Ze keek hem fronsend aan. 'Je weet best dat niemand meer zo over jou denkt.'

'Het crimineeltje in de dop?'

'Jij bent nooit echt slecht geweest. Net zoals ik nooit perfect ben geweest. Er is altijd een verschil tussen het beeld dat mensen van je hebben en degene die je werkelijk bent, zeker in een stadje als dit, waar iedereen overal een mening over heeft. Jij was degene die mijn onvolkomenheden zag, en ik zag jouw perfecte kanten.'

Ze zat er natuurlijk radicaal naast, maar hij hield van haar.

De woorden echoden kristalhelder door zijn hoofd. Een onopgesmukt feit. Hij hield van haar. Hij had altijd van haar gehouden en was daar nooit mee gestopt. En hij zou er ook nooit mee stoppen. Ook al was dit wat ze nu van elkaar waren. Vrienden. Ook al was dit gewoon het beste.

'Heb je je boek al opgestuurd?' vroeg hij, om het gesprek een andere wending te geven.

Ze ademde diep in, zenuwachtig. 'Ja,' gaf ze toen schoorvoetend toe.

'En?'

Ze bloosde. 'Ik heb al een reactie teruggekregen.'

'Dat is snel.'

'Inderdaad. Ik ging ervan uit dat het weken zou duren voordat ik iets zou horen, misschien zelfs maanden. Er gaat best veel tijd overheen, toch? Dat zegt iedereen. Maar vandaag zat er een antwoord in mijn mailbox, twee dagen nadat ik het had opgestuurd.'

'Wat stond erin?'

Ze kneep kreunend haar ogen dicht. 'Dat weet ik niet! Ik durf de mail niet te lezen. Hij kwam binnen nadat ik jou net dat appje over Dory had gestuurd. Ik heb ernaar zitten staren en dacht: zolang ik hem niet openmaak, is het geen afwijzing.'

'Volgens mij werkt het niet zo.'

'Je moet het zien als Schrödingers email. Zolang ik hem niet open, is het zowel een afwijzing als een aanbod. Het beste en slechtste tegelijk. Maar zodra ik hem openmaak, is het slechts een van de twee. Als ik het eenmaal weet, is het definitief. Stel nou dat het een afwijzing is?'

'Stel dat het een aanbod is. Wil je die arme agent dan echt laten wachten voordat je hem jouw genialiteit ter beschikking stelt?'

Ze schudde haar hoofd. 'Het is te snel. Ze antwoorden alleen zo snel als het een afwijzing is. Waarschijnlijk hebben ze maar een paar bladzijden gelezen.'

'Misschien lezen ze heel snel. Misschien heeft iets in jouw idee hun interesse gewekt en hebben ze zich laten meeslepen.'

'Probeer nou niet om me op te beuren,' klaagde ze. 'Ik heb hem nog niet eens gelezen en ben nu al een wrak. Ik kan hier niet tegen. Ik kan er niet tegen om te falen.'

Hij snoof spottend. 'Je hebt er gewoon minder ervaring mee dan ik.'

'Levi.' Ze keek hem boos aan. 'Hou nou eens op. Je bent geen mislukking.'

'Jij ook niet. In elk geval niet tot je die email openmaakt.'

Ze kreunde en lachte tegelijk. 'Het is te snel.'

'Je weet dat je hem uiteindelijk zult moeten lezen.'

'Het hóéft niet,' zei ze.

'Wel als je echt schrijver wilt worden.'

'Maar het hóéft dus niet,' herhaalde ze.

Hij lachte. 'Tja. Je droomt er al sinds je twaalfde van. Misschien is het slechts een fase die vanzelf voorbijgaat.'

Ze keek hem boos aan en hij grinnikte. 'Luister, ik heb gehoord dat iedere schrijver wel eens wordt afgewezen. Behalve dan misschien Stephen King, maar ik weet vrij zeker dat hij zijn ziel ooit aan de duivel heeft verkocht en ik denk niet dat jij daar iets voor voelt.'

'Haha.'

'Het is een overgangsrite. Bovendien leren we meer van onze mislukkingen dan van onze successen. Je kunt er bijvoorbeeld van leren –'

'Dat ik een vreselijk slechte schrijver ben die nooit gepubliceerd zal worden?'

'Je kunt er bijvoorbeeld van leren hoe je moet omgaan met een afwijzing. Tot dusver lijk je daar niet goed in te zijn. Je kunt ervan leren of je een afwijzing kunt accepteren als iets wat bij het leven hoort, of dat je al je boeken liever op de harddrive bewaart en nooit aan iemand laat lezen die kritiek zou kunnen leveren. Of dat je wilt weten hoe je beter kunt worden. De Elinor die ik ken, wilde altijd de beste zijn, en daar werkte ze heel hard voor. Ben je echt niet bereid om hiervoor te werken? Wil je serieus dat het je op een presenteerblaadje wordt aangereikt? Ik moet eerlijk zeggen dat het, als die email een aanbod bevat, heel slecht voor je karakter zal zijn om het zo gemakkelijk binnen te slepen. Een mislukkinkje zou goed voor je zijn.'

Elinor schudde glimlachend haar hoofd. 'Probeer je nu mijn geluk te synthetiseren?'

Hij knipperde met zijn ogen. 'Ik heb geen flauw idee wat dat betekent.'

'Het komt uit een podcast waar ik naar luister.'

'Ach, natuurlijk.'

'Wil je het weten of niet?'

'Altijd.' Elinor verzamelde informatie zoals een ekster glimmende dingen verzamelde, voortdurend op zoek naar willekeurige feitjes, en hij vond de werking van haar geest oneindig fascinerend.

Ze keek chagrijnig, maar leek zich niet langer te wentelen in de vermoedde afwijzing. 'Het is van een hoogleraar, volgens mij van Harvard, die het had over het idee van gesynthetiseerd geluk. Natuurlijk geluk is wanneer je iets fijns overkomt, bijvoorbeeld als je de loterij wint of je droombaan in de wacht sleept. De kick daarvan duurt niet lang. Maar wat kennelijk eerder tot langdurig geluk leidt is het vermogen om dingen in een positief licht te plaatsen. Om de goede kant van iets te zien, en tegenslag te beschouwen als iets wat jou vormt tot degene die je behoort te zijn. Zo ben ik bijvoorbeeld blij dat ik op de wachtlijst van Stanford ben gezet, want als ik meteen was toegelaten, was ik daar waarschijnlijk ook gaan studeren, omdat mijn moeder altijd tegen me had gezegd dat ze hoopte dat ik naar een universiteit zou gaan die een uitdaging voor me vormde. Maar Dartmouth was veel beter voor me, want daardoor was ik dichter bij mijn familie.'

'Je hebt drie dagen zitten huilen toen je op de wachtlijst van Stanford werd gezet.'

'Ja, maar nu ik erop terugkijk, ben ik oprecht blij dat ik niet ben toegelaten. En niet alleen omdat Dartmouth veel beter bij me paste, maar ook omdat iedereen altijd tegen me had gezegd dat ik overal naartoe kon gaan. Ik had een realitycheck nodig die me duidelijk maakte dat zelfs de beste leerling niet automatisch mocht verwachten dat ze altijd kreeg wat ze dacht dat ze wilde. En soms is het zelfs beter om niet alles te krijgen.'

'Oké, maar ga je die email nou nog openmaken of hoe zit het? Of wil je liever niet weten of dit zo'n voorbeeld is van iets waar je sterker van wordt doordat je niet krijgt wat je verlangt?'

'Nu meteen?' Haar stem piepte. 'Waar jij bij bent?'

'Waarom niet?'

26

Is het slechts een vriendendienst dat de een op het huisdier van de ander past? Of zit er meer achter?

Stadsnieuwsbrief Pine Hollow
Maandag 10 januari

Elinor tuurde onderzoekend naar Levi's kalme, onverstoorbare gezicht en kon opeens geen enkele reden meer bedenken om de email níét te openen. Het zou afschuwelijk zijn om de email te openen in het bijzijn van ieder ander. Ze zou het ronduit hebben geweigerd en het moment van torenhoge euforie of diepe vernedering hebben bewaard tot ze alleen was.

Maar dit was Levi. Bij hem hoefde ze zich niet groot te houden. Ze hoefde zich er niet druk om te maken of ze bij goed nieuws wel op de juiste manier reageerde of dat ze zijn verwachtingen moest temperen, en of ze hem bij slecht nieuws moest geruststellen dat ze er niet mee zat.

Ze haalde snel haar telefoon uit haar jaszak, voordat de moed haar in de schoenen kon zinken. Ze opende haar mailbox en daar was hij.

De bekende regel met het onderwerp. De naam in het emailadres.

Haar gedroomde literair agent.

Ze schreef al verhalen sinds ze jong was, sinds ze op het andere uiteinde van de bank in Katies kelder was gaan zitten en ze samen in een krullend, kinderlijk handschrift hun dromen hadden opgeschreven. Ze wilde dit al heel lang, en het had nog nooit zo dicht binnen handbereik geleken. Of juist verder buiten handbereik.

Schrödingers email.

Ze hoefde hem niet te openen.

Ze had het ambitieus aangepakt en had wel tien literair agenten en uitgeverijen benaderd. Maar deze, die op wonderbaarlijke wijze als eerste had gereageerd, was degene die ze het liefst wilde hebben. De literair agent met een podcast waar ze steevast naar luisterde, die klonk alsof ze in de uitgeefwereld de wijsheid in pacht had.

En ze had geantwoord.

Elinor vermeed Levi's blik. Ze haalde diep adem en tikte op het scherm.

Haar blikveld vulde zich met losse woorden.

Helaas afslaan... vertelwijze sprak me niet aan... werd er niet door gegrepen... heel moeilijk om door te breken in de huidige markt...

Het was een mooie brief. Een vriendelijke brief.

En een afwijzing.

'Shit.'

Dat was Levi, die de reactie op haar gezicht zag.

Ze keek hem grimassend aan. 'Ik word er sterk van, zal ik maar zeggen.'

'Wat zeggen ze?'

Ze haalde haar schouders op. 'De uitgeversvariant van "het ligt niet aan jou, maar aan mij". Ze doet haar best om aardig te klinken, maar het komt erop neer dat ze het niet goed vindt.'

Er was één zin bij die bleef hangen. Een onschuldig zinnetje over de noodzaak om anders en origineel te zijn als je tegenwoordig wilde doorbreken. Er stond weliswaar niet letterlijk dat haar werk afgezaagd en onorigineel was, maar zo voelde het wel.

De woorden werden wazig en verdwenen in een brei, maar konden uiteindelijk in één woord worden samengevat.

Nee.

En dat kwam hard aan.

Ze was ervan overtuigd geweest dat het boek dat ze had opgestuurd het beste was wat ze ooit had geschreven. En dat haar idool in de uitgeefwereld dat zou inzien. Dat ze een van de succesverhalen zou worden waarover de agent het in haar podcast had. De nieuwe ster in de boekenwereld.

De teleurstelling was als een grot, een grote holle ruimte die zich in haar borst opende, waar een kille wind doorheen joeg.

'Stop je nu voorgoed met schrijven?'

Haar wenkbrauwen vormden een rechte streep. 'Wat? Nee, natuurlijk niet.'

'Dan heb je je eerste afwijzing dus overleefd. Gefeliciteerd. Je zou de brief eigenlijk moeten inlijsten.'

'Dat ga ik dus echt niet doen.'

'Op een dag wordt het een verzamelobject. De eerste afwijzing die de fantastische Elinor Rodriguez kreeg, voordat ze een ster werd in de boekenwereld.'

Ze rolde met haar ogen. 'Je hoeft me echt niet op te vrolijken, Levi.'

'Dat doe ik helemaal niet. Ik wil graag een kopie van die email. Die wordt ooit erg waardevol. Zou je hem voor me willen signeren en van een datum voorzien?'

Ze schudde glimlachend haar hoofd. 'Doe niet zo belachelijk.'

'Gaat het wel?' vroeg hij zacht.

'Ja, hoor,' antwoordde ze al even zacht.

Ze had de wereld willen veranderen met haar woorden. Als schoolbibliothecaresse liet ze kinderen kennismaken met de magie van boeken. Ze was ervan overtuigd dat kinderen die niet van boeken hielden gewoon nog niet de juiste boeken voor zichzelf hadden gevonden. Ze maakte van dichtbij mee dat een verhaal de manier waarop ze naar de wereld keken veranderde, hun belangstelling bijbracht voor nieuwe ideeën en mogelijkheden. Dat had zij ook willen doen. Ze had iets willen creëren wat een blijvende indruk achterliet.

Maar één afwijzing betekende niet dat ze dat niet kon.

Ze had altijd enorm veel druk gevoeld om te voldoen aan de verwachtingen die anderen van haar hadden. Als ze het de eerste keer niet perfect deed, voelde het alsof ze iedereen teleurstelde. Daarom had ze nooit iemand verteld dat ze schreef. Het was te gevoelig. Te riskant. Maar met Levi was het anders. Hij had al haar onvolkomenheden meegemaakt en had er evengoed het volste vertrouwen in dat ze kon zijn wat ze volgens iedereen was. Het meisje dat Pine Hollow op de kaart zette. Hij gaf haar het gevoel dat ze onoverwinnelijk was. En hij had precies geweten wat hij moest zeggen.

'Waar heb jij zo veel over afwijzingen geleerd?'

Zijn glimlach was vol zelfspot. 'Afgezien van mijn persoonlijke ervaring, bedoel je?'

'Levi.' Ze keek hem geërgerd aan. Ze vond het vreselijk als hij grapjes maakte ten koste van zichzelf.

'Ik heb naar een podcast geluisterd,' gaf hij toe. 'Een paar zelfs.'

Hij bagatelliseerde het. Hoe ze het wist kon ze niet zeggen, maar ze was ervan overtuigd dat het er minstens vijf moesten zijn geweest. 'Waarom?'

Hij haalde zijn schouders op. 'Jij doet dit. We zijn vrienden. Ik wil weten waar je mee te maken krijgt.'

Dat was typisch iets voor Levi. Hij probeerde altijd te anticiperen op wat zij nodig zou hebben. Maar nu zat ze er niet mee. Eigenlijk smolt haar hart zelfs een beetje.

Ze wilde hem niet aankijken en draaide haar hoofd om. Voor haar doemde het TE KOOPbordje op. 'Ik kan nog steeds niet geloven dat ze hem gaan verkopen,' zei ze. 'Dat ze hem gaan slopen om er appartementen te bouwen. Het was natuurlijk altijd al een ruïne, maar toch dacht ik dat hij hier altijd zou blijven staan.'

'Wat zou je ervan zeggen als ik hem kocht?'

Ze draaide haar hoofd met een ruk naar hem om en staarde hem aan. 'Wat?'

'Ik zou er een caravan kunnen neerzetten om in te wonen terwijl ik een huis bouw. Nu huur ik. Het zou best leuk kunnen zijn.'

'Dus jij wilt een vervallen molen kopen?'

Hij keek haar aan en schokschouderde. 'Misschien.'

Hij loog.

Hij had een indrukwekkend pokerface, maar tegen haar had hij nooit kunnen liegen. Ze wist niet zeker waarover hij loog – dat hij de molen wilde kopen? – maar hij hield iets voor haar achter. Zijn blik leek haar uit te dagen, naar een reactie te speuren.

Moest ze nu tegen hem zeggen dat hij de molen moest kopen? Omdat het hun plek was? Wilde hij dat ze bij hem in de molen kwam wonen waar ze verliefd waren geworden?

Dat toekomstbeeld leek heel ver weg.

Er was geen enkele reden dat die gedachte haar verdrietig maakte. Hun relatie was voorbij. Al een hele tijd. Maar kennelijk was haar hart dat vergeten.

Terwijl ze naar hem stond te staren ging zijn mobiel.

Hij wierp er een blik op en keek achterom naar de Explorer, waar Dory uitgestrekt op de motorkap lag te slapen. 'Ik moet terug.'

'Tuurlijk. Bedankt dat je haar hebt gevonden,' zei Elinor. Ze maakte Dory wakker en lokte haar van de motorkap af.

'Graag gedaan,' antwoordde Levi. 'Als je haar overdag naar het politiebureau wilt brengen, kan ik wel op haar letten. Tot Ally en Ben terug zijn.'

'O, dat kan ik niet –'

'Hoef ik tenminste niet meer achter haar aan te jagen.'

Ze glimlachte. 'Ik zal erover nadenken.'

Dory sprong op de grond. Levi bleef even staan, met zijn hand op het portier van zijn auto, en keek over de motorkap naar Elinor. 'Heb jij er ooit mee gezeten dat ik nooit...'

'Wat?' vroeg ze nieuwsgierig.

'Dat ik nooit een boek van Jane Austen heb gelezen, zoals Bailey nu doet?'

Elinor knipperde verrast met haar ogen. 'Welnee. Natuurlijk niet.'

'Omdat je weet dat ik geen lezer ben.'

Ze fronste haar wenkbrauwen. 'Je bent wél een lezer. Je leest meer dan de meeste mensen die ik ken. Jij houdt gewoon meer van spionagethrillers en Stephen King. Ik denk niet dat Jane Austen iets voor jou is.'

'Audioboeken tellen niet mee.'

'Wie zegt dat? Je creëert net zo goed een nieuwe wereld met woorden in je hoofd. Voor mij is dat hetzelfde als lezen.'

Hij haalde zijn schouders op en klom in de Explorer.

Toen hij het portier dichttrok en wegreed, jankte Dory zachtjes in haar keel. Elinor hurkte naast haar hond neer. 'Je mist hem, hè? Ben je daarom vandaag weggelopen?'

Dory keek haar met een scheve kop aan, de luisterhouding waardoor Elinor dacht dat ze haar echt begreep. Elinor bracht haar gezicht heel dicht bij de hondenkop. 'Ja. Ik mis hem ook,' fluisterde ze.

Op woensdag ontsnapte Dory weer. En op donderdag ook. Toen Elinor op woensdag na schooltijd haar telefoon aanzette, bleek ze een berichtje te hebben van Levi om haar te vertellen dat Dory bij hem was en dat ze veilig was. Ze had de waarschuwingen die een uur eerder binnen waren gekomen nog niet eens gezien. Op donderdag ontving ze tijdens de lunchpauze een appje. Levi was bij haar thuis langsgegaan om een kijkje te nemen bij Dory en had haar betrapt tijdens een vluchtpoging.

Op vrijdag berustte Elinor in het onvermijdelijke en bracht ze, op weg naar haar werk, Dory naar het politiebureau, waar de hond als mascotte werd begroet en met gejuich werd ontvangen door het hele personeel.

Ze waren allemaal heel blij om haar weer te zien. Dus toen Ally en Ben op zondag terugkwamen van hun huwelijksreis en Elinor zich realiseerde dat ze te veel last van jetlag zouden hebben om op maandag op Dory te passen, bracht ze de hond in plaats daarvan naar het politiebureau. En omdat Dory zich volledig leek te kunnen vinden in de nieuwe situatie bleef ze dat vanaf toen ook doen.

Ze zette Dory elke ochtend af en kletste even met Levi, voordat ze naar haar werk moest. Aan het eind van elke schooldag kwam ze haar weer ophalen en raakte ze vaak weer met hem in gesprek. Het was... fijn.

Maar toen ze aan het eind van de week op de tweede vrijdag op rij het gebouw inwandelde om haar hond op te pikken, werd ze niet verwelkomd door trippelende pootjes op de vloer en de aanblik van Dory die haar als een wilde kwam begroeten, met Levi die in een rustig tempo achter haar aan kwam. De enige die aanwezig was, was Kaye, met een studieboek voor haar neus.

Kaye keek op en glimlachte voorzichtig. 'Ze is nog op pad met Levi,' vertelde ze. 'Ze is al de hele dag met hem mee in de auto. Het is zo schattig. Aaron hoorde hem vanochtend zelfs tegen haar praten. Het was een volwaardig gesprek. Lévi.' Ze schudde haar hoofd. 'Hij is echt gek op die hond.'

Elinor beet op haar lip. Ze wist niet goed hoe ze daarop moest reageren. 'Weet je wanneer hij terugkomt?'

'Dat kan elk moment zijn. Als je wilt, mag je hier wel even wachten. Er is koffie. Maar het is wel Aarons dag om die te zetten, dus verwacht er alsjeblieft niet te veel van.'

Elinor besloot geen risico te nemen met de koffie. Ze wierp een blik op de wachtruimte, die bestond uit een paar stoelen, een tafeltje en een stapel tijdschriften die eruitzagen alsof ze sinds eind jaren negentig niet meer waren vervangen.

'Ik hoopte eigenlijk dat ik even met je kon praten,' zei Kaye, voordat Elinor had besloten welke van de twee stoelen er het stevigst uitzag.

'O?' zei Elinor, op haar hoede.

'Ik wilde je vertellen dat ik... Dat ik nooit met hem naar bed ben geweest. Levi. Nadat jullie de verloving hadden verbroken. Ik weet dat iedereen het dacht, maar het is nooit... Hij wilde het niet. Er is dus niets gebeurd. Dan weet je dat.'

Was er een ongemakkelijkere situatie denkbaar dan dat de vrouw met wie je ex jou zou hebben bedrogen zijn naam probeerde te zuiveren? 'Dat is al zo lang geleden.'

'Dat weet ik, maar Levi is een geweldige vent en hij was een goede vriend voor me in een periode dat ik daar meer dan ooit behoefte aan had. Ik weet niet wat ik zonder hem zou hebben gedaan, maar het was niets romantisch. Ik weet dat ik je dat veel eerder had moeten vertellen, maar ik werd helemaal in beslag genomen door mijn eigen ellende. En daarna was ik vreselijk zenuwachtig als ik jou zag, omdat ik wist wat je van me moest denken. Maar Levi heeft nooit iets voor me gevoeld. Ik was wél verliefd op hem en misschien hoopte ik stiekem dat het iets zou worden, maar volgens mij heb ik altijd geweten dat dat ijdele hoop was. Als jij de ruimte binnenkwam, had hij alleen maar oog voor jou. En de afgelopen weken... Iedereen hier heeft gezien dat hij is veranderd. Dat wilde ik je graag vertellen.'

'Kaye, Levi en ik zijn niet samen. Ik heb vanavond zelfs een date. Met iemand anders.' George en zij gingen eindelijk op herhaling.

'O.' Kayes gezicht betrok, maar ze herstelde zich haastig en glimlachte geforceerd. 'Nou, dat is fijn voor je. Maar dat verandert niets aan de zaak. En wat mensen in die tijd ook zeiden, Levi is waarschijnlijk de loyaalste, trouwste man die ik ooit heb ontmoet.'

'Weet ik,' zei Elinor instemmend. Helaas betekende dat niet dat ze alles wat er in hun verleden was voorgevallen zomaar konden vergeten.

Gelukkig ging op dat moment de voordeur open en rende Dory naar binnen voordat Kaye Levi nog meer kon prijzen. Dory huppelde naar Elinor toe, draaide rondjes om haar heen en kronkelde van blijdschap. Toen ging ze zitten om zich over haar kop te laten aaien. Zodra Elinor haar één keer had gestreeld, stak Dory haar achterlijf weer in de lucht. Ze racete door de gang naar de plek waar de brandweerwagen stond geparkeerd, waar ze vrolijk werd begroet door Dean. Toen holde ze weer naar de balie van het politiebureau en zette ze haar voorpoten op Kayes schoot. Zodra Kaye haar had begroet, liet de hond zich weer zakken. Ze schoot alle kantoortjes in om er zeker van te zijn dat ze niemand had overgeslagen, en dook voor alle zekerheid zelfs twee keer het kantoor van Marjorie in, ook al was de maatschappelijk werker er overduidelijk niet. Daarna kwam ze terug naar de voorkant van het gebouw en huppelde ze om Levi heen, die tijdens haar begroetingsrondje was binnengekomen.

Hij zag er goed uit in zijn uniform. Zelfverzekerd en op zijn gemak. Elinors hart bonsde, en ze herinnerde zichzelf eraan dat ze die avond op een date zou gaan met iemand anders.

'Hoi,' zei hij tegen Elinor. 'Sorry dat ik je heb laten wachten. We hadden een melding in de Estates die langer in beslag nam dan ik had verwacht.'

'Was het iets ernstigs?'

'Nee hoor, niets aan de hand.'

'Heb je Charlotte daar misschien gezien?'

Zijn wenkbrauwen kropen naar elkaar toe. 'Negeert ze je nog steeds?'

'Ik heb op haar voicemail ingesproken dat het me speet, maar geen reactie.'

'Ze draait heus wel bij. Ze koestert nooit lang wrok tegen jou.'

Hij had gelijk, maar deze keer voelde het anders. Een heleboel dingen voelden nu anders. Anders, maar vertrouwd. En dat was blijkbaar een gevaarlijke combinatie.

'Dan ga ik maar eens.' Ze maakte de riem vast aan Dory's halsband. 'Bedankt dat je vandaag op haar hebt gepast.'

'Graag gedaan.'

Elinor liep haastig naar buiten, vastbesloten om hem zo snel mogelijk uit het zicht te krijgen, zodat ze hem uit haar hoofd kon zetten. Ze had over een uur afgesproken met George. Ze zouden uit eten gaan, bij wijze van een nieuw begin. Hij was een fantastische man die haar volledige aandacht verdiende. Die een serieuze kans verdiende.

Zodra ze in haar auto was gestapt zocht ze tussen de podcasts die ze bij haar favorieten in haar telefoon had opgeslagen naar die ene over de liefde, waarover ze hem had verteld. Die met al die vragen waarmee liefde kunstmatig kon worden opgewekt, die ervoor konden zorgen dat twee mensen verliefd op elkaar werden.

Ze moest zichzelf eraan herinneren dat ze zichzelf volgens de wetenschap verliefd kon laten worden op werkelijk iedereen.

Misschien konden ze er ook voor zorgen dat haar verliefdheid op de verkeerde persoon ongedaan werd gemaakt.

27

Is het mogelijk dat er een nieuwe driehoeksverhouding is ontstaan in Pine Hollow?

Stadsnieuwsbrief Pine Hollow
Maandag 17 januari

Het was oprecht niet zijn bedoeling geweest om haar date te stalken.

Kaye had hem – met misselijkmakend medeleven in haar stem – verteld dat Elinor die avond een date had. Daarom had Levi alle mogelijke moeite gedaan om haar níét te stalken. Hij was ervan uitgegaan dat ze haar date zou meenemen naar de Tipsy Moose of een van de andere tentjes in de stad waar je wat kon drinken. Macs restaurant had nooit een drankvergunning gehad, dus hij had gedacht dat The Cup veilig terrein was.

Totdat hij daar naar binnen was gewandeld en Elinor met die man aan een van de tafeltjes in het drukke eetgedeelte van The Cup zag zitten.

Hij was bijna weer naar buiten gewandeld, maar hij had telefonisch een afhaalmaaltijd besteld. Bovendien had de helft van de klanten in The Cup hem al gezien. Als hij zich omdraaide en naar buiten liep, zou dat meer aandacht trekken dan wanneer hij rustig naar de afhaalbalie liep en deed alsof hij niets in de gaten had.

Dus deed hij alsof hij niets in de gaten had.

Nou zou Elinor natuurlijk nooit geloven dat hij niets in de gaten had. Zijn reputatie bewees juist het tegendeel. Hij was zich altijd superbewust van zijn omgeving. Van háár.

Daarom wist hij dat het dezelfde man was. Die van de Tipsy Moose en de kerstverlichtingsceremonie. Hij wist niet waarom het daardoor extra hard aankwam dat Elinor meer dan één date had met dezelfde persoon, en al helemaal omdat hij de man had nagetrokken en helemaal niets verdachts had gevonden.

Hij had met een onbewogen gezicht geluisterd toen Kaye hem vertelde dat Elinor die avond een date had. Hij had zichzelf wijsgemaakt dat hij niet jaloers was. Hij was blij voor haar. Hij duimde voor hen.

Helaas was de werkelijkheid niet zo geëvolueerd.

Hij was zo jaloers dat hij bijna scheelzag.

Het was zoals altijd op vrijdagavond stervensdruk in The Cup. Hij was de tweede in de rij, maar blijkbaar had een van Macs vaste krachten zich ziekgemeld, want het bedienend personeel rende als een kip zonder kop in het rond. Het restaurant was eigenlijk niet bedoeld voor veel etende gasten. Het was ooit begonnen als espressobar, maar Mac had zo veel geëxperimenteerd met dagspecialiteiten die hij vervolgens aan het menu toevoegde, dat het inmiddels een van de populairste eettentjes in de stad was.

Het was er altijd druk, er was altijd verse koffie en er werd altijd geroddeld. Daarom was dit zo ongeveer de laatste plek die Levi zou hebben uitgekozen voor de huidige situatie, maar hij had echt gedacht dat hij Elinors date vermeed door hiernaartoe te gaan.

Hij voelde dat iedereen naar hen keek, en vanuit een ooghoek zag hij Linda Hilson, die niet eens dééd alsof ze niet zat te staren.

Hij keek heel bewust niet naar Elinor, maar wist precies op welk moment ze hem in de rij voor de afhaalbalie zag staan. De lucht om hem heen leek te verschuiven en zich te vullen met spanning. De stemmen van de aanwezigen in de ruimte werden vol verwachting gedempt.

Hij was hier.

Elinor wist niet goed wat ze daarvan vond, maar ze was zeker niet zo boos als ze hoorde te zijn. In de afgelopen twee maanden was alles veranderd, en nu was ze verward en beduusd.

En verstrooid.

Ze deed haar best zich op George te focussen.

Het was echt een ontzettend aardige man. Ze hadden ook veel met elkaar gemeen. En onder andere omstandigheden had ze zichzelf best verliefd op hem kunnen laten worden. Of zichzelf ervan kunnen overtuigen dat ze dat was. Terwijl ze zich omkleedde, had ze de podcast opnieuw beluisterd – die ene over de liefde – maar ditmaal had ze toch iets anders gehoord. Wellicht had ze de eerste keer niet goed geluisterd, of vatte ze het nu anders op, omdat ze zelf anders was. Hoe dan ook, er was één zinnetje geweest dat eruit sprong.

Liefde is een kunstwerk dat uit samenwerking ontstaat.

Zo had ze het nooit bekeken. Ze was er min of meer van overtuigd dat ze die woorden de eerste keer niet had gehoord. Voor haar was liefde altijd net zozeer een kracht als een gevoel geweest. Een uitwendig, onvermijdelijk iets. Liefde was onverwacht en onontkoombaar tegen haar op gebotst toen ze een jong meisje was en had haar sindsdien als een marionet laten dansen. Zo had zij dat tenminste gezien. Maar nu leek dat haar een erg kinderachtige, bijna laffe manier om ernaar te kijken.

Liefde was altijd iets geweest wat bestond, vaak onder de oppervlakte, onbeheersbaar, vaak de drijvende kracht achter haar handelen. De gedachte dat ze liefde moest verzorgen en als een team samen met iemand anders moest creëren was nooit bij haar opgekomen.

Als liefde een overweldigende kracht was, die haar meesleurde en haar dwong te doen wat zij wilde, was het niet Elinors schuld als de boel instortte en afbrandde. Dat was dan gewoon het pad van ware liefde. Maar als het een kunstwerk was dat ze samen met iemand schiep, een samenwerkingsverband, dan had ze misschien invloed op het uiteindelijke product. Verantwoordelijkheid.

Levi en zij hadden allebei de neiging om dingen onder controle te houden – dat zou Charlotte vast volmondig beamen – maar hun relatie was het enige waar ze volgens haar voor hun gevoel nooit enige controle over hadden gehad. Dat kwam doordat ze liefde verkeerd hadden bekeken.

'Elinor?'

Ze keerde met een ruk terug in het heden en concentreerde zich weer op wat George zei, totdat het tot haar doordrong dat ze geen flauw idee had hoelang ze met haar gedachten heel ergens anders had gezeten. 'Sorry –'

Voordat ze een goede smoes kon bedenken, wierp George een blik over zijn schouder en zag hij Levi staan. Er gleed zo'n begripvolle uitdrukking over zijn gezicht dat ze nog meer het gevoel kreeg dat ze zijn medeleven niet verdiende.

'Wil je liever ergens anders naartoe?' vroeg hij vriendelijk nadat hij zich weer naar haar had teruggedraaid.

'Nee, natuurlijk niet.' Het zou belachelijk zijn om op de vlucht te slaan voor Levi, zeker nu hij alleen een afhaalmaaltijd kwam oppikken en elk moment kon vertrekken.

En als ze eerlijk was, waren haar gedachten al afgeleid geweest voordat ze haar ex in het oog kreeg.

De verrekte podcast, waarnaar ze juist had geluisterd om zichzelf aan te moedigen deze date een serieuze kans te geven, bracht haar die avond ontzettend van haar stuk. Bracht haar aan het twijfelen over dingen die voor haar gevoel allang vaststonden.

Levi praatte aan de balie achter George even met Mac en

verdween toen in het gangetje dat naar de toiletten leidde. Zijn bestelling was zeker nog niet klaar.

'– denk je ook niet?'

Nee, hè. Elinor focuste zich met plotseling opwellende paniek weer op George. Ze had niet zitten opletten. Ze maakte een nietszeggend hm-eluidje en woog de voordelen van een eerlijke bekentenis dat ze vreselijk was afgeleid en een verzoek om zijn vergeving af tegen de optie om te doen alsof ze altijd zo afwezig was.

George ontmoette haar ogen en zijn blik verzachtte. Hij was zo zachtaardig, zo vriendelijk. Hij was zo'n goed mens. Waarom kon ze niet gewoon verliefd op hem worden?

'Ik ben blij dat je het ermee eens bent, want ik vind je echt erg leuk, Elinor.'

O, nee. Lieve god. Waar had ze net mee ingestemd? Ze wilde niet dat hij haar erg leuk vond. Een geweldige man als George aan het lijntje houden was wel het laatste wat ze wilde. 'Ik –'

'En ik meende wat ik op oudejaarsavond zei.'

Allemachtig, wat had hij op oudejaarsavond dan gezegd? Waarom wist ze dat niet meer?

'Jij en ik zouden een geweldige toekomst kunnen hebben –'

Nee, nee, nee, nee.

'– als vrienden.'

Wacht even. Wat? Het besef kwam erg laat, maar uiteindelijk wel razendsnel.

Hij maakte het haar gemakkelijk.

Goddank.

'Het spijt me,' prevelde ze. 'Het was echt niet mijn bedoeling om je aan het lijntje te houden.'

'Dat heb je ook niet gedaan,' zei hij geruststellend. 'Je hoeft je nergens voor te verontschuldigen. Soms springen de vonken over, ook als je dat helemaal niet wilt, en soms gebeurt dat niet.'

Gedreven door nieuwsgierigheid vroeg ze: 'Als jij geen vonken voelde overspringen, waarom heb je me dan toch weer mee uit gevraagd?'

Hij haalde zijn schouders op. 'Liefde is meer dan een directe chemische reactie. Soms is er even voor nodig voordat er iets ontstaat. Ik dacht dat we misschien naar elkaar toe zouden groeien, maar ik heb de indruk dat jij niet op zoek bent naar een liefdesrelatie.' Zijn blik gleed even naar de gang, naar de toiletten. 'In elk geval niet met mij.'

'Ik ben helemaal niet op zoek...' zei ze protesterend, maar de woorden stierven weg. Ze wist niet meer waarnaar ze op zoek was. 'Wat ik in elk geval wel weet is dat jij veel te aardig voor me bent.'

'Zou kunnen,' beaamde hij met een vrolijke grijns. 'Niet aan je zus vertellen dat ik dat heb gezegd. Zij ziet jou als een lot uit de loterij en vindt dat ik in mijn handen mag knijpen omdat ik me zo lang in jouw aanwezigheid heb mogen koesteren.'

Elinor verschoof onbehaaglijk op haar stoel. Om een of andere reden vermoedde ze dat Charlotte er heel anders over zou denken als George haar nu naar Elinor vroeg. Haar zusje negeerde nog steeds al haar telefoontjes en berichten.

'Waar wacht je nog op?' Toen Elinor hem vragend aankeek, glimlachte George. 'Je zit duidelijk te popelen om met hem te praten.'

'Dat is niet...'

'Ik zou nu gaan, als ik jou was. Als je wacht tot hij terug is, kan de vrouw die aantekeningen heeft zitten maken over je date alles zien.'

Elinor wierp automatisch een blik op Linda Hilson, die inderdaad een opschrijfboekje bij zich leek te hebben waarin ze aantekeningen maakte. 'Ik kan jou toch niet zomaar in je eentje laten zitten –'

'Ik betaal wel.' George gebaarde naar de twee koppen koffie die voor hen stonden. Meer hadden ze nog niet besteld toen Levi binnenkwam. The Cup was die avond tot de nok toe gevuld en ze hadden geen van beiden haast gehad, dus hadden ze tegen de serveerster gezegd dat ze wel konden wachten. George boog zich met een hartelijke blik in zijn ogen over het tafeltje. 'Niet tegen je zus zeggen, maar ik ben stiekem een romanticus en ik duim voor jou en die grote man.'

Elinor voelde zich bijna beledigd dat George zo weinig interesse in haar had dat hij voor Levi en haar duimde... maar ze had zelf ook erg weinig interesse in hem gehad. Liefde mocht dan meer zijn dan de tinteling van directe chemie, maar een man die duidelijk in de goedevriendcategorie thuishoorde maakte geen schijn van kans tegenover degene die haar altijd het gevoel had gegeven dat ze echt leefde wanneer hij een kamer binnenkwam.

'Weet je het zeker?'

George rolde met zijn ogen. 'Ga nou maar. Voordat die onderzoeksjournalist daar besluit rond te gaan snuffelen bij de toiletten.'

Elinor wierp een laatste blik op Linda Hilson, die als door een wonder leek te zijn afgeleid door de komst van haar aartsvijand Gayle Danvers, en dook snel het gangetje naar de toiletten in nu ze niet keek.

Het gangetje was niet lang, hooguit een paar meter, en er waren drie deuren. Eentje voor de herentoiletten, eentje voor de damestoiletten en eentje met een bordje ALLEEN PERSONEEL erop. Er waren geen ramen en het licht was er altijd gedempt, maar ze zag de lange gedaante die tegen de muur aan het eind van het gangetje leunde meteen toen ze naar binnen kwam.

'O!'

Levi ging meteen rechtop staan. 'Het spijt me. Ik wilde ergens uit het zicht wachten,' legde hij uit. 'Mac loopt verschrikkelijk achter en mijn bestelling is nog niet klaar. Ik zweer dat ik je niet hiernaartoe ben gevolgd. Ik wilde je juist ontlopen. Kaye zei dat je een date had en ik nam aan dat je weer naar de Moose zou gaan, of anders de Inn. The Cup leek me veilig.'

'Het geeft niet. Ik dacht echt niet dat je me…'

'Stalkte?'

Ze werd rood. 'Het spijt me dat ik dat heb gezegd –'

'Nee, je had volkomen gelijk. Ik deed het niet bewust, maar ik denk dat ik altijd de neiging zal moeten onderdrukken om op je te passen.' Hij schraapte zijn keel. 'Het lijkt me een aardige kerel.'

Elinor keek hem onderzoekend aan en moest bijna lachen toen ze zijn gezicht zag. 'Je hebt hem nagetrokken, hè?'

'Een klein beetje maar.'

Nu lachte ze wel, een zacht zuchtje boordevol humor.

'Ben je niet boos?'

'Ik weet niet meer wat ik voel,' bekende ze. Toen ze hem probeerde te haten, was alles veel duidelijker geweest. Nu leek het wel alsof ze alleen maar zeker wist dat ze hem níét haatte.

'Ik weet dat hij een aardige kerel lijkt,' zei Levi met een ondoorgrondelijke blik in zijn ogen. 'Ik wilde alleen zeker weten dat hij een Bingley was en geen Wickham.'

Elinor sperde haar ogen open. 'Heb je *Trots en vooroordeel* gelezen?'

'Het is niet echt lezen. Ik luister naar het audioboek –'

'Levi, dat is óók lezen. Het doet er niet toe dat je dyslectisch bent.' Ze hoorde zelf dat ze tegen hem snauwde en beet op haar lip. 'Luister je echt naar Jane Austen?'

Ze durfde het niet met zekerheid te zeggen in het gedempte licht in de gang, maar ze dacht echt dat Levi bloosde. 'Dory vindt het leuk. Het accent van de voorlezer is echt heel kalmerend en ze is daardoor heel ontspannen wanneer we rondrijden.'

Hij had naar Jane Austen geluisterd terwijl hij met haar hond door Pine Hollow reed. Haar knieën knikten een beetje.

'Dank je,' fluisterde ze, ook al wist ze niet waarvoor ze hem precies bedankte. Omdat hij met Dory had rondgereden? Omdat hij naar haar moeders lievelingsschrijfster had geluisterd?

Omdat hij nog steeds genoeg om haar gaf om het allebei te doen?

Levi keek haar recht aan. Het was een van zijn raadselachtige blikken. De blikken die niemand anders leek te begrijpen. Maar als hij zo naar haar keek, kreeg ze altijd het gevoel dat er een raam openging waardoor ze diep binnen in hem kon kijken.

En op dat moment zag hij er intens uit.

Bezitterig. Er woedde passie in hem. Alle emoties die hij juist niet wilde voelen. Elinors mond werd droog.

Ze verwachtte niet dat hij iets zou zeggen. Dat deed hij nooit. Het was Levi. Hij was goed in alles binnenhouden. De stilte hield even aan. Toen deed Levi zijn mond open.

'Ik vind het vreselijk om jou met hem te zien.'

Ze ademde sissend in en vergat uit te ademen.

Opeens voelde ze dat er binnen in haar iets veranderde.

Ze wist niet wie van hen de ander het eerst vastpakte. Ze wist alleen maar dat het heel snel ging. Het ene moment stond hij nog naar haar te kijken – alsof zij het enige op de hele wereld was wat hij nodig had – en het volgende kuste ze hem. Of hij kuste haar. De grenzen tussen hen vervaagden altijd, zodat niet duidelijk was waar de een ophield en de ander begon.

Het voelde vertrouwd, heel vertrouwd. Zijn armen om haar heen. De stevige spieren in zijn schouders waar haar handen hem vastgrepen. Zijn geur... Lieve god, zijn geur, altijd met een vleugje dennen erin, alsof de naaldbomen waaronder ze waren opgegroeid in zijn huid waren getrokken. Ze wist dat het van zijn zeep kwam, maar het overweldigde haar. Al voordat ze besefte dat hier meer speelde dan pure lust, impulsiviteit en passie welden er tranen op in haar ogen.

Dit was Levi. Er speelde altíjd meer mee.

Een van zijn handen vleide zich om haar kin en haar mond opende zich als vanzelf onder die van hem. Duizenden kussen hadden hem geleerd wat ze fijn vond, en hij bewees dat hij zich elk detail herinnerde door met zijn tong langs die van haar te strelen.

God, ze had dit gemist.

Elinor wist dat ze de neiging had om te lang over dingen na te denken, te ver door te analyseren. Levi was de enige die haar zo volledig kon laten opgaan in het moment dat ze alleen maar kon voelen. Daardoor vergat ze helemaal wie ze hoorde te zijn, wat ze hoorde te doen, en wás ze alleen maar. En wat ze was, voelde heerlijk.

Ze streek met haar vingers door het zachte korte haar boven zijn nek.

De deur ging knarsend open.

'O! Sorry!'

De deur werd met een klap dichtgetrokken en Elinor deinsde achteruit. Levi liet haar onmiddellijk los en ze landde van het puntje van haar tenen op platte voeten op de vloer, met een dreunend gevoel alsof ze terugkeerde op aarde.

Wat waren ze in hemelsnaam aan het doen?

Hij had hun verloving verbroken. Hij had haar hart gebroken. Ze had geen enkele reden om aan te nemen dat er iets was veranderd.

'Elinor...' Zijn stem klonk zacht. Zijn ogen stonden vragend. Eén hand was smekend opgeheven.

'Dat moeten we niet meer doen.'

De woorden buitelden over elkaar heen uit haar mond. Toen rende ze weg. De gang uit, door The Cup naar buiten, zonder achterom te kijken.

28

Onze bibliothecaresse bloosde diep toen ze uit het gangetje naar de toiletten kwam hollen, waar iemand haar had horen 'praten' met onze politiechef... Zou ze een keuze hebben gemaakt?

Stadsnieuwsbrief Pine Hollow
Maandag 17 januari

Levi wist dat hij haar niet had mogen kussen, maar hij had er geen greintje spijt van.

Hij leunde tegen de muur waar hij had gestaan toen Elinor hem vond en nam even de tijd om zich te vermannen voordat hij naar de eetzaal terugkeerde. Het was ongetwijfeld zinloos om te hopen dat niet de halve stad had geweten dat Elinor en hij daar waren geweest, maar hij kon op zijn minst lang genoeg wachten om hun de kans te geven alles te ontkennen.

Terwijl hij probeerde zijn jagende hartslag tot bedaren te brengen, ging de deur met ALLEEN PERSONEEL erop, die hen zo-even had gestoord, opnieuw open. In de opening stond Mac, die Levi woedend aankeek. In zijn hand had hij een zak waar vermoedelijk Levi's bestelling in zat.

'Vooruit,' bood Mac knorrig aan. 'Sluip maar weg via de achterdeur, zodat Linda Hilson geen foto van je kan maken met haar mobiel.' Mac maakte rechtsomkeert, zonder te kijken of Levi hem volgde, en leidde hem door het krappe keukentje naar de deur voor leveranciers aan de zijkant van het gebouw.

Mac was niet degene die hen had betrapt. De stem die een verrast gilletje had geslaakt bij hun aanblik was onmiskenbaar vrouwelijk geweest. Maar afgaand op de geïrriteerde uitdrukking op Macs gezicht toen hij de buitendeur openmaakte, was de serveerster blijkbaar meteen naar haar baas gerend. Mac hield zwijgend Levi's eten omhoog in een gebaar dat duidelijk zei: pak aan, klootzak.

'Wat nou?' snauwde Levi, terwijl hij de zak uit Macs handen graaide. 'Moet ik bang zijn dat hier arsenicum in zit?'

'Waar ben je in vredesnaam mee bezig?' vroeg Mac zo dat Levi werd overvallen door de kracht achter zijn woorden. 'Ik dacht dat je haar niet probeerde terug te krijgen.'

Mac was de meest relaxte van het stel. Het was raar om hem nu kwaad te zien. Zo raar dat Levi zijn eigen boosheid onderdrukte en eerlijk antwoord gaf.

'Het was niet gepland,' bekende hij.

Macs kaak bewoog. 'Ik wil niet dat je haar nog een keer kwetst. De vorige keer... De vorige keer was echt waardeloos, Levi.'

'Ik weet het. Het spijt me. Ik had er de vorige keer met jullie over moeten praten. Ik dacht... Nou ja, ik dacht dat het oké zou zijn als jullie me een beetje haatten, omdat ik dat verdiende. Omdat ik me schaamde.'

Mac staarde hem aan alsof hij een vreemde taal sprak.

'Ja, ik weet het,' bromde Levi. 'Ik heb het normaal nooit over gevoelens en zo, maar ik denk dat die therapie echt werkt. De sentimentele bekentenissen zijn niet meer tegen te houden.'

'Serieus? Loop je echt bij een therapeut?'

'Ja.' Levi slikte zijn ongemakkelijke gevoel weg.

'Verdorie, man. Wat goed van je. Dat is super.'

Levi werd rood. Hij had niet verwacht dat hij ervoor zou worden geprezen. Bespot, misschien. Ongenadig gepest tijdens de volgende pokeravond. Hij had verwacht dat hij zich zou schamen, vond eigenlijk dat dat alleen maar terecht zou zijn. De reactie van Mac, alsof hij iets bewonderenswaardigs had gedaan, overviel hem. Misschien had hij zich net iets te snel achter zijn sterke mannelijke Jackson-personage verscholen.

'Je bent een geweldige vriend,' zei hij tegen Mac. Het was iets wat altijd werd geïmpliceerd, maar hij dacht niet dat hij het ooit hardop had gezegd. Mac had alles over voor de mensen die belangrijk waren in zijn leven, en hij deed het lachend. Hij was de grijnzende lijm die hen bij elkaar hield. En dat had Levi hem moeten vertellen. 'Het spijt me dat ik jullie toen heb buitengesloten. Zoals je weet heeft mijn vader me...'

'Opgevoed om alles te verdringen? Ja, dat weet ik. Maar ik ben blij dat je je nu als een echte vent gedraagt en eerlijk uitkomt voor je gevoelens.'

Levi snoof. 'Als je maar niet verwacht dat ik nu spontaan ga zingen.'

'Je mist echt iets,' zei Mac beledigd, maar hij glimlachte erbij. 'Musicals behoren tot de hoogste kunstvorm. Maar je moet het zelf weten.'

'Laten we afspreken dat we het nooit eens zullen worden en het daarbij laten.'

Mac grijnsde, maar toen verscheen er een serieuzere uitdrukking op zijn gezicht. 'Levi, hoe zit het nou met Elinor?'

'Ik heb eerlijk gezegd geen idee. Maar ik geloof dat ik probeer haar terug te winnen.'

Elinor Rodriguez werd langzaam gek.

Op woensdagmiddag was ze een emotioneel wrak.

Na de beruchte kus op vrijdagavond was ze naar huis gevlucht, waar ze Dory had omhelst en bij haar op de vloer was gaan liggen. Ze probeerde te lezen, maar haar gedachten maalden onophoudelijk door haar hoofd, waardoor het onmogelijk was zich te concentreren. Op zaterdag lukte het haar om niet aan Levi en haar verwarring te denken door de hele dag *Doctor Who* te bingewatchen met Astrid, maar zelfs die serie deed haar aan hem denken.

Alles deed haar aan hem denken. Zelfs de email met een afwijzing die ze op zondagochtend ontving.

Het had haar verbaasd dat ze in het weekend een reactie kreeg, maar nog verbaasder over hoe graag ze er met Levi over wilde praten. Nu kon dat best, maar ze moest eerst weten wat ze wilde voordat ze met hem sprak. Een duidelijk omlijnd idee.

Helaas wilde de gewenste duidelijkheid maar niet komen.

Op maandag piekerde ze over de vraag of ze Dory naar Levi of naar Furry Friends moest brengen. Uiteindelijk koos ze de gemakkelijkste uitweg en zette ze haar af bij Ally. Vervolgens vroeg ze zich de hele dag af of ze het had verpest door niet te doen alsof er niets was gebeurd. Hoe konden ze nu in vredesnaam weer gewoon vrienden zijn?

Als dat tenminste was wat ze wilde.

Op woensdag had ze dringend behoefte aan een meidenavondje. Ally en Deenie zouden haar wel kunnen helpen. Dan kreeg ze de duidelijkheid die ze zocht. Ze hoefde alleen maar te wachten tot Astrid naar bed was, want daarna zouden haar vriendinnen haar onder het genot van margarita's wel helpen. Dat deden ze altijd.

Het duurde een eeuwigheid tot het Astrids bedtijd was. Ze was dol op Astrid. Ze wilde haar echt nooit kwijt. Maar die avond telde ze de seconden af.

Ze zaten in de woonkamer van de boerderij en Astrid was amper naar boven of Deenie draaide zich met een verwachtingsvolle blik om naar Elinor. 'Oké, wat is er gebeurd?' vroeg ze nieuwsgierig, wat bewees dat Elinor lang niet zo overtuigend had gedaan alsof er niets aan de hand was als ze had gedacht.

Ze kreunde. 'Is het dan zo duidelijk?'

'Ja,' zeiden Deenie en Ally in koor.

Ally liep naar de keuken om een van haar drankjes voor volwassenen met fruitsmaak te mixen, zoals ze altijd deed op meidenavondjes zodra Astrid naar boven was. Onder het lopen zei ze: 'We zijn ook getipt door het feit dat de héle stad het sinds het verschijnen van de nieuwsbrief heeft over een of andere gebeurtenis in The Cup, ook al wist ik vrij zeker dat de roddelbron van mijn oma in de Estates het verkeerd had begrepen toen ze zei dat jullie een triootje hadden gehad in de wc.'

Elinor kreunde nog een keer en sloeg haar handen voor haar gezicht. 'Waarom ben ik eigenlijk teruggekomen naar dit stadje?'

'Omdat je het hier heerlijk vindt,' antwoordde Deenie kalm. Ally zette de blender aan en ze hielden allemaal even op met praten. Toen het weer stil was, wipte Deenie op en neer op haar zitplaats, en ze drong aan: 'Wat is er nou gebeurd? Vertel op.'

'Ik heb Levi gekust,' bekende Elinor. 'Of hij heeft mij gekust. Iemand heeft de ander gekust. Maar het was niet gepland. Volgens mij was het niet zijn bedoeling, en ook zeker niet die van mij –'

'Oké, er heeft dus een kus plaatsgevonden,' onderbrak Deenie haar gebrabbel. 'Een kus waar geen van de betrokkenen iets aan kon doen. Er zijn geen schuldigen.' Ze boog zich voorover op de bank. 'En toen?'

'Ik heb gezegd dat we dat nooit meer konden doen en ben ervandoor gegaan.'

'En dit was bij de wc's van The Cup?' vroeg Ally, terwijl ze glazen met een perzikkleurig drankje uitdeelde.

'In het gangetje voor de wc's,' verduidelijkte Elinor. Ze nam het perzikdrankje aan en dronk een slokje dat naar een Bellini smaakte. 'Dat is het stomste van alles. De hele stad speculeert al maanden over ons, en wij moesten zo nodig een potje staan zoenen in een openbare ruimte waarin iedereen zo naar binnen kon lopen en ons kon zien.'

'Het ging dus om een potje zoenen?' vroeg Deenie, terwijl ze haar eigen Bellini aanpakte. 'Het was geen broederlijk kusje op de wang?'

'Absoluut niet.'

Deenie knikte. 'Dat dacht ik al, maar het is belangrijk om alle details op een rijtje te hebben. En ik neem aan dat het... een goede kus was?'

Elinor voelde dat haar wangen warm werden. 'Chemie is bij ons nooit een probleem geweest.'

'Mooi. Dus op een schaal van "best aardig" tot "mijn slipje stond in vuur en vlam" –'

'Het was een goede kus, oké?' *De vlammen sloegen uit mijn slipje.*

Deenie nam Elinor over de rand van haar glas op. 'Was je echt op een date met iemand anders toen je hem kuste?'

Elinor kreunde. Ze was er bijna in geslaagd dat deel te vergeten. 'George. Maar we hadden het al uitgemaakt. Of eigenlijk zijn we nooit een stel geweest. We zijn op twee dates geweest. Mijn zus had hem tot de eerste gedwongen en daarna had hij me nog een keer mee uit gevraagd onder het mom van "waarom ook niet"? Het is echt een leuke kerel, maar kennelijk lukt het me maar niet om te voorkomen dat het gedoe met Levi mijn kansen om iemand anders te vinden verpest. Ik prent mezelf steeds in dat ik geen gevoelens meer voor hem heb en dat mijn hart er klaar voor is om verder te gaan, dat ik er een streep onder heb gezet, en ga zo maar door. Maar dan krijg ik weer een terugval, precies zoals Charlotte al zei. Ik kan gewoon niet –'

'Zonder hem?' vulde Deenie behulpzaam aan.

'Hou op. Het is geen film. En hij is geen afstandelijke romantische held. Dat masker van sterke, zwijgzame man is lang niet zo sexy als hij denkt.'

'Echt wel,' zeiden Deenie en Ally in koor. Ze wierp de twee vrouwen een boze blik toe, en ze toostten lachend met elkaar.
'Wat is er nou?' vroeg Deenie bij het zien van haar boze blik.
'Jij bent verloofd. En jíj bent getrouwd,' bracht ze Ally in herinnering.
'Maar we zijn geen nonnen. Die sterke zwijgzaamheid is waanzinnig aantrekkelijk.'
En dat was ook zo. Verdorie. 'Best. Maar dit is niet zo'n vreselijk boek waarin de held een afstandelijke, sombere eikel is die de heldin als voetveeg behandelt, en de heldin toch jarenlang naar hem blijft smachten, omdat dát kennelijk liefde was als je een Brontë was. Dit is niet *De woeste hoogte*. Ik ben geen Brontë!'
'Jij bent een Austen,' zei Deenie spottend.
Elinor kreunde. 'Dat was nog het allerergste. Hij had *Trots en vooroordeel* gelezen.'
'Waar haalt hij het lef vandaan!' Deenie hapte met gespeelde verontwaardiging naar adem en Ally stootte haar even aan.
'Waarom was dat zo erg?' vroeg Ally.
'Ik had tegen hem gezegd dat Annes vriendin, Bailey, een aantal boeken van Austen had gelezen omdat ze wist hoe belangrijk dat was voor ons gezin. Ze wilde de grapjes begrijpen, dat samen met Anne kunnen delen. En nou laat hij opeens verwijzingen vallen naar Bingley. Maar hij heeft niet gezegd dat hij het weer samen wil proberen. Hij doet dingen gewoon en dat is ontzettend verwarrend.'
'Dingen als jou kussen, bijvoorbeeld?'
'En strooizout op de stoep voor mijn huis strooien!'
Ally en Deenie keken elkaar niet-begrijpend aan.
'Dat heeft hij afgelopen dinsdag gedaan toen ik op mijn werk was. Ik was niet thuis en heb het dus niet gezien, maar hij staat op de beelden van de bewakingscamera's,' legde Elinor uit. 'Hoe kun je nou boos op iemand worden als hij van die

lieve, attente dingen voor je doet, terwijl je het liefst tegen hem wilt schreeuwen dat hij met je moet práten, maar dat je tegelijkertijd doodsbang bent dat als je dat doet, hij werkelijk met je zal praten, en dat je dan geen excuus meer hebt om niet onder ogen te zien dat hij je wel degelijk terug wil, en dat je er dan achter moet zien te komen of jij hem ook terug wilt?'

Ally knipperde met haar ogen. 'Dat is heel wat.'

'Levi toont zijn liefde dus door het doen van klusjes?' vroeg Deenie. Ze nam een slokje van haar Bellini.

'Inderdaad,' bevestigde Elinor. 'En ik werd er soms horendol van, omdat hij zo dominant kan zijn en het is net alsof hij het gewoon niet kan laten. Maar soms voelde ik me juist heel veilig en beschermd, en dat gevoel heb ik nooit bij iemand anders gehad. En ik wil dus iemand die me dat gevoel ook geeft. Maar ik wil niet dat dwaze meisje zijn dat teruggaat naar de man die haar hart heeft gebroken. Ik haat dat meisje! Maar ik denk steeds: stel nou eens dat het deze keer anders is? Dat wíj anders zijn? Ik ben ook echt anders, maar is het genoeg? Ik wil hem niet veranderen, maar hoe kan ik erop vertrouwen dat hij niet weer een belangrijke beslissing neemt over wat goed voor mij is en me weer laat stikken?'

Ally en Deenie wisselden een blik met elkaar die zei dat ze daar geen van beiden een goed antwoord op hadden.

'Ik weet dat ik er veel te veel over nadenk. Dat doe ik altijd –'

'Iedereen denkt te veel na over de liefde.'

'Is dat zo?' vroeg Elinor.

'Nou, waarschijnlijk niet. Heel veel mensen springen eerst en denken daarna pas.' Ally legde een hand op die van Elinor die op de tafel lag. 'Maar het is prima om voorzichtig te zijn.'

'Ik wil niet voorzichtig zijn. Ik wil dit gewoon afronden. Ik heb het gevoel dat ik jarenlang in een zelf opgelegd niemandsland heb verkeerd. En nu… Nu weet ik niet wat ik wil. Ik ben helemaal in de war, en binnenkort is het Valentijnsdag…'

'Dat duurt nog bijna een maand,' merkte Deenie op. 'Is dat een soort deadline? Heeft hij je gezegd dat je voor die dag een besluit moet nemen?'

'Nee, maar... Dat was een bijzondere dag voor ons. Valentijnsdag was altijd speciaal voor ons en nu voelt het als iets wat dreigend dichterbij komt.'

'Jullie hebben samen veel meegemaakt,' zei Ally zacht.

'Precies. Hij was erbij tijdens elk belangrijk moment in mijn leven. Hij kent me beter dan wie ook. Dat zal altijd een krachtige herinnering blijven. Ons gezamenlijke verleden overtroeft alles. Maar onze toekomst moet ook de moeite waard zijn. En ik heb geen flauw idee hoe die eruit zal zien.'

29

> De hond van een ons welbekende bibliothecaresse is afgelopen week gespot bij de dagopvang van Furry Friends. Is dat een teken dat het liefdesleven van onze geliefde politiechef in zwaar weer verkeert?
>
> *Stadsnieuwsbrief Pine Hollow*
> Maandag 24 januari

Levi had geen flauw idee waar hij mee bezig was.

Hij had Elinor en Dory al bijna een week niet gezien. Hij had serieus overwogen om naar Elinors huis te gaan en de hond vrij te laten, zodat hij een excuus had om met Elinor te praten. Maar toen had Ben verteld dat ze Dory overdag bij Ally bracht. Die optie was dus verkeken.

Hij had werkelijk geen flauw idee hoe hij Elinor weer moest inpalmen.

Hij was het niet gewend om iemand om datingadvies te vragen. Of eigenlijk om welk advies dan ook. Zijn vrienden wisten al dat hij het had verprutst. Als hij toegaf dat hij niet wist hoe hij het kon herstellen, zouden ze heus niet slechter over hem gaan denken dan ze toch al deden.

Daarom had hij geen enkele rationele reden om hun pokeravondje af te zeggen en in plaats daarvan een extra sessie te boeken bij dokter Park. De therapeut had buiten zijn werktijden om een plek voor hem vrijgemaakt en aangezien de zon in januari vroeg onderging, was het donker tegen de tijd dat Levi de trap naar het kantoor van Stowe opliep.

Hij was van plan geweest om de situatie met Elinor uit te leggen en advies van een expert in te winnen. Maar toen hij na een paar koetjes-en-kalfjesopmerkingen op zijn vaste stoel zat, gingen de eerste woorden die uit Levi's mond kwamen over een heel ander onderwerp.

'Mijn ouders zijn heel jong getrouwd. Ze hadden sinds de middelbare school verkering en direct na het eindexamen raakte mijn moeder in verwachting van mij. Ze accepteerden hun lot. Ze trouwden, zochten een baan en begonnen een gezin.'

Zodra de woorden eenmaal naar buiten kwamen, was er geen houden meer aan. Dingen waarvan hij niet eens had geweten dat hij ze kwijt wilde. 'Mijn moeder is een schat. Heel meegaand. Veel te lief voor haar eigen bestwil. En mijn vader... Hij is vast niet altijd een rotzak geweest. Ik wil graag geloven dat hij geen eikel was toen ze verliefd op hem werd. Hij heeft nooit uit het leven gehaald wat hij wilde. Is kwaad op de hele wereld. Ik weet niet of hij het mij kwalijk nam...' Levi schudde zijn hoofd. 'Hoe dan ook, ze zijn hiernaartoe verhuisd omdat zij dat graag wilde en hij geen werk kon vinden. Maar helaas was het hier al niet veel beter. Als hij een baan had, was het er altijd een waar hij een hekel aan had, en hij raakte ze altijd snel weer kwijt. Dat was op zich geen drama. Hij was een ontzettende eikel als hij werkte en voerde stress aan als excuus, dus het was prettiger voor ons allemaal als hij geen werk had.' Hij grimaste bij de herinnering. 'Mijn moeder leek het niet erg te vinden om alles op zich te nemen. Ze bracht geld in het laatje, deed het huishouden en zorgde voor mij. Ze deed er echt alles aan om ons een beter leven te geven. En ik heb het haar niet gemakkelijk gemaakt. Ik was een onhandelbaar kind. Had altijd problemen op school. Niet met andere kinderen, want ik kon met iedereen opschieten. Maar ik was brutaal tegen de leraren en verstoorde de rust in de klas.'

'Moeite met mensen met gezag?' vroeg dokter Park toen Levi even zweeg.

'Nee, ik... Ik denk dat het een manier was om te bewijzen dat ik niet dom was.' Er gleed een zeldzame uitdrukking over het gezicht van dokter Park en Levi dwong zichzelf om het uit te leggen. 'Ik kon niet goed lezen.' *En dat was dan zacht uitgedrukt.* 'Dyslexie. Dat werd pas op de middelbare school vastgesteld, want ik was er erg goed in om iedereen te laten denken dat ik de antwoorden wel wist, maar simpelweg weigerde ze te geven. "Het was beter om je mond te houden en dom te worden gevonden, dan om te praten en alle twijfels weg te nemen." Dat zei mijn vader altijd. Ik hoor zijn stem nog steeds in mijn hoofd, ook al praten we bijna nooit meer met elkaar.'

'Je beschreef jezelf als onhandelbaar. Dacht jij ook zo over jezelf?'

'Hm. Eerder lastig, denk ik. En niets waard. Mijn vader zei vaak tegen mijn moeder: "Ik snap niet dat je nog tijd aan hem besteedt." Maar ze was koppig. Ze bracht me naar de Elks Club, waar een paar leden mijn vrienden en mij leerden pokeren. Ik staarde altijd naar mijn kaarten en dan riep iedereen dat ik een geweldig pokerface had, terwijl ik alleen maar probeerde ze goed te begrijpen. Daar heb ik Elton leren kennen. Mijn mentor. Hij is de reden dat ik bij de politie ben gegaan. Ik had nooit gedacht dat het een optie was. Ik dacht dat ik de bouw in zou moeten of zoiets. Een baan waarbij het erom draaide hoe goed je met je handen was. Mijn vader zei altijd tegen me dat ik niet hoefde te verwachten dat het me in de schoot zou worden geworpen, dat ik een vaardigheid nodig had, maar Elton zag iets in me. Sindsdien probeer ik zijn verwachtingen waar te maken.'

'Zo te horen is dat je gelukt.'

Levi schudde zijn hoofd. 'Nee, ik verkloot de boel steeds weer. Dat gedoe met Britt Wells afgelopen zomer...'

'Dat was niet jouw schuld.'

'Maar ik had meer kunnen doen. En nu de hele situatie met Elinor...'

'Is er iets gebeurd met Elinor?'

Hij vertrok zijn gezicht en bekende: 'Ergens wil ik haar heel graag terug, maar nog liever wil ik het allerbeste voor haar.'

'En je denkt niet dat jij dat zou kunnen zijn?'

Levi schonk de therapeut een sceptische blik. 'Mijn vader bedroog mijn moeder. Waarschijnlijk deed hij dat mijn hele leven lang al, maar ik kwam er pas achter op de middelbare school. Ze wist het. Volgens mij heeft ze het altijd geweten, maar ze is nooit bij hem weggegaan. Ik weet niet of ze voor mij is gebleven, of...'

'Je weet dat je niet verantwoordelijk bent voor de keuzes van je moeder. Jij hebt haar niet gedwongen om bij hem te blijven.'

'Maar ze was alleen maar bij hem vanwege mij. Ze zijn getrouwd vanwege mij.'

'Ze is zonder jouw hulp in verwachting geraakt. En misschien waren ze sowieso wel getrouwd.'

'Volgens hem niet. Een paar jaar geleden zei hij voor de grap tegen me dat ik Elinor precies zo aan me had gebonden als hij mijn moeder. Alleen had ik het met een belofte gedaan en hij met mij. Hij zei altijd dat we ontzettend op elkaar leken.'

'Was hij ook dyslectisch? Het kan genetisch bepaald zijn.'

De vraag galmde door Levi's hoofd en hij luisterde zwijgend naar de echo. Waarom had hij zich dat zelf nooit afgevraagd? Het zou verklaren waarom zijn vader altijd zo verbitterd was over hun gelijkenis. Het feit dat hij er moeite mee had om een baan te houden en altijd een grote mond had tegen bedrijfsleiders vanwege denkbeeldige vernederingen. Had hij soms altijd hetzelfde gedaan als Levi tegen zijn leraren deed?

Allemachtig, leken ze dan toch op elkaar?

Hij had nooit zo willen zijn als zijn vader. Zijn moeder had altijd gewild dat hij de goede kanten van zijn vader zag, maar dat had Levi niet gekund. Omdat ze zo veel op elkaar leken? Omdat ze de eigenschappen van de ander haatten die ze van zichzelf haatten? De zwaktes. De angst dat iemand hen door zou hebben en zou denken dat ze dom waren.

'Dat weet ik niet,' antwoordde hij uiteindelijk.

'Hoe het ook zij, je moeder heeft ervoor gekozen om bij hem te blijven, om wat voor redenen dan ook. En Elinor koos ervoor om bij jou te blijven. Ze had niet het gevoel dat ze aan je vastzat. En als jij wilt weten wat het beste is voor Elinor, of jij dat nu zelf bent of iemand anders, zul je met haar moeten gaan praten. Dat kun je niet zonder haar bepalen. Liefde is niet iets wat we anderen aandoen. Het is iets wat we samen met hen doen.'

'En als ze niet met me wil praten?'

'Dan zou dat ook het antwoord op jouw vraag kunnen zijn.' De ogen van dokter Park stonden meelevend. 'Maar ongcacht hoe het met Elinor afloopt, jij bent niet je vader.'

'Dat weet ik,' zei Levi, net iets te snel. Hij geloofde het zelf niet eens.

Dokter Parks stem klonk zacht en kalm. 'Je hebt hem omschreven als opvliegend, niet in staat om een baan vast te houden. Zelf ben je juist zo gelijkmoedig en beheerst dat het bijna onmogelijk is om je te doorgronden. Je werkt al sinds je achttiende op dezelfde plek en hebt je leven gewijd aan het stadje. Het is best mogelijk dat er op een bepaald moment overeenkomsten tussen jullie waren, maar je bent uitgegroeid tot een heel ander iemand. Het doet er niet toe dat Elinor en jij al op jonge leeftijd verkering kregen. Heb je haar ooit bedrogen?'

'Lieve god, nee. Dat zou ik nooit doen.'

'En lijkt Elinor op je moeder? Zou zij dezelfde keuzes maken die je moeder heeft gemaakt?'

‘Nee, natuurlijk niet.’ Hij dacht aan de felle blik in Elinors ogen wanneer ze onenigheid hadden, aan het feit dat ze zich nooit onderdanig opstelde of inbond. Nee. Ze leek geen spat op zijn moeder.

‘Waarom beoordeel je jouw relatie met Elinor dan op basis van de relatie van je ouders? Waarom laat je je daardoor beïnvloeden?

Omdat ik bang was.

Hij was bang geweest dat hij net als zijn vader was. Bang dat hij Elinor zou kwijtraken. Bang dat hij haar niet waard was. En hij had nooit geweten hoe hij met angst moest omgaan. Of met mislukking. Ondanks alle grapjes die hij tegen Elinor had gemaakt over zijn oneindige ervaring met mislukkingen. Hij had zijn eigen mislukkingen nooit kunnen accepteren.

‘Ik heb er een zootje van gemaakt,’ gaf hij toe, ook al vond hij het vreselijk om dat te zeggen. ‘En ik weet niet hoe ik het goed kan maken.’

‘Dat kan misschien ook niet,’ erkende dokter Park. ‘Er is maar weinig waar we zelf controle over hebben. Het enige wat we kunnen doen is leren van onze fouten en er een beter mens door worden. Niet perfect. Niemand is perfect. Maar beter, dat zou mogelijk moeten zijn.’ Hij keek Levi aan. ‘De vraag is dus wat jij kunt doen om een iets beter mens te worden.’

30

Zet je schrap, Pine Hollow. Er komt een flinke sneeuwstorm aan en we weten allemaal hoeveel ellende dat ons stadje kan opleveren...

Stadsnieuwsbrief Pine Hollow
Donderdag 27 januari

Toen Elinor op donderdagmiddag Dory ophaalde bij Furry Friends en door de eerste dikke sneeuwvlokken die langzaam uit de lucht kwamen dwarrelen naar huis reed, wist ze nog steeds niet wat ze wilde. Ze was altijd gek geweest op sneeuw, vooral als deze als een dikke deken neerdaalde op de grond en de hele wereld in zijn greep kreeg, zodat het stil en vredig was. Charlotte mocht dan helemaal lyrisch worden over de herfstkleuren, maar voor Elinor was de winter de belangrijkste reden om van Vermont te houden.

De gedachte aan Charlotte trok aan de tere kant van haar goede humeur en veroorzaakte er een scheurtje in. Het was erg onrustig in haar leven. Elinor zou graag één relatie willen hebben die níét moeizaam verliep. Maar haar zus reageerde nog altijd niet op haar appjes.

Ze bracht Dory naar huis, gaf haar te eten en sloeg haar gade terwijl ze in haar enthousiasme haar etensbakje over de gladde keukenvloer schoof.

Tegen de tijd dat Dory zich na het eten oprolde voor haar

dutje, was het harder gaan sneeuwen. Elinors telefoon piepte, maar Dory keek niet op, wat wel aantoonde dat ze uitgeput was. Waarschijnlijk was ze die dag flink beziggehouden bij Furry Friends, want normaal gesproken sliep ze alleen zo diep als ze de hele dag had gespeeld. Als ze een hele dag met Levi had rondgereden, overduidelijk blij dat ze met hem mee mocht, was ze ook altijd heel volgzaam geweest. Elinor verjoeg die gedachte echter toen ze op het scherm de naam van haar zus zag staan. Anne. Niet Charlotte.

'Hoi. Hoe is het?' vroeg ze nadat ze had opgenomen. Ze tuurde door het keukenraam naar haar achtertuin, waar de sneeuw in dichte drommen naar beneden kwam zetten en donkere wolken de namiddag in schemerduister hulden.

'Zou jij even bij papa willen langsgaan?' vroeg Anne. 'Hij wil zijn nieuwe generator installeren voor het geval de stroom uitvalt vanwege de sneeuw, maar daar heeft hij hulp bij nodig. Ik ben nog bij Bailey thuis en ik weet niet of ik hier wel in durf te rijden.'

'Ja, hoor. Natuurlijk,' verzekerde Elinor haar. 'Ik loop er meteen naartoe. Blijf jij maar lekker daar. En doe Bailey de groeten van me.'

Anne bedankte haar en wenste haar veel succes. Elinor verbrak de verbinding en keek naar Dory. Haar pootjes trilden in haar puppydromen en ze deed niet eens een oog open toen Elinor haar sneeuwkleding aantrok en opgewekt zei: 'Wil je mee, Dory?'

Normaal gesproken zou ze als een wervelwind naar de voordeur zijn gesprint, maar blijkbaar was ze echt gesloopt van haar dag, want ze sliep gewoon verder, opgerold in haar hondenmand voor de open haard.

'Oké,' zei Elinor ten slotte hardop. 'Slaap jij maar lekker verder. Ik ben zo terug.' Het huis van haar vader lag op nog geen vijf minuten lopen van dat van haar. Zelfs als ze vertraging opliep door de sneeuw zou ze binnen twintig minuten terug moeten zijn.

Er klonk geen geblaf, geen opgetogen getrippel van pootjes op de hardhouten vloer toen Elinor door de voordeur naar buiten stapte, wat ze als een teken opvatte dat de nieuwsgierige Australische herder haar afwezigheid nog niet had opgemerkt. Ze zou letterlijk terug zijn voordat Dory iets in de gaten had.

Al voordat ze onder het afdak boven haar veranda stapte, hing de sneeuw als een dichte deken in de lucht. Er hing een diepe stilte over het stadje. Waarschijnlijk liep het tegen zonsondergang, maar er was geen kleur te bekennen in de lucht, alleen een meedogenloos wit dat door de straatverlichting werd weerkaatst. Elinor liep voorzichtig naar het huis van haar vader. Er lag al een laag van een paar centimeter, maar ze wandelde moeiteloos door de luchtige sneeuwvlokken over de stoep – of waar ze wist dat de stoep moest liggen.

De buitenlamp van haar vader was aan en Elinor deed de deur open. Ze stampte de sneeuw van haar schoenen voordat ze op de mat stapte. 'Papa?' riep ze. Ze wilde haar sneeuwspullen liever niet uittrekken als ze toch meteen weer naar buiten moest. De generator zou naast de schuur achter in de tuin moeten worden geplaatst, uit de buurt van het huis. Ze hadden er in haar jeugd ook eentje gehad, maar die had een paar jaar geleden de geest gegeven. Kennelijk had haar vader die nu eindelijk vervangen.

Toen er geen antwoord kwam, ging ze weer naar buiten en waadde ze door de sneeuw naar de schuur, waar hij al gebogen onder de luifel stond die hij jaren geleden had opgehangen om te voorkomen dat de generator onder een dikke laag sneeuw bedolven zou worden.

'Ik dacht dat dit een klusje voor twee mensen was,' riep ze tegen hem.

Hij draaide zich om, kwam onder de luifel vandaan en ging rechtop staan. 'Ik wilde kijken of ik het zelf kon.'

'En?'

Haar vader grimaste. 'Laten we het erop houden dat ik blij ben dat je er bent. Kun jij dat stuk doen?'

Ze werkten een paar minuten lang in een grotendeels kameraadschappelijke stilte. Haar vader was nooit echt spraakzaam geweest. Gelukkig hadden ze er niet lang voor nodig om de generator te installeren, want de oorspronkelijke elektriciteitsdraden van de oude generator waren al aan de transferschakelaars bevestigd. Toen ze klaar waren, ging haar vader staan. Hij klopte de sneeuw van zijn handen en gebaarde met zijn hoofd naar het huis. 'Thee?'

'Klinkt goed.' Ze had liever koffie gehad, maar haar vader dronk 's middags geen koffie meer, omdat hij er niet van kon slapen, en ze vond het prima om hetzelfde te drinken als hij. Ze wou een paar minuten blijven om warm te worden en dan teruggaan naar huis.

Haar vader wachtte tot ze een warme mok in haar handen had en op een van de krukken bij het kookeiland zat. Toen ging hij onverhoeds in de aanval. 'Wil ik weten waar Charlotte en jij ruzie over hebben?'

Elinor onderdrukte de neiging om te kreunen. Het lukte maar net. 'Het gebruikelijke. Ik heb geprobeerd te zeggen dat het me spijt, maar ze neemt nooit op.'

Hij zuchtte. 'Ze is soms net jullie moeder. Die kon ook ontzettend lang wrok blijven koesteren.'

Elinor staarde naar haar vader, maar de woorden weigerden tot haar door te dringen. In de loop van de tijd was haar herinnering aan haar moeder vervaagd, maar ze had altijd gedacht dat ze het meest op Anne leek. Zachtaardig. Lief. Rustig. Het was een herinnering die was gevormd door een kind, maar toen ze probeerde zich haar moeder in een boze bui voor de geest te halen, leek het beeld te flakkeren. 'Koesterde mama dan wel eens wrok?'

'Ze was er steengoed in. Volgens mij wilde ze jullie daarom een naam geven die ze als "praktische invloed" beschouwde.

Omdat ze wist dat ze wisselvallig kon zijn en hoopte jullie daarmee anders te programmeren.'

Elinor beet op haar lip. Nu ze erover nadacht, kwamen langzaam andere herinneringen bovendrijven. Glimpen van wie haar moeder ook kon zijn geweest, afgezien van haar mama.

De laatste was wie ze in Elinors hoofd was geweest. Mama. Zieke. Maar wie ze als mens was geweest, wist ze niet zo goed.

Ze wist eigenlijk niet in welk opzicht ze op haar leek.

En zij had nog geluk gehad. Ze was de oudste en had de meeste tijd met haar doorgebracht. Maar ze hadden nooit een normale relatie gehad, in elk geval geen normale relatie zoals ze die uit de boeken kende die ze las en uit de films en series over families die ze bekeek. Het had er tijdens haar ziekte vooral om gedraaid dat ze haar niet overstuur of boos maakten. Elinor had als een normale dwarse puber een paar keer tegen haar geschreeuwd en zich na afloop altijd ellendig gevoeld, gekweld door de gedachte dat dat misschien wel de laatste herinnering zou zijn die ze aan haar moeder zou hebben. Bij hen thuis waren ze altijd voorzichtig geweest, met een zorgzaamheid die was gebaseerd op zowel liefde als angst.

'Ik wou dat ik haar als volwassene had meegemaakt,' zei ze zacht.

Haar vader legde een hand op die van haar en kneep er zachtjes in. 'Dat zou ik ook wel willen. Ze zou ontzettend trots op je zijn geweest.'

Dat was wat ze had gewild. Wat ze altijd had gewild. Haar moeder trots maken. Maar zou ze dat ook echt zijn geweest? Nu Charlotte niet eens met haar wilde praten en Elinor niet wist wat ze eigenlijk wilde.

Een van de dingen die zo fijn waren aan Levi was dat haar moeder hem had gekend. Het was niet de enige reden dat Elinor van hem had gehouden – bij lange na niet zelfs – maar de wetenschap dat haar moeder haar grote liefde had ontmoet had iets troostends. Ze was erg verdrietig geweest toen ze zich realiseerde dat haar volgende date die band nooit zou hebben. Maar het was geen reden om met hem samen te zijn. Het was slechts een druppel in de emmers van de weegschaal die aarzelde tussen 'zou ze wel' of 'zou ze niet'.

Ze zette het laatste restje thee neer. 'Ik ga maar eens terug voordat de sneeuw te erg wordt.'

Haar vader liep mee naar de voordeur, waar ze haar jas aantrok. Ze deed de deur open en tuurde even naar de sneeuw. 'Wees voorzichtig. Het sneeuwt keihard.'

'Ik ben altijd voorzichtig,' zei ze. Ze gaf hem een knuffel, wenste hem een fijne avond en dook de sneeuwstorm in.

De wind joeg de vlokken tollend langs haar en het viel niet mee om te zien. Er was nog wel zicht, maar niet veel, en de weersverwachting had voorspeld dat het alleen maar harder zou gaan sneeuwen.

Gelukkig hoefde ze nergens meer naartoe.

Tijdens de wandeling door de steeds zwaardere sneeuwval dreven haar gedachten af naar Levi en de mensen van de hulpdiensten. Ze deed een schietgebedje dat er vanavond geen meldingen zouden binnenkomen van auto's die uit sloten moesten worden getakeld of snowboarders die vermist waren geraakt omdat ze ondanks de weersomstandigheden de verleiding niet hadden kunnen weerstaan om een paar extra runs te maken. Ze wist dan misschien niet wat ze voor Levi voelde, maar ze wilde ook niet dat hij er in dit weer opuit moest.

Omdat ze wind tegen had en de sneeuw inmiddels tot halverwege haar scheenbenen kwam, had ze er twee keer zo lang voor nodig om thuis te komen als anders, en ze stapte opgelucht onder het afdak boven de veranda, waar ze veilig was voor de sneeuw. Ze klopte zichzelf af en stampte de sneeuw van haar laarzen voordat ze naar binnen ging.

'Dory! Ik ben thuis!' riep ze, terwijl ze haar parka uittrok. Ze had verwacht krassende nagels op de houten vloer te horen die aankondigden dat Dory haar kwam begroeten, maar het bleef doodstil in huis. Zou ze nog steeds slapen?

Elinor trapte haar laarzen uit en viel met een harde bons tegen de muur toen haar ene voet eindelijk vrijkwam, maar Dory kwam nog steeds niet kijken wat die herrie te betekenen had. Haar spijkerbroek was boven de laarzen kletsnat geworden. Ze had eigenlijk een sneeuwbroek moeten aantrekken, maar had niet verwacht dat ze zo lang weg zou zijn dat de sneeuwlaag tot aan de rand van haar laarzen zou komen.

Ze wilde niets liever dan droge kleren aantrekken, de open haard aansteken en er met een warme hond, een goed boek en een warm drankje – bij voorkeur met een verwarmend scheutje van het een of ander erin – voor gaan zitten, maar liep eerst door de gang om te kijken of Dory echt nog steeds voor de open haard lag te slapen.

Toen ze het licht aandeed, was de woonkamer echter verlaten.

'Dory?'

Er welde een zweem van angst bij haar op en ze haalde haastig haar telefoon tevoorschijn om de gps te controleren. Ze ademde pas weer in toen ze het icoontje vrolijk boven haar huis zag knipperen. Dory was dus thuis. Maar waar?

Ze doorzocht snel het hele huis, de hele tijd de naam van de hond roepend. Ze was niet in de slaapkamers, de garage, de kelder of de keuken. Ze keek in de badkamer en de wc, en zelfs in de kasten, voor het geval de ondernemende hond zichzelf op een of andere manier in een ervan had opgesloten, maar ook dat leverde niets op. Ze controleerde de gps nog een keer, maar het icoontje had zich gelukkig niet verplaatst. Ze moest hier dus ergens zijn.

Toen het eindelijk tot haar doordrong dat het signaal niet heel nauwkeurig was, pakte Elinor haar laarzen en jas om de achtertuin te checken. Misschien was Dory op een of andere manier in de schuur beland.

Elinor stapte met een zaklamp in haar hand de sneeuw weer in. Ze zocht automatisch naar pootafdrukken, maar zag geen recente. Die zouden er wel zijn geweest als Dory door de achtertuin zwierf, maar er was een plek in de sneeuwlaag waar een verdachte kuil zat, alsof er een tijdje terug een middelgrote hond doorheen was gewandeld en haar afdrukken weer waren opgevuld met verse sneeuw.

Elinor liet de straal van haar zaklamp over de kuil glijden, in de hoop dat ze Dory opgerold tegen de schutting zou zien liggen. Ze moest ergens in de buurt zijn.

Het schijnsel van de zaklamp viel op een metalen voorwerp. 'Dory?' Elinor liep er snel naartoe. Was dat haar halsband? Had ze zich zo diep in de sneeuw ingegraven dat dat het enige was wat Elinor kon zien? Zat ze misschien vast? De sneeuw was licht, maar wel diep. Als ze erin gevallen was...

Toen Elinor bij het metalen voorwerp aankwam, bleek het niet Dory te zijn.

Het was alleen haar halsband. Rafelend en gescheurd, bungelend aan een scharnier van de poort. Ze was erachter blijven haken en had zich eruit gewurmd. Elinor stak een hand uit naar de halsband en haar hart begon te bonzen toen de betekenis ervan tot haar doordrong.

De gps was hier.

Maar Dory was weg.

En het ging alleen nog maar harder sneeuwen.

31

…en vergeet niet om de hulpdiensten te bellen
als je vast komt te zitten in de storm…
Stadsnieuwsbrief Pine Hollow
Donderdag 27 januari

'Levi? Ik heb je hulp nodig.'

Levi zat al wekenlang op die woorden te wachten, maar Elinors trillende stem had meteen zijn volle aandacht. 'Wat is er?'

'Dory. Ze is weg.'

Binnen twee minuten zat hij in zijn Explorer, met de ruitenwissers op de hoogste stand om de sneeuw bij te houden.

Elinor stond op haar veranda op hem te wachten, gehuld in een bonte mengeling van winterkleren. Toen de Explorer tot stilstand kwam, rende ze het trapje af en sprong ze in de auto. Terwijl de lucht tussen hen in zich vulde met paniekerige woorden reed hij al achteruit.

'Ik ben maar heel even bij mijn vader geweest en ze was diep in slaap toen ik vertrok. Zelfs als ze toen wakker is geworden, heeft ze volgens mij nooit genoeg tijd gehad om te ontsnappen, laat staan dat ze zich uit haar halsband heeft kunnen wurmen. Dat heeft ze trouwens nooit eerder gedaan. En nu hebben we geen flauw idee waar ze is en we zien ook helemaal niets.'

'Rustig ademhalen,' adviseerde hij haar. 'We vinden haar heus wel. Ik zit al maanden achter haar aan. Ik ken al haar vaste routes inmiddels.'

Er ontsnapte een verbitterd lachje aan haar mond. 'Nooit gedacht dat ik nog eens dankbaar zou zijn dat ze je helemaal gek heeft gemaakt.' Er volgde een snikje. 'Ze is zo klein. Ik weet dat ze veel energie heeft en groter lijkt dan ze is, omdat ze altijd in beweging is, maar ze weegt nog geen twintig kilo. Als ze in driftsneeuw terechtkomt, kan ze zomaar spoorloos verdwijnen –'

Hij zette de SUV stil aan de rand van het plein en draaide zijn gezicht naar haar toe.

'Elinor.' Hij praatte net luid genoeg om haar paniek te onderdrukken. Haar angstige ogen keken recht in die van hem. 'We vinden haar echt wel.'

'Oké,' fluisterde ze, starend in zijn ogen alsof hij zijn belofte meteen werkelijkheid kon laten worden. Toen richtte ze haar blik op de verblindend witte sneeuwstorm. 'Zie je haar?'

'Je moet kijken of je iets ziet bewegen,' droeg hij haar op. 'Zo vind ik haar meestal.'

'Stel nou dat ze ergens vastzit –'

'Niet nadenken. Alleen maar kijken.'

Elinor knikte, iets te gehaast, en deed wat hij zei.

Er waren in dit weer geen andere auto's op de weg die zich konden storen aan de Explorer die stapvoets over het plein reed. Levi draaide zijn raampje naar beneden om de hond te roepen, met turende ogen en gespitste oren zoekend naar een teken. Elinor deed hetzelfde aan de andere kant.

Via zijn portofoon kwam krakend een update binnen van Kaye. De hele reddingsbrigade was opgeroepen voordat de storm Pine Hollow had bereikt en iedereen stond klaar om burgers te helpen die zich erdoor hadden laten overvallen. Toen Elinor contact opnam met Levi had Aaron dienst gehad, en Kaye had net van hem gehoord dat Gayle Danvers veilig was thuisgekomen, ook al zou haar auto in een greppel vastzitten tot de wegen begaanbaar waren en de sleepwagen hem eruit kon trekken. En Aaron en Gayle Danvers hadden Dory nergens gezien.

Het zou ook te mooi voor woorden zijn geweest, want Gayle zat aan de andere kant van de stad. Maar Levi was er een voorstander van om alle bronnen aan te boren.

En hij maakte zich zorgen over die verrekte hond.

Het dier kwelde hem al sinds Elinor haar in huis had genomen, maar ergens tussen het moment dat hij haar tussen de hooibalen op het plein achternazat en de keren dat hij met haar op de passagiersstoel door de stad reed, en ze met haar pootjes tegen het dashboard en vooruitgestoken oortjes haar territorium controleerde, was hij om de harige viervoeter gaan geven.

Hoewel hij het niet liet merken, was hij bijna net zo bezorgd als Elinor. De zon was al ondergegaan en de temperatuur daalde. Het zou de hele nacht blijven sneeuwen en er werd zo'n vijftig centimeter sneeuw verwacht.

Hij wilde het niet zeggen, maar als ze haar niet snel vonden, zouden ze haar waarschijnlijk helemaal niet vinden. Niet in deze storm. Ze konden alleen maar hopen dat ze zelf veilig thuis zou komen.

Toch speurde Levi het plein en de omringende straatjes af die Dory de laatste tijd als haar speelterrein had gebruikt.

Ze controleerden al haar vaste bestemmingen: het speelplein van de peuterschool, waar ze de kinderen bij elkaar probeerde te drijven, en het plein in het centrum van de stad, waar ze auto's bij elkaar probeerde te drijven. De lagere school, de dierenopvang en de omgeving van het gebouw van de hulpdiensten. Allemaal plekken waar bekenden van haar werkten.

Het leverde niets op. En de wegen werden steeds slechter begaanbaar.

Levi wilde het niet zeggen, maar zelfs zijn SUV met vierwielaandrijving en uitstekende winterbanden kon elk moment in de problemen komen. Hij wilde Dory graag vinden, maar niet als hij daarmee Elinor in gevaar bracht. Over een paar minuten zou hij haar moeten overhalen om zich door hem naar huis te laten brengen, zodat hij door kon gaan met zoeken zonder bang te hoeven zijn dat zijn Explorer van de weg raakte met haar erin. Maar eerst wilde hij nog één plek proberen.

'Ze vindt de molen leuk,' zei hij, en hij reed het landweggetje op dat die avond iets te smal was voor zijn gemoedsrust. Door de sneeuw leek de tunnel van bomen nog meer op een doorgang in een grot. 'Misschien is ze binnen gaan schuilen toen de sneeuw te erg werd.'

Elinor zat zwijgend op de passagiersstoel. Ze had haar lippen op elkaar geperst, en haar gezicht oogde gespannen en angstig in het licht van het dashboard. 'Het komt echt wel goed. Ik vind haar wel,' beloofde hij, en hij hoopte maar dat hij de belofte kon nakomen.

Er was geen straatverlichting. Toen Levi voor de molen stilhield, doemde het gebouw als een dreigende schaduw op uit de sneeuw. Hij zag geen pootafdrukken in de sneeuwvlakte die door zijn koplampen werd verlicht, maar het sneeuwde nu zo hard dat hun voetsporen bijna net zo snel werden gevuld als zij ze vormden.

'Ik zal wel even binnen kijken,' bood hij aan. Hij zette de Explorer in PARK, maar liet de motor draaien, zodat de lichten bleven branden en Elinor het niet koud zou krijgen.

Elinor duwde het portier aan de passagierskant open. 'Ik ga mee. Als ze mijn stem hoort, komt ze vast wel.'

Levi sputterde niet tegen, ook al twijfelde hij er niet aan dat Dory ook op zijn stem zou afkomen. In de afgelopen weken was er een stilzwijgende afspraak ontstaan tussen de hond en hem. Ze kende nu het verschil tussen de klank van zijn stem die zei: 'Oké, schooier, we kunnen wel even spelen,' en de klank die aangaf: 'Geen gezeur. Nu meteen de auto in.' Maar hoewel hij wist dat Dory zou komen als ze hem hoorde, wist hij ook dat Elinor haar zelf moest zoeken. Daarom had hij haar ook opgehaald, in plaats van haar te verzekeren dat hij op zoek zou gaan en zijn werk in zijn eentje te doen, zoals hij bij iedere andere inwoner zou hebben gedaan.

Het zou die nacht erg koud worden, maar voorlopig bestond de sneeuw nog uit de dikke, zware vlokken die vielen zolang de temperatuur rond het vriespunt lag. Ze waadden erdoorheen en Levi stak automatisch een hand uit om Elinor te helpen toen haar kortere benen het moeilijk kregen in de driftsneeuw.

Onder de boog van de toegangsdeur zag hij dat de sneeuw zich binnen ook ophoopte door het gat in het dak. Het licht van de koplampen scheen door de kieren van het vervallen gebouw naar binnen, maar toch was het er zo donker dat Levi zijn zaklamp tevoorschijn haalde en aanzette voordat hij naar binnen liep. Hij maakte een pad vrij in de sneeuw voor Elinor.

'Dory?' riep ze, terwijl hij zijn zaklamp langs de met graffiti versierde muren liet glijden. De lichtstraal viel op de sneeuw die door het gat in het plafond naar beneden dwarrelde. Ze leken binnen rustiger te vallen en tolden niet wild in het rond in de wind. Als hij niet zo bezorgd was geweest, was de aanblik van de in het licht zwevende vlokken betoverend geweest.

'Dory!' riep Elinor opnieuw.

Een schurend geluid.

Levi draaide zijn hoofd met een ruk naar links en richtte zijn zaklamp op het geluid. Een witte vlaag, maar geen sneeuw. Een staart. Een welbekende staart.

'Dory!'

Elinor rende op de hond af, die uit haar schuilplaats onder de rottende traptreden tevoorschijn kwam. Hij was zo opgelucht dat zijn knieën knikten. Elinor liet zich voor de hond op de grond zakken.

Opeens bewoog er nog iets op de schuilplek. Een bleek gezicht.

Elinor, die bezig was om te controleren of Dory niets mankeerde, verstijfde toen het schijnsel van Levi's zaklamp op het gezicht viel.

'Brayden?'

'Hij is diep onder zeil. Volgens mij heeft hij er niets aan overgehouden.'

Levi keek op van het vuurtje dat hij had aangestoken toen Elinor het woongedeelte van zijn blokhut binnenkwam. Zoals was voorspeld was de stroom inderdaad uitgevallen, maar als hij het vuurtje aan de praat wist te houden zou het de hele nacht warm blijven in de hut.

Brayden Wells lag te slapen in zijn bed, onder een stapel dekens om hem warm te houden, met Dory languit over hem heen gedrapeerd als een extra beschermende laag. Gelukkig had de jongen nog een warm bad kunnen nemen voordat de stroomtoevoer naar de verwarmingsketel ermee stopte. Waarschijnlijk had hij urenlang buiten in de kou gezeten en Levi's eerste prioriteit was geweest om te voorkomen dat hij medische verzorging nodig zou hebben vanwege onderkoeling.

De wegen lagen er belabberd bij, en dat was de enige reden dat Brayden op dat moment niet thuis was, of in het gebouw van de hulpdiensten werd vertroeteld door Kaye en Marjorie. Na een kort telefoontje naar de meldcentrale en Braydens grootouders, was iedereen het erover eens geweest dat het belangrijker was om Brayden zo snel mogelijk warm te krijgen dan dat ze met z'n drieën onder de huidige omstandigheden naar Pine Hollow probeerden terug te komen. Levi's blokhut was het dichtstbij geweest. Bovendien had hij de portofoon bij zich, voor het geval iemand hem die nacht nodig had voor een noodgeval.

'Hij heeft echt geluk gehad dat Dory is ontsnapt.' Levi keek op toen Elinor plaatsnam op het uiteinde van zijn uitgewoonde bank. Ze zou er niet echt lekker op kunnen slapen, maar het was altijd beter dan de vloer, waar hij zou liggen. 'Zonder haar lichaamswarmte had hij er veel erger aan toe kunnen zijn. Dat jochie was niet op dit weer gekleed.'

Levi ging op het andere uiteinde van de bank zitten. Hij droomde er al heel lang van om de nacht met Elinor door te brengen, maar nooit onder deze omstandigheden.

Ze had haar parka uitgetrokken en als een deken over haar schoot uitgespreid. 'Ik dacht dat zijn grootouders misschien moeite met hem hadden, maar ik had niet verwacht...' Ze maakte haar zin niet af. 'Heb je de spuitbussen met verf onder de trap zien liggen waar hij zich had verstopt?'

'Volgens mij hebben we onze vandaal te pakken. Die verf heeft hij waarschijnlijk uit de zaak van zijn opa. Ik moet eerlijk bekennen dat ik dacht dat er tieners achter zaten. Nooit gedacht dat het een tienjarige zou zijn.'

'Volgens mij is hij elf. Hij zit in dezelfde klas als Astrid.'

'De zoon van Britt Wells.' Hij wreef met een hand over zijn gezicht, alsof hij het vertrouwde schuldgevoel wilde wegboenen.

'Hij woonde al bij zijn grootouders voordat...' Ze slikte iets weg en ze wisten allebei wat ze had willen zeggen. *Voordat zijn moeder overleed.* 'Hij is nooit lastig. Hij is ontzettend stil. Ik had het moeten weten.'

'Anders ik wel. Maar het heeft geen zin om daarover te blijven piekeren. Het enige wat we kunnen doen is leren van onze fouten en er een beter mens door worden,' herhaalde Levi de woorden van dokter Park. Hij wierp een blik op de gesloten deur van de enige slaapkamer in de hut. 'Wat kunnen we voor hem doen?'

'Ik kan kijken of ik hem terug kan krijgen in het naschoolse programma. Het is niets bijzonders, gewoon een plek waar kinderen kunnen rondhangen en aan een paar projecten kunnen meedoen, maar dan krijgen ze wel het gevoel dat ze ergens deel van uitmaken. Het zorgt ervoor dat ze betrokken worden bij de stad. Ze kunnen meehelpen aan de praalwagens voor de optocht…'

'Je hebt een heel dorp nodig om een kind op te voeden, bedoel je?'

'Je hoeft niet zo spottend te klinken.' Ze keek hem boos aan en schoof haar bril geërgerd naar boven. 'Jij had de Elks.'

'Dat weet ik. En ik bedoelde het niet sarcastisch.' Elton en de andere leden van de Elk Club hadden vermoedelijk zijn leven gered en hem beslist gevormd tot de man die hij nu was. Het groepje mannen van middelbare leeftijd en gepensioneerden dat hem had leren pokeren had meer voor hem betekend dan hij ooit in woorden kon uitdrukken. Maar Elinor leek dat al te beseffen, want de uitdrukking op haar gezicht werd milder.

'Heb je wel eens overwogen om zelf ook zoiets te doen?'

'Pokeren?'

Ze rolde met haar ogen. 'Je snapt best wat ik bedoel. Iets met kinderen. Een, eh, een soort junior reddingsbrigade. Een programma om kinderen te trainen.'

Het was niet eens een slecht idee. Marjorie zou het waarschijnlijk fantastisch vinden. En Kayes zoon had er de juiste leeftijd voor. Levi moest er natuurlijk wel eerst goed over nadenken en het met Ben en de gemeenteraad bespreken…

'Kinderen willen veel te snel opgroeien en proberen hun hele leven lang om zich als volwassenen te gedragen. Daarom moeten wij een rolmodel voor hen zijn,' zei Elinor. 'Ze het goede voorbeeld geven. Het zou echt geweldig zijn, een soort buddyprogramma.'

Ze had gelijk, maar hij was niet van plan om nu al iets te beloven. 'Denk je dat Brayden…'

'Geïnteresseerd zou zijn?' vulde ze aan. 'Dat weet ik eerlijk gezegd niet. Ik zie hem alleen als zijn klas naar de bibliotheek komt en hij houdt zich altijd afzijdig. Ik durf niet zo goed te zeggen wat hij leuk vindt.'

'Hij kan goed tekenen en schilderen.' Misschien wilde Peg van het hobbywinkeltje in de stad hem wel onder haar hoede nemen. Van alle bewoners van de stad was zij vermoedelijk degene die de graffiti het meest op waarde wist te schatten.

Elinor tikte met haar knokkels tegen haar voorhoofd. 'Ik had een en een bij elkaar moeten optellen. Ik dacht al dat de graffiti me bekend voorkwam. Hij zat bij mijn NaNo-club, maar alleen de eerste week. Hij zat de hele tijd te tekenen. Ik dacht dat het om een graphic novel ging, maar hij kwam al snel niet meer en ik heb er verder niet bij stilgestaan. Ik kan niet geloven dat ik zijn werk niet herkende –'

'Van die ene keer dat je over zijn schouder hebt meegekeken?'

'Ik wist zeker dat ik onze kunstenaar kende, maar het is nooit bij me opgekomen dat het Brayden was. Hij is nog een kind.'

Een kind dat recent zijn moeder was verloren.

Het schuldgevoel waar Levi al de hele avond onder gebukt ging, kroop nu als gal door zijn keel omhoog. In het vuurtje knerpte een stuk hout. Levi stond op om er extra hout bij te doen en deed er langer over om de houtblokken met de pook te schikken dan echt nodig was.

Toen hij uiteindelijk weer op de bank ging zitten, sloegen Elinors veel te opmerkzame ogen hem nog steeds gade. 'Gaat het?'

'Ja, hoor.'

'Levi.'

Hij keek haar aan en de waarheid werd als toffee uit hem getrokken, met tegenzin en tergend langzaam. 'Hij hoort een moeder te hebben.'

Haar ogen werden groot en ze deed haar mond open, ongetwijfeld om een meelevende opmerking te maken, maar nu hij het haar had verteld, wilde hij dat ze alles wist.

'Ik ben ruim een jaar geleden naar Britt Wells' huis geroepen. Voordat... Nou ja, dat weet je wel. Het was niet de eerste keer. Brayden woonde toen al bij zijn grootouders, dus hij heeft het gelukkig niet hoeven zien, maar ze was er vreselijk aan toe.' Hij deed zijn ogen dicht bij de herinnering van het tafereel. 'Ik hoopte dat ik... Ze was al een paar keer naar een afkickkliniek geweest. Ik wist dat ze clean probeerde te blijven voor Brayden, maar het lukte haar gewoon niet. Ik dacht dat ze in de gevangenis in elk geval niet kon gebruiken. Ik arresteerde haar vanwege het bezit van verdovende middelen. Ze kreeg een half jaar. En op de dag nadat ze werd vrijgelaten...'

'Nam ze een overdosis.'

Hij knikte. 'Ik had meer moeten doen, maar ik wist niet wat en ik... ik heb haar gewoon laten barsten.'

'Jij bent niet de enige die heeft geprobeerd om haar te helpen. Het was net zomin jouw schuld als die van haar ouders of wie dan ook in dit stadje. Of van haarzelf. Ze was ziek en ze is eraan gestorven. Daar kon jij niets aan doen.'

Hij slikte iets weg en omdat hij niet naar haar durfde te kijken, tuurde hij in het vuur, naar de houtblokken die gloeiden onder de oplaaiende vlammen.

'Is dat de reden dat je...'

'Naar therapie gaat?' maakte hij haar zin voor haar af. 'Een van de redenen.'

'En de andere reden?'

Nu keek hij haar wel aan. Recht in de ogen die altijd meer in hem hadden gezien dan hij zelf had gezien. Ze waren groot en bruin, omlijst door het donkere montuur dat ze al minstens tien jaar droeg. Volle wimpers en wenkbrauwen die altijd haar stemming prijsgaven. Naar elkaar toegetrokken als ze kwaad was. Een beetje opgetrokken als ze hem wilde overtuigen, zoals nu. Alsof ze hem met haar ogen smeekte om openhartig tegen haar te zijn.

En dat lukt haar. Het lukte Elinor altijd.

'Ik had wat andere dingen waarover ik wilde praten.' Hij staarde naar zijn handen, niet zozeer ongemakkelijk als wel ongemakkelijk vanwege het feit dat hij zich niet ongemakkelijk voelde. 'Dingen die ik fout had gedaan. Dingen waar ik spijt van heb.'

Toen hij opkeek, had ze haar ogen opengesperd en weken haar lippen een stukje van elkaar. Ze had altijd een beetje een overbeet gehad en hij kon het randje van haar voortanden zien. Toen ze jonger waren had ze het verschrikkelijk gevonden en geroepen dat ze net een eekhoorn leek, maar hij was altijd gek geweest op haar mond. Haar glimlach. Dat ze op haar lip beet als ze moest nadenken. Of als ze zenuwachtig was.

Haar tong glipte naar buiten om de lip te bevochtigen waar ze op had zitten bijten, maar ze zei nog altijd niets. En voor het eerst in zijn leven wilde Levi de stilte opvullen.

'In het begin ging ik om Marjorie en Elton tevreden te houden. Ik dacht niet dat ik het nodig had... De mannelijke Jacksons zijn immers ijzersterk. Wij hebben geen therapie nodig.'

'Ik heb soms zo'n ontzettende hekel aan je vader,' zei ze nadrukkelijk.

'Nou niet wraakgierig worden, hoor. Jij bent de aardigste van ons tweeën,' zei hij bij wijze van grap, maar ze kon er niet om lachen.

'Ik ben helemaal niet aardig.' Elinors ogen vlamden. Zo keek ze altijd wanneer ze het voor hem opnam, zelfs tegen hemzelf. 'Jij bent juist de aardigste van ons tweeën. Jij doet meer voor anderen dan iedereen die ik ken.'

'Je weet best wat ik bedoel.'

'Omdat je je eigen goede kanten niet kunt zien, bedoel je? Jij neemt de verantwoordelijkheid op je voor alle akelige dingen die ooit in het stadje gebeuren, maar als er fijne dingen gebeuren, kan dat nooit vanwege jou zijn.'

'Dat is een beetje overdreven, vind je zelf ook niet?' vroeg hij, maar hij besefte meteen dat hij een fout had begaan. Een verstandig man zei nooit tegen de vrouw van wie hij hield dat ze overdreven reageerde.

Ze kneep haar ogen tot spleetjes. 'Het is dus overdreven dat ik wil dat jij jezelf niet langer als het kleine jongetje ziet dat zich op school misdroeg, zodat niemand erachter zou komen dat hij niet in alle opzichten volmaakt was?'

'Volmaakt zijn was altijd iets wat meer bij jou hoorde dan bij mij.'

'Alsjeblieft, zeg.' Ze rolde met haar ogen. 'Je vergeet dat ik je ken, Levi. Je bent vreselijk bang dat mensen ontdekken dat je niet slim bent, maar dat is belachelijk. Jij hebt nota bene strip-Triviant bedacht. En je won altíjd.'

'Ik was dan ook extra gemotiveerd.'

'Je bent slím.'

Hij schudde automatisch zijn hoofd. 'Niet in de zin die anderen belangrijk vinden.'

'Omdat je niet hebt gestudeerd?'

'Omdat ik amper kan lezen, Elinor,' snauwde hij. Zijn gezicht werd meteen rood en schaamte welde in zijn keel omhoog.

'Je hebt honderden boeken beluisterd. Je onthoudt altijd alles. Je geeft om iedereen. En ik vind het gruwelijk hoe jij jezelf ziet. Ik heb je nooit kunnen overtuigen van wat ík zie –'

'Omdat jouw roze bril je zicht vertekent.'

'Nee. Ik zie jou, Levi. Dat heb ik altijd gedaan.' Haar ogen zochten die van hem, doordringend en standvastig. Plotseling wist hij wat ze ging zeggen voordat haar lippen de woorden vormden. 'Ik hou van je.'

Hij kon zijn blik niet afwenden en de waarheid die hij nooit echt had durven erkennen, glipte nu onwillekeurig uit zijn mond. 'En ik heb dat altijd verkeerd gevonden.'

32

Het is verbazingwekkend welke waarheden de sneeuw aan ons weet te ontlokken.

Stadsnieuwsbrief Pine Hollow
Donderdag 27 januari

Elinors hart brak een beetje, maar ze bleef Levi aankijken en weigerde een pijnlijk gezicht te trekken. Daar had je het dus, datgene wat hen uit elkaar had gedreven. Wat ze nooit had kunnen begrijpen. Hij had altijd van haar gehouden. Zij had altijd van hem gehouden. Maar hij liet het gewoon niet toe. Als ze zijn mening over hemzelf niet kon veranderen, zou ze dan ooit een schijn van kans hebben om hem zover te krijgen dat hij haar gevoelens voor hem accepteerde? Of verkeerden ze in dezelfde impasse waar ze altijd in hadden gezeten?

'Jij was nooit voor mij bestemd,' zei hij, alsof hij haar herinnerde aan een vaststaand feit waarvan ze allebei wisten dat het waar was.

'Waarom niet?' vroeg ze uitdagend.

'De trots van Pine Hollow?'

'Ik was veel meer dan alleen dat. En ik had soms het gevoel dat Katie en jij de enigen waren die dat doorhadden. Die mijn onvolkomenheden zagen en me desondanks leuk vonden.'

'Maar *míjn* onvolkomenheden zag iedereen wel,' gromde hij. 'Iedereen wist dat ik niet goed genoeg voor jou was.'

'Levi.'
'Het is waar,' protesteerde hij voordat ze hem weer kon tegenspreken. 'Herinner je jouw eindexamenbal nog? Toen ik je vooraf mee uit eten nam bij de Inn?'
'Ja, natuurlijk weet ik dat nog.' Hij had er maandenlang voor gespaard. Ze hadden zich geen van beiden de prijzen in het chique restaurant van de Pine Hollow Inn kunnen veroorloven, maar hij had haar per se willen meenemen naar het beste restaurant in de stad, ook al zou ze het ook prima hebben gevonden om een hamburger te gaan eten bij Gwennie, het tentje dat na Gwennies pensioen de Tipsy Moose was geworden.
'Iedereen keek naar ons.' Zijn stem klonk bars. 'Iedereen keek op mij neer. Ze wisten dat ik daar niet hoorde, dat ik niet bij jou hoorde.'
'Levi, het was logisch dat ze naar ons keken. We hoorden daar geen van beiden thuis. We waren zestien, opgetut voor het bal en deden alsof we wisten wat foie gras was. Waarschijnlijk vonden ze ons juist schattig. En onnozel. En dat waren we ook.'
Hij schudde zijn hoofd. 'Je begrijpt het niet. Dit is jouw stad. Iedereen is altijd dol op je geweest.'
'Het is ook jouw stad!' Het drong tot haar door dat ze haar stem had verheven en ze wierp een blik over haar schouder op de slaapkamerdeur, waarachter Dory de slapende Brayden bewaakte, maar ze hoorde niets.
Levi's wenkbrauwen vormden een diepe rimpel. 'Ik kon niet wachten tot ik hier weg kon.'
'Waarom ben je dan niet gegaan?'
Hij schudde weer zijn hoofd, alsof hij geen keus had gehad. 'Elton bood me een baan aan. En een knul die met de hakken over de sloot is geslaagd voor zijn eindexamen op de middelbare school, heeft niet bepaald veel opties. Voor jou was dat anders. Jij had overal naartoe kunnen gaan. Ik heb nooit be-

grepen waarom je deze plaats niet verliet zonder ooit nog achterom te kijken. Waarom je niet al die mensen achterliet die dachten te weten wie je was. Voor eeuwig verankerd in je tienjarige zelf, zonder ooit te veranderen.'

'Ik weet hoe het voelt als de hele stad iets van je verwacht.' Ze draaide haar hoofd opzij om hem aan te kijken en klemde zich tijdens het praten stevig vast aan de rugleuning van de bank. 'En ja, ik snap dat het veel erger moet zijn als ze zitten te wachten tot je er weer een zootje van maakt, in plaats van dat ze ervan uitgaan dat je perfect zult zijn. En dat is niet leuk, maar dit is wel mijn thuis. Ik hou van Pine Hollow. Ik wil nergens anders naartoe. Ik weet dat jij nooit hebt begrepen waarom ik terugkwam, terwijl ik weg had kunnen blijven, maar ik wilde hier niet weg. Ik was ontzettend eenzaam tijdens mijn studie. Misschien omdat ik jonger was dan iedereen daar, misschien omdat ik me er nooit echt aan heb overgegeven, maar de grote wijde wereld was niet beter voor me, ook al dacht jij dat wel. Jij was degene die hier weg wilde. Weg van het beeld dat iedereen van je had. Maar dat heb je ook gedaan, Levi! Je hebt ervoor gezorgd dat mensen je met andere ogen bekijken. Je bent nu de politiechef. Je wordt gerespecteerd en bewonderd. Mensen in kleine stadjes vergeten niet snel iets, maar als ze terugdenken aan de jongen die altijd in de problemen raakte, dan is dat alleen maar omdat ze dan kunnen zeggen dat je van heel ver bent gekomen.'

Hij luisterde zwijgend naar haar gloedvolle betoog en toen ze was uitgesproken, was haar gezicht warm, alsof ze had hardgelopen. Hij keek haar onderzoekend aan. Alsof hij probeerde te ontdekken of ze echt geloofde wat ze tegen hem had gezegd. Alsof hij probeerde vast te stellen of hij het zelf durfde te geloven. Hoe kon ze hem overtuigen?

Elinor haalde diep adem. 'Ik zat laatst te luisteren naar een –'

'Podcast?'

Ze keek hem met gespeelde irritatie aan. 'Je kent me echt niet zo goed als je wel denkt, Levi Jackson.'

Maar hij kende haar wel degelijk. Hij kende haar door en door.

'Mijn excuses. Waar zat je dan naar te luisteren?'

Haar glimlach vertrok bedroefd. 'Een podcast.' Hij snoof geamuseerd, maar ze zette door, blij dat hij zijn behoedzaamheid beetje bij beetje liet varen. 'Het ging over waardering. Dat je dingen wilt doen voor mensen die hun dankbaarheid uiten. Ik moest aan mijn vader en Anne denken, en dat ik altijd bereid ben te doen wat ze van me vragen. Maar zodra Charlotte me iets vraagt, hoe klein en onbeduidend ook, moet ik me echt inhouden om niet meteen tegen haar te mopperen, omdat ik het idee heb dat zij alles vanzelfsprekend vindt. En opeens drong het tot me door dat ik haar niet eens hoor, zelfs als ze me wél bedankt. En ik heb geen flauw idee hoe dat komt. Waar ik dus naartoe wil is dit: is jouw probleem dat de stad je niet waardeert? Dat de inwoners je niet bewonderen? Of hoor je het gewoon niet als ze dat wél doen?'

Hij slikte iets weg en schudde zijn hoofd. Ze wist zelf ook niet of ze wist wat het antwoord op die vragen was. En opeens was er iets anders wat ze tegen hem wilde zeggen.

'Ik heb ook naar een andere podcast geluisterd,' begon ze, traag pratend vanwege haar zenuwen. 'Daar kwam een citaat in voorbij dat me bij is gebleven. Ik moet er steeds weer aan denken. "Liefde is een kunstwerk dat uit samenwerking ontstaat."' Ze streek met haar tong langs haar lippen en dwong zichzelf om niet weg te kijken van de lichtgrijze ogen die haar rustig aanstaarden. Levi was altijd steengoed geweest in opletten.

'Ik had het nooit zo bekeken,' bekende ze. 'Het was een overweldigend gevoel dat ik voor jou koesterde. Een soort natuurkracht. Alsof het zich tegelijkertijd vanbinnen als vanbuiten aan me opdrong en me bepaalde gevoelens gaf, ervoor zorgde dat ik me op een bepaalde manier ging gedragen, maar het was niet iets wat we sámen deden. Het was niet iets wat we als een team creëerden en vervolmaakten.'

'Liefde is niet iets wat we anderen aandoen. Het is iets wat we samen met hen doen,' zei hij zacht.

Elinor ging iets rechterop zitten en boog zich enthousiast naar hem toe. 'Ja! Precies. We hielden ontzettend veel van elkaar, maar het was alsof we elkaar met onze emoties overspoelden, in plaats van er samen iets van te maken. Daardoor was het gemakkelijk om alle schuld bij jou te leggen toen je onze relatie verbrak, omdat het niet iets was wat ík had gedaan. Maar het ging er juist om dat er iets was wat ik had nagelaten. Ik had jou laten aanmodderen totdat je het punt had bereikt dat je dacht dat ik jou niet nodig had. Dat je dacht dat ik zonder jou beter af was.'

'Jij hebt altijd een betere man verdiend.' Zijn stem klonk zacht en rauw.

'Levi.' Ze stak een hand uit en pakte hem vast bij zijn onderarm, haar vingers knellend om de spieren onder zijn flannellen overhemd. 'Er is nooit een betere man voor mij geweest dan jij.'

Hij tuurde onderzoekend in haar ogen, als altijd op zoek naar de waarheid, en ze probeerde hem te tonen hoezeer ze het meende. Ze probeerde hem ervan te overtuigen dat hij het kon geloven.

'Weet je waar ik aan moest denken?' vroeg ze zacht, nog altijd met haar hand om zijn arm. 'Toen we vanavond rondreden om Dory te zoeken? Ik moest er steeds aan denken dat ik ervan overtuigd was dat jij me zou helpen met zoeken toen ik je belde. Dat jij altijd zou zijn gekomen, zelfs als we op het dieptepunt van onze breuk hadden gezeten, toen ik dacht dat ik jou haatte en het echt heel akelig was tussen ons. Zoals je ook bent gekomen toen Katie was gestorven. Omdat je altijd voor me klaarstaat als ik je nodig heb. En dat wil ik ook voor jou doen.'

Ze kreeg pas in de gaten dat er tranen uit haar ogen rolden toen Levi zijn vrije hand ophief en teder met een duim over haar wang streek om een druppel vocht op te vangen.

'Jij hebt altijd voor me gezorgd,' fluisterde Elinor haperend. 'Denkt je dat je me kunt toestaan om ook voor jou te zorgen? Want ik hou van je, Levi Jackson. Ik weet niet hoe ik ooit niet van jou zou kunnen houden. Ik denk niet dat dat ooit zal gebeuren. Maar dan moet je me wel toelaten. Ik wil nooit meer worden overrompeld als je op een dag besluit dat je niet goed genoeg voor me bent. Ditmaal laat ik je niet zo gemakkelijk gaan. Ik zal me ertegen verzetten totdat het tot je doordringt dat jij de beste persoon bent die ik ken. Totdat jij jezelf ziet zoals ik jou zie. Maar dan moet je het wel wíllen zien. Snap je dat? Liefde is een kunstwerk dat uit samenwerking ontstaat. En dat kan ik niet als jij me niet helpt.'

Levi likte over zijn lippen en Elinor hield haar adem in. Hij stond op het punt om iets te zeggen. Iets wat beslist haar leven zou veranderen. Maar zou het ten goede of ten slechte zijn? Ging hij tegen haar zeggen dat hij niet meer van haar hield? Dat hij alleen maar voor haar zorgde omdat hij dat nu eenmaal voor iedereen deed? Of zou hij stug volhouden dat ze zonder hem beter af was? Ze wilde niets liever dan dat hij wat zei, maar was tegelijkertijd doodsbang dat het pijn zou doen.

Ze trok haar hand terug en zette zich mentaal schrap op de hoek van de bank.

Levi haalde diep adem.

Alsjeblieft, smeekte ze in stilte, amper in staat om de aandrang te bedwingen om haar ogen dicht te knijpen en het uit één woordje bestaande gebedje extra kracht mee te geven.

'Ik heb altijd het gevoel gehad dat ik alleen maar deed alsof,' zei Levi langzaam. 'Dat ik de rol van het perfecte vriendje voor jou speelde. Ik wilde je meenemen naar dat dure restaurant in de Inn en je geven wat de perfecte man je zou geven. Maar het voelde altijd aan alsof ik een rol speelde die niet bij me paste en dat je zou beseffen dat ik niet was wie jij dacht dat ik was als ik daarmee ophield. Ik dacht dat ik je om de tuin leidde. Alsof ik had gebluft en ermee weg was gekomen. Ik heb nooit geloofd dat ik jou verdiende. Dus toen mijn vader en Katie me min of meer vertelden dat jij zonder mij beter af zou zijn, bevestigde dat alleen maar wat ik zelf toch al wilde geloven. En het was alsof de enige manier om goed genoeg voor jou te zijn, om echt de held te worden die je in me leek te zien, was door mezelf op te offeren en jou te laten gaan. Ik had niet verwacht dat het jou verdriet zou doen. Niet op de lange termijn. Ik had namelijk altijd geloofd dat je verliefd was geworden op een leugen en dat je dat na de breuk zou inzien.'

In het vuur knapte een stuk hout en hij keek in de richting van het geluid. De houtblokken verschoven een stukje en de rust keerde terug. 'Ik denk niet dat ik dat drie jaar geleden tegen je had kunnen zeggen. Zelfs vorig jaar niet.' Hij keek haar weer aan en hield haar blik vast. 'Ik weet niet hoe ik kan bewijzen dat ik ben veranderd. Dat ik nog steeds verander. Ik weet niet hoe ik je kan bewijzen dat ik jou dat nooit meer zou aandoen. Dat ik dat óns nooit meer zou aandoen. De jongens hebben geprobeerd me te helpen door grootse romantische gebaren te bedenken, als het eind van een of andere romantische film of zoiets, maar ik kon niets bedenken wat de afgelopen drie jaar ongedaan kon maken.'

'Ik heb geen groots romantisch gebaar nodig, Levi. Dit is genoeg. Dat je met me praat. Dat je dit samen met me doet.'

Hij stak bijna aarzelend een hand uit en streelde haar vingertoppen. Hij pakte haar hand niet vast, maar bewoog zijn vingers langs die van haar. Een uitnodiging. Haar vingers verstrakten om die van hem.

'Denk je dat je ons nog een kans durft te geven?' vroeg hij zacht.

Hij had het belangrijkste nog niet gezegd. De vier woordjes die volgens iedereen het begin en eind van alles vormden.

Maar ze wist het. Het was van zijn gezicht af te lezen toen ze knikte. Pure opluchting. Hoop. Angst.

En liefde.

Ze zouden er samen aan werken.

Elinor trok hem over de bank naar zich toe, legde een hand tegen zijn kaarsrechte kaak en bracht zijn gezicht bij het hare. Haar antwoord was een kus.

33

…en de dingen die mensen uitspoken tijdens een stroomstoring…

Stadsnieuwsbrief Pine Hollow
Donderdag 27 januari

Er gebeurde uiteraard helemaal niets. Elinor stelde een grens aan de dingen die ze bereid was te doen op een hobbelige bank tijdens een sneeuwstorm, terwijl een van haar leerlingen op nog geen zeven meter bij hen vandaan lag te slapen. Maar zelfs als een stel tieners met Levi zoenen en op de bank in slaap vallen met haar hoofd op zijn borst voelde aan als thuiskomen.

De volgende ochtend maakte Dory hen wakker door met een enorme sprong op de bank te duiken zodra Brayden de deur van de slaapkamer opendeed. Levi was altijd meteen wakker en was al opgestaan voordat Elinor de kreukels van zijn overhemd uit haar gezicht had gewreven.

Brayden was in de deuropening van de slaapkamer blijven staan, met zijn smalle schouders hoog opgetrokken, alsof hij zich schrap zette voor de straf die hij de vorige avond niet had gekregen. Levi was echter zo rustig en Dory zo aanstekelijk dat hij al snel verlegen glimlachte toen Levi ontbijtgranen in kommen schepte voor het ontbijt.

Het was allemaal verrassend normaal. Huiselijk. Tijdens het eten nam Levi contact op met het politiebureau. Daarna kondigde hij aan dat hij buiten ging kijken hoe het ervoor stond. Het was die nacht opgehouden met sneeuwen, maar het was vanuit de ramen aan de zijkant van het huis lastig in te schatten hoe diep de laag sneeuw was.

Brayden keek verlangend toe toen Levi zijn laarzen aantrok, totdat Elinor nonchalant opmerkte: 'Brayden, als jij nou eens een jas leent en Levi helpt met sneeuwscheppen? Dan kun je ervoor zorgen dat Dory hem niet voor de voeten loopt.'

Levi wierp haar een verbaasde blik toe, maar toen ze hem nadrukkelijk aankeek, begreep hij al snel waar ze naartoe wilde. 'Als je wilt, kan ik wel wat hulp gebruiken,' zei hij, met een knikje naar de oude parka's die aan haakjes naast de deur hingen. 'Ze zijn je allemaal te groot, maar ze zijn wel warm. Kies er zelf maar een uit.'

Elinor bleef binnen terwijl ze buiten het terrein gingen verkennen. Dory sprong van de veranda en ging kopje-onder in de laag sneeuw. Brayden lachte en het geluid vermengde zich met Levi's roestig klinkende gegrinnik. Elinor beet op haar lip, deed de deur dicht en liep naar de keuken, zodat ze hen kon gadeslaan door het smalle raampje boven de gootsteen.

Hoewel ze niets liever wilde dan geloven dat de vorige avond als bij toverslag alles had opgelost, maakte ze zich toch zorgen. Levi en zij waren weer bij elkaar – zo veel stond in elk geval vast – maar het voelde wankel aan. Kwetsbaar.

Ze wilde dit. Ze had niet bij zichzelf durven toegeven hoe graag ze dit wilde, maar nu ze bijtend op haar onderlip naar Levi stond te kijken terwijl die buiten met Brayden stond te praten, deed haar hart pijn van verlangen. Ze zagen er allebei heel serieus uit. Ze leken zelfs een beetje op elkaar, de grote sterke politieman en het magere jochie. Ze wist niet waar ze het over hadden, maar iets aan het tafereel trof haar midden in haar borst en ze moest zich uiteindelijk van het raam afwenden om niet sentimenteel te worden.

School was geannuleerd vanwege de sneeuw, maar toen Levi en Brayden binnenkwamen en de sneeuw van hun laarzen stampten, kondigde Levi aan dat de sneeuwploegen de weg al hadden schoongeveegd.

'We hebben een pad gegraven om de Explorer eruit te krijgen,' legde Levi uit. Hij ritste zijn jas open, maar deed hem niet uit. 'Ben je al zover? Ik wil Brayden naar huis brengen. Zijn grootouders maken zich zorgen.'

Elinor pakte snel haar spullen bij elkaar, wat er eigenlijk op neerkwam dat ze haar jas haalde. Brayden wilde de geleende parka uittrekken, maar Levi hield hem tegen. 'Hou die nog maar even aan. Ik heb er genoeg. Het zal wel koud zijn in de auto.'

Elinor wist niet hoe de situatie bij Braydens grootouders thuis was, maar ze wist wel dat Levi van plan was Marjorie naar hen toe te sturen om met hen te praten en erachter te komen wat ze nodig hadden. Ze had hem nooit zonder goede winterjas naar school zien komen, anders zou iemand anders allang op zo'n gesprek hebben aangestuurd, maar hij zou niet nogmaals door de mazen van het net glippen.

Ze mochten echt van geluk spreken dat ze hem de vorige avond hadden gevonden.

Het was stil in de SUV tijdens de rit door de vredige, met sneeuw bedekte straten van Pine Hollow. Ze waren allemaal in gedachten verzonken. Zelfs Dory lag opgerold op Elinors schoot in plaats van dat ze met haar neus tegen het raam gedrukt stond. Nadat ze Brayden hadden afgezet en Levi even met zijn grootouders had gesproken, reden ze in de Explorer naar haar huis, ook nu weer in stilte.

Toen ze op haar oprit stilhielden en ze het portier opendeed, sprong Dory naar buiten om als een dolle door de verse sneeuw te banjeren, maar Elinor aarzelde. Levi had de SUV in PARK gezet, maar de motor aan gelaten.

Ze keek hem aan en de nieuwe situatie deed de lucht tussen hen in trillen. 'Wil je even binnenkomen?'

Zijn zilvergrijze ogen tuurden in die van haar. 'Je hebt geen idee hoe graag ik dat zou willen.'

Maar hij zou het niet doen. Dat bleek duidelijk uit de klank van zijn stem. 'Maar?'

'De wegen worden weliswaar sneeuwvrij gemaakt, maar er is altijd veel te doen op de dag na een heftige sneeuwstorm en een stroomstoring. We moeten iedereen helpen die met een ingestort dak of bevroren waterleidingen kampt. Bovendien wil ik zo snel mogelijk met Marjorie over Brayden praten.'

Ze knikte. 'Ik zag dat je met zijn grootouders hebt gesproken.'

'Ze wisten niet eens dat hij gisteravond niet thuis was, totdat Kaye hen belde. Blijkbaar trekt hij zich vaak terug in zijn kamer en doet hij de deur op slot, om videospelletjes te spelen. Ze wilden hem de ruimte geven om alles te verwerken en hadden niet in de gaten dat hij 's nachts door het raam naar buiten klom. Hij was zonder zijn winterjas vertrokken en raakte toen in die storm verzeild. Dat heeft hij tenminste toegegeven toen we sneeuw stonden te scheppen.'

'Je pakte hem goed aan,' fluisterde ze, terugdenkend aan de gelijkenis tussen het tweetal.

Hij schudde zijn hoofd om als altijd de lof af te weren. Ze deed haar mond open om tegen te sputteren en hem te dwingen het complimentje te aanvaarden, maar zag dat zijn blik op de achteruitkijkspiegel was gericht.

'Je hebt bezoek.'

Langs de stoeprand stond een cross-over-SUV geparkeerd. De bestuurder had het kennelijk niet aangedurfd om door de dikke laag sneeuw op haar oprit te ploeteren.

Elinor draaide zich om, zodat ze de auto beter kon zien. 'Dat is de auto van Charlotte.'

'Praten jullie dan weer met elkaar?'

'Gisteravond in elk geval nog niet.' Ze fronste haar wenkbrauwen. Charlotte opende het portier van haar auto en Dory stoof er vrolijk blaffend door de sneeuw naartoe om haar te begroeten. 'Ik moet eigenlijk...'

'Ga maar,' spoorde hij haar aan. 'Ik moet naar mijn werk. We praten later wel.'

Elinor maakte haar riem los. Ze wist niet goed of ze zich nu in het stadium van een oppervlakkige afscheidskus bevonden. Overdag voelde alles erg onzeker. Haar instinct zei haar om zich naar hem toe te buigen, maar Charlotte kwam de oprit al op. Ze wierp hem een glimlachje toe, mompelde: 'Tot straks' en klom uit de Explorer. Ze voelde zich net zo onhandig en onzeker als de keer dat hij haar na hun eerste officiële afspraakje had thuisgebracht. Toen had hij tijdens *Charlie's Angels* de hele tijd haar hand vastgehouden en had ze zich nauwelijks op de film kunnen concentreren. Ze gooide het portier dicht en wuifde nogmaals onhandig. Toen dook Charlotte naast haar op en richtte Elinors onbehaaglijkheid zich op een ander doelwit.

'Hoi,' prevelde Charlotte, al even slecht op haar gemak.

'Hoi,' antwoordde Elinor opgewekt. Ze greep Dory's halsband om te voorkomen dat ze voor de Explorer zou springen en Levi reed achteruit de oprit af, de banden knerpend en krakend in de sneeuw. 'Heb je trek in warme chocolademelk?'

Charlotte rolde met haar ogen. 'Ik ben geen vijf meer, Elinor.'

'Dat weet ik,' snauwde ze. Ze kreeg onmiddellijk spijt van haar vinnige reactie en ging iets rustiger verder: 'Ik heb zelf wel behoefte aan een mok troostende chocolademelk. Als jij liever tequila hebt, vind ik dat prima, maar ik wil chocolademelk.'

Charlotte bloosde zowaar. 'Sorry. Chocolademelk klinkt goed.'

Nadat Dory gebruik had gemaakt van de gelegenheid om haar behoefte in de sneeuw te deponeren, gingen ze allemaal naar binnen. Elinor wist dat ze er een beetje onverzorgd uitzag omdat ze in haar kleren had geslapen, maar ze wilde geen tijd verspillen door zich om te kleden. Ze had het idee dat Charlotte er elk moment vandoor kon gaan. Ze moesten het uitpraten. Zij moest haar verontschuldigingen aanbieden.

Voordat ze dat deed, maakte ze eerst chocolademelk. Terwijl ze daarmee bezig was, gooide Charlotte er onbeheerst uit: 'Je bent dus weer terug bij Levi?'

Elinor slaakte een zucht. 'Niet doen, alsjeblieft. Ik kan er nu even geen kritiek van anderen bij hebben.'

'Sorry,' mompelde Charlotte. Het klonk zowaar alsof ze het meende. 'Ik had gehoord dat Dory tijdens de storm was ontsnapt en dat Levi je heeft geholpen met zoeken.'

Elinor keek haar zus fronsend aan. 'Hoe kun je dat nu al hebben gehoord?'

'Magda heeft me vanochtend gebeld. Kaye had haar gebeld om te vragen of de Bakery vandaag open was. Ze wilde zoete broodjes bestellen voor de leden van het reddingsteam, omdat ze vermoedde dat die het de hele dag druk zouden hebben, en Levi was de hele nacht met jou op pad geweest om Dory op te sporen. Ze heeft Magda niet verteld dat jullie Dory hadden gevonden, maar dat is dus wel zo. Ik was van plan om te, eh… te helpen met zoeken als ze nog steeds vermist was.'

Er welden opeens tranen op in Elinors ogen. 'Dank je wel. Ik ben ontzettend blij dat je mijn zus bent, weet je dat wel?'

Charlotte kneep haar lippen op elkaar en hield haar eigen emoties stevig onder controle. 'Van hetzelfde,' fluisterde ze.

'Het spijt me, kindje.' Elinor kromp in elkaar. 'Jasses, nu doe ik het wéér. Ik weet heus wel dat je volwassen bent. En ook dat je zelfstandig, bekwaam en geniaal bent, en ik wil niet dat je ooit nog denkt dat ik dat niet weet.'

'Nee, het is mijn schuld. Ik schiet altijd meteen in de verdediging,' antwoordde Charlotte ferm. Ze liet zich theatraal op een van de krukken bij het kookeiland zakken. 'Je bent de beste pseudomoeder van de hele wereld en ik heb me als een verwend kreng gedragen.'

'Ik hoor jou niet te vertellen hoe je jouw relatie met Warren moet aanpakken. En ik had niet achteloos mogen wegwuiven dat je altijd voor me klaarstaat wanneer ik je nodig heb. Zoals vandaag maar weer eens bewijst. En na de dood van Katie... Ik weet dat je niet alleen bij me bent ingetrokken om geld te besparen. En ik weet ook dat je tijdens het laatste jaar van je studie genoegen hebt genomen met een slechte reisverbinding om dichter bij mij te kunnen zijn. Ik hou van je, ook al word ik soms stapelgek van je.'

'Van hetzelfde,' zei Charlotte nog een keer. Ze slikte even en wendde haar blik af.

'Ik zal niet langer proberen om alles voor je op te lossen. Of ik ga in elk geval heel hard proberen om dat niet te doen.'

'Ik weet dat je dat doet omdat je van me houdt,' zei Charlotte. Ze grimaste. 'Maar ik zou het wel ontzettend fijn vinden.'

Elinor lachte. 'Ik zal echt heel erg hard mijn best doen. Dat beloof ik.'

De spanning die in de lucht had gehangen, loste op. Elinor ging verder met het bereiden van de warme chocolademelk, terwijl Charlotte haar op de hoogte bracht van de laatste roddels van de Estates. Pas veel later, toen ze aan hun tweede beker chocolademelk bezig waren en Dory voor het vuur in de open haard lag te dutten, zag Charlotte haar een blik op haar telefoon werpen.

'Goed, over Levi gesproken...' spoorde Charlotte haar aan.

Elinor draaide haar mobieltje om en schoof het onder haar been, zodat ze niet om de vijf tellen kon controleren of ze een appje had, wetende dat het toch niet zou komen. 'Die heeft het de komende uren razend druk. Dat is altijd zo na een heftige sneeuwstorm –'

'Dat is niet wat ik vroeg.'

Elinor voelde dat haar gezicht warm werd. 'Dat weet ik.'

'Je hoeft het me niet te vertellen.'

'Jawel, ik wil het graag, maar...' Elinor klemde haar mok tussen haar handen en tuurde erin alsof daar op een of andere manier de antwoorden te vinden waren op alle vragen die ze niet eens onder woorden kon brengen. 'Ik weet niet zo goed waar we op dit moment staan. We hebben gisteravond zitten praten en we...' Ze bloosde. 'We hebben gezoend en afgesproken om het zeker nog een keer te doen, maar vervolgens hebben we het er vanochtend niet meer over gehad. Daar kregen we de kans niet voor. Levi is sowieso niet zo'n prater. En waarschijnlijk zoek ik er veel te veel achter, want dat doe ik altijd, maar het voelt alsof het elk moment als zand door mijn vingers kan glippen.'

'Dat lijkt me logisch. Het zal wel even duren voordat je je weer veilig voelt, na alles wat er is gebeurd.'

Elinor keek haar achterdochtig aan. 'Waarom zeg je nou niet tegen me dat ik zo hard mogelijk de andere kant op moet rennen? Ik dacht dat jij er een voorstander van was dat ik er een streep onder zette en verderging met mijn leven.'

'Ik ben er een voorstander van dat mijn zus gelukkig is,' verbeterde Charlotte haar. 'En ik dacht dat je daarvoor over Levi heen moest komen, maar nu...' Ze schokschouderde. 'Het is overduidelijk dat je nog steeds van hem houdt.'

Elinor beet op haar lip. 'Is dat genoeg?'

'Ik hoop het wel. Het zou namelijk echt balen zijn om de gevangenis in te draaien omdat ik de politiechef heb vermoord, en dat is toch echt wat ik zal moeten doen als hij je hart nog een keer breekt.'

'Probeer je moordlustige impulsen alsjeblieft te beheersen.'

'Ik zal mijn best doen,' beloofde Charlotte. 'Al was het alleen al omdat jullie net twee boemerangs zijn. Jullie komen steeds bij elkaar terug. Het zou jammer zijn als ik hem vermoord terwijl hij weer op weg naar jou is.'

Elinor lachte, omdat ze wist dat Charlotte dat van haar verwachtte, maar ze kon de zweem van twijfel in haar achterhoofd niet negeren. Waren ze nu definitief terug bij elkaar? Of zou Levi weer als een boemerang wegschieten zodra ze hun relatie iets te vanzelfsprekend begon te vinden?

Durfde ze echt te geloven dat het deze keer anders was? Of zou ze altijd blijven wachten tot de geschiedenis zich herhaalde?

34

> Nu de sneeuw vanochtend is opgeruimd en het werkelijke Pine Hollow weer is onthuld, mag ondergetekende eindelijk ook een andere onthulling doen. Eentje die veel te lang geheim is gebleven…
>
> *Stadsnieuwsbrief Pine Hollow*
> Vrijdag 28 januari

De dag na een heftige sneeuwstorm was altijd een lange aaneenschakeling van grote problemen en kleine rampen, terwijl het stadje zich weer oprichtte. En hoe druk hij het ook had of hoe frustrerend het ook was om werkzaken af te handelen terwijl hij veel liever zou spijbelen met Elinor, toch wandelde Levi die middag met een kalm en voldaan gevoel het politiebureau in.

De afgelopen drie jaar – of eigenlijk veel langer – had er iets scheef gezeten wat de vorige avond eindelijk weer op de juiste plek was geschoven. Hij had Elinor terug, maar het was meer dan dat. Het was een overtuiging die hij niet eerder had gevoeld, dat ze bij elkaar hoorden en dat het deze keer definitief was. Hij had haar de vorige avond dingen verteld die hij nooit eerder aan iemand had verteld, en in plaats van dat hij zich kwetsbaar had gevoeld, voelde hij zich juist lichter, vrijer.

Toch bromde hij iets onverstaanbaars toen Kaye hem bij

binnenkomst begroette. 'Hoi, chef.' Hij was tenslotte wel nog steeds zichzelf.

Kaye hief haar blik zelden lang op van haar boeken wanneer hij arriveerde, maar nu sloeg ze hem nauwlettend gade, alsof ze probeerde een geheime boodschap van zijn gezicht af te lezen. Het was verontrustend, maar binnen twee tellen realiseerde hij zich dat zij en alle andere aanwezigen op het bureau waarschijnlijk hadden uitgevogeld dat hij de nacht met Elinor in zijn blokhut had doorgebracht. Blijkbaar trok het roddelcircuit zich niets aan van het feit dat ze een elfjarige chaperonne bij zich hadden gehad.

'Geen commentaar,' zei hij voordat ze het hem kon vragen, en hij liep rustig door naar zijn kantoor. Hij moest het nog met Marjorie over Brayden hebben.

Kaye sperde verrast en ook een beetje opgelucht haar ogen open. 'Je hebt de nieuwsbrief dus al gezien?'

Dat was niet het geval, maar hij kon het zich woord voor woord voorstellen. Hij bromde weer iets onverstaanbaars. Commentaar van Linda Hilson op zijn liefdesleven was wel het laatste waar hij behoefte aan had. Hij wist waar Elinor en hij stonden, en dat ging alleen henzelf aan en niemand anders.

Twee leden van de vrijwillige brandweer die aanwezig waren om te helpen met het uitgraven van mensen, stonden met een kop koffie in de lobby. Toen ze Levi in het oog kregen, hielden ze op met praten om naar hem te staren. Levi rolde in gedachten met zijn ogen. Het zou een enorme opluchting zijn wanneer Elinor en hij weer oud nieuws waren en rustig door konden gaan met hun leven.

Hij deed de deur van zijn kantoor dicht om nieuwsgierige ogen buiten te sluiten en stuurde Marjorie snel een berichtje om te vragen wanneer hij met haar over Brayden kon praten. Ze reageerde niet altijd meteen, dus hij was erop voorbereid dat hij wel even moest wachten, maar nog voordat hij zijn jas had opgehangen werd er al op zijn deur geklopt.

'Binnen.'

Marjorie kwam het kantoor in en deed met een ontzettend serieus gezicht haastig de deur achter zich dicht. 'Levi. Hoe is het nu met je?'

Er rees achterdocht in hem op en hij kreeg het vermoeden dat de roddels in de nieuwsbrief wellicht niet accuraat waren. Marjorie nam hem op alsof ze op het ergste was voorbereid.

Wat was er volgens Linda Hilson de vorige avond gebeurd? Misschien moest hij zijn email openen en die verdraaide nieuwsbrief zelf lezen.

Maar eerst Brayden.

'Met mij gaat het uitstekend,' verzekerde Levi haar. Hij liet zijn woorden de geruchten tegenspreken die Linda via de nieuwsbrief had verspreid en stak van wal over zaken die belangrijker waren. 'Heb je al kans gezien om met de grootouders van Brayden Wells te praten?'

Marjorie knipperde niet eens met haar ogen en nam plaats op de stoel tegenover hem om hun plaatselijke kunstenaar met hem te bespreken.

Levi concentreerde zich op het gesprek, maar in zijn achterhoofd bleef de kwestie van de nieuwsbrief hem bezighouden. Kennelijk dacht iedereen dat er iets was gebeurd en hij wilde weten wat dat was, al was het alleen maar om te zien of het een gerucht was dat hij moest aanpakken of dat het er eentje was dat uit zichzelf zou verdwijnen zodra iedereen besefte dat het onzin was.

Zodra Marjorie was vertrokken, pakte hij zijn telefoon om zijn email te openen en zette hij de tekst-naar-spraakoptie aan.

De computerstem was goed te verstaan, maar de woorden weigerden tot hem door te dringen. Hij had een of ander flauwekulverhaal verwacht. Een verzonnen relaas waarin Elinor hem had gedumpt en naar George was gevlucht. Hij had leugens verwacht.

Maar wat hij hoorde, was volkomen waar.

En het ging niet over Elinor.

'O, mijn god.'

Elinor staarde naar de stadsnieuwsbrief op haar mobiel, in de hoop dat als ze er maar lang genoeg naar bleef staren de woorden vanzelf zouden veranderen en ze in de gaten zou krijgen dat ze had gehallucineerd.

'Nee,' fluisterde ze. Ze herlas de woorden telkens weer. 'Nee, nee, nee.'

'Is dat een nee als in "dat is allemaal gelogen" of een nee als in "hoe is ze daar verdorie achter gekomen"?' vroeg Charlotte, die aan de andere kant van het keukenblok dezelfde nieuwsbrief zat te lezen.

Anne was kort daarvoor gearriveerd, met een gezicht dat strak stond van bezorgdheid, om te vragen of ze de nieuwsbrief al hadden gelezen. Ze ijsbeerde nu voor de open haard en Dory danste opgetogen om haar voeten.

'Het is waar, hè?' vroeg Anne zacht.

Elinor deed verslagen haar ogen dicht. Voor de verandering had Linda Hilson het nu eens bij het juiste eind. En Levi... Levi zou dit afschuwelijk vinden.

Als er één geheim was dat hij altijd verborgen had willen houden, zelfs voor zijn beste vrienden, dan was het wel wat hij altijd als zijn grootste tekortkoming had gezien. En nu had Linda Hilson het in die rottige nieuwsbrief van haar gezet. Elinor kon het mens wel wurgen.

'Hoe kan het dat niemand wist dat hij dyslexie heeft?' vroeg Charlotte op een toon die zei dat de email er beslist naast moest zitten. Elinor greep de uitweg die ze haar bood bijna aan. Ze loog bijna tegen haar zussen. Maar zodra een gerucht eenmaal rondwaarde, zou de waarheid vast en zeker boven tafel komen.

'Hij weet het goed te verbergen,' mompelde ze zonder op te kijken.

'Maar waarom?' Charlotte leek het echt niet te begrijpen. 'Heel veel mensen kampen met leerproblemen. En hij heeft die van hem duidelijk overwonnen.' Ze zwaaide met haar telefoon. 'De helft van de nieuwsbrief gaat over hoe geweldig het van hem is dat hij ermee heeft leren omgaan.'

Elinor schudde haar hoofd. Levi zou het anders zien. Dat had hij altijd gedaan.

Hij zag alleen zijn mislukkingen, nooit zijn successen.

'Wat wij denken doet er niet toe,' merkte Anne zacht op, wat maar weer eens aantoonde dat zij de wijste van hen drieën was. 'Het enige wat ertoe doet is hoe Levi zich eronder voelt en hij is erg op zijn privacy gesteld, in alle opzichten. Dit was duidelijk iets wat hij voor zichzelf wilde houden en nu weet de hele stad het.'

'Wat heb ik toch een gloeiende hekel aan dat mens,' gromde Elinor.

'Ze heeft het vast niet zo bedoeld –' begon Charlotte.

Elinor legde haar met een kille blik het zwijgen op. 'Wij kiezen nu niet de kant van Linda Hilson. Ik hoop eigenlijk dat Levi haar oppakt voor schending van zijn privacy.'

'Ik geloof niet dat hij daar een wettelijke basis –'

'Charlotte, hou nou eens op met haar te verdedigen,' beet Elinor haar zus toe. 'Hij probeert altijd perfect te zijn voor de hele stad, en nu heeft dat mens aan iedereen die hij kent de ene eigenschap onthuld die hij als zijn grootste tekortkoming ziet.'

'Ik vind het gewoon niet zo'n verschrikkelijk geheim –'

Elinor keek naar Anne. 'Kun je haar hier weghalen voordat ik haar naar de keel vlieg?'

'Oké! Mij best!' Charlotte hief haar handen op. 'Ik sta ook achter Levi. Ik snap alleen niet waarom het zo'n drama is.'

'Dat is het ook niet,' zei Anne geruststellend, maar Elinor begon al zo in paniek te raken dat de woorden niet tot haar doordrongen.

Dit was haar schuld.

Tijdens het lezen van de nieuwsbrief was er een misselijkmakend gevoel in haar komen opzetten. Ze had het zich een paar weken eerder in The Cup laten ontvallen. En toen ze uit het gangetje bij de toiletten wegvluchtte nadat hij haar had gekust, had ze gezien dat Linda vlak bij hen stond en zich afgevraagd hoeveel ze van hun gesprek had opgevangen. Indertijd had ze gedacht dat Linda dát deel niet had opgevangen. Of dat het haar niet zou interesseren.

Het was niet bij haar opgekomen dat Linda op onderzoek was uitgegaan. Dat ze een van Levi's vroegere leraren zou opsporen die loslippig genoeg was om haar vermoedens te bevestigen. Ze had nooit eerder journalistieke aspiraties vertoond en had slechts roddels herkauwd, maar om een of andere reden ging ze hier uitvoerig op in.

En Elinor was degene die haar op het idee had gebracht.

Dat zou hij haar nooit vergeven.

Haar zussen hadden het nog steeds over de nieuwsbrief – Charlotte aan de andere kant van het kookeiland en Anne op de rand van de bank in het woongedeelte – maar Elinor hoorde hen niet meer. Hij zou dit vreselijk vinden. De hele stad zou het over hem hebben. Al was het alleen maar omdat hij hen had verrast.

Elinor ging met haar rug naar haar zussen staan en scrolde over haar telefoon om de nieuwsbrief weg te drukken en haar adressenlijst op te roepen. Ze overwoog even om een appje te sturen – ze hield zichzelf voor dat ze er geen drukte over moest maken als hij dat ook niet deed, dat ze het niet groter moest maken dan het was omdat hij zich anders opgelaten zou voelen – maar ze wist niet wat ze dan moest schrijven, dus belde ze hem in plaats daarvan. Vervolgens ijsbeerde ze met gebogen hoofd door de kamer tot hij opnam. Maar dat gebeurde niet.

Uiteindelijk kreeg ze de voicemail, maar ze verbrak de verbinding voordat ze iets verkeerds kon zeggen.

Oké. Ze moest een plan bedenken. Iets om hem ervan te overtuigen dat hij niet langer de jongen was die dacht dat hij al zijn vermeende zwakheden moest verbergen. Hij werd gewaardeerd. Hij werd bewonderd. Hij betekende ontzettend veel voor de stad. En voor haar.

Een piepje op haar mobiel gaf aan dat ze een berichtje had ontvangen. Ze maakte het met een bonzend hart open, maar het was van Connor.

Ben jij bij Levi?

De woorden verjoegen haar wild rondvliegende gedachten en vervingen ze met één zekerheid: ze moest naar het politiebureau. Ze moest hem zien.

Ze kende Levi al heel lang. Ze wist dat hij de neiging had om zich terug te trekken, om afstand te nemen. De vorige keer had hij om niets hun relatie verbroken en nu had ze daadwerkelijk iets gedaan. Ze had zijn geheim prijsgegeven, ook al was dat per ongeluk gebeurd. Hij zou er beslist achter komen dat zij het had gedaan. Linda had haar hele leven lang haar mond niet één keer kunnen houden. Hij zou zich terugtrekken en ditmaal zou het haar schuld zijn.

'Ik moet weg,' kondigde ze aan tegen haar zussen. Ze was al op weg naar de voordeur en Dory sprintte met een kort blafje voor haar uit. Elinor trok haar laarzen aan en stuurde Connor een antwoord.

Ben onderweg.

Levi had wel eens geprobeerd zich een voorstelling te maken van hoe het zou voelen als de hele stad er opeens achter kwam dat hij voor hen verborgen had gehouden dat hij dom was. Hij had verwacht dat hij zou worden overspoeld door schaamte. Door gêne. Hij had keihard gewerkt om zijn dyslexie voor iedereen geheim te houden.

Het was nog steeds een vreemd woord. Dyslexie. Alsof het niet op hem van toepassing was. Alsof het dat ook nooit was geweest.

Er kwamen allemaal berichtjes en telefoontjes binnen op zijn mobiel, het bewijs dat steeds meer mensen de nieuwsbrief hadden gelezen. Omdat hij op het politiebureau was en via de intercom op de hoogte zou worden gesteld van eventuele noodgevallen, zette hij zijn telefoon op stil om de piepjes niet te horen.

Hij moest aan het werk.

Marjorie had de familie Wells die middag uitgenodigd om met hen te spreken over Braydens geplande rondgang door de stad om zijn verontschuldigingen aan te bieden, en de volgende stappen die ze moesten nemen om hem vooruit te helpen. Levi moest zich concentreren op het helpen van de jongen en niet op een of andere belachelijke nieuwsbrief.

Het viel echter niet mee om het ding te negeren, want toen hij uit zijn kantoor kwam, liep Aaron, die net terugkwam van een melding, door de gang. Hij had zijn jas nog aan, die bedekt was met een laagje sneeuw, omdat hij mevrouw Robinson had moeten uitgraven.

'Hé, chef!' riep hij zo luid dat zijn stem door het gebouw galmde. 'Ik had geen flauw idee dat je dyslectisch was! Ik heb een neefje dat daar speciale lessen voor volgt. Ik zal hem vertellen dat de hersens van mijn baas net zo werken als die van hem. Dat zal hij prachtig vinden.'

Aaron glimlachte opgewekt. Levi had irritante neerbuigendheid verwacht, maar Aaron gedroeg zich precies zoals anders, een blije surfer die nu terug slenterde naar de lobby om de zoete broodjes te inspecteren die Kaye die dag voor de leden van de reddingsdienst had gehaald.

Voordat hij bij Marjories kantoor aankwam, ging de deur al open. 'Ha, Levi. Daar ben je. Ik wilde je net gaan zoeken. Heb je mijn appje gezien? De familie Wells vraagt of we naar hen toe kunnen komen, omdat Brayden zich thuis iets meer op zijn gemak voelt.'

'Sorry, dat heb ik niet gezien, maar ik vind het prima. Hoe laat vertrekken we?'

'Heb je nu tijd?'

Levi knikte. Ze liepen naar de receptie, waar Kaye hem weer een behoedzame, onderzoekende blik schonk – een blik die niets met Elinor te maken had, zo vermoedde Levi inmiddels. Hij vertelde Kaye hoe ze hem kon bereiken, zette tegen zijn zin zijn mobiel weer aan en hield de deur open voor Marjorie.

'Vind je het erg om met twee auto's te gaan?' vroeg ze, terwijl ze naar haar versleten Volkswagen liep. 'Ik wil na afloop graag bij een paar mensen langs.'

Levi bromde instemmend en ging op weg naar zijn Explorer. Op dat moment reed een andere auto het plekje naast zijn auto op. Kaitlyn Devers, die al maanden met de brandweercommandant flirtte, stapte uit haar auto, met haar hondje onder haar ene arm en een doos van Magda onder de andere. Ze zou teleurgesteld zijn als ze ontdekte dat Kaye haar te snel af was geweest en Dean al met zoete broodjes het hof had gemaakt. Toen ze hem zag lopen, maakte haar afwezige blik plaats voor een geïnteresseerde.

'Levi! Jeetje, ik had het net over je!'

Hij kromp inwendig in elkaar bij de herinnering aan het feit dat hij op dat moment het gespreksonderwerp van de dag was en knikte haar kort toe. Hij wilde al doorlopen naar zijn SUV, maar ze sneed hem de pas af.

Hij overwoog zwijgend hoe onbeschoft hij wilde zijn. Hoe snel zou het in de stad bekend worden als hij gewoon om haar heen liep en niet bleef staan? Zou het invloed hebben op zijn aanstelling als politiechef? Waarschijnlijk niet meer dan het feit dat iedereen in de stad nu dacht dat hij ongeletterd was.

'Iedereen heeft het over je. Ik heb net de column gelezen en opeens wordt alles duidelijk!'

Dat was het signaal om te vertrekken. 'Sorry, Kaitlyn. Ik moet aan het werk.'

'O! Ja, natuurlijk!' Ze sprong uit de weg. Hij klom in de Explorer en probeerde geen aandacht te schenken aan de echo van haar woorden.

Iedereen heeft het over je. Opeens wordt alles duidelijk.

Hij kon zich na afloop de rit naar het huis van de familie Wells nauwelijks herinneren.

Marjories auto stond al op de oprit. Waarschijnlijk was ze er al een paar minuten, want Braydens grootouders stonden niet meer op de veranda. Hij zag alleen Brayden zelf, die in zijn winterjas op hem stond te wachten, met zijn handen diep in de zakken gestoken.

'Brayden.' Levi klom het trapje naar de veranda op en begroette de jongen met een knikje.

Braydens mond vertrok, alsof hij net iets heel zuurs had gegeten. 'Ik moet van mijn oma tegen je zeggen dat het me spijt van de verf en dat ik beloof dat ik alles zal schoonmaken of wat mensen verder ook willen om het goed te maken.'

Levi bleef op de veranda staan en knikte met een onbewogen gezicht.

Brayden peuterde aan zijn rits en maakte geen aanstalten om naar binnen te gaan. Levi zag zijn grootouders en Marjorie door het grote raam in het huis rondlopen. Levi had altijd op zijn instinct vertrouwd, en op dat moment vertelde het hem dat de jongen nog iets wilde zeggen, dus hij bleef geduldig wachten. Zijn geduld was zijn superkracht, daar was geen elfjarige tegen bestand.

Dat bleek inderdaad zo te zijn, want Brayden gooide er al snel uit: 'Kun je echt niet lezen?'

Dankzij zijn jarenlange ervaring lukte het Levi om niet verbaasd te kijken en een kalm gezicht op te zetten. Onverstoorbaar. 'Ik kan wel lezen, maar ik ben er niet goed in,' antwoordde hij. 'Toen ik jong was had ik er veel problemen mee, maar ik verzon een heleboel manieren om eronderuit te komen. Dat doe ik nog steeds. Meer dan zou moeten zelfs. Ik laat mensen niet graag merken dat ik ergens moeite mee heb.'

'Maar je bent politiechef.'

'Dat klopt.'

'Moet je dan niet kunnen lezen?'

'Jawel. En het lukt me ook wel. Ik heb geleerd dat de dingen waarmee je moeite hebt niet bepalend hoeven te zijn voor wie je bent. Daar heb ik heel lang over gedaan.' En hij leerde nog steeds. 'Mijn mentor zei altijd dat het er niet om gaat welke kaarten het lot je geeft, maar wat je ermee doet.'

De jongen fronste zijn wenkbrauwen en keek hem met een schuin hoofd aan. 'Dat klinkt als iets wat volwassenen tegen je zeggen, maar wat ze zelf niet geloven.'

Levi keek hem recht aan. Deze jongen was veel ouder dan zijn elf jaar. 'Denk je dat ik het geloof?'

Brayden nam hem aandachtig op en vertrok zijn mond weer. 'Kun je echt niet lezen?'

'Jawel, maar heel langzaam. En ik wilde niet dat mensen zouden denken dat ik dom was, dus als een van de leraren me in de klas aanwees om iets voor te lezen, deed ik brutaal en dan werd ik naar de directeur gestuurd.' Levi keek hem streng aan. 'Dat moet jij niet doen. En je moet ook niet meer op gebouwen schilderen. Ik ben niet degene tegen wie je sorry moet zeggen en bij wie je het goed moet maken. Je zult er een zware dobber aan hebben om de eigenaren van de Pine Hollow Inn zover te krijgen dat ze geen klacht tegen je indienen. Dat gebouw is van historische waarde. Ze zijn erg kwaad. Kun je me vertellen waarom je het hebt gedaan?'

De jongen schudde zijn hoofd. Levi knikte. Hij had ook niet echt antwoord verwacht.

Hij gebaarde met zijn kin naar de deur. 'Kom. Tijd om verantwoording af te leggen.'

Brayden ging naar binnen, maar Levi bleef nog op de veranda staan toen er een auto de oprit op kwam rijden. Hij liet de hordeur dichtvallen, draaide zich om en keek de bestuurder met een diepe rimpel in zijn voorhoofd aan. 'Wat doen jullie hier?'

35

Blijkbaar houdt de politiechef al bijna dertig jaar iets voor ons achter...

Stadsnieuwsbrief Pine Hollow

Vrijdag 28 januari

Terwijl Ben en Mac achter hem uit de auto stapten, kwam Connor het trapje naar de veranda al op. Ze keken hem alle drie fronsend aan.

'Kaye heeft ons verteld waar je was,' zei Ben.

'Omdat je onze appjes negeert,' voegde Connor eraan toe.

'En omdat we ons zorgen maken,' vulde Mac aan.

'Met mij gaat het prima,' verzekerde hij het drietal. 'Maar ik kan nu niet met jullie praten.'

'We hebben niet lang nodig,' zei Connor. 'Ik wil alleen maar weten of ik Linda Hilson namens jou moet aanklagen wegens smaad.'

Levi snoof. 'Geen rechtszaken. Ik wil gewoon dat het ophoudt.'

Hij wilde dat niemand het er meer over zou hebben, maar het zag er niet naar uit dat dat snel zou gebeuren, want Ben vroeg zacht: 'Waarom heb je het ons niet verteld?'

'Waarom wisten wij het niet?' voegde Mac eraan toe.

'Omdat ik het niet wilde. Ik wilde niet dat iemand het wist. Afgezien van ikzelf, mijn ouders en een paar leraren wist alleen Elinor het.' Hij was dan ook benieuwd hoe Linda Hilson het had ontdekt, maar dat was een vraag voor later. 'Het is niet belangrijk.'

Gek genoeg voelde het echt zo aan. Het was raar, want het had heel lang gevoeld alsof het juist wél belangrijk was. Zijn grote geheim. Wanneer was dat veranderd?

De dingen die hij tegen Brayden had gezegd waren geen clichés geweest om hem een beter gevoel te geven. Levi geloofde echt dat zijn zwakheden niet bepalend waren voor wie hij was. Niet meer.

Hij keek naar zijn vrienden, de drie mannen die er altijd voor hem waren geweest.

'Luister, mannen. Ik moet nu echt aan het werk, maar we praten later wel, oké? En het spijt me dat ik het jullie niet heb verteld. Dat was niet omdat ik jullie niet vertrouwde. Ik wilde gewoon niet dat jullie me zouden zien zoals ik mezelf zag. Daar moest ik eerst iets aan doen.'

'Je beseft toch hoop ik wel dat de hele stad je nu nog stoerder vindt, hè?' vroeg Connor.

'Ik zou liever hebben dat de stad niet over me praatte.' Maar het had veel erger kunnen zijn.

'We hebben het er later nog wel over,' zei Ben ferm. Levi voelde zich aan alle kanten omringd door hun zorgzaamheid. Hij hield van deze kerels. Ze voelden meer als familie dan zijn bloedverwanten.

Maar als hij hun dat vertelde, zou hij vast gaan janken en dat kon hij niet hebben nu hij naar binnen moest om de juiste straf te bepalen voor de jonge kunstzinnige vandaal. Daarom knikte hij alleen. Zijn beste vrienden knikten ook. Toen draaiden zij zich om naar Connors Tesla SUV en hij naar het huis.

Maar het voelde onaf aan. Alsof het niet voldoende was.

Hij draaide zich naar hen terug.

'Jongens, bedankt dat jullie zijn gekomen.'

Connor knikte met een trillende kaak. Ben stak zijn handen in zijn zakken. En die rotzak van een Mac grinnikte breeduit. 'Ik hou ook van jou, chef.'

Levi rolde hoofdschuddend met zijn ogen, maar draaide zich glimlachend om naar de deur.

Een half uur later liet de herinnering aan de bijdehante Mac hem opnieuw glimlachen toen hij terugliep naar zijn auto.

Zijn vrienden kenden hem. Ze wisten dat hij zich kwetsbaar voelde door de nieuwsbrief en waren gekomen om te kijken hoe het met hem ging. Dat was wat je deed voor de mensen van wie je hield. Je stond voor ze klaar.

Je gaf hun niet het gevoel dat ze niet goed genoeg waren.

Levi reed op de automatische piloot door de stad en stopte bij de molen. Hij parkeerde zijn Explorer voor het gebouw en staarde naar de vervallen ruïne. Toen haalde hij zijn mobiel tevoorschijn.

Nadat het toestel drie keer was overgegaan nam zijn moeder op. 'Levi? Wat een leuke verrassing!'

'Is papa ook dyslectisch?' De stilte aan de andere kant toonde aan dat hij haar had overvallen met de ontbrekende begroeting en de botte vraag, maar hij wachtte haar antwoord niet af en ging meteen verder. 'Het zou namelijk veel verklaren. De reden dat je zo veel van hem slikt. Dat hij het altijd zo erg vond dat ik het niet beter deed op school. Is dat waarom hij altijd grapte dat we zo veel op elkaar leken? Die zogenaamde grappen die voelden als een belediging voor ons allebei?'

'Levi. Je vader is een gecompliceerde man.'

'Dat weet ik. En door hem ben ik ook gecompliceerd geworden.'

'Hij wilde dat je realistische verwachtingen had van het leven. Hij was zelf ontzettend teleurgesteld en hij wilde niet dat jij dat ook zou meemaken –'

Levi liet haar niet uitspreken. 'Hij liet me geloven dat ik dom was.'

Er viel een korte stilte die uiteindelijk werd doorbroken. 'Kon je het maar begrijpen –'

'Dat probeer ik juist. Daarom bel ik. Het ging nooit over mij, hè? Het ging altijd om hem.'

'Hij heeft het niet gemakkelijk gehad –'

'Niemand heeft de garantie dat het leven gemakkelijk wordt. Dat is geen excuus. Waarom neem je het nog steeds voor hem op?'

Ze zuchtte zacht. 'Hij is mijn man.'

'En ik ben je zoon.'

'Levi. Ik zou nooit een van jullie boven de ander verkiezen. Dat weet je.'

Dat wist hij inderdaad. Zijn moeder was zo neutraal als Zwitserland. En ze had haar best gedaan. Heel hard haar best. Ze had geprobeerd de klappen op te vangen en de schade die de woorden van zijn vader aanrichtten te beperken. Maar op een of andere manier was het er daardoor niet beter op geworden. Daardoor had hij ze juist geloofd. Omdat het leek alsof ze het eens was met zijn vader. Alsof ze hem alleen maar geruststelde met de clichés die volwassenen aan kinderen vertelden, precies zoals Brayden had gezegd. Hij had geleerd om het negatieve te geloven en het positieve te wantrouwen, en hij had er zijn hele leven voor nodig gehad om dat ongedaan te maken. Maar hij wilde het wel. Hij had nooit zo willen worden als zijn vader, in geen enkel opzicht. En hij weigerde in dit opzicht net zo te zijn als zijn vader.

Hij zou het mooiste wat hem in zijn leven was overkomen niet saboteren omdat hij dacht dat hij het niet verdiende. Hij zou zich niet langer verstoppen achter een emotieloze façade. Zijn vader was slechts een van de mensen die hem hadden gevormd.

Elton was er ook een. Zijn moeder had hen aan elkaar voorgesteld. En Marjorie. En Ben, Connor en Mac.

En Elinor.

Hij nam nooit de moeite om terug te gaan naar het huis waarin hij was opgegroeid, maar reed wel minstens drie keer per week langs deze molen. Dit was zijn thuis. Dit was de plek waar hij de man was geworden die hij nu was. Waar hij een beter mens kon worden.

'Ik hou van je, mam. Tot gauw, oké?'

Ze sputterde niet tegen, want zo was ze nu eenmaal, en hij zou haar niet meer veranderen. Maar hij hoefde haar niet te veranderen om zichzelf te veranderen.

Hij moest ophouden met zich te verstoppen. Ophouden met zichzelf te beschermen. Hij moest met Elinor praten.

Er waren dingen die hij de vorige avond niet had gezegd. Dingen die wel gezegd moesten worden.

Hij zette de Explorer in de achteruit –

Een maar al te bekende blauwe Subaru kroop door de diepe sporen die zijn banden hadden achtergelaten en versperde hem de weg. Het portier aan de bestuurderskant ging open. Dory sprong naar buiten.

Levi lachte om de perfecte situatie.

Natuurlijk was ze hier. Ze kende hem. Ze had hem altijd gekend.

De sneeuw kwam tot boven de rand van haar laarzen en zodra Elinor uit de auto stapte, gleed het witte goedje naar binnen, maar ze merkte het niet eens. Dory huppelde opgetogen door de bergen verse poedersneeuw, maar Elinor had alleen oog voor Levi.

Haar bezorgdheid en schuldgevoel waren tijdens haar zoektocht naar hem alleen maar toegenomen. Na haar tweede rondrit door de stad had ze een appje gekregen van Connor om haar te vertellen dat ze Levi bij het huis van de familie Wells hadden gesproken. Elinor had hem daar echter niet willen overvallen en had haar auto bij het politiebureau geparkeerd om daar te wachten tot hij terugkwam. Hij kwam echter niet opdagen, zelfs niet toen Marjorie al lang en breed terug was. Dus was Elinor weer naar hem op zoek gegaan, totdat ze zijn SUV voor de molen zag staan.

'Het spijt me,' riep ze, terwijl ze door de kniehoge sneeuw naar hem toe strompelde.

Zijn gezicht verstrakte, zoals het altijd deed wanneer hij op het punt stond medeleven af te slaan, en ze ging snel verder.

'Ik weet dat je het afschuwelijk vindt dat de hele stad over je speculeert en kletst, en het is allemaal mijn schuld. Linda Hilson heeft me vast gehoord toen we in The Cup stonden te praten.'

'Het is niet jouw schuld.'

'Laat me alsjeblieft uitpraten.' Elinor bleef een paar meter bij hem vandaan staan en klemde haar handen tegen haar borst. 'Het is mijn schuld. En het spijt me verschrikkelijk. Maar het verandert niets aan wie je bent. Dat heeft het nooit gedaan. Je bent altijd fantastisch geweest. Je staart je altijd blind op je mislukkingen, terwijl je beter naar je successen kunt kijken. Kijk maar naar Kaye! Je hebt haar geholpen om te ontsnappen uit een rothuwelijk en op eigen benen te staan! En je helpt Brayden. En Marjorie! Je hebt haar het gevoel gegeven dat ze weer een belangrijke bijdrage levert aan de stad –'

'Dat doet ze ook.'

'Maar dat heb jij voor elkaar gekregen! Dit hele stadje is beter af vanwege jou. Misschien hebben we dat nooit gezegd, hebben we je nooit verteld wat je voor ons betekent. We houden van je, Levi. Ik hou van je. En niet ondanks je dyslexie of andere dingen waarmee je hebt geworsteld, maar juist omdat die dingen ervoor hebben gezorgd dat je bent wie je bent. Ik vond het altijd vreselijk dat je je daardoor zo voelde, maar door die zogenaamde tekortkoming die je altijd probeerde te verbergen ben je in mijn ogen nooit minder geweldig geweest. Of minder waardevol voor dit stadje. Je bent er juist beter door geworden. Echter. Meelevender. Begripvoller. Ik weet dat je het verschrikkelijk vindt om in het middelpunt van de belangstelling te staan, maar de hele stad is het met me eens.'

'Mag ik nu iets zeggen?' vroeg hij toen ze zweeg om adem te halen.

'Ja.' Toen ze klaar was met de speech die eindeloos door haar hoofd had gemaald terwijl ze naar hem op zoek was, had ze haar handen laten zakken. 'Nog één ding. Je laat je nooit voorstaan op alle goede dingen die je doet. Je hebt altijd voor de stad gezorgd, altijd voor mij gezorgd, zonder ooit aandacht of lof te vragen, maar dat wil niet zeggen dat we je niet hoeven te bedanken. Ik wil je graag bedanken. Ik zou wel een optocht willen organiseren ter ere van jou, als ik niet wist dat je al die aandacht afgrijselijk zou vinden. En ik weet dat je het waarschijnlijk niet leuk vindt, maar als je de nieuwsbrief goed leest, zul je zien dat er juist waardering voor jou uit spreekt.' Ze slikte moeizaam iets weg. 'Oké, nu ben ik echt klaar. Ik wilde je alleen vertellen wat ik zie als ik naar jou kijk. Dat is het enige waar ik altijd naar heb verlangd.'

'Dat weet ik.'

'Echt?' Haar stem piepte van opluchting.

Hij glimlachte vriendelijk, en voor het eerst keek ze verder dan haar paniek, en zag ze dat hij er niet boos of afstandelijk uitzag, zoals ze had verwacht. De uitdrukking op zijn gezicht was geamuseerd. Tevreden.

'Ben je dan niet overstuur?' gooide ze er onbeheerst uit.

'In het begin had ik het gevoel dat ik te kijk stond,' gaf hij toe. 'Maar toen bedacht ik hoe vermoeiend het was om altijd maar bang te zijn dat iedereen het te weten zou komen en dat dat nu niet langer meer hoefde. Sommige mensen zullen nu op me neerkijken. Linda vindt me kennelijk juist leuker. Nu hoort het gewoon bij me en is het geen verborgen schande meer. Het is eigenlijk best een opluchting.'

Elinors mond viel open. 'Je moet het niet verkeerd opvatten, maar ik had niet verwacht dat je dit zo gemakkelijk zou accepteren.'

'Ik eerlijk gezegd ook niet. En een paar maanden geleden had ik dat waarschijnlijk ook niet gedaan. Maar ik probeer mezelf te verbeteren. En Aaron zei ook iets interessants.'

'Politieagent Aaron?' Ze hoorde de sceptische klank in haar eigen stem, want Aaron was een schat, maar stond niet bepaald bekend als diepzinnig.

'Hij zei dat zijn neefje, dat ook dyslexie heeft, het prachtig zou vinden dat zijn baas het ook heeft. Ben jij niet degene die het altijd heeft over rolmodellen? En dat je ze moet laten zien dat je het probeert en faalt, zodat ze niet gaan denken dat ze alles perfect moeten kunnen.'

'Ik had niet gedacht dat je naar me luisterde.'

'Ik luister altijd naar je. Ik moet alleen nog leren om dat ook tegen je te zeggen.' Hij slikte even en ze durfde te zweren dat hij rood werd. 'En in het kader van het verbeteren van de communicatie is er iets wat ik je gisteravond had moeten vertellen...'

Haar maag keerde zich om van de zenuwen. *Nee, hè.* 'Wat dan?'

'Ik hou van je, Elinor. Dat weet je toch wel, hè? Ik heb altijd van je gehouden.'

'Echt?' Deze keer was haar hoge stemmetje bijna niet te verstaan. Ze had het dolgraag willen geloven, had erop willen vertrouwen, maar het was ontzettend fijn om het hem te horen zeggen. 'Dus het was geen op zich staand romantisch momentje gisteravond? Omdat we ingesneeuwd waren, en de open haard brandde –'

'Nee. Het tegendeel juist. Ik liep al weken te piekeren hoe ik je kon overhalen om ons nog een kans te geven. Als het een paar dagen langer had geduurd, had ik Dory waarschijnlijk vrijgelaten, zodat ik een excuus had om met je te praten.'

Haar ogen werden vochtig. 'Echt?' vroeg ze. Ze beet op haar lip.

Hij overbrugde de afstand tussen hen en streek met een duim over de plek op haar lip waar ze net op had gebeten. 'Het spijt me dat het zo lang heeft geduurd voordat ik zover was. Ik ben altijd een trage leerling geweest.'

Ze keek hem streng aan. 'Hou op. Je bent de slimste persoon die ik ken.'

'Omdat ik er eindelijk achter ben dat ik van je hou, bedoel je?'

Ze hief haar kin op. 'Ik heb eens ergens gehoord dat liefde een kunstwerk is dat uit samenwerking ontstaat. Misschien kunnen wij daar samen aan werken?'

Hij kreunde grijnzend. 'Nu moet ik zeker van je naar die podcast luisteren, hè?'

'Ik geloof dat we nooit mogen ophouden met leren,' merkte ze nuffig op.

'Of liefhebben,' prevelde hij. Hij streek nogmaals met zijn duim over haar onderlip.

Een van haar mondhoeken trok in een plagerig lachje omhoog. 'Ga je me nog zoenen of hoe zit het, Levi Jackson?'

Hij glimlachte niet terug. Hij keek juist bloedserieus. Alsof hij probeerde het moment in zijn geheugen te prenten.

Toen kuste hij haar.

En net als die eerste keer was het alles voor haar.

Toen hij eindelijk zijn hoofd ophief, glansden zijn zilvergrijze ogen van geluk. Hij keek haar lachend aan. 'Hoe zou je het vinden om de molen te kopen?'

Ze klemde zich nog altijd vast aan zijn jas, die ze tijdens hun kus had vastgepakt, en liet lachend haar hoofd tegen zijn borst zakken. 'Dat heb je allang gedaan, of niet soms?'

'Ik zeg niets. Maar stel nou – hypothetisch, hè? – dat ik dit stuk land vier jaar geleden van de Kellers had gekocht, maar je dat niet had verteld, en dat ik dit jaar overwoog om het te verkopen, omdat de erfgenamen van de Kellers de rest van het oorspronkelijke terrein te koop aanboden, maar dat ik begon te twijfelen of ik dat wel echt wilde toen ik dacht dat er een kansje was dat we het weer samen zouden proberen… Hoe boos zou je in dat hypothetische geval dan zijn?'

Ze keek hem met een diepe rimpel tussen haar wenkbrauwen aan. 'Heb je dit land tijdens onze verloving gekocht zonder me dat te vertellen?'

'Het had een huwelijkscadeau moeten zijn. Verrassing.'

Ze proestte het uit. 'Levi. Er worden geen stukken land meer gekocht zonder dat je het eerst met mij overlegt. Afgesproken?'

'Afgesproken.'

Ze bezegelden de afspraak met een kus.

Epiloog

De jaarlijkse optocht voor de tweede Politiechefdag vond dit weekend plaats en ondergetekende wil bij dezen graag melden dat de politiechef zijn geliefde eindelijk een ring heeft gegeven. Voor de tweede keer.

Stadsnieuwsbrief Pine Hollow
Maandag 6 maart

'Dat is belachelijk.'

'Je vindt het hartstikke leuk, geef nou maar toe.' Elinor stak haar arm door die van Levi en zwaaide met een brede glimlach naar de volgende praalwagen die voorbijreed.

Pine Hollow greep elk excuus aan om een optocht te houden, dus ze had er niet van opgekeken toen er op de spontaan in het leven geroepen Politiechefdag eentje werd georganiseerd. Wat haar wél had verbaasd was dat de feestdag een eigen leven was gaan leiden en een jaarlijks terugkerend evenement bleek te zijn geworden. Ze was dit jaar niet bij de organisatie betrokken geweest. Dat maakte het juist extra bijzonder.

Ze had Levi willen tonen hoeveel hij voor de stad betekende. En hoeveel hij voor haar betekende. Dan had hij de herinnering aan Levi-dag, zoals zij het stiekem noemde, om op terug te kijken wanneer de bewoners hem weer eens in de gordijnen joegen met hun wensen en eisen, wat regelmatig het geval was.

Hij klaagde graag dat de eerste optocht slechts een poging was om te voorkomen dat er een rechtszaak werd aangespannen tegen de gemeente vanwege schending van zijn privacy, aangezien de nieuwsbrief officieel een publicatie van de gemeente was, maar iedereen wist dat hij nooit echt van plan was geweest om een klacht in te dienen. Zeker nu de gemeenteraad er unaniem mee had ingestemd om al Linda Hilsons nieuwsbrieven in het vervolg voor te leggen aan een commissie van goedkeuring. Dat hield haar in toom. Een beetje.

Dit jaar werden op Levi-dag alle leden van het reddingsteam geëerd vanwege alles wat ze voor de stad deden. En Levi kon mopperen zo veel als hij wilde, maar ze kende hem. Ze zag de trots achter zijn stoïcijnse politiegezicht. Soms had een man het gewoon even nodig om het middelpunt van hele stad te zijn. Dat was tenminste haar theorie.

De fanfare van de middelbare school kwam voorbij en speelde iets wat hoogstwaarschijnlijk 'For He's a Jolly Good Fellow' moest voorstellen, ook al was het moeilijk te onderscheiden.

'Hoe voelt het nou om de trots van Pine Hollow te zijn?' vroeg Elinor hem, terwijl de praalwagen van de Estates voorbijgleed en George tussen de bewoners vrolijk naar hen zwaaide.

'Dat zou jij toch moeten weten,' antwoordde Levi.

'Welnee. Mijn status van wonderkind was slechts onder voorbehoud. Gebaseerd op de aanname dat ik op een dag iets zou bereiken. Jij hebt echt iets bereikt.'

Hij keek omlaag naar haar, met een overtuigde blik in zijn ogen. 'Je krijgt die kroon van wonderkind heus wel terug. Je staat pas aan het begin van jouw verhaal.'

Ze glimlachte, want het had nog nooit zo waar aangevoeld. Alsof er een wereld vol mogelijkheden voor haar lag. Maar misschien had dat optimisme iets te maken met de email die in haar inbox zat.

Ze had hem de vorige dag ontvangen en nog niet opengemaakt. Vorig jaar maart had ze een reactie gekregen van een agent met een paar geweldige ideeën om haar boek te verbeteren en het verzoek om haar boek te herzien en opnieuw in te leveren. Nadat ze het boek uitgebreid had herzien had ze het opnieuw ingeleverd en was het opnieuw afgewezen, maar de agent had wel haar volgende boek dolgraag willen zien. En dát boek, dat ze een week geleden had opgestuurd, was écht het beste wat ze ooit had geschreven. Ze wist zeker dat het werd geaccepteerd, en als het niet zo was, zou ze het blijven proberen, zou ze doorgaan en proberen om beter te worden.

Levi en zij waren zo langzamerhand zeer bedreven geworden in het vieren van haar successen en afwijzingen. Ze had de champagne alvast koud gezet.

Maar ze had zijn dag niet willen verpesten.

De volgende praalwagen was van Furry Friends. Eigenlijk was het gewoon een versierde pick-uptruck met een groepje honden in de laadbak en een paar andere die ernaast meeliepen. Dory reed mee op een ereplek in de cabine. Ze stond met haar pootjes tegen het dashboard om háár stad te overzien.

Dory was inmiddels de officieuze mascotte van de hulpdiensten en reed elke dag met Levi mee. Ze hadden zelfs een behendigheidsparcours voor haar aangelegd op de parkeerplaats van de brandweerwagen en leidden haar nu op tot speur- en reddingshond. Elinor plaagde hem er regelmatig mee dat hij haar hond had gestolen, maar zolang ze allebei elke avond naar huis kwamen, had ze niets te klagen.

En dat ze Dory allebei extra hondensnoepjes gaven, had de hond verdiend, want zij was immers degene die hen bij elkaar had gebracht.

'Is dat Charlotte?'

Elinor volgde Levi's blik naar de vrijwilligers in T-shirts van Furry Friends die achter de versierde pick-uptruck wandelden, ieder met een van de puppy's uit het recentste nest van de dierenopvang in hun armen. Haar ogen werden groot toen ze haar zus zag. 'Na de breuk met die ploert van een Jeff zei ze dat ze mannen zou afzweren en dat ze in plaats daarvan een pup zou nemen. Ik dacht niet dat ze het echt meende.'

'Dat van die mannen of van de pup?'

'Allebei.' Haar zus had het eindelijk uitgemaakt met de laatste in een lange rij hufterige vriendjes en Elinor was erin geslaagd zich er ditmaal niet mee te bemoeien. Niet veel, in elk geval.

'Zo te zien meende ze het,' merkte Levi op. Hij knikte naar Charlotte, die het zo druk had met het knuffelen van de puppy in haar armen dat ze niet in de gaten leek te hebben dat er om haar heen een optocht gaande was.

'Ze is altijd gek geweest op Dory. Misschien is een puppy wel precies wat ze nodig heeft.' Elinor voelde zich een beetje verwend, omdat zij al alles had wat haar hart begeerde.

Levi bromde iets. 'Als je haar maar niet gaat vertellen hoe ze de pup moet opvoeden.'

'Hé, zeg. Ze heeft me deze kerst maar één keer uitgemaakt voor bemoeial en iets naar me gegooid. Dat is een nieuw record.'

Hij snoof spottend. Zijn gezicht stond op storm bij het zien van de volgende praalwagen, waar Linda Hilson op zat. Nu de gemeenteraad haar nieuwsbrieven controleerde, beperkte ze zich tot het afdrukken van roddels waarvoor de betrokkenen vooraf toestemming hadden gegeven, maar Levi koesterde nog steeds wrok.

'Ik snap niet waarom je tegen haar hebt gezegd dat ze onze verloving in die verdomde nieuwsbrief van haar mocht aankondigen,' zei hij mopperend.

'Heb je soms liever dat iedereen in de stad ons er individueel naar vraagt zodra de roddel zich op de ouderwetse manier heeft verspreid?'

Hij grimaste en gaf geen antwoord.

Hij had haar op Valentijnsdag opnieuw ten huwelijk gevraagd. Ze had plagend opgemerkt dat hij een gewoontedier was, want hij had haar op hun vijftiende op Valentijnsdag de belofteing gegeven, en toen ze in de twintig waren had hij haar op Valentijnsdag gevraagd om met hem te trouwen. Maar ze had ook niet geweten hoe snel ze 'ja' moest zeggen.

Het voelde deze keer anders. Hun band voelde anders. Ze vertrouwden niet langer op de magie of het lot van hun relatie, maar waren nu toegewijd aan elkaar. Ze werkten er voortdurend samen aan. Misschien waren ze eindelijk volwassen geworden.

En als Levi haar op Valentijnsdag steeds opnieuw ten huwelijk vroeg, was dat tenminste een betere traditie dan die van Deenie en Connor, die horrorfilms keken en pizza aten. Ze vond het toevallig heerlijk dat er onder het uiterlijk van de stoïcijnse politieman een sentimentele romanticus schuilging.

En dat hij niet zo stoïcijns was als hij iedereen wilde laten geloven, en ze hem erop betrapte dat hij een traantje wegpinkte toen de leden van zijn junior reddingsbrigade langs marcheerden, zwaaiend met kleine Pine Hollow-vlaggetjes, was hún geheimpje.

'Ze zien er geweldig uit.'

'Ja,' zei hij slechts, een beetje verstikt.

Elinor kneep even in zijn bovenarm en legde haar hoofd tegen zijn schouder. Toen ze verliefd op hem werd, was ze amper ouder geweest dan die junioren, maar ze hadden er langer voor nodig gehad om te leren hoe ze van elkaar konden houden. Het was tenslotte een kunstwerk dat uit samenwerking ontstond. En Levi en zij? Samen werden ze elke dag beter.

En dit was pas het begin.

Dankwoord

Toen ik twee jaar geleden begon met mijn research voor *Kerstmis met een staartje*, bezocht ik verschillende dierenopvangcentra en ontmoette ik in een ervan een lieve, timide Australische herder die absoluut met ons mee naar huis zou gaan. Gracie bleek al snel net zo slim als lief te zijn – ze kan echt deuren openmaken – en vormde de inspiratie voor Dory, de Australische ontsnappingskunstenaar. Hierbij dus een speciaal bedankje voor Kris en Gracie, voor alle fijne herinneringen en fantastische puppy anekdotes.

Ik ben ook enorm veel dank verschuldigd aan mijn fantastische oma. Ze werkte tientallen jaren als jeugdadvocaat en nam het op voor honderden jongeren, onder wie heel veel kinderen bij wie de hersens net iets anders werkten, ook die uit mijn eigen familie. Dank je wel dat je ons hebt helpen stralen. (En ik ben ontzettend blij dat ik weer bij je op bezoek mag komen!)

Eveneens een bedankje voor mijn groep beste vrienden, die allemaal geweldig zijn. Jullie weten wel wie ik bedoel. En een gigantisch dank je wel voor mijn proeflezers, die me tijdens het schrijven voortdurend verzekerden dat het boek echt niet slecht is.

Ik ben enorm dankbaar voor mijn agent, Michelle, die ongelooflijk geduldig is met mijn schijfneuroses en obsessie met lijstjes, en die elk escaperoomteam opfleurt met haar aanwezigheid. Verder een waanzinnig dank je wel voor mijn superteam bij Forever, onder andere Sabrina, Joelle, Lori, Stacey en Estelle. Er is een heel dorp voor nodig om een boek uit te geven en ik ben dolblij dat jullie me met dat van mij hebben geholpen.

Een speciaal bedankje voor mijn onovertroffen redacteur, Leah, die niet eens met haar ogen knipperde toen ik halverwege het boek als een heuse nerd over *Doctor Who* begon. (Rory is echt een droomman en ik zal iedereen die iets anders beweert fel van repliek dienen.) Dank je wel voor je uitmuntende smaak in nerdobsessies en voor je toestemming om een hele trits ervan in dit boek te verwerken!

En ten slotte een hartelijk dank je wel aan de podcasters. Net als Elinor verzamel ik als een ekster informatie en ben ik vreselijk verslaafd aan het podcastformat. Alle podcasts waarnaar in dit boek wordt verwezen bestaan echt en zijn fascinerend. Ik heb hieronder een overzicht toegevoegd.

En als aller, allerlaatste wil ik mijn lezers bedanken, want zonder jullie zou de serie niet kunnen worden voortgezet. Ik ben blij dat jullie telkens samen met mij terugkeren naar Pine Hollow.

Gebruikte podcasts

De omabankjes in Zimbabwe (een concept waar ik de eerste keer dat ik ervan hoorde meteen verliefd op werd) komen uit een podcastaflevering van TED *Radio Hour* van NPR met de titel 'Erasing the Stigma' en dan met name het gedeelte met Dixon Chibanda, 'How Can a Team of Grandmothers Make Therapy Sessions Accessible For All?'

De podcast over gesynthetiseerd geluk waarnaar Elinor verschillende keren verwijst is eveneens een aflevering uit TED

Radio Hour, 'Simply Happy', met name het gedeelte met professor Dan Gilbert, getiteld: 'How Does Misfortune Affect Long-Term Happiness?'

Elinors beruchte podcast over liefde is ook een aflevering uit TED *Radio Hour* die de moeite van het bewaren waard is: 'In & Out of Love', met name het gedeelte met Mandy Len Catron, getiteld: 'Can You Jumpstart Love?'

Ik wilde liever geen specifieke podcastagent noemen als degene die Elinors boek meteen afwijst, maar als aspirant YA-schrijver zou ze volgens mij een grote fan zijn van *KT Literary Podcast* en *Literaticast*.

Levi zal naar verschillende podcasts over afwijzing hebben geluisterd, onder andere de aflevering 'Five Ways to Handle Rejection in Publishing' van *The Gatecrashers Podcast*.

En als laatste verwees Elinor in haar opmerkingen over waardering naar 'Approaching With Kindness', een aflevering op TED *Radio Hour*.